OFFENBART

DIE ENTFESSELT-REIHE, BAND 2

IVY LAYNE

Offenbart

Erfahren Sie mehr über die Autorin und kommende Bücher online unter
www.ivylayne.com

Übersetzung von Anna Skazka

INHALTSVERZEICHNIS

VON IVY LAYNE

Join Ivy's Readers Group @ ivylayne.com/deutsche

DIE ENTFESSELT-REIHE

Enträtselt

Offenbart

Enthüllt

LILY

Meine Augen öffneten sich in der Dunkelheit der Nacht.

Ich hatte vom See geträumt, vom Mondlicht, das auf dem Wasser spielt, vom Nachtschwimmen und von unsichtbaren Händen, die mich unter die Oberfläche zogen, während Wasser meine Lungen füllte.

Die meisten Nächte meines Lebens hatte ich so fest geschlafen wie ein Murmeltier.

Im letzten Jahr, seit Trey gestorben war, hatte ich mich daran gewöhnt, in der Nacht aufzuwachen, und nur Schatten an den Wänden als Gesellschaft zu haben.

Ich drehte mich um, schüttelte das Kissen unter meinem Kopf auf und versuchte eine bequeme Position zu finden. Manchmal konnte ich wieder einschlafen, manchmal lag ich bis zum Morgengrauen wach.

Das dunkle Wasser im Mondlicht bedrückte mich. Ich war mir nicht sicher, ob ich meine Augen wieder schließen oder aufgeben und bis zum Morgen lesen wollte.

Schlaf. Ich brauchte eine ganze Nacht Schlaf, und es

war möglich, dass der Alptraum nicht wiederkommen würde. Ich konnte nur hoffen.

Mir fielen die Augen zu, als ich es hörte.

Ein Klopfen. Ein Schlurfen. Etwas wurde geschleift, oder jemand lief mit Socken an den Füßen unten herum.

Ich setzte mich auf, warf die Bettdecken beiseite, blieb dann aber auf der Bettkante sitzen - die Füße verkrampft auf dem Teppich, nach vorne gelehnt - und versuchte auf das leiseste Geräusch zu achten.

Hatte ich etwas gehört? Es war nicht das erste Mal, dass mich ein Geräusch geweckt hatte. Das Haus war isoliert, am Rande des Sees und von Wäldern umgeben. nächtliche Geräusche nicht ungewöhnlich, vor allem, wenn man die wilden Tiere und den Wind bedachte.

Dies war anders.

Seit Trey gestorben war, war alles anders.

Ich hörte zu, hielt den Atem an und hörte nichts außer dem schwachen Echo der Grillen.

Ich holte tief Luft und erinnerte mich daran, dass die Türen verschlossen waren. Die Alarmanlage war eingeschaltet. Das Haus war gesichert.

Das letzte Mal, als ich dachte, dass ich ein Geräusch gehört hatte, war ich absolut sicher, dass jemand im Haus war, und rief die Polizei, nur um mich am Ende wie ein Idiot zu fühlen, obwohl Morris verständnisvoll reagierte.

Castle Falls war eine kleine Stadt. Detektiv Dave Morris war mit Trey zusammen angeln gewesen. Er war ein Freund. So gut befreundet, dass er mir nicht direkt sagte, dass er dachte, ich würde mir das einbilden, aber ich kannte Dave schon seit Jahren und konnte zwischen den Zeilen lesen.

Wenn ich ihn jetzt anrief, würde er in seinen Streifenwagen springen und sofort hierherfahren. Er würde das Haus von oben bis unten durchsuchen, und wenn er nichts fand, würde er mir einen mitfühlenden, besorgten Blick zuwerfen und fragen, ob ich Hilfe bräuchte.

Ich brauchte jede Art von Hilfe, aber nicht von Dave Morris.

Da war nichts.

Es war der Alptraum, nichts weiter.

Der Stress.

Zu viele Nächte mit unterbrochenem Schlaf, die meinem Verstand Streiche spielen.

Ich hatte mich fast davon überzeugt, dass ich mir Dinge einbildete. Ich drehte mich um, bereit, meine Füße wieder unter die Decke zu schieben, als es wiederkam. Ein weiches, schlurfendes Geräusch. Nicht ganz jemand, der lief. Etwas, das gezogen wurde?

Ich wusste nicht, was es war, aber ich musste es herausfinden.

Ich stand langsam auf, meine Handflächen klamm und mein Herz am Rasen. Mein Bademantel lag am Fußende des Bettes, wo ich ihn Stunden zuvor hingeworfen hatte. Ich zog ihn an und band den Gürtel fest. Mein Haar fiel mir ins Gesicht, da ich es zum Schlafen locker auf meinem Kopf gebunden hatte. Ich wickelte es zu einem unordentlichen Knoten und schob die Locken aus meinen Augen.

Das Haus war ruhig, aber diesmal hatte ich etwas gehört.

Hatte ich.

Ich hatte mir das nicht eingebildet. Ich hatte ein Geräusch im Inneren des Hauses gehört.

Ich nahm mein Handy in die Hand und starrte auf den Bildschirm. *Ruf Dave einfach an*, flüsterte eine kleine Stimme.

Ich entsperrte den Bildschirm, suchte nach seiner Nummer und hielt an. Daves Gesicht kam mir in den Sinn, sein Ausdruck, als er mich das letzte Mal, als ich mitten in der Nacht angerufen hatte, anstarrte. Seine Geduld wäre süß gewesen, wenn sie nicht von Herablassung befleckt gewesen wäre.

Er hatte mir vorgeschlagen, Adam mitzunehmen und nach Hause zu ziehen, mir von meiner Familie helfen zu lassen. Er legte mir eine Hand auf die Schulter, um mich zu trösten, und sagte, es wäre in Ordnung, wenn ich nicht bereit war, allein zu leben. Es wäre OK, ohne Trey Hilfe zu brauchen. Dann die Annahme, die so behutsam geäußert wurde, dass ich vielleicht einfach nur einsam war.

Als ob ich Dave mitten in der Nacht angerufen hatte, weil ich etwas Gesellschaft wollte.

Dachte er, dass ich so erbärmlich war? Ich glaube schon.

Ich war nicht erbärmlich.

Ich hatte Angst.

Mit dem Telefon in der Hand, schaltete ich mein Schlafzimmerlicht an. Ich wusste, dass ich alleine im Zimmer war, und trotzdem war ich erleichtert, die vertrauten weißen Wände, meine Aquarelle und mein unordentliches Bett zu sehen.

Ich schaltete das Licht im Flur an, und ging in Richtung von Adams Schlafzimmer. Trey hatte darauf bestanden, dass unser Sohn so weit wie möglich von uns entfernt schlief. Damals hatte es mir nichts ausgemacht. Es war zwar mühsam gewesen meinen Kleinen zum Schlafen zu bringen, aber sobald er eingeschlafen war, konnte ihn nichts aufwecken. Trey scherzte immer, dass Adam genauso fest schlief wie ich. Wie ich geschlafen hatte. Früher. Jetzt hasste ich die Entfernung zwischen unseren Zimmern, aber Adam wollte nicht in ein anderes Zimmer.

Ich ging in sein Zimmer und stand schweigend an seinem Bett. Er lag mit dem Gesicht nach unten auf der Matratze, die Steppdecke war ihm von den Füßen

gerutscht und sein Cartoon-Pyjama war um seinen Oberkörper gedreht.

Er schlief wie ein Fels, aber er bewegte sich ständig.
Ab und zu habe ich ihn in meinem Bett einschlafen lassen,
aber ich brachte ihn immer zurück in sein eigenes Bett. Ich
war zu viele Nächte durch einen Tritt in die Nieren, oder
einen kleinen Zeh im Ohr aufgewacht. Er schlief fest, aber
er war nie lange still.

Sein blondes, von der Sonne gebleichtes Haar breitete
sich über dem marineblauen Kissenbezug aus. Ich fuhr mit
den Fingern durch die seidigen Strähnen, so wie ich es bei
Trey getan hatte. So anders als meine eigenen dunklen
Locken. Er würde bald einen Haarschnitt brauchen.

Ich richtete mich auf, ging zur Tür und schloss sie
hinter mir. Wäre ich allein gewesen, hätte ich das
Geräusch vielleicht ignoriert. Vielleicht hätte ich mich
stärker bemüht, mich selbst davon zu überzeugen, dass ich
Dinge hörte. Aber ich hatte Adam, und seine Sicherheit
war mir wichtiger als alles andere.

Ich blieb oben an der Treppe stehen, und schaute auf
die dunkle Höhle am Ende der Stufen herab, in der sich
etwas verbarg, das dieses komische Geräusch gemacht
hatte. Ich wartete mit gespitzten Ohren. Nichts bewegte
sich in den Schatten.

Ich legte den Lichtschalter um und beleuchtete den
leeren Saal unter mir. Ich beobachtete den leeren Flur und
die Alarmtafel an der Wand, mit ihren blinkenden grünen
Lichtern. Grün, nicht rot.

Grün.

Mein Herz schlug mir in der Brust, mein Atem blieb
mir in der Kehle stecken.

Ich hatte den Alarm angeschaltet, das stand außer
Frage. Ich hatte es nie vergessen.

Ich war in einer Vorstadt aufgewachsen, nicht auf dem

Land. Die Isolation des Hauses, das Trey für uns gebaut hatte, hatte mir nie gefallen. Selbst, als er noch lebte, schaltete ich jede Nacht den Alarm an. Ich vergaß es nicht ein einziges Mal.

Diese grünen Lichter, die mich anleuchteten, machten mich stutzig und ließen mich zweifeln. Ich hatte es nie vergessen, oder hatte ich das?

Konnte ich das? Ich ging langsam die Treppe hinunter und zermarterte mir das Hirn.

Wir hatten früh zu Abend gegessen. Nuggets mit Honigsenf für Adam, zusammen mit zwei verhassten Karotten. Reste der Lasagne für mich. Danach ein Bad für Adam und Pyjamas für uns beide. Dann, zusammengerollt auf der Couch, mit seinem Lieblings-Plüschaffen zwischen uns, sahen wir uns einen halben Film an. Curious George. Schon wieder. Adam war verrückt nach Curious George, und wir hatten uns den Film in den letzten zwei Wochen jeden Abend angesehen. Dann Schlafenszeit für Adam. Eine Geschichte und eine Rückenmassage später, war Adam eingeschlafen.

Ich ging nach unten, schaltete den Alarm an und kochte mir eine Tasse Tee, die ich mit einem Buch ins Bett mitnahm.

Ich hatte den Alarm eingeschaltet, während ich darauf wartete, dass das Wasser kochte. Dann lief ich durch den ersten Stock, schaltete das Licht aus und die Alarmanlage leuchtete rot. *Gerüstet.*

Wieso war es jetzt grün? Der Gedanke trieb mich in den Wahnsinn. Nur Trey und ich hatten den Code, und Trey war tot. Der Alarm hatte nie eine Fehlfunktion gehabt. Wäre dies der Fall, wäre die Polizei gekommen.

Jemand musste ihn manipuliert haben. Aber wer? Und wie? Selbst, wenn jemand den Code hatte, wäre die Sirene beim Öffnen der Tür losgegangen. Die einzige

Möglichkeit, den Alarm leise abzuschalten, war von innen.

Dieser Gedanke schickte Eis durch mein Herz. Nein. Ich war durchs Haus gegangen. Niemand war drinnen gewesen. Niemand. Es war unmöglich.

Nicht unmöglich. Das Haus war groß und hatte so viele Orte, um sich zu verstecken.

Ich verdrängte die Stimme. Ich hatte nicht vor, hysterisch zu werden. Es musste eine einfache Erklärung dafür geben. Vielleicht war der Strom ausgefallen, während ich schlief.

Backup-Batterie.

Schlafwandeln? Hatte ich den Alarm im Schlaf ausgeschaltet?

Ich blieb unten vor der Treppe stehen und wandte mich von dem grünen Licht der Alarmanlage ab. Die Eingangstür war geschlossen und verriegelt, die Fenster auf beiden Seiten dunkel.

Ich atmete mutig durch, ging einen Schritt vorwärts und betätigte jeden Schalter an der Schalttafel. Helles Licht durchflutete die Stufen draußen und den Weg von der Einfahrt aus. Der See schimmerte jenseits des Weges, schwarz im Mondlicht, wie in meinem Traum. Die Lichter vom Dock leuchteten warm und einladend.

Niemand war dort.

Niemand war auf dem See.

Niemand war auf dem Dock.

Niemand war auf dem Weg.

Ich blickte in die Dunkelheit. Der größte Teil des ersten Stockwerks war ein offener Raum, der von hoch aufragenden Glasfenstern umgeben war. Trey hatte das Haus mit der Hilfe eines bekannten, modernistischen Architekten entworfen. Ich hatte es von Anfang an gehasst.

Dieser Teil von Maine war voll von klassischer New

England-Architektur, wie Kolonialbauten, Salzkammern, Cape Cods, Georgier, Föderalisten und sogar ein paar viktorianischen Gebäuden, bemalten Gleisanschlüssen, Backsteinen, Fensterläden und Vordächern.

Dieses Haus, mit seinen flachen Fenstern und scharfen Ecken aus Metall und Beton, sah aus, als ob es aus einer anderen Welt war. Oder Kalifornien. Hier in Maine war alles dasselbe.

Modern und aggressiv, ragte es über die Halbinsel hinaus, drang in den See ein und brach die Uferlinie auf. Das von Trey gebaute Haus verlangte Aufmerksamkeit und setzte sich durch, statt mit den Bäumen und dem Wasser zu verschmelzen.

Ich hasste es, meine Adresse an jemanden weiterzugeben, der sie nicht bereits kannte.

Oh, dieses Haus, würden sie sagen. *Warum haben Sie so ein Ding gebaut?*

Wenn ich jedes Mal einen Dollar bekommen würde, wenn ich das hörte, würde ich es mir leisten können, das Ding niederzubrennen und wegzuziehen.

Ich konnte es mir auch ohne dieses Geld leisten, aber ich war an Ort und Stelle geblieben. Das war mein Zuhause. Es war vertraut. Adams Erinnerungen an seinen Vater waren hier. Ich brachte es nicht übers Herz, ihn fortzuschleppen.

Zum ersten Mal war ich dankbar für das offene Design. Ein Knopfdruck und ich konnte alles sehen. Fast alles.

Die Küche, leer. Die Ess- und Sitzecken, leer. Die Türen zu den Docks, alle geschlossen und verriegelt.

Ich durchquerte den leeren Raum und legte mehr Schalter um.

Die Decklichter blinkten auf.

Leer.

Niemand war hier. Ich hatte es mir nur eingebildet.

Meine Nerven waren kaputt, wie Dave sagte.

Ich drehte mich auf den Füßen, das Telefon immer noch in meiner Hand, bereit, die ganze Sache als Wahnvorstellung abzuschreiben, als eine Überreaktion.

Nur noch zwei Räume waren übrig, dann konnte ich mich selbst davon überzeugen, dass ich vielleicht verrückt war, aber wenigstens niemand außer Adam und mir hier war.

Kaum hatte ich mich umgedreht, erfüllte ein scharfes Krachen den Saal. Etwas aus Metall klapperte. Rollte.

Der Lehmkeller. Das musste es sein. Das Einzige, was sich weiter unten in diesem Flur befand, waren ein Badezimmer, das Kellerzimmer selbst und dahinter die Garage. Und die Hintertür.

Als Trey starb, hatte ich seine Waffen verkauft. Ich wollte sie nicht im Haus mit einem kleinen Jungen haben. Adam kletterte bereits mit vier Jahren wie der Affe, den er so sehr liebte, und es gab keinen Ort, an dem ich die Waffen verstecken konnte, den er nicht finden würde.

Trey hatte nie einen Waffenschrank gewollt, und sagte, dass es nichts brachte, Waffen zu haben, wenn man so hart arbeiten musste, um an sie heranzukommen. Ich war kein guter Schütze. Ich hatte nicht so viel Spaß am Schießen gehabt wie er, aber für das Gewicht seiner Glock 9mm in meiner Hand hätte ich jetzt alles gegeben. Für etwas anderes als mein Telefon, hätte ich alles gegeben.

Ich schaute zur Küche. Ich hatte zwar keine Pistole, aber ich hatte eine außergewöhnliche Messersammlung. Ich liebte es zu kochen, und meine Messer waren mein Luxus. Japaner, handgefertigt aus geschichtetem Stahl. Sie waren Kunstwerke und Werkzeuge zugleich. Und jedes einzelne war verdammt scharf.

Ich drehte mich, rannte in die Küche, schob die Messerschublade auf und zog mein längstes, schärfstes

Instrument heraus. Der Griff passte in meine Handfläche, als wäre es für mich gemacht worden. Ich konnte ein Huhn entbeinen wie sonst keiner, aber ich hatte nie daran gedacht, das Messer an einem Menschen zu benutzen. Ich wusste nicht, ob ich es konnte.

Adam schlief oben. Wenn es um Adam ging, könnte ich alles tun. Ich würde alles tun, auch wenn ich es nicht wollte.

Ich rannte zwar in die Küche, aber ich kam viel langsamer auf den Lehmkeller zu. Ich hielt mein Telefon in der Hand und dachte darüber nach, ob es Daves herablassende Beruhigungen wert wäre, um zu vermeiden, dass ich mich demjenigen stellen musste, der dieses Geräusch im Lehmkeller machte. Außer...

Das letzte Mal, als er hier war, hatte er seine Hand auf meine Schulter gelegt, mit sanften, besorgten Augen auf mich herabgeschaut und gesagt, dass die Anstrengung, mich allein um Adam zu kümmern, vielleicht zu viel war. Vielleicht brauchte ich eine Pause. Er hatte nicht gesagt, dass er das Jugendamt anrufen würde. Er hatte nicht gesagt, dass er vorhatte, ihnen zu sagen, dass Adams Mutter verrückt und paranoid war, aber das brauchte er nicht.

Ich konnte Dave nicht anrufen, nicht, wenn ich mir unsicher war, ob ich eine andere Wahl hatte.

Das Licht in der Halle hätte beruhigend sein sollen. Das war es aber nicht.

Das Bad war leer. Warme, schwere Luft wehte den Flur hinunter, total fehl am Platz in dem sterilen, klimatisierten Haus. Meine Finger verkrampften sich am Griff des Messers, als ich durch die Tür der Toilette griff und den Lichtschalter drückte.

Die Leuchtstoffröhren in der Decke ließen meine Augäpfel brennen und ich blinzelte heftig dagegen an, als die Szene vor mir langsam in den Fokus rückte. Die Hintertür klaffte auf, der Wald hinter dem Haus schwarz in der Dunkelheit. Undurchdringlich. Ich konnte nicht sehen, dass sich etwas bewegte, aber es war so dunkel unter den Bäumen, dass jemand direkt vor der Tür lauern konnte, ohne dass ich davon wissen würde, bis er auf mir war.

Der hohe Schirmständer an der Hintertür lag auf der Seite, der Schirm selbst flatterte auf den Fliesen. Das war das Krachen, das ich hörte. War jemand gegangen?

Ich wollte glauben, dass es jemand war, der gegangen war.

Die Alternative, dass jemand im Haus war, war zu beängstigend, um darüber nachzudenken.

Mein Gehirn steckte in einer Schleife fest.

Heb den Schirmständer auf und schließ die Tür.

Heb den Schirmständer auf.

Schließ die Tür.

Das tat ich.

Das Schnappen des Schlosses und der Bolzen, die in die richtige Position glitten, hätten mir ein Gefühl der Sicherheit vermitteln sollen, taten es aber nicht.

Der Alarm war ausgeschaltet. Die Tür war offen. Jemand war in meinem Haus gewesen.

Ich hätte mir das Geräusch, das Schlurfen und das Klopfen einbilden können, aber ich hatte mir nicht einge-bildet, dass der Alarm ausgeschaltet war. Ich konnte mir nicht vorstellen, dass die Tür von selbst aufging und der Schirmständer umgestoßen wurde.

Ich stand da, starrte auf die verschlossene Tür und versuchte nachzudenken. Ich hätte ein Foto machen sollen. Ich hätte Dave anrufen sollen, als der Schirmständer noch umgeworfen auf dem Boden lag und die Tür noch offen stand. Hätte ich ihn jetzt angerufen, ohne einen Beweis, würde er mir nicht glauben.

Aber wenn jemand hier gewesen war, wollte ich die Tür nicht offen lassen. Ich wollte sie abschließen. Ich wusste nicht, was ich tun sollte. Ich umfasste das Messer und verlagerte mein Gewicht von einem Fuß auf den anderen, gefangen durch Unentschlossenheit.

Warum sollte jemand in mein Haus einbrechen sein?

Ein Dieb hätte allein mit Kunstwerken aus dem ersten Stock ein Vermögen machen können. Als ich durch das Haus ging, hatte ich nicht bemerkt, dass etwas fehlte.

Da ich nicht wusste, was ich sonst tun sollte, verließ ich den Lehmkeller und ging durch den ersten Stock. Es fehlte nichts. Nichts, was ich sehen konnte. Warum sollte jemand einbrechen, ohne etwas zu stehlen?

Ich dachte an Adam, der in seinem Bett schlief. So klein. So verletzlich. Ich musste ihn beschützen. Ich hatte eine Alarmanlage und die besten Schlösser, die man für Geld kaufen konnte. Trotzdem waren wir nicht sicher.

Wir hätten in Sicherheit sein sollen.

Ich hatte zwar die Tür des Lehmkellers abgeschlossen, aber ich war verunsichert.

Hatte ich jemanden ausgesperrt? Oder hatte ich ihn eingeschlossen?

Ich stand in der Mitte der Küche und scannte das ruhige, hell erleuchtete Haus.

Was zum Teufel konnte ich tun?

Und dann erinnerte ich mich. Nicht lange vor seinem Tod, begann Trey über ein neues Sicherheitssystem zu sprechen. Ich hatte ihn nicht ernst genommen, hatte nicht wirklich zugehört. Das System, das wir hatten, war übertrieben für eine Kleinstadt in Maine, selbst, wenn man die Kunstwerke berücksichtigte, die Trey gesammelt hatte.

Er war in den letzten Monaten unruhig und ängstlich gewesen. Er hatte mir versichert, dass alles in Ordnung war, und sprach davon, mehr Waffen zu kaufen und eine bessere Alarmanlage installieren zu lassen. Er war jähzornig und leicht reizbar. Er war verärgert, wenn ich Fragen stellte, also hörte ich auf.

Er hatte einmal gesagt, wenn etwas passierte, und ich Hilfe brauchte, während er nicht da war, sollte ich jemanden anrufen. Er hatte eine Karte. Ich konnte mich nicht mehr an den Namen erinnern, aber die Visitenkarte hatte einen Löwenkopf und einen Kreis gehabt. Schwarz auf Weiß.

Mit dem Messer immer noch in der einen Hand und dem Handy in der anderen, ging ich an der Haustür vorbei und den anderen Flur entlang zu Treys Büro. Ich ging dort nicht oft rein. Nicht vor seinem Tod, und auch nicht danach. Es war sein Raum, sein Zimmer.

Sein Schreibtisch war genauso ordentlich, wie er ihn hinterlassen hatte. Alles war aufgereiht und an seinem Platz.

Keine Visitenkarten.

Ich hätte aufpassen sollen. Ich hätte zuhören sollen, aber er war damals so unberechenbar gewesen. Ich hatte mich daran gewöhnt, ihn auszublenden, wenn er mit einer paranoiden Tirade über Waffen oder Alarmanlagen anfing. Über Leute, die hinter ihm her waren. Wenn er um Adam Angst gehabt hätte, hätte ich ihn ernst genommen, aber es ging immer nur um ihn. Niemals um uns.

Die oberste Schublade öffnete sich geräuschlos, der Inhalt so übersichtlich wie die Oberfläche des Schreibtisches. Stifte waren aneinandergereiht, Büroklammern nach Größe geordnet und in der Ecke lag ein ordentlicher Stapel Visitenkarten.

Widerwillig schälte ich meine verschwitzten Finger vom Griff des Messers ab und legte es auf den Schreibtisch. Die Klinge schimmerte obszön gegen das warme Mahagoni. Die erste Karte in dem Stapel war von seinem

Börsenmakler. Die zweite von einem örtlichen Reinigungsdienst. Die dritte von der Castle Falls Zeitung.

Darunter war eine weiße Karte mit schwarzem Aufdruck. Ein Löwenkopf umgeben von einem Kreis, mit der Aufschrift *Sinclair Security*. Darunter standen der Name Maxwell Sinclair und zwei Telefonnummern, eine gebührenfreie und die andere von einer Telefonzentrale, die ich nicht kannte.

Es war mitten in der Nacht. Niemand würde im Büro sein. Bevor ich es mir anders überlegen konnte, wählte ich die erste Nummer und wartete. Das Telefon klingelte drei Mal, bevor ein Klick ertönte, als der Anruf weitergeleitet wurde. Es klingelte erneut, und eine Frauenstimme teilte mir mit, dass ich Sinclair Security nach Büroschluss erreicht hatte, aber gerne eine Nachricht hinterlassen könnte.

Ein langer Piepton ertönte in meinem Ohr und ich begann zu plappern. „Hier spricht Lily Spencer. Ich, mein Ehemann - mein ehemaliger Ehemann - ich bin eine Witwe, äh, sagte mir, ich solle Sie anrufen, falls es jemals Probleme geben sollte. Ich... wir leben, ich wohne in Maine, und es gab einige Einbrüche. Äh, glaube ich. Die Polizei hat nichts gefunden, aber heute Nacht ist jemand eingebrochen. Sie haben den Alarm abgeschaltet. Ich weiß nicht, was ich tun soll. Ich weiß nicht, ob Sie helfen können, aber Trey sagte, wenn je etwas passiert, soll ich Sie anrufen, also rufe ich an. Bitte, wenn Sie mich zurückrufen könnten, wäre ich Ihnen sehr dankbar. Nochmals, hier ist Lily Spencer."

Ich tippte mit dem Finger auf das Display meines Handys und legte auf. Meine Wangen waren heiß vor Verlegenheit, die niemand sehen konnte. Ich hätte planen sollen, was ich sagte. Ich hätte darüber nachdenken sollen, aber ich war verunsichert.

Nicht verunsichert.

Ich hatte Angst.

Ich ließ die Karte auf der Schreibunterlage liegen und nahm das Messer in die Hand. Ich dachte daran, mir eine Tasse Tee zu machen und den Fernseher einzuschalten, um Gesellschaft zu haben, oder wieder durchs Haus zu gehen.

Ich tat nichts davon, ging stattdessen zur Treppe und stieg in den zweiten Stock hinauf, wobei ich jeden Raum, an dem ich vorbeikam, kontrollierte. Ich blieb vor Adams Tür stehen und drehte den Knauf, hielt den Atem an und betete inbrünstig, dass er so war, wie ich ihn verlassen hatte.

Er schlief fest.

Er hatte sich umgedreht, sein Kissen auf den Boden geschoben, und Curious George unter seinen Kopf geklemmt. Er war immer noch aufgedeckt, die Wangen vom Schlaf gerötet und seine Brust hob und senkte sich in einem regelmäßigen Rhythmus.

Mein süßer Junge.

Wenn es ihm gut ging, ging es auch mir gut.

Ich schloss die Tür, drehte das nutzlose Schloss an der Klinke und setzte mich auf den Teppich, bevor ich mich gegen das Bettgestell lehnte und das einzige Geräusch im Raum Adams gleichmäßiger Atmen war.

Als ich meine Knie an die Brust zog, hörte nach ich jedem Hinweis, nach jeder Störung und nach jedem Anzeichen, dass wir nicht allein waren.

Mit den Augen auf die Tür gerichtet, dem Messer in der rechten Hand und meinem Telefon in der linken, wartete ich auf das Tageslicht und das falsche Versprechen von Sicherheit

LILY

„Ich will nicht schon wieder ein gegrilltes Sandwich!"

„Komisch, als ich vor einer halben Stunde gefragt habe, hast du gesagt, dass du genau das zum Mittagessen willst. Keine Erdnussbutter und Marmelade keine Hühnernudelsuppe. Nur ein gegrilltes Käsesandwich."

Adam schob die Unterlippe vor, während er das perfekt getoastete gegrillte Käsesandwich verächtlich betrachtete. „Das war, bevor ich wusste, dass du den gelben Käse nimmst."

Ich unterdrückte einen Seufzer der Verzweiflung. *Atme*, sagte ich mir. *Er ist fünf. Er geht dir nicht absichtlich auf die Nerven.*

Außer, dass er es irgendwie tat.

ALS FÜNFJÄHRIGER HATTE ER DREI JOBS: die Welt erkunden, kuscheln und seine Eltern in den Wahnsinn treiben. Adam beherrschte alle drei perfekt.

„Adam, ich habe dir bereits gesagt, dass es im Lebensmittelgeschäft keinen weißen Käse gab. Also ist es gelber Käse oder gar kein Käse."

Mein Magen knurrte, als mir der Duft von geschmolzenem Käse und getoastetem Brot in die Nase stieg. Ich hatte Adam Mittagessen gemacht, aber ich selbst hatte nichts gegessen.

Langsam griff ich über den Tisch und sagte leichthin: „Nun, wenn du es nicht willst, kann ich es genauso gut für dich essen. Ich habe auch noch nicht zu Mittag gegessen und -"

„Nein!" Adam schnappte sich ein Dreieck, schob sich die Hälfte davon in den Mund kaute eifrig, während er mich anstarrte.

Bingo. Die Täuschung funktionierte nicht immer. Er hätte die Arme vor der Brust verschränken und warten können, bis ich ihm das gebracht hätte, was er wollte.

Ich seufzte innerlich, als ich ihm zusah, wie er das Sandwich durchkaute. Getoastetes Weißbrot mit Käse und Butter würden mir direkt auf den Hintern gehen, aber es roch so gut. Ich hatte nicht bemerkt, dass ich auch eins wollte, bis ich über den Tisch gegriffen hatte und mir das Wasser im Mund zusammenlief.

Ich schob meinen Stuhl zurück und machte mir selbst ein Sandwich. Über die Größe meines Hinterteils konnte ich mir später noch Sorgen machen.

Ich war dabei, Butter auf eine dicke Scheibe Brot zu streichen, als es drei Mal an der Tür klopfte. Klopf. Klopf. Klopf. Ich erschrak und meine Muskeln zuckten zusammen, als das Messer mir aus der Hand auf den Tresen fiel.

Adams Augen schossen von seinem Sandwich hoch zu mir, alarmiert vor Sorge. „Mama?"

„Hoppla", sagte ich, nahm das Messer in die Hand und drehte Adam den Rücken zu, während mein Verstand raste.

Es ist nur jemand an der Tür.

· · ·

ALLES IST IN ORDNUNG.

Menschen klopfen an Türen.

Das hat nichts zu bedeuten.

Ich hatte versucht, letzte Nacht zu vergessen. Hatte versucht, die offene Tür zu vergessen.

Das schleifende Geräusch und meinen verzweifelten Telefonanruf.

Im Licht des Tages schien all das übertrieben und dramatisch.

Vielleicht hatte ich die Tür nicht richtig geschlossen.

Vielleicht hatte ich vergessen, die Alarmanlage einzuschalten.

Vielleicht hatte ich überreagiert.

Der logische Teil von mir lehnte diesen Gedankengang ab. Ich wusste, was ich gesehen hatte, und ich wusste, dass ich nicht vergessen hatte, die Alarmanlage einzuschalten.

KLOPF. Klopf. Klopf. Drei weitere schwere Schläge landeten auf der Eingangstür. Ich versuchte, mir nicht die Größe der Faust vorzustellen, die diese tiefen, vollen Klänge durch das Haus hallen ließ.

„Willst du nicht aufmachen?", fragte Adam, der Mund voll mit gegrilltem Käsesandwich.

Als ich mich aufrichtete, wischte ich mir die Hände an einem Geschirrtuch ab und drehte mich um, um Adam anzulächeln. „Natürlich. Es war nur so still, dass mich das Klopfen erschreckt hat. Iss dein Mittagessen auf, und wenn du fertig bist, bekommst du einen Keks."

„Ich will lieber einen Apfel", murmelte Adam vor sich hin.

Welches Kind mochte keine Kekse? Mein Kind. Es lag

an den Keksen, nicht an Adam. Ich gewann oder verlor in der Küche. Meine Sandwiches? Göttlich. Meine Kekse? Nicht so sehr.

Ich wischte mir die verschwitzten Handflächen an meiner Jeans ab und ging den Flur entlang, hielt an der Sicherheitstafel und schaltete den Bildschirm an.

Die Kamera ging an und zeigte einen Mann an der Tür.

Er war groß, die Spitzen seiner kurz geschnittenen, dunklen Haare wurden vom oberen Bildschirmrand abgeschnitten. Seine Schultern waren so breit, dass nur eine Schulter zu sehen war, und was ich von seinen Armen sehen konnte, waren nur Muskeln. Ein schwarzes Hemd mit einem bekannten Löwenkopflogo spannte sich über seine Brust.

Das konnte nicht sein. Ich hatte erst am Abend zuvor angerufen.

Ich entriegelte die Tür, öffnete sie und schaute hoch. Ich war nicht sehr groß, ausgenommen von meiner Hüfte und meinem Po. Mein Besucher schwebte über mir. Sein Gesicht eine undurchdringliche Mauer, sein Blick reserviert.

Mit zögernder Stimme, mehr, als mir lieb war, fragte ich: „Kann ich Ihnen helfen?"

„Knox Sinclair von Sinclair Security. Sie haben angerufen und gesagt, dass Sie Hilfe brauchen."

Ich räusperte mich. „Das ging schnell. Ich habe erst vor ein paar Stunden angerufen."

„Gutes Timing. Mein Terminkalender war frei. Das Flugzeug auch."

„Ich dachte, Sie würden anrufen. Ich…"

Ich hatte den Anruf getätigt, aber nicht erwartet, dass jemand so schnell auftauchen würde. Das war seltsam, nicht wahr? Wer flog die Ostküste hoch, ohne vorher anzurufen?

Trey hatte mir die Karte von Sinclair Security dagelassen. Was, wenn sie zusammen mit Trey in dieser Sache involviert waren? Was, wenn Knox Sinclair nur Stunden, nachdem ich angerufen hatte, vor meiner Tür stand, weil er bereits in Maine war? Weil er gestern Abend vor meiner offenen Tür gestanden hatte?

Knox' dunkle Augen legten sich auf meine. Ich konnte seinen Blick nicht deuten. Ich brauchte Hilfe. Ich brauchte jemanden, dem ich vertrauen konnte. Das bedeutete nicht, dass Knox meine Antwort war.

„Darf ich reinkommen?", fragte er mit tiefer Stimme.

Ich trat zurück, machte mit der Hand eine einladende Geste und begrüßte ihn im Haus. Knox ging an mir vorbei, seine Augen fegten über die Eingangshalle und das, was er vom Wohnzimmer sehen konnte, katalogisierten jedes Detail, mit einem unlesbaren Gesichtsausdruck. Wenn er sich darüber ärgerte, dass sein Tag durch einen Flug nach Maine unterbrochen wurde, sah man es ihm nicht an.

„Möchten Sie…äh, einen Kaffee? Mittagessen? Ich weiß nicht, wie wir das hier machen." Ich breitete die Hände mit offenen Handflächen ratlos vor mir aus.

„Einen Kaffee, gerne, aber kein Mittagessen. Ich habe im Flugzeug gegessen. Können wir uns irgendwo hinsetzen? Ich muss wissen, womit Sie es zu tun haben, bevor ich weiß, wie ich Ihnen helfen kann."

„Oh, natürlich. Ja. Ich hole Ihnen einen Kaffee, und wir können uns ins Wohnzimmer setzen. Lassen Sie mich nur erst meinen Sohn versorgen. Ich will nicht, dass er…" Ich deutete in Richtung Küche.

Knox schien zu verstehen. Er nickte, hob dann eine Augenbraue und neigte fragend den Kopf. Ich starrte ihn an und betrachtete sein dichtes, dunkles Haar, seine Augen, die so tief braun waren, dass sie fast schwarz schienen, seine scharfen Wangenknochen, seine gerade Nase und seine volle Unterlippe, die in diesem starken Gesicht einen deutlichen Kontrast darstellte.

Er fragte: „Wohnzimmer?"

Ich senkte meinen Blick, als mir Hitze in die Wangen stieg. In einer Sekunde war ich mir nicht sicher, ob ich dem Mann trauen konnte, und in der nächsten starrte ich auf seine Lippen. Ich musste mich zusammenreißen. „Ja, Entschuldigung, ich zeige es Ihnen."

Knox folgte mir, als ich ihn tiefer in das Haus führte, nachdem ich die Tür hinter ihm schloss und verriegelte. Das Wohnzimmer öffnete sich vor uns, und ich machte eine vage Geste. „Nehmen Sie bitte Platz. Ich bin gleich wieder da."

Nachdem ich Knox Sinclair sich selbst überließ, fand ich Adam, der das letzte Stück seines Sandwiches kaute. Er öffnete seinen Mund, um zu sprechen. Ich hielt ihn mit erhobener Handfläche auf. „Nicht mit vollem Mund."

Eine Sekunde lang hatte ich Angst, er würde ersticken, als er den Riesenbissen schluckte und ihn mit einem groß-zügigen Schluck Limonade herunterspülte.

„Wer war das?"

Ich war damit beschäftigt, eine frische Kanne Kaffee zu kochen und darüber nachzudenken, was ich sagen sollte. Ich versuchte, Adam nicht anzulügen. Er war erst fünf Jahre alt, aber Kinder haben tolle Lügen-Detektoren.

Ich hatte nicht vor, ihm zu sagen, dass ich Angst hatte, dass jemand versucht hatte, in das Haus einzubrechen. Auf keinen Fall. Ich gab mich mit einem Teil der Wahrheit zufrieden.

„Jetzt, da wir nur noch zu zweit hier sind, habe ich das Gefühl, dass wir das Alarmsystem aufrüsten müssen. Ich habe die Firma, die es installiert hat, angerufen, und sie haben jemanden geschickt. Ich muss mich mit ihm zusammensetzen, damit er uns helfen kann, herauszufinden, was wir tun sollten."

„Den Alarm aufrüsten? Du meinst Laser, damit niemand auf dem Boden laufen kann?" Adams Augen strahlten vor Begeisterung. Mein Kind hatte zu viele Zeichentrickfilme gesehen.

Ich schüttelte den Kopf. „Ich bin mir ziemlich sicher, dass es keine Laser geben wird. Wir leben in einem Haus, nicht einem Museum, auch wenn sich hier der kostbarste Schatz der Welt befindet." Er ließ sein reines Kindergrinsen aufblitzen und mein Herz zog sich zusammen.

Er *war* das Kostbarste in diesem Haus. Auf der ganzen Welt. Ich würde alles tun, um ihn zu beschützen.

„Ich habe das Gefühl, dass es ein ziemlich langweiliges Erwachsenentreffen werden wird. Wie wäre es, wenn du ins Familienzimmer gehst und dir ein paar Cartoons ansiehst?"

„FERNSEHEN? Tagsüber?"

Adam wartete nicht darauf, dass ich ja sagte. Er schob seinen Stuhl zurück und flog den Flur hinunter, ohne Knox Sinclair eines Blickes zu würdigen.

Solange Knox Sinclair kein Lichtschwert oder ein Team von Ninjas zur Verteidigung des Hauses dabei hatte, war Adam nicht vom Fernseher abzuhalten, auch nicht, um bei unserem Gespräch dabei zu sein.

Ich arrangierte Stücke vom frisch gebackenem Kaffeekuchen auf einem Teller und trug ihn auf einem Tablett mit zwei Tassen Kaffee, einem kleinen Kännchen Sahne und einer Dose Zucker hinein. Knox saß neben dem Couchtisch, vor ihm lagen bereits einige Aktenordner ausgebreitet.

Er hatte den Stuhl umgestellt, um einen Blick auf die

Eingangstür, den Flur und die hohen Fenster, die zum See führten, zu haben. Ich war also nicht die Einzige, die paranoid war.

Seine dunklen Augen hoben sich von dem Blatt Papier in seiner Hand. „Diese Fenster sind ein Alptraum für die Sicherheit."

Ich stellte das Tablett auf den Couchtisch und setzte mich auf die Couch neben dem Stuhl von Knox.

„Sind sie das? Das wusste ich nicht. Ich weiß wirklich kaum etwas über Sicherheit. Trey ließ das System installieren, als wir das Haus bauten, aber..."

„Trey war Ihr Mann?"

Ich nahm einen Schluck Kaffee, unruhig. In letzter Zeit war ich immer unruhig, wenn Treys Name vorkam.

Ich sollte nicht unruhig sein.

Ich sollte traurig sein.

War ich aber nicht.

Ich war unruhig, hatte Angst, hatte nicht vor, Knox Sinclair irgendetwas davon zu erzählen und gab mich mit einem Nicken zufrieden.

„Ja, Trey war mein Mann. Er entwarf das Haus und kümmerte sich um die Alarmanlage. Ich weiß, wie man sie bedient, aber ich kenne nicht alle Details."

„Ich habe sie genau hier", sagte Knox und deutete auf einen Ordner auf dem Couchtisch vor ihm. „Es sieht so aus, als hätte mein Vater die Installation persönlich beaufsichtigt. Es sollte nicht schwer sein, sie zu erweitern, sollte es das sein, was wir brauchen."

Knox griff nach einer Tasse Kaffee und ignorierte die Sahne und den Zucker, als er einen Schluck nahm und seine dunklen Augen auf mich richtete. „Sie haben gestern Abend in Panik angerufen. Erwähnten Einbrüche. Ist gestern Abend jemand eingebrochen?"

„Ja." Das Wort war aus meinem Mund, bevor ich es mir besser überlegen konnte.

Knox machte eine Notiz auf dem Papier in seiner Hand. „Was hat die Polizei gesagt?", fragte er, ohne aufzuschauen.

„Ich, äh, ich habe sie nicht angerufen."

Seine Augen konzentrierten sich auf mich. „Gibt es einen Grund, warum Sie uns und nicht die Polizei angerufen haben, als ein Eindringling in Ihrem Haus war?"

„Ich, äh, ich..."

Knox lehnte sich nach vorne. „Wovor haben Sie Angst, Lily? Ich kann Ihnen nicht helfen, wenn Sie nicht mit mir reden wollen."

„Ich weiß nicht, wo ich anfangen soll", sagte ich, mir dessen bewusst, dass diese Worte so viel, und doch so wenig erklärten.

Ich wusste nicht, womit ich anfangen sollte. Mit den Einbrüchen, mit meinem Leben als Witwe, mit Knox Sinclair, oder seinem Hilfsangebot.

„Fangen Sie am Anfang an", sagte Knox einfach.

Der Anfang war einfach. College, Trey, der erste Rausch betörender, verrückter Liebe. Das war der eigentliche Anfang. Aber das war nicht, was Knox meinte.

„Etwa einen Monat nach Treys Tod", begann ich, „dachte ich, jemand hätte versucht, ins Haus zu gelangen. Der Alarm ging los und die Polizei kam. Sie sagten, dass niemand da war, aber ich wusste, dass jemanden draußen war."

„Ist es wieder passiert?"

„Jede ein bis zwei Wochen."

„So oft?", fragte Knox und hob eine dunkle Augenbraue.

„Sie haben nicht immer versucht reinzukommen. Manchmal waren es Dinge draußen, die bewegt wurden.

Spuren an den Fenstern, als hätte jemand versucht, sie mit Gewalt zu öffnen."

„Haben Sie die Spuren der Polizei gezeigt? Was haben sie gesagt?"

Ich schüttelte den Kopf. „Treys bester Freund Dave ist Sheriff. Er, äh, er hat seit Treys Tod ein Auge auf uns geworfen. Er hat gesagt, dass es wahrscheinlich nichts Ernstes war, nur Teenager, die herumgealbert haben. Die Spuren auf dem Garagentor seien von einem Tier, das an den Müll wollte, aber..."

Diese dunklen Augen blitzten wieder auf. „Haben Sie hier Probleme mit Tieren? Haben sie schon einmal versucht, in die Garage zu kommen?"

„Nein. Wenn ich die Mülltonnen draußen lasse, sicher. Wir sind hier von den Wäldern umgeben. Es gibt hier Tiere, ja. Waschbären und Füchse. Manchmal Kojoten. Viele Rehe im Sommer. Aber, dass sie versuchen, in die Garage zu kommen und das Haus zu beschädigen? Niemals. Wenn es also Tiere sind, warum dann jetzt?"

„Gute Frage", sagte Knox mit leiser Stimme. „Haben Sie jemanden in der Nähe gesehen?"

„Nein. Ein paar Mal dachte ich, ich hätte etwas gehört, aber..."

„Was ist gestern Abend passiert?"

Ich ging durch die Ereignisse des Vorabends und versuchte, meine Stimme ruhig zu halten. Als ich fertig war, legte Knox seinen Notizblock und seinen Stift auf den Couchtisch und lehnte sich in seinem Stuhl zurück, den Knöchel auf das Knie gestützt, die Arme über der Brust verschränkt.

„Sie sind sicher, dass Sie die Alarmanlage angeschaltet haben, und dass Sie die Türen verriegelt waren."

„Ich bin sicher", sagte ich. „Ich vergesse nie, abzuschließen. Ich kontrolliere die Türen jede Nacht, nachdem

Adam eingeschlafen ist, und ich vergesse nie den Alarm. Niemals."

Angespannt unter dem Druck von Knox' ruhigem Blick, stand ich auf und lief vor meinem Stuhl auf und ab. „Ich weiß, was ich gesehen habe. Ich weiß, was ich gehört habe. Adam war im Bett. Ich war die Einzige im Haus. Ich hätte die Einzige im Haus sein sollen. Ich denke mir das nicht aus."

„Setzen Sie sich, Lily."

Mein Hintern plumpste auf meinen Stuhl, bevor mir bewusst wurde, dass er den gleichen Ton benutze, wie ich bei Adam.

Ich blieb, wo ich war. Knox war nicht freundlich. Er war etwas unheimlich, aber er war hier, um mir zu helfen. Ich wollte ihn nicht verärgern.

Er studierte mich, schätzte mich ab und nahm mich auseinander. Ich bekämpfte den Drang, mich zu winden. Schließlich fragte er: „Glaubt jemand, dass Sie sich das ausdenken?"

„Dave. Treys Freund. Der Sheriff. Er denkt, ich übertreibe. Der Rest der Polizei stimmt ihm zu."

„Haben Sie deshalb gestern Abend bei uns angerufen?"

Ich nickte. Es genügte, dass Knox wusste, dass ich Angst hatte, dass jemand hier eingedrungen war. Meine anderen Ängste brauchte er nicht zu kennen.

Dass die Polizei entscheiden konnte, ich sei instabil. Dass sie mir Adam wegnehmen konnten. Dass ich nicht in der Lage wäre, sie aufzuhalten.

Knox klappte die Mappe auf dem Couchtisch auf. „Ihr Alarm wurde gestern Abend um 3:28 Uhr durch den Hauptcode deaktiviert. Das waren Sie nicht?"

Ich schüttelte den Kopf, versenkte meine Zähne in der Unterlippe, als Panik durch mich hindurchging, und mich zum Stehen, zum Gehen, zum Laufen antrieb. Ich blieb still und schüttelte zum zweiten Mal den Kopf, als meine Zähne weiter in meiner Lippe verankert waren. Ich Angst hatte, dass meine Stimme zittern würde.

Ich hatte es mir nicht eingebildet.

Jemand hatte die Alarmanlage mit meinem eigenen Code deaktiviert, während ich schlief.

Knox füllte die Lücken aus und fuhr fort: „Die Alarmanlage wurde um 4:18 Uhr morgens wieder aktiviert. Waren Sie das?"

Ich nickte. Knox schloss den Ordner. Er nahm gedankenverloren ein Stück Kaffeekuchen, das ich vor ihn gestellt hatte, brach eine Ecke ab und schob es sich in den Mund. Er kaute, seine Augenbrauen zogen sich verwirrt zusammen, als er die Kaffeetasse zum Mund hob, einen Schluck nahm und den Kaffeekuchen hinunterspülte.

Hatte ich es wieder vermasselt? Wie konnte ich Kaffeekuchen verderben? Wie konnte ich so gut kochen und so schrecklich backen? War das nicht dasselbe?

Abgelenkt brach ich mir eine eigene Ecke ab. Trocken, zu salzig, mit Aluminiumnoten vom Backpulver. Igitt. Ich tat es Knox gleich und spülte meinen Mund mit Kaffee. Noch ein Kaffeekuchen, der im Mülleimer landen würde.

Knox hielt seine Tasse mit beiden Händen und nippte wieder, und ich fragte mich, ob er sich den Geschmack des Kaffeekuchens aus dem Mund wusch. Ich konnte es ihm nicht verübeln. Als er mich durch den Dampf ansah, fragte er: „Warum sollte jemand versuchen, in Ihr Haus einzubrechen?"

„Ich weiß es nicht. Ich habe nichts, was sich zu stehlen lohnt."

Knox' Augen wanderten durch das Wohnzimmer und betrachteten die Skulpturen, die Kunst an den Wänden. „Schmuck? Geld in einem Safe? Kunstwerke oder Wertgegenstände sind leichter zu bewegen als das, was hier drin ist."

„Ich habe nicht viel Schmuck. Eine Perlenkette, die mir meine Eltern an meinem einundzwanzigsten Geburtstag geschenkt haben. Meine Hochzeits- und Verlobungsringe. Ein paar Dinge hier und da, aber nichts Wertvolles. Nichts, wofür es sich lohnt, den ganzen Weg hierher zu fahren."

„Was hat Ihr Mann vor seinem Tod getan?"

War das nicht die Millionen-Dollar-Frage? Was *hatte* Trey getan? Das war eine Frage, die ich während unserer Ehe so oft hätte stellen sollen. Ich hätte Antworten verlangen sollen.

Ich hätte Treys einfache Erklärungen nicht akzeptieren dürfen.

Zuerst war ich zu verliebt, um zu drängen. Später hatte ich viel zu viel zu verlieren.

„Lily? Wissen Sie nicht, was Ihr Mann beruflich gemacht hat?"

„Ich, äh, nein", gab ich zu, Hitze überflutete meine Wangen. Welche Frau wusste nicht, was ihr Mann beruflich tat? Knox sagte nichts, hob nur eine dunkle Augenbraue an und wartete offensichtlich auf eine Erklärung.

„Wir sind hierhergezogen, als er einen Job bei einer Firma bekam, die Quellwasser verkaufte. Er sollte in der Logistik und im Vertrieb tätig sein. Er blieb etwa ein Jahr lang bei ihnen, bevor er auf eigene Faust loszog."

„Er hatte seine eigene Firma gegründet?"

„Er nannte es *Spencer Distributors*, aber er sagte mir nie die Namen seiner Kunden, nur, dass es vertraulich war."

„Hat er zu normalen Zeiten gearbeitet? Hatte er ein Büro? Mitarbeiter oder Angestellte?"

„Acht bis sechs, meistens von seinem Büro im Haus.

Er hatte viele Besprechungen und ist immer zu seinen Kunden gereist. Er war oft weg. Keine Mitarbeiter. Ich hab immer gedacht, dass er jemanden einstellen sollte, um sich die Last zu teilen, damit er weniger arbeiten musste, aber das wollte er nicht. Er hat gesagt, dass er lieber selbst an allem arbeitet."

„Und nach seinem Tod? Haben Sie die Firma geerbt?"

„Das habe ich, technisch gesehen."

„Technisch gesehen?"

„Technisch gesehen gehört das Unternehmen mir, aber der Anwalt hatte außer der LLC-Anmeldung keine weiteren Informationen. Keine Bankkonten, keine Kundenlisten. Falls jemand nach Trey gesucht hat, sind sie nicht hierhergekommen."

„Bankkonten? Sein Laptop?"

„Ich habe seine Bankdaten nicht gefunden."

„Halten Sie es für möglich, dass jemand, der in die Geschäfte Ihres Mannes verwickelt war, versucht hat, in Ihr Haus einzudringen?"

Ich holte tief Luft und atmete unter dem Gewicht seiner Frage schwer aus. „Das ist das einzige, was Sinn macht", sagte ich, „aber ich weiß nicht, wo ich anfangen soll, wer es sein könnte, oder wieso sie es tun. Ich will einfach nur, dass sie aufhören."

„Das ist mein Job. Was ist mit Ihren persönlichen Finanzen? Gibt es da Probleme?"

Ich war mir nicht sicher, wie viele Informationen ich Knox Sinclair geben sollte. Er hatte gesagt, dass er hier war, um mir zu helfen, aber ich hatte die Telefonnummer von Sinclair Security in Treys Tisch gefunden. Wenn die Einbrüche mit Treys Arbeit zu tun hatten, dann war alles, was mit ihm zu tun hatte, belastet.

Ich musste das Risiko eingehen. Wenn Knox hier war,

um zu helfen, musste ich ihm vertrauen. Ein wenig, aber nicht ganz.

„Mit unseren persönlichen Finanzen scheint alles in Ordnung zu sein. Wir hatten keine Probleme mit seiner Lebensversicherung, kein Geld, das auf den Bankkonten fehlte. Alles war in Ordnung mit den Abrechnungen."

„Er hat Sie finanziell abgesichert?"

„Ja", antwortete ich, weil ich nicht bereit war, Knox genau zu sagen, wie gut uns Trey abgesichert hatte, als er uns verließ.

Zu sehr. So gut, dass mir die Kinnlade heruntergefallen war, als ich auf die Dokumente des Anwalts starrte. Woher hatte Trey all das Geld? Es lag einfach auf unseren Bankkonten, die Steuern waren ordnungsgemäß bezahlt, und ich hatte keine Ahnung, wie er es verdient hatte.

Knox richtete sich in seinem Stuhl auf, lehnte sich mit aufgestützten Ellbogen nach vorne und blickte offen in meine Richtung. „Das ist der Teil, der ein wenig unangenehm sein könnte. An welches Budget hatten Sie gedacht?"

„Warum sagen Sie mir nicht, was ich Ihrer Meinung nach brauche?", fragte ich. „Und ich werde Ihnen sagen, ob ich es mir leisten kann."

„Na gut", sagte Knox, der Hauch eines Lächelns huschte über seine Lippen. „Ich glaube, Sie brauchen jemanden, der rund um die Uhr vor Ort ist, bis wir herausfinden, was los ist. Ich denke, wenn wir denjenigen erwischen wollen, der versucht, ins Haus zu kommen, lassen wir das System so, wie es ist."

„Wir stellen ihm eine Falle?"

„So was in der Art."

„Wie funktioniert das also? Wann werden Sie jemanden hochschicken?"

„Jemand ist bereits hier."

„Sie?" Nerven vibrierten meine Wirbelsäule hinunter. Könnte ich mit Knox Sinclair vierundzwanzig Stunden am Tag, sieben Tage die Woche umgehen? Diese dunklen Augen, seine Größe, die über mir ragte.

Wenn er hier war, um mich zu beschützen, würde Knox Sinclair fast jede Bedrohung abschrecken.

Und wenn nicht?

Wenn er nicht hier war, um mich zu beschützen, war ich viel schlechter dran, als ich dachte...

3

KNOX

L ily Spencers braune Augen waren starr vor Schreck. Sie hatte nicht erwartet, dass ich bleiben wollte. Pech gehabt. Dieser Job war zu wichtig, um ihn jemand anderem anzuvertrauen.

Lily war darin verwickelt. Ich konnte es riechen. Man sah es ihr an – sie war angespannt, und hätte mich am liebsten aus der Tür gestoßen, als sie mich gesehen hatte.

SIE WAR EIN TEIL, aber in welcher Hinsicht? Hatte sie mit ihrem Mann und meinem Vater zusammengearbeitet? Wusste sie, was Tsepov und die russische Mafia suchten?

ODER WAR SIE EINE SCHACHFIGUR, die von Trey Spencer als Tarnung benutzt wurde?

Mein Bauchgefühl sagte mir, dass Lily Spencer unschuldig war. Okay, nein. Das war nicht mein Bauchge-fühl, das da sprach. Das war mein Schwanz. Meinem Schwanz war es egal, wessen sie schuldig war. Meinem

Schwanz war ihre glatte, samtweiche Haut wichtig, ihre weichen, krausen Locken.

Mein Schwanz wollte ihre vollen Hüften, ihre hohen, festen Brüste und ihren runden, vollen Hintern. Mein Schwanz hatte Prioritäten und keine davon hatte mit dem Fall zu tun.

Mein Schwanz musste sich zurückhalten. Wortwörtlich.

Schlaf nicht mit der Kundin.

Noch wichtiger, *schlaf nicht mit der Zielperson.* Wenn die fragliche Frau beides war, war die Antwort einfach, oder?

Finger weg.

Egal, wie sehr ich in ihr versinken wollte, es würde nicht geschehen. Lily war bestenfalls tabu.

Im schlimmsten Fall könnte sie eine Diebin gewesen sein oder eine Mörderin.

Selbst bei meinem Misstrauen musste ich zugeben, dass es wahrscheinlicher war, dass Trey Spencer von Tsepov und der Mafia getötet worden war als von dieser Frau mit den ängstlichen Augen und der Größe einer Fee.

Wahrscheinlich, aber alles war möglich. Ich hatte schon vor langer Zeit gelernt, Frauen nicht zu unterschätzen, vor allem nicht die, die am verletzlichsten aussahen.

Während ich meinen Instinkt zurückdrängte, die Angst in ihren braunen Augen besänftigen zu wollen, sagte ich: „Ich muss auf dem Grundstück bleiben."

Bei der Vorstellung, dass ich einziehen würde, zuckte Lily zusammen. Weil sie Fremden gegenüber misstrauisch war, oder weil sie mich nicht nah genug haben wollte, um sie im Auge zu behalten?

„Wir haben ein Gästehaus", sagte sie mit ihrer tiefen,

süßen Stimme. „Ganz in der Nähe des Hauses. Ich werde es Ihnen zeigen. Es gibt eine Gegensprechanlage dazwischen. Ich muss nach Laken und Handtüchern sehen..."

Ihre Stimme verstummte, als sie in Gedanken versank und einen unerwarteten Gast einplante. Sie begann sich zu erheben, dann sank sie wieder in ihren Sitz zurück. „Wir haben nicht über Ihr Honorar gesprochen. Sicherheit vor Ort ist teuer, ich weiß-"

„Sie haben einen Sohn zu beschützen", sagte ich milde und bemerkte einen Blitz von Wut in ihren Augen angesichts der Andeutung, sie würde ihren Sohn der Gnade desjenigen überlassen, der bei ihr einbrach.

„Das weiß ich", schnappte sie zurück. „Deshalb sind Sie hier. Ich kann mir leisten, was immer Sie verlangen, aber ich sollte wissen, wie viel das ist, nicht wahr?" Ihr Kinn hob sich und Herausforderung funkelte in ihren Augen.

Mit einem leichten Achselzucken überreichte ich ihr eine Mappe mit unserem Vertrag und unserer Gebührenordnung. „Sehen Sie sich das durch, während ich das Büro über die Situation informiere. Wenn es Probleme gibt, werden wir sie lösen."

Ich erhob mich und ging mit dem Telefon am Ohr von der Sitzecke weg. Ich brauchte nicht anzurufen, eine SMS hätte genügt, aber ich wollte eine Ausrede haben, um durch die erste Etage zu gehen, bevor Lily die Chance hatte, sich vorzubereiten.

Aus den Augenwinkeln beobachtete ich, wie sie den Inhalt der Mappe durchblätterte und nur ein wenig zuckte, als sie die Gebührenaufstellung las. Das konnte ich ihr nicht verübeln. Ich hätte auch gezuckt.

Sie hatte Recht. Ein rund um die Uhr Schutz war nicht billig. Was eine Frage aufwarf. Warum sollte eine Witwe, die ein ruhiges Leben auf dem Land führte, Schutz brauchen?

Lily behauptete, dass sie nicht wusste, was vor sich ging. Ich hatte diesen Job zu lange gemacht, um auf eine unschuldige Klientin hereinzufallen.

Eine Stimme sprach mir ins Ohr. „Sinclair Security, mit wem darf ich Sie verbinden?"

„Alice, ich bin's, Knox. Lass Cooper wissen, dass ich bleibe."

„Wird gemacht", antwortete Alice. „Bericht?"

„Noch nichts."

„Aber genug, dass du bleibst?"

„Du hast es erfasst", sagte ich.

„Cooper wird mehr wollen als das, Knox. Gib mir wenigstens etwas, um ihn hinzuhalten."

„Es gibt nichts zu sagen. Nur mein Bauchgefühl, das mir sagt, ich soll mich umsehen."

Alice seufzte, da sie aus Erfahrung wusste, dass es ihr nichts bringen würde, mich zu drängen. Sie konnte mit Cooper umgehen.

JEDEN ANDEREN HÄTTE ER ANGEKNURRT, wenn er vertröstet wurde. Bei Alice hielt er aber den Mund. Für eine Weile.

Als ich den Anruf beendete, steckte ich mein Telefon in die Tasche und schlenderte den Flur entlang, weg vom Wohnzimmer, in dem Lily Spencer wartete.

Das Haus war modern, aggressiv, und gar nicht mein Ding. Ich mochte Holz, nicht Metall und Glas, aber ich konnte nicht leugnen, dass der Blick auf den See spektakulär war.

Trey Spencer hatte Geschmack bewiesen.

Mit seinem Haus. Mit seiner Frau.

Der Klang einer Kindersendung trieb durch den Saal.

Das Kind, verbannt, während die Erwachsenen über Geschäfte redeten. Ich hatte nur einen flüchtigen Blick erhascht, als er am Wohnzimmer vorbeiraste. Genug, um zu sehen, dass Lilys Kind ihrem verstorbenen Mann wie aus dem Gesicht geschnitten war und ihr überhaupt nicht ähnlich sah.

Interessant.

Aus den Augenwinkeln beobachtete ich, wie Lily den Vertrag aus der Mappe nahm und sorgfältig Zeile für Zeile las, während sie mit einem Stift spielte.

Sie hatte um Hilfe gebeten, aber sie vertraute mir nicht. Sie hatte mich aber auch nicht hinausgeworfen. Sie war dabei, den Vertrag zu lesen, und wenn sie fertig war, würde sie unterschreiben.

Ich musste den Stift in ihren Fingern nicht sehen, um das zu wissen. Sie hatte Angst, und sie war verzweifelt. Wenn sie in den Schlamassel meines Vaters verwickelt war, würde ich es herausfinden. So oder so, ich würde sie beschützen.

ICH NUTZTE IHRE ABLENKUNG UND SCHLENDERTE DEN FLUR RECHTS VON DER EINGANGSTÜR HINUNTER. Nicht viel da. Ein Gäste-WC und eine geschlossene Tür am Ende des Flurs. Gut geölte Scharniere bewegten sich stumm, als ich meinen Kopf durch die Tür steckte.

Ein Büro. Leder und Holz, mit einem überdimensionalen Schreibtisch. Das Büro des Ehemannes. Ich kannte sie erst seit ein paar Minuten, aber ich konnte sehen, dass nichts von Lily in diesem Raum war.

Auf dem Rückweg zum Eingang sah ich mir die Küche an. Dieser Raum war Lily. Warm und einladend, von der nach Vanille duftenden Kerze, die auf der Kücheninsel brannte, bis zum Steinguttopf mit Spateln und Löffeln.

Die ländliche Gemütlichkeit kontrastierte mit der krassen Modernität des übrigen Ortes. Wenn Trey Spencer Lily bei der Gestaltung des Hauses konsultierte, bezweifle ich, dass er viele ihrer Vorschläge berücksichtigt hatte.

Ich ging am Wohnzimmer vorbei, machte mich auf den Weg zur anderen Seite des Hauses und schnüffelte weiter. Ein kurzer Blick verriet mir, dass Lily immer noch mit dem umfangreichen Vertrag beschäftigt war.

SIE WIRBELTE DEN STIFT WEITER HERUM, ihre Schultern straff und ihr Rücken gerade.

Ängstlich? Auf jeden Fall. Ich wusste nur nicht, warum.

War es ein schlechtes Gewissen oder gute altmodische Angst? Wenn ihre Geschichte wahr wäre, wachte sie in der Nacht auf, entdeckte, dass ihre Alarmanlage ausgeschaltet war und ihre Hintertür offen. Sie dachte, jemand war im Haus. Das war genug, um jeden zu erschrecken.

Wenn ihre Geschichte wahr war.

Sie hatte nicht bemerkt, dass ich am Wohnzimmer vorbeiging und den Flur links von der Haustür erkundete. Die Treppe zur zweiten Ebene stieg zu meiner Rechten an. Ich sah sie an, als ich das Alarmsystem überprüfte.

Weiter vorne, auf der linken Seite, befand sich ein Familienzimmer mit einem riesigen Fernseher und schwarzen Ledersofas. Das Kind verschwand praktisch in den tiefen Kissen, seine Aufmerksamkeit konzentrierte sich auf den Zeichentrickfilm, der auf dem Bildschirm lief. Ich schlich unbemerkt vorbei. Hinter dem Familienzimmer fand ich die Waschküche, den Eingang zur Garage und die Hintertür.

Den größten Teil der Fläche im ersten Stock nahm das

geräumige, zweiteilige Wohnzimmer ein, in dem ich Lily zurückgelassen hatte.

Als ich mich auf den Weg zurück zu Lily machte, war der Vertrag aufgeklappt, ihre ordentliche Unterschrift in Blau, daneben das Datum.

Genugtuung wärmte meine Brust. Ich hatte nicht wirklich gedacht, dass sie mich abweisen würde, aber ihre Unterschrift auf dem Vertrag zerstreute diese kleine Sorge. Ich nahm den Papierkram und den Stift, unterschrieb, steckte den Vertrag in meine Aktentasche und sagte: „Ich werde Ihnen heute eine Kopie davon zukommen lassen. Wollen Sie mir zeigen, wo ich schlafen werde?"

„Natürlich", sagte sie, stand auf und rieb ihre Handflächen über ihre Hüften. Ich folgte ihr den Flur hinunter in den Lehmkeller, wo sie anhielt und ihre Füße in rosa Flip-Flops schob. „Es ist hier draußen."

Der Geruch von Kiefernholz, Sommersonne, See und Schlamm traf mich auf einmal. Lily war hier oben isoliert, Meilen von der kleinen Stadt Black Rock entfernt. Ich war von dem Haus nicht begeistert, aber ich konnte den Reiz des Landlebens erkennen.

Die Sonne funkelte auf dem See, durch die Bäume gesprenkelt. Alles, was ich brauchte, waren eine Hängematte und ein Bier, um zufrieden zu sein.

Lily steckte ihre Hände in die Taschen und ging einen schmalen Pfad hinunter zu dem kleinen Häuschen, das ich gesehen hatte, als ich hineingefahren war. Nicht vergleichbar mit dem Haupthaus, passten die grob behauenen Baumstämme und das Blechdach viel besser zum Wald als Trey Spencers Metall- und Glasskulptur eines Hauses.

„Haben Sie das zusammen mit dem Haupthaus gebaut?", fragte ich.

Lily lachte, der Ton leicht, musikalisch. Sie ging

leichtfüßig die Stufen zur Veranda hinauf, während sie mit ihren Fingern über die geschälten Baumstämme strich, die das Geländer bildeten.

„Nein. Trey wollte es abreißen, aber ich hab es nicht zugelassen. Es steht hier seit Anfang des neunzehnten Jahrhunderts. Früher gab es auf diesem Grundstück ein Pfadfinderlager. Es wurde vor vielen Jahren verkauft, aber einige der Hütten stehen noch. Es ist ein Teil der Geschichte der Stadt. Man kann es vom Haus aus nicht wirklich sehen, also ließ Trey es mich behalten."

Sie schloss die Tür auf und führte mich in den kleinen, gemütlichen Raum. Ein gemauerter Kamin nahm fast die gesamte Breite der hinteren Wand ein. Auf der gegenüberliegenden Seite befand sich ein Kingsize-Bett. Die Matratze war bar und der Rahmen wurde aus mehreren dieser geschälten, lackierten Kiefernholzblöcke gefertigt. Das Holz schimmerte, so oft lackiert, dass es glänzte. Die Nachttische, der Couchtisch und der kleine Tisch bei der Küche der Kombüse waren alle im gleichen Stil gefertigt.

Als Lily mir zusah, wie ich den Raum betrat, sagte sie: „Die Möbel sind alle aus der Gegend. Ich sah sie auf der Handwerksmesse, als wir einzogen, und sie gefielen mir, aber..."

„Sie passen nicht zum Haus", beendete ich.

„Das tun sie nicht", stimmte Lily mit einem schwachen, verlegenen Lächeln zu, „aber sie waren so schön. Ich wusste, dass sie hier drin perfekt aussehen würden. Als Gästehaus wird es nicht oft benutzt, aber es sollte alles haben, was Sie brauchen könnten."

Während sie mit dem Finger zeigte, fuhr sie fort. „Da drüben ist eine kleine Küche. Sie sind natürlich eingeladen, mit Adam und mir zu essen. Ich verspreche, dass die meisten meiner Mahlzeiten besser sind als dieser Kaffeekuchen. Das Badezimmer ist dort drüben, und es gibt Internet, obwohl es nicht sehr schnell ist."

„Es sieht gut aus. Ich werde Ihr Alarmsystem überprüfen und wahrscheinlich einige zusätzliche Sensoren und Kameras installieren müssen. Ist es in Ordnung, wenn ich hier herumlaufe? Rein und raus gehe?"

Eine einfache Frage, die eine einfache Antwort haben sollte. Sie hatte mich angeheuert, um auf ihre Sicherheit zu achten. Sie musste mir vertrauen, warum mich sonst einstellen?

Ich wusste, bevor ich fragte, dass der Gedanke, ich würde in ihrem Haus rein- und rausgehen, ihr Unbehagen bereitete.

Wie schade. Das würde nicht funktioniert, wenn ich jedes Mal klingeln musste, um reinzukommen. Lily biss sich auf die Lippe und zuckte in einem unbeholfenen Ruck mit ihrer Schulter, was in etwa einem Achselzucken entsprach.

„Natürlich, ja, das ist okay. Adam hat heute keine Vorschule, also werden wir in der Nähe sein. Ich sorge dafür, dass er Ihnen nicht in die Quere kommt."

„Ist schon gut. Ich mag Kinder."

„Dann lasse ich Sie sich einrichten und kümmere mich darum, das Bett zu machen und ein paar Handtücher zu holen."

Einen Herzschlag später war sie zur Tür hinaus. Ich sah, wie sie zurück zum Haus eilte.

Lily Spencer war nicht das, was ich erwartet hatte. Auf dem Bild, das wir in den Akten hatten, war sie schlank und kultiviert gewesen, ihr Haar war glatt und ging kaum bis zu den Schultern. Die Perlen um ihren Hals passten zu den Knöpfen an ihrem sittsamen Twin-Set. Sie stand am Arm ihres Mannes, mit einem angespannten Lächeln im

Gesicht, als sie bei einer Wohltätigkeitsveranstaltung fotografiert worden waren.

Trey Spencer wirkte selbstgefällig. Zufrieden. Lily sah gefangen aus. Ich wusste nicht, warum dieses Wort jedes Mal, wenn ich das Foto sah, in meinem Kopf hängen blieb.

Gefangen.

Warum gefangen?

Eine schöne Frau am Arm eines gut aussehenden Mannes. Vom äußeren Erscheinungsbild her waren sie wohlhabend und abgesichert, aber etwas stimmte mit ihren Augen nicht, in der Art, wie sie neben ihrem Mann, aber nicht wirklich *mit* ihm, stand.

Ich hatte ein Twin-Set und glattes Haar erwartet. Mit ihren steifen Schultern und ihrer raffinierten Kleidung, stellte diese Frau eine bequeme Verdächtige dar.

Diese Lily tat es nicht. Ihr Haar war eine Pracht aus weichen, dunklen Locken. Sie trug keinen Schmuck, kaum etwas Make-up. Statt eines Twin-Sets trug sie rosa Flip-Flops, ausgefranste Jeans und ein T-Shirt, das schon bessere Tage gesehen hatte.

Diese Lily war kein aus der Zeitung ausgeschnittenes Bild, sie war aus Fleisch und Blut – sie war echt. Vielleicht nicht gefangen, aber sie *hatte* schreckliche Angst.

Früher oder später musste ich herausfinden, warum.

4

KNOX

„Mein Vater ist tot", ertönte eine kleine Stimme. Ich sah nach unten und sah Lilys Sohn am Fuß der Leiter stehen.

Ich installierte gerade neue Kameras unter dem Dachvorsprung an der Seite des Hauses. Adam Spencer blickte zu mir auf, mit kristallblauen Augen, die dem karibischen See glichen, sein zerzaustes, weißblondes Haar stand ihm in die gebräunte Stirn. Seine Stimme war sachlich, als er die Nachricht vom Tod seines Vaters mitteilte.

Ich nickte ernst und sagte: „Ich weiß. Es tut mir leid."

Adam zuckte mit der Schulter in derselben Weise wie seine Mutter nur eine Stunde zuvor.

„Es ist okay", sagte er, „meine Mama und ich halten durch."

Ich nickte wieder. Adam stand da, Hände locker an den Seiten, und beobachtete mit neugierigen Augen, wie ich die Schrauben anzog, die die dunkelgraue Kamera unter dem Dachvorsprung festhielten, wo sie sich optisch fast perfekt einfügte.

„Soll das nach den bösen Männern suchen? Wird es sie davon abhalten, ins Haus zu gelangen?"

„Was weißt du über böse Männer?", fragte ich mit unbeschwerter Stimme. Mein Instinkt schärfte sich bei der Erwähnung von *bösen Männern*, aber der Junge war erst fünf. Es war möglich, dass er nichts Wichtiges wusste. Trotzdem schadete es nicht, dass ich nachhakte.

Adam fokussierte seine blauen Augen nachdenklich auf mich, bevor er sagte: „Ich weiß, dass der Alarm ein paar Mal losgegangen ist. Sheriff Dave ist gekommen."

„Ist das alles?", forschte ich nach.

„Mama hat sich Sorgen gemacht." Er warf einen kurzen Blick über die Schulter und fuhr fort: „Sie sagt, es ist alles okay, aber seit Vater weg ist..." Er schluckte hart.

Ich musste drängen, solange ich die Gelegenheit dazu hatte. Ich fühlte mich wie ein Arschloch und fragte: „Seit dein Vater weg ist, macht sie sich Sorgen?

Oder war sie vorher auch besorgt?"

Adams Blick fiel zu Boden. Er trat mit seinem Turnschuh in den Schmutz und zog eine Linie durch zimtbraune Kiefernnadeln, wodurch der dunklere Lehm darunter freigelegt wurde.

Offensichtlich zu einer Entscheidung gekommen, richtete er sich auf, die Füße nebeneinander in einer fast militärischen Haltung, bevor er sein Kinn hob und sagte: „Vorher auch. Mein Vater war nicht oft zu Hause. Manchmal haben sie geschrien. Dann war sie traurig und machte sich noch mehr Sorgen. Wirst du das wieder in Ordnung bringen?"

„Ich werde es versuchen", sagte ich und war mir nicht sicher, ob ich die Wahrheit gesagt hatte.

„Woher weiß ich, dass du nicht einer von den Bösen bist?", fragte Adam.

Kluges Kind. „Das bin ich nicht. Ich verspreche es."

Ich wusste mit absoluter Sicherheit, dass ich kein Bösewicht war. Und dass Adam keiner war. Über alle anderen war ich mir noch unschlüssig.

Ich konnte nicht versprechen, dass die Dinge für Lily gut liefen, bis ich wusste, wie sehr sie in die Geschäfte ihres Mannes und meines Vaters involviert war.

Seit dem Tag, an dem meine Brüder und ich das erste Geheimnis meines Vaters gelüftet hatten, hatte ich erfahren, wie tief Verrat gehen konnte. Fünf Jahre lang hatten wir den Tod meines Vaters betrauert, bis wir erfuhren, dass er noch am Leben und auf der Flucht vor der russischen Mafia war.

Er hatte uns schon einmal im Stich gelassen, indem er seinen Tod vortäuschte. Jetzt hatte er uns zur Zielscheibe für die Rache der Mafia gemacht. Da mein Vater unauffindbar war, wollten sie, dass wir ihnen zurückgaben, was er gestohlen hatte. Das Problem war, dass wir keine Ahnung hatten, was er gestohlen hatte und wie wir es zurückholen konnten.

Was wir wussten, konnte kaum eine Postkarte füllen. Mein Vater und seine Freunde waren in alle möglichen schmutzigen Geschäfte verwickelt, von rätselhaften Adoptionen, bis hin zum Menschenhandel für die russische Mafia.

Nachdem das Geld in und aus den Geheimkonten meines Vaters geflossen war, führte uns das direkt zu Trey Spencer. Spencer, und möglicherweise auch Lily, waren in all das verwickelt.

Das Kind vor mir hatte mit den Verbrechen seiner Eltern nichts zu tun. Er hatte es nicht verdient, dass ich ihn nach Informationen ausfragte, aber Andrej Tsepov hatte meine Mutter bedroht, und die Uhr tickte. Wenn er nicht bekam, was er wollte, wäre er hinter meiner Familie her.

Ich konnte es mir nicht leisten, Adam in Frieden zu lassen. Ich brauchte Antworten, und ich brauchte sie jetzt.

Die Sturmtür hinter dem Haus wurde zugeschlagen. Lilys Stimme trieb mit dem Wind.

„Adam. Adam!"

Panik lag in ihrer Stimme. Sie versuchte es zu verbergen, aber sie hatte Angst. Durch die Bäume kam aus der Ferne ein Knirschen von Reifen auf Kies. Ein Auto fuhr die lange Einfahrt hinunter.

Adam rief in aller Unschuld: „Ich bin hier drüben, Mama."

Lily kam um das Haus herum, ihre Schritte stampften auf den Boden, die Lippen fest zusammengepresst.

„Was machst du draußen? Du weißt, dass du das Haus nicht verlassen darfst, ohne mir Bescheid zu sagen", ermahnte sie, als sie ihn erreichte, ihm einen Arm um die Schultern legte und ihn mit Erleichterung an sich zog.

„Ich half nur Herr… Ich half nur…" Er sah zu mir auf und mir wurde klar, dass wir uns noch nicht formell vorgestellt worden waren. Ich kletterte die Leiter hinunter und streckte Adam eine Hand entgegen, der sie nahm und trotz seiner kleinen Finger mit einem festen Griff drückte.

„Knox Sinclair", sagte ich, „von Sinclair Security."

Adam nickte mir zu. „Mein Name ist Adam Spencer."

„Er darf ohne Aufsicht nicht nach draußen", Lilys Augen richteten sich auf den See, der in weniger als 100 Fuß Entfernung in der Sonne glitzerte. „Ich weiß, Sie sind kein Babysitter, und er ist ein guter Schwimmer, aber das ist die Regel. Ich wäre Ihnen dankbar, wenn Sie die Augen offen halten könnten. Manchmal vergisst er es."

. . .

LILY DRÜCKTE IHREN SOHN NOCH EINMAL UND GRIFF NACH UNTEN, um ihn unter dem Arm zu kitzeln. Er quiekte und drehte sich in ihre Richtung.

„Mama, ich war nur eine Minute hier draußen-"

Das Summen eines Motors unterbrach Adam. Wir drehten uns alle um und sahen, wie ein Polizeiauto den Rest des Kiesweges hinunterrollte. Lily wurde neben mir steif, ihr Mund verkniffen, die Augen verengt.

Adam riss sich von seiner Mutter los, raste auf das Fahrzeug zu und schrie: „Sheriff Dave!"

Meine Hand schoss hervor und umfasste sein Handgelenk. „Nicht, bis es zum Stillstand kommt, Adam. Du musst in der Nähe von Autos vorsichtig sein."

Adam entspannte sich in meinem Griff. „Er wird mich nicht überfahren."

„Das weißt du nicht", sagte Lily mit einem Seufzer. „Wir haben über Autos geredet. Du musst vorsichtig sein. Vielleicht hat er dich nicht gesehen."

Unbeeindruckt von der strafenden Ermahnung, stieg ein uniformierter Polizist aus dem Auto und kam mit einem freundlichen Lächeln für Lily und Adam, und einem förmlichen Blick für mich herüber.

„Dave", sagte Lily mit einer Stimme, von der ich annahm, dass sie sie für freundlich hielt. War ich der Einzige, der den Unmut hörte, der sich unter ihrem Lächeln verbarg? „Alles in Ordnung?"

„Prima. Es ist alles in Ordnung. Ich wollte eine Tasse Kaffee trinken gehen und mir ist eingefallen, dass ich über eine Woche lang nicht mit dir gesprochen hatte. Ich dachte, ich komme mal vorbei und sehe, wie es dir geht."

„Mr. Sinclair ist hier, um die Alarmanlage zu reparie-

ren", sagte Adam, begierig darauf, Erwachsenen Neuigkeiten mitzuteilen.

„Lily?", fragte der Polizist, seine Augen misstrauisch,
als sie mich anstarrten. Ich erwiderte seinen Blick, ohne
einen Zentimeter nachzugeben.

Er war größer als Lily, aber ein paar Zentimeter kleiner
als ich. Dunkle Haare und dunkle Augen in einem Gesicht,
das man zehnmal sehen und doch sofort vergessen konnte.
Er war weder hässlich noch gutaussehend. Für seine
Freunde stachen seine Gesichtszüge möglicherweise
hervor, aber beim ersten Treffen war seine Verärgerung das
Einzige an ihm, was nicht langweilig war.

Adam schien sich bei seiner Anwesenheit wohl zu
fühlen. Lily jedoch nicht, auch wenn sie so tat, als würde
sie es.

Dave streckte mir seine Hand entgegen und sagte:
„Sheriff David Morris. Ich war ein guter Freund von Lilys
Ehemann, und ich bin ein Freund von Lily und Adam."

Er versuchte, mir mit seinem Händedruck die Knöchel
zu zerquetschen. Ich lächelte leicht und drückte lange
genug zurück, um noch höflich zu sein, bevor ich meine
Hand mit einer schnellen Bewegung aus seinem Griff zog.

Über diese Art von kindischen Wettkämpfen war ich
längst hinausgewachsen.

Ich könnte Sheriff Morris im Handumdrehen zu Boden
werfen.

Dass er mir die Knöchel in einem Händedruck
quetschte, bewies nichts, außer dass er dachte, dass er der
Boss war und sichergehen wollte, dass ich das auch so sah.

Nachdem er mit mir fertig war, wandte er sich an Lily.
„Wenn du Hilfe mit der Alarmanlage brauchst, hätte ich
dir jemanden empfehlen können."

„Ich weiß das zu schätzen, Dave, aber es ist schon in

Ordnung. Knox' Firma hat das System ursprünglich installiert. Er war zufällig frei, also hat alles gut geklappt."

„Ich weiß, du hast dir Sorgen wegen der Alarmanlage
gemacht, aber wenn du daran denken würdest, sie auch
wirklich anzuschalten..."

Dave brach ab und warf mir einen mitfühlenden Blick
zu, als wollte er sagen, dass wir nachsichtig mit der
kleinen Frau sein sollten, die sich nicht daran erinnern
konnte, all diese komplizierten Knöpfe zu drücken.

Ich war mir nicht sicher, ob ich mir das Geräusch von
Lilys Zähneknirschen nur eingebildet hatte, bevor sie sich
zwang, sich zu entspannen und sagte: „Dave, ich habe dir
doch gesagt, ich vergesse nie, die Alarmanlage einzuschalten."

„Ich weiß, Süße, ich weiß." Er klopfte ihr auf die
Schulter. Diesmal hatte ich mir ihr Zähneknirschen nicht
eingebildet.

Obwohl ich den Kerl kaum kannte, wollte ich ihm eine
reinhauen. Ich musste Lily dafür bewundern, dass sie so
gelassen blieb. Sheriff Dave lächelte sie herablassend an
und sagte ohne jede Subtilität: „Ich werde es wohl nie zu
meinen Kaffee schaffen."

Lily bewahrte die Fassung und antwortete: „Ich war
gerade dabei, Kaffee zu machen. Möchtest du reinkommen? Hast du Zeit für eine Pause? Ich habe einen frischge-
backenen Kaffeekuchen in der Küche."

„Ich habe immer Zeit für eine Pause mit dir, Lily, und
ich hätte gern ein Stück Kaffeekuchen."

Adam verschluckte sich fast vor Lachen und warf mir
heimlich einen Blick zu. Entweder hatte Dave Lilys
Kaffeekuchen noch nie probiert, oder ihm fehlten
Geschmacksknospen. Ich hoffte, dass ihr Kochen besser
war als ihr Backen. Andernfalls musste ich in den Lebens-

mittelladen in der Stadt gehen und eine Ausrede erfinden, um nicht mit ihnen zu Abend zu essen.

Lilys Kaffeekuchen war staubtrocken, salzig und fade zur gleichen Zeit. Ich war fast bereit, ein weiteres Stück davon zu ertragen, wenn ich zusehen durfte, wie Dave dasselbe tat.

„Ich könnte ebenfalls eine Pause vertragen", sagte ich. „Hast du für mich auch einen Kaffee?"

DAVES FINSTERER GESICHTSAUSDRUCK WAR JEDEN BISSEN VON LILYS KAFFEEKUCHEN WERT. Der Sheriff war ein alter Freund ihres toten Ehemannes, und er machte sich an die Witwe ran. War er scharf auf sie? Oder steckten sie bereits unter einer Decke?

Ich konnte es ihm nicht verübeln, wenn er an Lily Spencer interessiert war. Ich konnte mich nicht entscheiden, ob sie mich an eine Waldfee oder ein nervöses Rehkitz erinnerte. Das zarte Kinn, die volle Unterlippe, der kurvenreiche Hintern-

Ja, ich hatte kein Problem damit, zu glauben, dass Dave Morris an der Witwe seines Kumpels interessiert war, aber Lilys Unbehagen ihm gegenüber passte nicht dazu.

Dave blieb an Lilys Seite, als sie zurück zum Haus gingen.

Adam und ich waren hinter ihnen zurückgefallen. Leise fragte ich: „Kommt Sheriff Dave oft vorbei?"

Adam zuckte mit einer Schulter. „Manchmal. Manchmal kommt er zum Abendessen. Das hat er immer gemacht, als mein Vater noch lebte."

Adams Augen richteten sich auf den See, und ich beschloss, das Thema fallen zu lassen. Er war ein Kind, und sein Vater war noch nicht lange tot. Ich brauchte nicht in einer frischen Wunde zu stochern.

Lily hatte die Kerze in der Küche ausgeblasen, aber der Raum roch immer noch nach Vanille. Sie zog den Kaffeekuchen aus der Speisekammer und schnitt vier Scheiben ab, bevor sie zur Kaffeemaschine ging und sie für eine volle Kanne einstellte. Mit einem Zischen und einem Dampfstoß erfüllte der frische Duft des Kaffees die Luft. Lilys Kuchen war Mist, aber sie wusste, wie man eine gute Kanne Kaffee aufbrühte.

Über ihre Schulter fragte sie Dave: „Ist in der Stadt heute nicht viel los?"

„Wir hatten kaum mehr zu tun, als uns nach der Kirche um den Verkehr zu kümmern. Du weißt ja, wie das sonntags ist."

„Die Touristensaison ist immer ein wenig verrückt", sagte Lily mit einem bedauernden Lächeln.

Er nickte dankbar.

„Das ist es", stimmte er zu und nahm den Teller mit dem Kaffeekuchen, den sie ihm überreichte. „Das sieht wirklich gut aus, Lily."

Neben seiner Mutter lächelte Adam, seine blauen Augen funkelten vor Vergnügen. Sie begegneten meinen und ich zwinkerte ihm zu, was einen Kicheranfall auslöste. Der Klang seines Lachens, hell und klar, brachte mich zum Lächeln.

Ich nahm meinen eigenen Teller von Lily und stellte ihn auf der Insel in der Mitte der Küche ab. Adam sah seine Mutter an und schüttelte den Kopf. Er musste den Kaffeekuchen nicht probieren, um zu wissen, dass er schrecklich war.

Wir drei sahen zu, wie Dave einen herzhaften Bissen

zu sich nahm, kaute, und dabei versuchte, angesichts des trockenen, salzigen und leicht metallischen Geschmacks nicht zusammenzuzucken. Zu viel Backpulver, zu viel Salz, uns nicht genug Zucker.

ER WAR DARAUF AUS, Lily Spencer ins Bett zu kriegen. Nur ein Mann, der flachgelegt werden wollte, konnte sich diesen Kaffeekuchen antun. Als er darunter litt, rang er sich ein Lächeln ab, sein Blick wechselte zwischen Lily und mir, misstrauisch und besitzergreifend.

„Knox Sinclair? Sinclair Security?"

Ich nickte, verschränkte die Arme vor meiner Brust und lehnte mich mit dem Rücken an den Tresen, während ich Lily lächelnd dankte, als sie eine Tasse mit dampfendem Kaffee neben mir abstellte. Dave nahm seine ohne jegliche Anerkennung entgegen.

„Sie sind außerhalb von Atlanta stationiert, nicht wahr?"

Noch ein Nicken. Dave machte einen Schritt auf Lily zu und spülte den trockenen Kuchen mit einem Schluck Kaffee herunter, während er sich neben sie stellte. Lily nahm einen Schluck aus ihrer Tasse und ging einen Schritt zurück, um Raum zwischen ihnen zu schaffen.

Wie lange hatte er schon versucht, Lily Spencer rumzukriegen? Seit dem Tod seines besten Freundes? Schon davor?

Lily sah jedoch nicht interessiert aus. Ihre Schultern waren so hochgezogen, dass sie fast ihre Ohren berührten, und sie lehnte ihren Oberkörper so weit von Dave weg, wie sie konnte, ohne dass es offensichtlich wurde. Sie wollte Platz haben. Entweder verstand er die Andeutung nicht, oder es war ihm egal.

Dave stellte seinen Teller auf die Theke.

„Ein langer Weg für ein Alarmanlagen-Upgrade. Wäre es nicht einfacher gewesen, sie an jemanden vor Ort zu verweisen? Es gibt einige gute Unternehmen in Boston."

Ich zuckte die Achseln. „Trey Spencer war ein besonderer Kunde meines Vaters. Wenn Frau Spencer Hilfe braucht, stehen wir ihr zur Verfügung."

Dave ging näher an Lily heran, schlang einen Arm um ihre Schulter und drückte sie liebevoll. Lilys Gesicht zuckte zusammen, bevor sie sich zu einem leeren Lächeln zwang. Der Anflug von Panik in ihren Augen brachte mich beinahe dazu, die Hand auszustrecken und sie von seiner Seite wegzureißen.

Was zum Teufel dachte ich mir dabei? Anscheinend nichts, und ich musste damit aufhören. Ich dachte immer erst nach, bevor ich handelte.

Immer.

Was auch immer mir mein Bauchgefühl sagte, ich musste klug sein.

Sie sah aus wie ein wehrloses Rehkitz, aber der Schein konnte trügen. Lily Spencer verbarg Dinge vor mir.

Vielleicht fühlte sie sich Dave gegenüber unwohl, weil er sie flachlegen wollte und sie nicht interessiert war.

Vielleicht fühlte sie sich unwohl, weil sie jahrelang miteinander gevögelt hatten, ihren Mann gemeinsam getötet hatten und ich nun im Weg war.

Lily hatte mich angerufen und ein Loch in diese Theorie gestoßen, aber Leute gerieten manchmal in Panik. Sie hatte nicht erwartet, dass ich an ihre Tür klopfte. Vielleicht bedauerte sie den Anruf, vielleicht hatte sie sich nichts sehnlicher gewünscht, als dass ich ging und aus ihrem Leben verschwand.

Dave, der Lilys Anspannung entweder nicht bemerkte oder sich nicht darum scherte, drückte erneut aufdringlich ihre Schulter. „Ich sage dir immer wieder, Süße, wenn du daran denken würdest, die Alarmanlage anzuschalten, bräuchtest du dir keine Sorgen zu machen. Knox kann dir sagen, dass seine Firma ein solides System eingebaut hat. Du brauchst keine Aufrüstung, du musst nur daran denken, es zu benutzen. Ich weiß, dass du seit Treys Tod vergesslich bist. Momentan bist du nicht du selbst."

Sein Blick richtete sich auf Adam, der Löcher in mein Stück Kaffeekuchen stach und zusah, wie es auf dem Teller zerbröselte. Daves Blick glitt zu Lily zurück, als er murmelte: „Du hast eine Menge Last auf deinen Schultern, und es war ein hartes Jahr. Niemand würde es dir verübeln, wenn du die Dinge nicht allein bewältigen könntest."

Lily erstarrte und bewegte sich von Dave weg, um ihre Tasse ins Waschbecken zu stellen. Ihr Freund, der Sheriff, schien entschlossen zu sein, uns alle davon zu überzeugen, dass Lily schusselig und unverantwortlich war.

Lilys Nachricht war voller Panik, aber nichts an ihr erschien mir schusselig oder unverantwortlich.

Sie war nicht dumm, sie hatte Angst.

Als ich Dave zusah, wie er sie beobachtete, sagte mir mein Bauchgefühl, dass Lily Spencer guten Grund hatte, Angst zu haben.

Ich musste nur herausfinden, was dieser Grund war.

5

LILY

„Es muss hier irgendwo sein", murmelte ich. Schon wieder. Das musste ich mir in der letzten Stunde hundertmal gesagt haben. Oder in den letzten paar Monaten.

Es war nicht das erste Mal, dass ich Treys Büro durchsuchte. Mein Mann war organisiert gewesen. Methodisch. Jedes Mal, wenn er das Auto geparkt hatte, hingen die Schlüssel am Haken an der Hintertür. Seine Schuhe standen in seinem Schrank. Sein Stift stand auf seinem Schreibtisch.

Doch irgendwie hatte er es geschafft, fast jedes Dokument, das ich brauchte, falsch einzuordnen oder zu verlieren. Wenn ich jahrelange Rechnungen von Versorgungsunternehmen haben wollte, waren sie hier, nach Datum geordnet, beginnend mit dem ersten Monat, in dem wir in das Haus eingezogen waren.

Ich hatte Zugang zu unseren Bankkonten, zur Versicherung unsres Hausbesitzers. Ich hatte Kopien von Videoaufnahmen von Adam und Treys Testament. Nichts davon war mir jetzt eine Hilfe.

Die Ankunft von Knox Sinclair in unserem Leben war ein Schock für unseren Alltag. Adam und ich befanden uns in einem Trott, der tagtäglich fortbestand, und wir waren nicht bereit, herauszufinden, wie es weitergehen sollte.

Am Abend zuvor, als ich im Bett lag, war mir etwas klargeworden.

Knox Sinclair war hier, um für unsere Sicherheit zu sorgen. Das war großartig. Jetzt konnte ich nachts schlafen. *Juhu.*

Außer, dass ich nicht schlief. Die Wahrheit war, dass Knox uns beschützen konnte, aber er konnte uns nicht befreien. Er konnte uns Sicherheit bieten - Sicherheit, die letztendlich mein Bankkonto schmälern würde - aber was kam danach?

Was sollten wir tun? Für immer hier in diesem Haus bleiben? Ich wollte nicht hier sein. Nicht in diesem Haus, nicht in Black Rock. Die kleine Stadt war schön, und die Leute waren nett, aber das war nicht mein Zuhause. Das war nicht mein Leben.

Das war das Leben, das Trey gewollt hatte, das Leben, von dem er versucht hatte, mich zu überzeugen, dass ich es wollen sollte. Jetzt, da er weg war, hätte ich in der Lage sein sollen, zu gehen, zu entscheiden, wie mein Leben aussehen sollte.

Stattdessen war ich hier durch Treys Verschwiegenheit und meine eigene Ignoranz gefangen. Irgendwo in diesem Haus lag der Schlüssel zu unserer Befreiung. Ich musste ihn nur finden. Und mir lief die Zeit davon.

Ich musste ihn in Sicherheit bringen. *Adam.* Nichts zählte mehr als mein Sohn.

Mein ganzes Leben lang wollte ich nur Mutter sein. Andere kleine Mädchen träumten davon, Ärztin oder ein Filmstar zu werden. Ich nicht. Zur tiefen Enttäuschung meiner Eltern, hatte ich nie Berufswünsche.

Ich wollte keine Juristin, keine Professorin und keine Balletttänzerin werden. Ich wollte nicht in die Finanzwelt gehen. Ich wollte keinen Nobelpreis gewinnen.

Ich wollte eine Mutter und Ehefrau sein. Ich wollte eine Familie haben. Ich wollte Abendessen kochen und Socken sortieren. Ich wollte meine Kinder zu Spielen und zum Training fahren, sie von der Schule und bei Freunden abholen. Ich wollte meinem Mann nach einem langen Tag die Schultern massieren. Gute-Nacht-Geschichten lesen und Fantasiespiele spielen.

Ich hatte mich für diese Träume geschämt. Ich war eine Frau im neuen Jahrtausend. Ich konnte alles sein, und von all diesen Möglichkeiten wollte ich nur Mutter werden.

Ich hatte nie verstanden, warum das für meine Eltern eine solche Enttäuschung war. Meiner Meinung nach war die Erziehung von Kindern eines der lohnendsten Dinge, die ich mit meinem Leben anstellen konnte. Mein Professor-Vater und meine Künstlerin-Mutter konnten meinen Mangel an Ehrgeiz nur betrauern.

„Du hast so viel Potenzial", sagten sie, als ich ein Praktikum, das mein Vater für mich erkämpft hatte, zugunsten von Babysitten abgelehnt hatte. „Verschwende es nicht mit Kindern. Tue etwas Sinnvolles."

Es war wahrscheinlich ein Segen, dass sie mich rausgeworfen hatten, als ich Trey geheiratet hatte. Zumindest musste ich mir nicht ihr *„Ich hab's dir ja gesagt"* anhören.

Als Trey aufgeben wollte zu versuchen, schwanger zu werden, hatte er mir das Herz gebrochen. Er hatte sich geweigert, sich mit dem Arzt zu treffen. Er weigerte sich, dass einer von uns mehr Tests machen sollte. Er sagte immer wieder, dass sich alles von selbst regeln würde, aber er wollte mir nicht sagen, was das bedeutete.

Die Distanz zwischen uns wuchs. Er reiste mehr und

wandte sich nachts weniger an mich. Ich dachte schon, ich hatte einen Fehler gemacht, als sich alles änderte.

Diese Nacht werde ich nie vergessen. Der erste Schnee des Jahres war gefallen, und die Straßen waren glatt. Ich machte mir Sorgen, weil Trey vom Flughafen heimfuhr. Der Ansturm von Erleichterung über das Donnern des Garagentors überraschte mich.

Ich traf ihn an der Tür, bereit, ihm die Taschen aus der Hand zu nehmen, und fand ihn dort stehen, ein winziges, in eine Decke gewickeltes Bündel in seinen Armen. Er stieß es mir entgegen, und ich blickte runter, um ein rotes, zerknittertes Gesicht zu sehen, das von einer Wolke wuscheliger, weißblonder Haare gekrönt war. Es war Liebe auf den ersten Blick.

Adam hatte alles verändert. Ich war zu sehr beschäftigt mit dem Kind, das ich schon immer wollte, um über Treys ständige Reisen und seine verschlossene Bürotür nachzudenken. Ich bemerkte nicht, als er anfing, im Gästezimmer zu schlafen. Ich akzeptierte seine vagen Ausreden, als ich mich fragte, warum unser Adoptivsohn meinem Mann so ähnlich sah.

Er hatte meinen Traum zur Wirklichkeit gemacht, und in meiner Freude hatte ich ihn für alles andere aus der Verantwortung entlassen.

Ich war eine Närrin. Ich hatte den Kopf in den Sand gesteckt, ließ mich von Adam einnehmen, und jetzt mussten wir den Preis dafür bezahlen.

Ich war eine Mutter, und es war genau so, wie ich es mir erträumt hatte. Aber in all meinen Vorstellungen von Umarmungen und Gute-Nacht-Geschichten hatte ich nicht über die Angst nachgedacht, dass ich nicht genug war, ihn nicht beschützen konnte, oder dass ich ihn im Stich lassen würde.

Ich musste so lange suchen, bis ich fand, was ich brauchte.

Wo sollte ich anfangen? Ich stand in der Mitte von Treys Büro und drehte mich in einem langsamen Kreis. Es sah aus wie ein Layout aus einer Dekorationszeitschrift. *Das Büro des Gentlemans.* Tabakbraunes Ledersofa, umgeben von dunklen Holzarbeiten. Perser-Teppich. Riesiger Schreibtisch, die Oberfläche ein Hektar von Mahagoni. Treys brauner Ledersessel mit Messingnoppen übersät.

Kein Computer in Sicht, nur das Löschblatt und der Stifthalter aus Kristall und Messing. Treys Laptop lag in der Schublade. Ich zog ihn heraus, klappte ihn auf und gab sein Passwort ein. *Adam.* Nicht sehr erfindungsreich.

Der Startbildschirm ging an. Ich starrte ihn ratlos an. Es war nicht das erste Mal, dass ich Treys Computer durchsuchte.

Was war die Definition von Geisteskrankheit? Immer wieder dasselbe zu tun und auf ein anderes Ergebnis zu hoffen. Man könnte mich für wahnsinnig erklären, nur, weil ich dieses Ding noch einmal durchschauen wollte.

Nachdem ich eine halbe Stunde lang Ordner geöffnet, gescrollt, Dokumente geprüft und das Ganze noch einmal gemacht hatte, schloss ich den Laptop.

Da war nichts. Das konnte nicht stimmen. Ich wusste, dass es nicht stimmen konnte. Trey hatte seinen Laptop für alles benutzt. Oder nicht? Es gab einige Dateien, die sich auf das Geschäft zu beziehen schienen. Eine Buchhaltungs-App. Aber das war schon alles.

Der Laptop war merkwürdig leer. Fast so, als sollte er wie Treys Laptop aussehen, er ihn jedoch nicht wirklich benutzt hatte. Ich wollte diese Idee als unsinnig abtun, sobald sie mir in den Sinn kam. Die Vorstellung, dass es da draußen noch einen anderen Laptop gab, drehte mir den Magen.

Wenn dieser Laptop eine Täuschung war... Auswirkungen gingen mir durch den Kopf. Ein zweiter Laptop bedeutete, dass Trey etwas zu verbergen hatte. Etwas Großes. Ein zweiter Laptop war ein Maß an Hinterhältigkeit, an Voraussicht, das bestätigte, dass Trey nicht der Mann war, für den ich ihn hielt.

Ich war noch nicht bereit, soweit zu gehen. Ich war nicht bereit, zu akzeptieren, dass mein Mann in Geschäfte verwickelt war, von denen er meinte, sie verstecken zu müssen. Ich wollte glauben, dass er nur ein schlechter Buchhalter gewesen war. Ich hätte an dieser Ausrede festhalten können, wenn da nicht die akribisch organisierten Schubladen mit Rechnungen gewesen wären, die ich bereits gefunden hatte.

Ein Mann, der jahrelang jede Kabelrechnung aufbewahrt hatte, war kein schlampiger Buchhalter. Ein so sorgfältiger Mann musste gut darin sein, seine Geheimnisse zu verbergen. Ich starrte auf den nutzlosen Laptop auf dem Schreibtisch, als ob ich Antworten verlangte, die er nicht geben konnte.

Als ich vom Schreibtisch aufstand, durchquerte ich den Raum. Der begehbare Schrank hatte auf der einen Seite Regale und auf der anderen Seite eingebaute Aktenschränke.

Ich hatte hier mehr als einmal gesucht. Ich wollte es wieder tun. Ich weigerte mich, zu akzeptieren, dass das, was ich suchte, nicht im Haus war. Dass es zusammen mit Trey verschwunden war.

Es war hier irgendwo. Ich hatte es bestimmt schon einmal gesehen, vor langer Zeit. Ich würde es finden. Ich musste es finden. Adams Leben hing davon ab.

6

KNOX

Wonach zum Teufel suchte sie?
Ich sah, wie Lily Spencer den Laptop zuschlug und durch den Raum zum Schrank ging. Ich hatte im ganzen Haus Kameras aufgestellt, als sie die Nacht davor geschlafen hatte.

Ich wusste bereits, dass dieser Schrank ein Bürolager war, voll mit Vorräten, Nachschlagewerken und Körben. Die andere Seite hatte eingebaute Aktenschränke. Schubladen über Schubladen mit Akten, die drei Viertel der Wand bedeckten, mit weiteren Regalen darüber.

Lily bezahlte keine Rechnungen, glich ihr Scheckbuch nicht aus. Sie beantwortete keine E-Mails. Sie räumte den Schrank nicht auf.

Es gab keinen Müllsack, keinen Haufen von Dingen, die weggeworfen werden mussten.

Sie war auf der Suche nach etwas.

Glücklicherweise hatte ich die Idee gehabt, eine Kamera hoch oben in die Ecke des Schranks zu stellen. Von diesem Aussichtspunkt aus hatte ich einen Blick aus der Vogelperspektive auf Lilys Kopf bis hinunter in den

Rundhalsausschnitt ihres T-Shirts. Eine Sekunde lang war ich von der Schwellung ihrer Brüste abgelenkt, die sich mit jedem Atemzug hoben und sanken.

Okay, ich war für mehr als eine Sekunde abgelenkt.

Konzentrier dich wieder auf die Arbeit, Knox. Wenn sie in diesem Schlamassel verwickelt ist, kannst du es dir nicht leisten, dass dein Schwanz das Denken übernimmt. Und wenn sie deine Hilfe braucht, nützt du ihr nicht, wenn du von ihren Titten abgelenkt bist.

Ich versuchte, die Aussicht nicht zu genießen, scheiterte jedoch. Aber ihr zuzusehen, wie sie die Akten durchsuchte, war todlangweilig. Wonach auch immer Lily suchte, sie fand es nicht.

Eine Kopie des Testaments konnte es nicht sein. Sie sagte, sie hatte das Dokument gesehen, und es war bei ihrem Anwalt hinterlegt. Zugang zu Bankkonten? Trey Spencer hatte ihre Haushaltskonten mit Geld überhäuft. Wenn Lily keine teuren Gewohnheiten hatte, würde ihr das Geld nicht so bald ausgehen.

Methodisch öffnete sie eine Schublade, blätterte eine Akte durch und legte sie zurück. Sobald sie fertig war, schloss sie die Schublade und ging weiter. Als der Morgen verging und sich ihre Suche als erfolglos erwies, sackten ihre Schultern immer tiefer ein.

Zwei Stunden, nachdem sie angefangen hatte, hatte sie jede Schublade durchsucht. Soweit ich es beurteilen konnte, hatte Lily noch nicht gefunden, wonach sie suchte. Als Beweis dafür, dass ich Recht hatte, drehte sie sich um und begann mit den Regalen. An einigen Stellen gab es Stapel von Papieren und Aktenordnern. Lily ging diese mit der gleichen Liebe zum Detail durch, die sie den Aktenschränken gewidmet hatte. Der Rest der Regale war mit geflochtenen Körben gefüllt, wobei die dunklen Fasern einen Kontrast zu den glänzend weißen Regalen bildeten.

Von unten beginnend, zog sie einen Korb nach dem anderen heraus, sortierte den Inhalt durch, bevor sie ihn zurück ins Regal schob und von vorne begann. Einer davon war ein Wirrwarr von Kabeln. Ein anderer war voll mit alten Zeitschriften. Keiner von ihnen enthielt das, was sie suchte.

Als sie mit den unteren Regalen fertig war, durchsuchte sie den Rest. Sie hatte bereits alles durchgesehen, was sie erreichen konnte, aber die Regale reichten bis zur Decke. Als ob sie meine Gedanken gelesen hatte, ging sie aus dem Schrank.

Ich folgte ihr mit den Kameras in den Lehmkeller, wo sie sich eine hohe Trittleiter schnappte, sie auf ihre Schulter hob und sie zurück zum Büroschrank trug. Als sie die Trittleiter in Position gebracht hatte, kletterte sie zwei Stufen hinauf und begann, die höheren Regale zu durchsuchen.

Etwas an ihr sagte mir, dass dies nicht das erste Mal war, dass sie den Büroschrank durchsuchte. Sie beendete die Regale, die sie von der zweiten Stufe aus erreichen konnte, und kletterte auf die dritte. Ich zuckte zusammen, als sie sich über die Seite der Trittleiter hinauslehnte, um einen Korb von dem Ende zu ziehen, das der Wand am nächsten lag.

Sie war nicht so hoch über dem Boden und wenn sie fallen würde, würde sie sich nicht wirklich verletzen, aber mit dem sperrigen Korb im Arm war ihre Position bestenfalls prekär. Sie stemmte den Korb gegen das Regal vor ihr, durchsuchte ihn und lehnte sich dann wieder hinaus, um ihn zurückzuschieben. Ich gab einen Laut der Erleichterung von mir, als er in das Regal rutschte und sie wieder auf zwei Füßen stand. Ihre Augen wanderten zum nächsten Regal.

Leise murmelte ich: „Tu es nicht, Lily.‟

Lily konnte mich nicht hören und hätte wahrscheinlich auch nicht zugehört, wenn sie es getan hätte. Sie kletterte eine Stufe höher und absolvierte die gleiche Routine, indem sie jeden Korb im Regal durchsuchte.

Wieder ging sie leer aus. Sie stand einen langen Moment lang still und dachte anscheinend nach, als sie die oberste Stufe der Leiter ansah, die deutlich mit NICHT DRAUFSTEHEN markiert war. Sie blickte auf die Stufe, dann auf das höchste Regal, bevor sie ihren Fuß hob und ihn genau auf den gelb-schwarzen Warnaufkleber stellte.

Ich lehnte mich nach vorne, fasste mir an die Knie und wollte, dass sie sich an den Regalen festhielt. Wollte nicht, dass sie etwas Dummes tat. Das oberste Regal war weit über ihrem Kopf. Sie wackelte, als sie sich anstrengte, die Seiten des Korbes über ihr mit den Fingerspitzen zu erreichen.

Ich sah, wie es in Zeitlupe geschah. Lily schob die Kiste zurück, machte einen Schritt, um sich zu aufzufangen, und schätzte die Breite der Leiter falsch ein.

Ich hörte ihren Schrei nicht, als sie fiel. Ich war schon zur Tür hinaus.

Bilder von Lily, gebrochen und blutend, schossen mir durch den Kopf, als ich mich auf den Weg zum Haus machte. Sie könnte sich den Kopf gestoßen haben. Sie hätte sich einen Knöchel oder einen Arm brechen können. Wenn sie unten falsch aufgekommen wäre und sich auf einem der harten Holzregale den Hals gebrochen hätte...

Mach dir darüber keine Sorgen, bis du weißt, womit du es zu tun hast. Ich brach durch die Tür zum Lehmkeller und rannte den Flur hinunter, während ich Trey dafür verfluchte, dass er sein Büro auf die gegenüberliegende Seite des Hauses verlegt hatte.

„Lily? Lily! Geht es dir gut?" Ich kam im Büro ins Schleudern, als ich sah, wie Lily im Türrahmen des

Schrankes ausgestreckt lag und an die Decke blinzelte, ein Korb umgedreht auf ihr und überall Papiere verstreut.

Ich ging neben ihr auf die Knie und suchte nach Anzeichen einer Verletzung, die es nicht gab. Kein Blut, keine falschgebeugten Gliedmaßen, nicht einmal eine Beule auf ihrer Stirn.

„Lily, was ist passiert?", forderte ich, bewegte den Korb, fuhr mit den Händen über sie und untersuchte sie.

„Knox?" Ihre benommenen Augen konzentrierten sich auf mein Gesicht und ihre Stirn legte sich fragen in Falten. „Knox? Was machst du denn hier?"

„Ich war draußen und hörte einen Schrei", log ich. „Geht es dir gut? Was ist passiert?"

„Ich war oben auf der Leiter und versuchte, eine Kiste herunterzubekommen. Ich bin ausgerutscht."

„Geht es dir gut? Bist du verletzt? Hast du dir den Kopf gestoßen?"

Lily bewegte ihren Kopf von Seite zu Seite, bevor sie versuchte, sich aufzusetzen. Ich schob einen Arm unter ihren Rücken und hob sie an. Sie zuckte bei der Bewegung zusammen.

„Was?", fragte ich.

„Mein Rücken", sagte sie und griff mit ihren Fingern nach hinten, um unter ihr T-Shirt zu fahren. Ich hob den weichen Stoff an und fand einen Kratzer auf ihrer rechten Seite.

„Nicht allzu schlimm", sagte ich. Nach so einem Sturz war das noch eine der nicht so schlimmen Folgen.

Lily tastete den Kratzer mit ihren Fingerspitzen ab und biss sich auf die Lippe, als das Salz auf ihrer Haut rohes Fleisch berührte. Sie zog ihre Hand nach vorne, um auf ihre Finger zu starren. „Es blutet nicht."

„Nicht wirklich", stimmte ich zu, obwohl hier und da kleine Blutstropfen austraten. „Es ist nur aufgeschrammt und wird ein oder zwei Tage lang brennen, aber ziemlich schnell heilen."

„Dann sollte ich mich wohl glücklich schätzen."

„Was hast du ganz oben auf der Leiter gemacht?" Sie folgte meinem Blick zu dem leeren Platz auf dem obersten Regal und zurück zu dem Korb, der auf den Boden gekippt war.

„Nichts", sagte Lily. Dann, als ihr wahrscheinlich klar wurde, dass das keine gute Erklärung war, fuhr sie fort: „Ich suche nur nach ein paar alten Dokumenten."

Sie hob ein loses Stück Papier vom Boden auf und drehte es um. Ich riss es aus ihrer Hand und überflog es.

„Auto-Wartungsaufzeichnungen? Für ein Mercedes CL Coupé? Das ist nicht dein Auto."

„Es war Treys", sagte Lily und riss mir das Blatt aus der Hand, während sie damit beschäftigt war, das Durcheinander auf dem Boden zu ordnen.

Ich griff nach einem Stapel Papiere, aber sie schnappte sie sich zuerst: „Ich hab's schon."

„Das nächste Mal, wenn du etwas brauchst, das über deinem Kopf liegt, frag mich. Nutz es aus, jemanden hier zu haben, der höher greifen kann als du."

„Sollte das ein kleiner Witz sein?"

Ich ignorierte ihr Kommentar. „Mach das nicht noch einmal, Lily. Wenn du zu diesem Regal hinaufsteigen musst und mich nicht fragen willst, benutz die andere Leiter."

„Sie passt nicht in den Schrank", murmelte sie, als sie damit fertig war, die letzten Papiere vom Boden zurück in die Kiste zu schieben.

„Dann frag nach Hilfe", sagte ich. „Soll ich die Kiste zurück ins Regal stellen?", fragte ich.

„Nein, du kannst sie stehen lassen." Sie wischte sich die Hände an den Shorts ab, die Augen auf einen Korb zu unseren Füßen gerichtet. „Möchtest du eine Tasse Kaffee oder sonst etwas? Ich habe Blaubeer-Muffins gebacken."

Mir drehte sich der Magen bei dem Gedanken um, was Lily mit ihren Blaubeer-Muffins angestellt hatte, wenn der Rest ihrer Backwaren wie dieser Kaffeekuchen war. „Ich bin nicht hungrig, aber einen Kaffee könnte ich vertragen."

Ich folgte Lily den Flur hinunter in die Küche und atmete den Duft von Kaffee, Blaubeeren und etwas Bohnenkraut und Deftigem ein. „Was gibt's zum Abendessen?", fragte ich.

„Schmorbraten. Ich scheine das Backen nicht zu beherrschen, aber mein Schmorbraten ist ziemlich gut."

Lily war gerade dabei, mir Kaffee einzuschenken, als sie die Uhr auf dem Herd erblickte. „Mist, ich wusste nicht, dass es schon so spät ist. Kannst du das mitnehmen? Ich muss Adam von der Vorschule abholen."

Sie schob mich mit dem Becher in der Hand aus der Tür, bevor ich Einspruch erheben konnte. Lily wollte mich nicht allein in ihrem Haus lassen.

Als ihr persönlicher Sicherheitsmann hätte ich Zugang zu dem gesamten Anwesen haben müssen, ob sie nun dort war oder nicht. Ich machte mir nicht die Mühe, Einwände zu erheben.

Ich wusste bereits, dass Lily Geheimnisse hatte. Es war nur eine Frage der Zeit, bis ich sie aufdecken würde.

7

KNOX

Lily hatte mich nicht zum Abendessen im Haus eingeladen. Sie tauchte um sechs Uhr an meiner Tür mit einem Tablett mit dampfendem Schmorbraten, knusprigem Weißbrot, einer gefalteten Stoffserviette und einem Blaubeer-Muffin auf.

Ihre Augen huschten zu meinen und zurück zum Tablett, als sie murmelte: „Ich habe dir Abendessen gebracht." Sie schob mir das Tablett in die Hände und flüchtete den Weg zurück zum Haus, was mich wieder an ein nervöses Rehkitz erinnerte.

Entweder machte ich sie nervös, oder sie hatte einen Grund, mich aus dem Haus fernzuhalten. Vielleicht beides.

Lilys Schmorbraten war nicht gut. Er war *erstaunlich*. Ich hatte eine Schwäche für Schmorbraten, aber der von Lily war nicht von dieser Welt. Zart und saftig in einer reichhaltigen Soße, die Kartoffel- und Karottenstücke umhüllte. Das Brot war köstlich. Sie musste es in der Stadt gekauft haben.

Ich beobachtete die Kameras, während Lily und Adam am Esszimmertisch vor der Küche zu Abend aßen und

Adam seiner Mutter die Einzelheiten seines Vormittags in der Vorschule erzählte.

Mit gespannter Aufmerksamkeit lauschte sie den Geschichten über den Lego-Turm, den er gebaut hatte, und beteiligte sich an einer Debatte darüber, was mehr Spaß machte, der Bau oder die Zerstörung. Ich selbst erinnerte mich an diese Tage. Die Freude, zu sehen, wie hoch man einen Turm bauen konnte. Das Wanken, wenn er seine maximale Höhe erreicht hatte, und die herrliche Explosion von bunten Bausteinen, als er zu Boden stürzte.

Wenn Lily von den Einzelheiten des Lebens eines Fünfjährigen gelangweilt war, sah man es ihr nicht an. Nach dem, was ich gesehen hatte, schenkte sie ihrem Sohn ihre ungeteilte Aufmerksamkeit und er saugte sie auf.

Bei Kindern konnte man es schwer einschätzen, aber der Tod seines Vaters schien ihn nicht besonders erschüttert zu haben. Es konnte sein, dass er seine Emotionen tief in sich vergraben hatte und nicht bereit war, einen solchen Verlust in jungen Jahren zu verarbeiten. Oder - und das war eher meine Vermutung - Lily war seine Hauptquelle der Liebe, des Trostes und der Fürsorge. Seinen Vater zu verlieren mag schwer gewesen sein, aber hätte er seine Mutter verloren, wäre es verheerend gewesen.

Lily würde alles tun, um ihren Jungen zu schützen. Es stand in ihren Augen geschrieben, in ihrer Haltung, wenn sie neben ihm stand. Was auch immer mit der Verbindung des toten Ehemannes zu meinem Vater vor sich ging, wenn Adam darin verwickelt war, dann wäre es viel schwieriger zu Lily durchzudringen.

Ich wollte meine Antworten haben. Wenn das Geld ein Beweis war, hatte Trey Spencer bis zum Hals in der Scheiße meines Vaters gesteckt. Lily liebte ihren Sohn. Hätte sie ihn für das Versprechen auf leichtes Geld in Gefahr gebracht?

Als ich sie zusammen beobachtete, erinnerte mich mein Verstand daran, dass Menschen immer wieder beschissene Entscheidungen rechtfertigten, aber mein Bauchgefühl weigerte sich zu akzeptieren, dass Lily das Leben ihres Kindes wegen Geld riskierte.

Mein Bauchgefühl erinnerte mich daran, dass mein älterer Bruder Cooper mir Gute-Nacht-Geschichten vorgelesen hatte, nicht meine Mutter. Die Haushälterin hatte mein Mittagessen eingepackt und mir Kekse gebacken.

Meine Mutter war zu sehr mit ihrem sozialen Leben und ihrem endlosen Vorrat an Martinis beschäftigt gewesen. Mein Vater war ein beschissener Ehemann, was ich jetzt, da seine Geheimnisse ans Licht kamen, mit neuer Tiefe verstand.

Als ich Lily mit Adam sah, wurde mir bewusst, dass eine Ehefrau mit einem beschissenen Ehemann nicht zwangsläufig zu einer unaufmerksamen Mutter werden musste. Es kam mir so vor, als wäre Trey vor seinem Tod nicht sehr an seinem Sohn interessiert gewesen, aber Lily schien entschlossen zu sein, dass Adam all die Liebe und Aufmerksamkeit bekam, die er brauchte.

Eine gute Mutter zu sein, macht sie nicht zu einem guten Menschen, rief ich mir ins Gedächtnis. Oder doch?

Nein. Tat es nicht. Die Arbeit im Bereich Sicherheit und Ermittlungen hatte mich gelehrt, dass Menschen kompliziert waren. Ein Berufsverbrecher konnte eimerweise Geld für wohltätige Zwecke spenden. Ein Pfarrer konnte seine Frau schlagen.

Ich hatte alles gesehen. Genug, um zu wissen, dass eine Frau, die ihren Sohn liebte, trotzdem an allem schuldig sein konnte. Und wenn sie ihre Entscheidungen getroffen hatte, weil sie dachte, dass sie Adam beschützte? In diesem Fall war Lily Spencer zu allem fähig.

Sie verschwanden im Badezimmer und tauchten eine halbe Stunde später wieder auf. Lilys Kleidung war mit Wasser bespritzt, Adam war in einen Superhelden-Pyjama gekleidet, seine blonden Locken gerade gekämmt und an der Stirn klebend. Sie steckte ihn ins Bett und las ihm Geschichte nach Geschichte vor, bis seine Augenlider schwer wurden und er einschlief.

Genau wie sie es beschrieben hatte, wanderte sie durch das Haus, bevor sie selbst zu Bett ging, und kontrollierte jede Tür und jedes Fenster. Als alles sicher war, schaltete sie die Alarmanlage ein. Ich erwartete, dass sie sich ins Bett legte und bald einschlief, aber sie wälzte sich stundenlang hin und her. Erst um drei Uhr morgens war sie eingeschlafen und ihr Körper lag endlich still unter der Decke.

Sobald sie fest schlief, machte ich mich an die Arbeit.

Es dauerte nicht lange bis ich den Alarm mit meinem Laptop deaktiviert hatte und durch die Haustür ging. Ich bewegte mich fast lautlos durch den Lehmkeller, den Flur hinunter zum Büro. Ich schloss und verriegelte die Tür hinter mir und setzte den Alarm zurück, für den Fall, dass Lily aufwachte. Wenn sie die Schalttafel kontrollieren wollte, hätte sie das beruhigende rote Licht gesehen und wäre zurück ins Bett gegangen.

ICH GING ZU TREYS SCHREIBTISCH UND FAND IHN GENAU DORT, wo sie ihn in der obersten Schublade gelassen hatte. Ich öffnete ihn und stellte schnell fest, dass Lily versucht hatte, auf ein Scheinkonto zuzugreifen. Kein Wunder, dass sie frustriert gewesen war. Es war gerade genug da, um es so aussehen zu lassen, als hätte er den Computer regelmäßig genutzt, aber es war nicht mehr als eine Fassade.

Als ich mich abmeldete, zog ich einen USB-Stick aus meiner Tasche und schloss ihn an den USB-Anschluss an.

Lucas Jackson leitete unsere Abteilung von Computerexperten, und sein Team hatte diese nützliche App entwickelt. Es sollte alle Konten auf dem Computer aufdecken und die Verschlüsselung brechen, sodass ich alles auf der Festplatte einsehen konnte.

Wäre Trey Spencer ein Hacker auf Lucas' Niveau gewesen, hätte der USB-Stick seine Aufgabe nicht erfüllt. In diesem Fall wäre ich am Telefon gewesen und hätte Lucas' Arsch nach Maine geschleift. Aber Trey Spencer war kein Hacker, und die App von Lucas sah aus, als hätte sie ihren Zweck erfüllt.

Eine Minute später war ich drin, und Trey Spencers Leben wurde vor mir ausgebreitet.

Die Bankinformationen waren die gleichen, zu denen Lily über das Scheinkonto Zugang hatte, was auch für ihre Versicherungs- und Haushaltsrechnungen galt.

Aber die Akten waren völlig unterschiedlich. Wo Lily leere Ordner fand, deckte ich einen Datenschatz auf. Beim Durchblättern, Öffnen, Scannen und Schließen von Dokumenten zeigte Treys Laptop ein vernichtendes Bild.

Alles lief auf Lilys Namen.

Alles.

Das Haus, die Autos, die Anlagekonten. Versicherungspolicen für Kunstwerke und Schmuck. Nach dem, was ich sehen konnte, war es schon jahrelang so, sogar bevor Trey Spencer starb.

Als sein Auto von der Brücke fuhr, wurde Lily eine sehr wohlhabende Frau.

Das hatte sie ganz sicher nicht unschuldig aussehen lassen. Wenn Trey Spencer ermordet wurde, dann hatte sein Laptop soeben eine Menge Motive geliefert.

Wenn Lily ihren Mann getötet hatte, warum war ich dann hier?

Wenn sie für seinen Tod verantwortlich war, war sie

damit davongekommen. Es gab keine Morduntersuchung. Die Versicherung zahlte mit der üblichen Verzögerung aus.

Warum mich nach Maine bringen, wenn sie es nicht unbedingt musste?

Treys Verbindung zu meinem Vater war der Joker.

Lily konnte ihren Mann getötet und dann entdeckt haben, dass er lose Enden hinterließ, die sie und Adam bedrohten. So sehr ich auch glauben wollte, dass Lily unschuldig war, hatte ich nicht den geringsten Beweis.

Was ich interessanterweise nicht gefunden hatte, waren Informationen über Adam Spencer. Keine Geburtsurkunde. Keine Adoptionspapiere. Keine Arztrechnungen. Ich brauchte nicht zu fragen, um zu wissen, dass Lily nicht Adams leibliche Mutter war.

Ich vermutete, dass Trey sein biologischer Vater war. Auf den Bildern, die ich gesehen hatte, passten Adams blaue Augen und weißblonden Locken perfekt zu den Kindheitsfotos von Trey Spencer.

Das Echo von Treys erwachsenen Zügen zeigte sich in Adams kindlichem Gesicht.

Sie waren eindeutig Vater und Sohn.

Es war keine Spur von Lily in ihm. Adams Haut war ein reines Elfenbein, ohne auch nur einen Hauch ihrer Karamelltöne. Sein strahlend weißblondes Haar passt zu seinem Vater, ganz anders als die weichen, spiralförmigen, dunklen Locken seiner Mutter.

Wenn Adam das Produkt einer Vereinbarung mit einer Leihmutter war, hätte es einen Vertrag geben müssen. Zumindest hätte es irgendwo eine Geburtsurkunde gegeben.

Trey Spencer hatte andere eingescannte Dokumente auf dem Laptop.

Warum also nicht die Geburtsurkunde?

Ich blätterte noch einmal durch die Dateien und überprüfte, ob Lucas' Laufwerk noch angeschlossen war. Das versteckte Konto auf dem Laptop war vollgepackt mit persönlichen Daten, mit Ausnahme von allem über Adam Spencer, aber hier stand nichts mit Treys Geschäften in Verbindung.

Gab es einen zweiten Laptop? Hatte er ihn bei sich, als er starb? Im Polizeibericht wurde ein Laptop im Auto nicht erwähnt, aber wenn Trey von der Brücke gedrängt worden war, hätte sein Mörder alles genommen, was von Nutzen war, auch einen Computer.

Ich musste einen Weg finden, Lily für weitere Informationen unter Druck zu setzen. Trey Spencer hatte von zu Hause aus gearbeitet. Es wäre schwer gewesen, einen zweiten Laptop zu verstecken. Unseren Berichten zufolge war er vom Abendessen in seinem Club in Bangor zurückgefahren. Eine lange Reise in der Wildnis von Maine, aber keine, die er mit seinem Geschäftscomputer gemacht hätte. Hatte die App von Lucas ein zweites verstecktes Konto übersehen? Ohne Lucas konnte ich das nicht sagen.

Ich zog eine kleine, tragbare Festplatte aus meiner Tasche, schloss sie an den Laptop an und begann mit dem Kopiervorgang der Dateien auf das Laufwerk. Während dieses Vorgangs installierte ich einen Keystroke-Tracker - ein Programm, dass Lilys PC-Nutzung folgen konnte -, den sie jedoch nicht sehen konnte. Solange das Kopieren des Laptops dauern würde, sah ich im Schrank nach.

Genau wie Lily, hatte ich nichts gefunden. Rechnungen für Heizöl. Rechnungen für Fahrzeugreparaturen. Jahrelange Rechnungen von Versorgungsunternehmen. Krankenhausrechnungen.

Es gab einige, die mit Lily zu tun hatten. Ich brauchte keinen Abschluss in Medizin, um zu sehen, dass sie schwanger war und zweimal eine Fehlgeburt hatte. Damit endete die Akte. Es gab keine Rechnungen für Fruchtbarkeitsbehandlungen, Konsultationen oder Tests. Weniger als ein Jahr nach Lilys zweiter Fehlgeburt fand ich eine Akte mit Adams Säuglings-Impfungen.

Adam. War er der Schlüssel zu Lilys Geheimnis oder eine Ablenkung? Es war zu früh, um mich zu entscheiden.

Je mehr ich entdeckte, desto mehr Fragen hatte ich. Hätte Adam nicht so sehr wie sein Vater ausgesehen, hätte ich vielleicht die Hand meines Vaters in seinem plötzlichen Auftauchen vermutet. Private, möglicherweise illegale Adoptionen waren nur eines der schmutzigen Dinge, die wir über unseren Vater aufgedeckt hatten. Selbst Adams Ähnlichkeit zu Trey vertrieb den Verdacht nicht aus meinem Kopf.

Ich löschte das Licht im Schrank und schloss die Tür, trennte meine Laufwerke vom Laptop und schaltete ihn aus, bevor ich das Büro genau so verließ, wie ich es vorgefunden hatte. Ich schlich den Flur hinunter in den Lehmkeller, wo ich das Alarmsystem deaktivierte, das Haus verließ und es hinter mir wieder einschaltete.

Im Gegensatz zu Lily schlief ich sofort ein und rutschte in die Dunkelheit. Mein Geist war frei zum Treiben und Träumen.

Losgelöst gingen meine Gedanken direkt zu Lily.

Zu ihren weichen Locken. Ihrer vollen Unterlippe. Dem Blick in ihr T-Shirt, als sie im Schrank stand. Diesen runden, reifen Brüsten, der Art, wie sie sich bewegten und schwankten, während sie von Korb zu Korb griff.

Im Traum schröpfte ich sie in meine Hände und drückte ihre steifen Nippel. Ich duckte meinen Kopf in die Kurve ihres Halses, atmete Vanille und Gewürze ein und kostete sie. Ich breitete sie unter mir auf knackigen, weißen Laken aus und verschlang jeden Zentimeter ihres Körpers, bis sie meinen Namen rief.

Ich wachte auf und ertappte mich dabei, wie ich meine Hüften in die Matratze rollte, sie im Schlaf vögelte und meinen harten Schwanz unbequem in die weichen Laken stieß.

Ich stand unter einer kalten Dusche im Morgengrauen, pumpte meinen Schwanz mit meiner Faust und versuchte, an irgendwas anderes als Lily zu denken, scheiterte jedoch kläglich.

8

LILY

D as Licht des Fernsehbildschirms flackerte und wurde von den Flachglasfenstern im Wohnzimmer reflektiert. Tagsüber liebte ich die Aussicht auf den See durch diese Fenster, aber nachts war die Dunkelheit unergründlich. Bedrückend.

Ich rollte mich tiefer in die Ecke des Sofas, zog die weiche Chenilledecke über meine Beine und versuchte, mich auf meinen Film zu konzentrieren. Auf der Leinwand scherzten Rosalind Russell und Cary Grant in schnellfeuernden Wortexplosionen, allesamt mit scharfem Witz und beißendem Humor. Normalerweise liebte ich diesen Film, heute Abend konnte er meine Aufmerksamkeit jedoch nicht fesseln.

Adam wurde nach einer Reihe von Auseinandersetzungen über alles Mögliche, von der Temperatur seines Badewassers bis hin zu der Zeichentrickfigur auf seinem Pyjama, ins Bett gebracht. Wie es sich für einen Fünfjährigen gehört. Nach drei Büchern und einer Rückenmassage schlief er tief und fest, mit seinem Plüschaffen im Arm.

Ich sollte mich eigentlich vor dem Fernseher entspannen.

Stattdessen richtete ich meine Ohren auf den leisesten Ton aus. Ich nahm an, dass Knox irgendwo in der Nähe war. Er hatte meine Einladung zum Abendessen abgelehnt und sich dazu entschieden, in der Hütte zu bleiben. Ich hatte ihn heute nur ein paar Mal gesehen, wie er mit einem dunklen Rucksack auf dem Rücken und Werkzeugen in der Hand durch die Wälder rund um das Haus pirschte.

Ich hatte nicht gefragt, was er machte.

Ich musste es nicht wissen, solange er für unsere Sicherheit sorgte.

Irgendwann musste ich jemandem vertrauen. Knox war ein ebenso guter Ausgangspunkt wie jeder andere.

Rosalind Russells unglücklicher Verlobter erschien auf dem Bildschirm, was bei mir ein mitfühlendes Lächeln hervorrief. Er war nett genug, aber wie könnte ein Mann Cary Grant gerecht werden? Meine Gedanken schweiften sofort zu Knox.

Knox und Cary Grant waren nicht im Entferntesten vergleichbar. Wenn überhaupt, dann war Trey eher wie Cary, als wie Knox gewesen.

Mit seinem einfachen, geschmeidigen Charme, seinem Sinn für Stil, seiner Fähigkeit, immer das Richtige zur richtigen Zeit zu sagen, war Trey ein Meister der eleganten Fassade. Ich hatte Jahre gebraucht, um zu erkennen, was darunter lag.

Ich beobachtete, wie Cary Rosalinds Verlobten vollquatschte, und musste mich fragen, ob meine lebenslange Liebe für Cary Grant für meine Anziehung zu Trey verantwortlich war.

Wenn ja, hatte Cary eine Menge zu verantworten.

Treys Charme und Witz waren nur oberflächlich und

ohne Substanz gewesen. Knox war mehr Stille als Worte. Taten statt leeren Versprechungen. Ich konnte nicht umhin, als mich an Daves Besuch am Vortag zu erinnern und an die Art und Weise, wie Knox ihn studiert hatte und dann darauf achtete, uns nicht allein zu lassen. Ich war nicht die Einzige, die dachte, dass mit ihm etwas nicht stimmte.

Ich fand nicht nur Knox' unverblümten Mangel an Charme reizvoll. Trey war schlank gewesen. Schlank und fit, aber leicht gebaut. Weit größer als ich, aber nicht so wie Knox.

Diese Schultern...

Wenn ich nur an seine Schultern dachte, bekam ich einen Hitzeausbruch auf den Wangen – und an anderen Stellen.

ICH KONNTE SEINE UNTERARME NICHT VERGESSEN, den leichten Sprenkel dunkler Haare auf seiner gebräunten Haut und den sichtbaren Muskelbändern. So viel Kraft. Er war groß, breit und konnte mich wahrscheinlich entzweibrechen.

Warum erschreckte mich das nicht? Trey war tot, und mit jedem Tag, der verging, war ich sicherer, dass sein Auto nicht zufällig über die Brücke gefahren war.

Knox' ernster, ruhiger Blick erfüllte meinen Geist. Er war praktisch ein Fremder, angestellt bei einer Firma, die Trey ausgewählt hatte, was ihn sofort verdächtig machen sollte.

Weniger vertrauenswürdig – nicht mehr.

Warum wollte ich ihm also vertrauen?

Ich musste sicher sein, dass mein Instinkt auf dem richtigen Weg war. Dass ein tief vergrabener Teil von mir die angeborene Güte von Knox erkannte. Vielleicht war es das. Oder vielleicht war ich eine Frau, die allein war, nach Berührungen, nach Zuneigung hungerte, und sich von einem strammen Hintern und dunklen Augen beeindrucken ließ.

Meine Gedanken schweiften zu einem anderen alten Favoriten ab. *Bei Anruf Mord*. Und noch eins. *Das Haus der Lady Alquist*. Männer, die Frauen, die das Beste von ihnen glauben wollten, täuschten. Nur, weil Knox wie ein Actionheld aussah, war er noch lange nicht ein guter Kerl.

Ich konzentrierte mich auf den Film, was für etwa zwei Minuten klappte. Dann riss Cary Grant einen Witz, und das böse Funkeln in seinen Augen erinnerte mich daran, wie Knox Adam zugezwinkert hatte, als sie Dave beobachteten, wie er vorgab, meinen Kaffee-Kuchen zu mögen.

Seine Lippe hatte sich in der Andeutung eines Lächelns zusammengerollt, aber Adam hatte es gesehen und mit ihm gelacht. Konnte ich den Instinkten meines Sohnes trauen, wenn nicht meinen eigenen?

Adam hatte sich nie für seinen Vater erwärmt. Als Trey noch am Leben war, brach mir ihre Distanz das Herz. Jetzt konnte ich nur noch dankbar dafür sein. Adam war bei Dave gegenüber misstrauisch, aber Knox hatte er sofort akzeptiert.

Was sah Adam, wenn er Knox Sinclair anschaute? Bestimmt nicht das raue, gutaussehende Gesicht, die starken Linien seines Kiefers, die mich vor ihm warnten, und die üppige Unterlippe, die mich einlud. Es waren nicht seine langfingrigen Hände, oder seine kräftigen Oberschenkel.

Nein, Lily. Schluss damit.

Ich drückte meine Handflächen auf meine Augen, bis ich hinter meinen Augenlidern Sterne sah, die meine lustvollen Gedanken an Knox Sinclair verbannten.

Er ist hier, um für deine Sicherheit zu sorgen, nicht, um sich anschmachten zu lassen. Du und Adam seid gut ohne einen Mann zurechtgekommen. Knox kann seine Arbeit nicht erledigen, wenn zwischen euch etwas Persönliches ist, also bring deine Hormone unter Kontrolle und vergiss ihn.

Ich würde darüber hinwegkommen. Ich musste mich daran gewöhnen, dass Knox hier war, dann konnte ich aufhören, so an ihn zu denken. Es war nur neu, einen Mann um sich zu haben, der auch nur ein bisschen vertrauenswürdig war. Sobald ich mich an ihn gewöhnt hatte, würden sich die Dinge ändern. Sie mussten sich ändern. Das Letzte, was ich brauchte, war ein Mann, der mein chaotisches Leben noch komplizierter machte.

Ich war so in meine Gedanken vertieft, dass der schrille Piepton des neuen Umgebungsalarms mich mit einem Schrei von der Couch springen ließ. Adrenalin schoss durch meinen Körper, und ließ meine Finger und Zehen kribbeln. Mein Herz hämmerte so laut in meiner Brust, dass es das Alarmsignal fast übertönte.

Ich suchte nach meinem Telefon und rief Knox an. Es klingelte einmal, zweimal, dreimal, bevor Knox mich mit seiner tiefen Stimme aufforderte, eine Nachricht zu hinterlassen.

„Knox? Ich bin's, Lily. Der Alarm ist losgegangen, und ich weiß nicht…"

Ich schrak zusammen und ließ das Telefon beinahe fallen, als es mit einer eingehenden Textnachricht in meiner Hand vibrierte. Ich beendete die Sprachnachricht und tippte auf den Bildschirm. Knox.

Umgebungssensoren ausgelöst. Adams Zimmer. Schließe die Tür ab.

Ich lief den Flur hinunter und ließ den Film im Hintergrund laufen. Ich flog die Treppe hinauf, kam vor Adams Tür ins Schleudern und versuchte, meinen Atem unter Kontrolle zu bekommen, damit mein wildes Keuchen ihn nicht weckte.

Ich ging in den dunklen Raum, um zu sehen, wie sich mein Junge auf seinem Bett ausbreitete, die Decke von den Füßen getreten und seine zu langen blonden Locken über das Kissen gefächert. Seine Brust hob und senkte sich mit langsamen, tiefen Atemzügen.

Adam rührte sich nicht, als ich mich auf den Boden neben seinem Bett setzte und meinen Kopf an die Matratze lehnte, so wie in der Nacht, als ich Knox angerufen hatte.

Die Minuten vergingen wie Stunden und zogen sich hin, bis eine Sekunde genauso gut eine Ewigkeit hätte sein können. Der Außenalarm wurde abgeschaltet und hinterließ eine schwere Stille.

Ich konnte nichts ausmachen, egal wie sehr ich meine Ohren anstrengte. Keinen einzigen Schritt. Nicht das Knacken eines Astes, das Geräusch eines sich drehenden Knaufs oder einer aufschwingenden Tür.

Nichts.

Als mein Telefon wieder vibrierte, biss ich mit den Zähnen auf die Lippe, um einen alarmierten Aufschrei zurückzuhalten. Eine weitere Nachricht von Knox.

Draußen klar. Überprüfe das Haus. Bleibe, wo du bist.

Ich stützte mein Kinn auf meinen angehobenen Knie ab, wartete und lauschte. Ich dachte, ich hätte gehört, wie sich eine Tür öffnete und schloss. Schwere, gleichmäßige Schritte auf dem Hartholzboden. Das Geräusch kam in Fokus und verklang, als Knox an der Treppe vorbeiging. Dann das *Dumpf, Dumpf, Dumpf* von ihm, als er in den zweiten Stock ging, das Knarren der Balken, als er den Flur hinunterging und methodisch jeden Zentimeter des Hauses untersuchte.

. . .

ALS ER FERTIG WAR, kam eine weitere Nachricht.

Das Haus ist klar. Wir treffen uns im Wohnzimmer.

Ich atmete zum ersten Mal seit einer halben Stunde wieder tief durch und erhob mich vom Boden, zerschlagen und müde. Ich verließ Adam, der immer noch schlafend im Bett lag, und machte mich auf den Weg nach unten, um Knox in der Mitte des Wohnzimmers vorzufinden, die Hände in die Hüften gestemmt, die Augen auf den Fernsehbildschirm gerichtet.

Ich hatte vergessen, den Film anzuhalten. Rosalind Russell und Cary Grant stritten sich. Knox schaute mit dem gleichen amüsierten Gesichtsausdruck zu wie die Zuschauer im Film. Seine dunklen Augen wandten sich mir zu, als ich den Raum betrat.

„Was war das? Ein Tier?", fragte ich hoffnungsvoll.

Knox schüttelte den Kopf. „Nein. Menschlich. Kleiner als ich, größer als du. Ich werde mir das Filmmaterial der Kameras später genauer ansehen. Wer auch immer es war, wusste, dass die Kameras dort waren. Die gute Nachricht ist, dass sie nicht in die Nähe der Türen oder Fenster gekommen sind."

„Und die schlechte Nachricht?"

„Dass sie vermuteten, dass wir Überwachungskameras haben, und es trotzdem versuchten."

Ich nickte und wusste nicht, was ich sagen sollte. Ich war erleichtert, dass niemand hereingekommen war. Erleichtert, dass Knox da war, um an meiner Stelle im Dunkeln den Wald zu durchsuchen. Knox war viel besser als ich, um die Eindringlinge abzuschrecken, die immer wieder versuchten, einzubrechen.

Ich probierte es mit einem schwachen Lächeln. „Die Aufrüstung des Alarmsystems hat sich gelohnt."

Knox' Mundwinkel zuckte zu einem Grinsen, und er gab ein rumpelndes Geräusch von sich, das ein Glucksen hätte sein können. „So kann man es auch sehen."

„Ich nehme, was ich kriegen kann", murmelte ich.

Knox' Blick wurde scharf. „Wir fangen gerade erst an, Lily. Ich werde nicht zulassen, dass dir etwas passiert."

Meine Kehle schnürte sich vor Dankbarkeit zu. Ich konnte kein Wort herausbringen, also gab ich mich mit einem schnellen Nicken zufrieden.

„Was ist das für ein Film?", fragte Knox und neigte den Kopf zum Bildschirm.

Ich schluckte hart, bevor ich sagte: „*Sein Mädchen für besondere Fälle*. Rosalind Russell und Cary Grant. Sie sind geschieden, aber sie haben früher zusammen gearbeitet..."

Knox beobachtete Rosalind und Cary einige Sekunden lang beim Zanken und Flirten, bevor er sagte: „Für mich sehen sie nicht sehr geschieden aus."

„Nicht wirklich, oder? Aber das wussten sie damals noch nicht."

Knox stand da, seine Daumen in die Taschen gesteckt, die Augen auf den Bildschirm gerichtet. Er sah nicht so aus, als ob er vorhatte, irgendwohin zu gehen. Ich verlagerte mein Gewicht von einem Fuß auf den anderen und wusste nicht, was ich sagen sollte.

Ich öffnete meinen Mund und es kam heraus: „Hast du Hunger? Ich habe noch Schmorbraten übrig, falls du etwas essen möchtest. Du kannst dir den Rest des Films ansehen..."

Ich hielt an, ohne zu wissen, woher die Einladung gekommen war. Ich war mir nicht sicher, ob es eine gute Idee war, aber es war zu spät, um sie zurückzunehmen.

Knox nahm den Blick vom Bildschirm und sagte: „Klar."

. . .

KLAR? Das war nicht, was ich von ihm erwartet hatte. „Soll ich den Schmorbraten aufwärmen? Popcorn?"

Knox schaute nicht vom Bildschirm weg. „Beides."

Ich wusste nicht, warum ich plötzlich so nervös war. Knox arbeitete für mich. Wenn jemand in unserer Beziehung nervös gewesen sein sollte, dann war er es doch, oder? Ich war diejenige, die ihn zum Bleiben eingeladen hatte. Es war mein Haus. Meine Couch. Mein Film.

Nichts davon beruhigte die Schmetterlinge in meinem Bauch. Es war keine Verabredung oder so etwas - das wäre lächerlich - aber jedes Mal, wenn wir miteinander gesprochen hatten, war es rein geschäftlich. Einen Film mit Popcorn anzuschauen, war alles andere als das.

Ich hielt den Film an. „Ich brauche nicht lange."

Knox folgte mir in die Küche, wo ich einen gut benutzten Topf herausholte und die Gasflamme einschaltete. Ich nahm eine Flasche Popcornöl aus dem Schrank und goss einen ordentlichen Schuss hinein, zusammen mit einem Spritzer Rosmarin- und Knoblauchpulver. Knox lehnte sich mit den Händen in seinen Taschen an die Insel.

„Du machst Popcorn selber?"

Ich wirbelte den Topf mit zwei Händen herum und schaute über die Schulter. „Natürlich. Sag mir nicht, du wirfst eine Tüte in die Mikrowelle und betest, dass sie nicht anbrennt?"

„Stimmt genau."

„Dann bereite dich auf die echte Sache vor. Normalerweise gebe ich Gewürze und Käse dazu. Ich hoffe, das ist okay." Ich hatte nicht daran gedacht, bevor ich den Rosmarin und den Knoblauch hinzugefügt hatte, aber ich konnte das Öl ausgießen und von vorne anfangen.

„Ich esse so ziemlich alles, Lily", sagte Knox.

„Bis auf meinen Kaffee-Kuchen."

Knox hatte sich nicht dafür entschuldigt, dass er mein Gebäck verschmäht hatte. Warum sollte er das auch? Es war schrecklich. Sogar ich wusste das. „Ich verspreche, mein Popcorn ist gut."

Während sich das Öl erhitzte, füllte ich eine Schüssel mit übergebliebenem Schmorbraten und stellte sie in die Mikrowelle. „Brot?"

„Bitte."

Ich fragte mich, ob man Knox dazu bringen konnte, mehr als nur ein paar Worte auf einmal zu sagen. Wahrscheinlich wollte ich es gar nicht wissen. Er sprach nicht viel, aber seine Augen waren wachsam und nahmen jedes Detail seiner Umgebung auf.

Sein dunkler Blick bewegte sich durch den Raum und tauchte in die gemütliche, ländliche Küche ein, die nicht zum Rest des Hauses passte. Ich hatte Trey meistens machen lassen, was er wollte, weil ich keine Reibereien verursachen wollte. Leider hatte ich nicht erkannt, wie sehr mir das Endergebnis missfallen würde.

Wenn es um die Küche ging, hatte ich mich in die Hacken gegraben. Ich hatte am Ende das bekommen, was ich wollte. Statt endlosem Edelstahl und Glas gab es einen Hauch von Holz. Theken aus warmem, goldfarbenem Granit statt aus Beton. Lokal gefertigte Schränke im Gegensatz zu den glänzenden schwarzen, denen Trey den Vorzug gab. Das Endergebnis entsprach zwar nicht ganz dem Bauernhaus-Stil, den ich mir vorgestellt hatte, aber es war so nah dran, wie es nur möglich war.

Ich stand mit dem Rücken zu Knox und konzentrierte mich auf das Popcorn, anstatt zu versuchen, leere Gespräche zu führen, um die Stille auszufüllen. Ich plapperte, wenn ich nervös war. Knox machte mich aus allen möglichen Gründen nervös, die ich noch nicht erkunden wollte, aber ich hatte nicht das Bedürfnis, die Stille mit Worten zu füllen. Das Schweigen mit Knox war angenehm. Vielleicht, weil ich spürte, dass er keine Konversation von mir brauchte.

Ich bereitete das Popcorn zu, fügte Thymian und etwas fein gemahlenen schwarzen Pfeffer hinzu, verwirbelte das Öl und die Kerne mit jedem Zusatz, bevor ich gerade noch rechtzeitig den Deckel auflegte. Der erste Kern sprang heraus und schleuderte sich mit einem leichten, knusprigen Ping über die Innenseite des Aluminiumtopfes.

ICH LIESS DEN TOPF STEHEN, schnappte mir eine übergroße Holzschüssel, die ich einige Jahre zuvor auf dem städtischen Kunstfestival gefunden hatte, und stellte sie auf den Tresen neben dem Topf. Die knallenden Kerne kamen jetzt schneller. So schnell, dass ich sie nicht mehr voneinander unterscheiden konnte. Es dauerte nicht lange, bis sie langsamer wurden, und ich wartete, hörte zu und versuchte, den genauen Zeitpunkt zu finden, an dem das letzte Korn aufgegangen war, aber der Mais noch nicht angebrannt war.

Als es meiner Meinung nach fertig war, schaltete ich den Herd aus, zog den Topf weg und kippte das duftende, dampfende Popcorn in die Holzschale. Neben mir dröhnte die Mikrowelle. Als ich das Popcorn stehen ließ, holte ich Knox' Abendessen aus der Mikrowelle und bereitete ein Tablett vor.

Ich warf Knox, der immer noch genauso an der Insel lehnte, einen Blick über die Schulter und sagte: „Du kannst das mit ins Wohnzimmer nehmen. Ich bringe dir gleich das Popcorn."

Ohne ein Wort zu sagen, nahm Knox das Tablett in die Hand und verließ die Küche. Ich ahnte, dass die Abwesenheit von Knox meine Nerven beruhigen würde. Das tat sie auch, ein wenig, aber das Gefühl des Verlustes überraschte mich. Ohne Knox waren die Hitze und das Leben aus dem Raum gesaugt worden.

Ich bestäubte das Popcorn mit fein gemahlenem Salz und Parmesankäse und schüttelte es, damit die Aromen in die Ecken und Winkel jedes Stückes eindringen konnten. Ich dachte darüber nach, zwei Schüsseln zu holen, aber es gab nur eine Couch mit einer guten Sicht auf den Fernseher. Es war einfacher, das Popcorn zwischen uns zu stellen. Wir waren erwachsen. Wir konnten uns eine Schüssel Popcorn teilen.

Ich betrat das Wohnzimmer und stellte fest, dass Knox es sich am anderen Ende der Couch gegenüber von meiner verworfenen Decke bequem gemacht hatte, indem er das Tablett mit seinem Schmorbraten auf den Kaffeetisch stellte. Ich stellte das Popcorn neben sein Tablett, setzte mich hin und beschäftigte mich damit, die Decke um meine Beine zu legen und nach der Fernbedienung zu greifen.

„Mir gefällt die Einrichtung", sagte Knox und hob sein Kinn in Richtung des Bildschirms. „Sieht gut aus hier drin."

„Danke."

Er hatte Recht, das tat es. Trey, der nicht viel fürs Fernsehen übrig hatte, weigerte sich, einen ins Wohnzimmer zu stellen. Wir hatten ein Familienzimmer am Ende des Flurs mit einem großen Flachbildschirm, damit Trey Sport sehen konnte. In seiner Welt waren Sport und normales Fernsehen nicht dasselbe. Ich bin kein Fan von American Football, ich verstehe nichts von Baseball, und Sport im Fernsehen ist langweilig.

Ich wollte einen Ort, an dem ich abends, wenn Spiele stattfanden, meine Sendungen sehen konnte. Wir gingen einen Kompromiss mit dem Flachbildschirm ein, der in einen der Konsolentische im Wohnzimmer eingebaut war. Tagsüber taugte er nicht viel, wenn Sonnenstrahlen auf den Bildschirm schienen, aber nachts glitt der Fernseher mit einem Knopfdruck aus der Konsole gegenüber der Couch heraus. Perfekt, um sich mit einer Decke zusammenzurollen und mit Knabbereien fernzusehen.

Knox benutzte die Kante seiner Gabel, um in den Schmorbraten zu schneiden, und ich nahm die Fernbedienung in die Hand. „Ich spiele es nochmal vom Anfang ab", sagte ich. „Im Grunde genommen ist Rosalind mit ihrem Verlobten auf dem Weg aus der Stadt, und Cary versucht, sie mit einer großen Geschichte zum Bleiben zu bewegen, damit er sie zurückgewinnen kann."

Knox kaute langsam und nickte. Seine Augen auf den Bildschirm gerichtet. Ich aß Popcorn und versuchte, in den vertrauten Rhythmus eines Films zu fallen, den ich unzählige Male zuvor gesehen hatte. Ich hatte schon vorhin Schwierigkeiten gehabt, mich zu konzentrieren, weil ich Angst hatte, dass der Eindringling zurückkam. Ich machte mir darüber keine Sorgen mehr, aber die Anwesenheit von Knox machte es mir ebenso schwer, mich zu konzentrieren.

Er aß jeden Bissen des Schmorbratens und stellte den Teller wieder auf das Tablett, bevor er sich dem knusprigen Butterbrot zuwandte. Ich hatte das Brot nicht gebacken, aber der Knoblauch und die Basilikumbutter oben drauf waren meine Kreation, und es war fantastisch. Knox war wohl derselben Ansicht, denn das Brot verschwand in drei großen Bissen.

Er wischte seine Finger an der Serviette ab, die ich auf das Tablett gelegt hatte, und setzte sich wieder auf die Couch, die Augen noch immer auf den Bildschirm gerichtet.

Knox Sinclair war ein Widerspruch. Gute Manieren. Selbst beim Essen auf der Couch hatte er keine Unordnung gemacht. Sein Tablett war so ordentlich, wie es gewesen war, als er es von der Theke nahm. Die benutzte Serviette war zur Hälfte gefaltet, die Utensilien auf der Seite. Ich erinnerte mich an die Art und Weise, wie er hereinstürmte, nachdem ich von der Leiter gefallen war, seine sanften Hände, die mich auf Verletzungen prüften, die Besorgnis in seiner Stimme.

Knox redete nicht viel, und er sah aus wie ein Raufbold, aber er war höflich und freundlich. Ich würde Freundlichkeit jederzeit über schöne Worte stellen.

Ich griff nach einer Handvoll Popcorn, und zuckte, als meine Fingerspitze Knox' Handgelenk streifte. Bei dem kurzen Kontakt kribbelte es in meiner Hand, und ich bekämpfte den Drang, meine Finger wegzuziehen. Wir waren zwei Erwachsene, die sich Popcorn teilten. Was machte es schon, dass ich ihn aus Versehen berührt hatte?

Ich schob mir Popcorn in den Mund, um mich abzulenken. Knox tat dasselbe. Eine Minute später sagte er: „Schmeckt gut."

„Danke. Besser als das Zeug aus der Mikrowelle?"

Das Grunzen von Knox war kurz, aber voller Zustimmung. Ein warmes Glühen legte sich auf meine Brust. Mein Kaffeekuchen war schrecklich, und er hatte meine Blaubeer-Muffins nicht angerührt - ein kluger Schachzug seinerseits - aber ich hatte mit dem Schmorbraten und dem Popcorn einen Homerun erlangt.

Warum es mir wichtig war, dass Knox meine Kochkünste mochte, konnte ich nicht sagen. Es sollte keine Rolle spielen. Es sollte überhaupt keine Rolle spielen.

Ich ignorierte diesen Gedanken und hielt an dem warmen Glühen in meiner Brust fest, als ich mich fragte, ob unsere Finger wieder in der Popcornschale zusammentreffen würden, und ignorierte das Warnsignal in meinem Hinterkopf.

Knox Sinclair zu berühren, war eine schlechte Idee.

Das wusste ich bereits.

Ich wusste es und wollte es trotzdem.

9

LILY

Knox wartete vor dem Land Rover, als Adam und ich aus dem Haus eilten. Adam ging seit über einem Jahr drei Tage pro Woche zur Vorschule, und jeder Morgen war immer noch ein Kampf.

Er wollte sich nicht anziehen. Er mochte sein Frühstück nicht. Er wollte andere Turnschuhe. Nicht ganz so anders als unsere Schlafenszeit.

Ich hatte Angst zu fragen, wie lange es dauern würde, bis Adam groß genug ist, um nicht mehr aus jeder Aufgabe ein Spiel machen zu wollen. Ich liebte seine Fantasie und seinen Sinn für Abenteuer, aber ich wünschte mir, er würde sich das für die richtige Zeit aufheben, damit wir nicht immer zu spät waren. Seit er angefangen hatte zu reden, sah es so aus, als wären wir immer zu spät gewesen.

Wir kamen ins Schleudern, als wir Knox in einem schwarzen T-Shirt und einer dunklen Jeans

an der Motorhaube des Land Rovers lehnen sahen. Er sagte: „Ich fahre euch."

Adam hielt die Luft an. „Cool. Fährst du schneller als Mama?"

Jeder Gedanke, Einwände gegen Knox' Fahrdienste zu erheben, löste sich auf, als ein Grinsen über sein schroffes Gesicht huschte, und er sagte: „Vielleicht. Wie schnell fährt deine Mutter?"

Adam kletterte in seinen Autositz und saß gefügig da, während Knox die Gurte anordnete und sie mit Leichtigkeit befestigte, als ich wie ein Idiot mit offenem Mund zusah. Adam saß beim Anschnallen niemals still. Keiner von ihnen achtete auf mich.

Adam kicherte über Knox' Frage und überlegte ernsthaft, bevor er antwortete. „Mama fährt wie eine Oma. Mein Vater fuhr früher sehr schnell. Sie hat ihn immer angeschrien. Weil sie wollte, dass er langsamer fuhr, aber er hörte nie zu. Er war in einem Autounfall."

Adam lieferte diese Information, als ob er über einen Fremden, und nicht über seinen Vater, sprechen würde. Knox' Augen blitzten mir entgegen. Ich blickte weg, fummelte an der Tür und dann an meinem Sicherheitsgurt herum. Ich wollte nicht über Treys Fahrgewohnheiten, oder den Unfall, der ihn getötet hatte, sprechen.

Die Polizei vermutete, dass er einem Hirsch auf der Straße ausgewichen war und von der Brücke geschleudert wurde, was möglich war. Adam hatte die Wahrheit gesagt. Trey fuhr immer zu schnell. Er hatte sein schnittiges Mercedes-Coupé geliebt. Ein Auto, das mehr für eine Rennstrecke als für ländliche Straßen in Maine geeignet war.

Die Nacht seines Unfalls war klar. Der Vollmond stand hoch am Himmel. Trockene Straßen. Kein Verkehr. Wenn er die Kontrolle verloren hatte, wäre es das erste Mal gewesen – und das letzte.

Ich hatte nicht vor, darüber nachzudenken. Nicht in diesem Moment.

Knox hatte uns aus der Garage gefahren, so souverän

hinter dem Steuer meines Land Rover, als ob er ihn schon seit Jahren fuhr. Ich konnte mir vorstellen, dass Knox alles mit der gleichen, entspannten Kompetenz tat.

Ich hatte versucht, es nicht so beruhigend zu finden. Es war nicht klug, einem praktisch Fremden so sehr zu vertrauen, mich von seiner Stärke und seinen Fähigkeiten beeindrucken zu lassen.

Ich hatte beschlossen, Knox Sinclair unsere Sicherheit anzuvertrauen. Ich konnte ihn nicht anstellen und dann umhergehen und jeden seiner Schritte verdächtigen. Das wäre dumm gewesen. Das bedeutete nicht, dass ich mich zurücklehnen und annehmen sollte, dass er die Antwort auf all unsere Probleme war.

„Adams Vorschule ist in der Stadt", sagte ich. Die Nervosität machte meine Stimme unsicher, bis ich schluckte und sie unter Kontrolle bekam. „Sie ist an der Kirche in der Hauptstraße, ein paar Hausblöcke vom Rathaus entfernt-"

„Ich weiß, wo es ist", unterbrach Knox.

Ich hatte nicht gefragt, was das bedeutete. Wusste er, wo die Kirche war, oder wusste er, wo Adams Vorschule war? Es war nicht weit hergeholt, dass jemand, der neu in der Stadt war, wusste, wo die Kirche war. Im klassischen Neuengland-Stil erbaut, mit weißer Verkleidung und einem hohen Kirchturm, verankerte sie das Zentrum der Main Street, von allen Seiten sichtbar.

Woher wusste Knox, wo Adam zur Vorschule ging? Die Antwort war offensichtlich. Er hatte Nachforschungen über uns angestellt.

Sinclair Security recherchierte wahrscheinlich über alle ihre Kunden.

Trey war seit Jahren ein Kunde.

Wusste Knox Sinclair etwas über meinen toten Ehemann, das ich nicht wusste?

Adam plapperte, während Knox fuhr, und erzählte ihm alles, was er an diesem Tag in der Vorschule tun wollte. Er fühlte sich bei Knox genauso wohl wie bei anderen Erwachsenen, die er bereits sein Leben lang kannte. Er fühlte sich mit Knox wohler, als er es je mit seinem Vater getan hatte.

Ich zuckte bei dem Gedanken zusammen, aber mein Unbehagen machte es nicht weniger wahr. Trey hatte wenig Geduld für das Geplapper eines Kleinkindes gehabt. Meistens, wenn Adam versucht hatte, mit ihm in den zersplitterten Worten eines Vierjährigen zu sprechen, der er vor Treys Tod gewesen war, hatte Trey ihn abgewiesen.

Er wollte nicht mit dem Geschwätz eines Babys belästigt werden, hatte er mir verärgert gesagt.

„Bring ihn zum Schweigen oder steck ihn woanders hin."

Ich hatte mich bemüht, Adam vor Treys Zurückweisung zu schützen, aber als ich sah, wie er sich Knox gegenüber öffnete, der mit ihm lachte und ihn ohne Unterbrechung reden ließ, wurde mir klar, wie sehr es Adam gefehlt haben musste.

NACHDEM ER DEN MOTOR AUSGESCHALTET HATTE, stieg Knox aus dem Auto und half Adam aus seinem Sitz heraus. Die Vorschule befand sich in einem kompakten Backsteinkasten eines Gebäudes, das hinter der Kirche versteckt war. Das Schulgebäude war nicht schön, aber der Spielplatz machte das mehr als wett.

Die Tür schwang auf, und die Geräusche der schreienden Kinder drangen in unsere Ohren. Adam raste vor uns her und rief seinen Freunden zu. Ich legte eine Hand auf Knox' Arm, um ihn aufzuhalten. Wir mussten nicht den ganzen Weg ins Klassenzimmer gehen. Zwanzig

Kinder waren neunzehn zu viel, bevor ich eine Tasse Kaffee getrunken hatte.

„Eine Sekunde. Lass mich nur seinen Rucksack abstellen."

Ich ließ Knox an der Tür stehen und war eine Minute später wieder da, Adams Rucksack sicher in seinem Schrank deponiert.

„Die Vorschule dauert nur bis zwölf. Normalerweise kaufe ich Lebensmittel ein und gehe dann in den Park. Wenn du etwas zu erledigen hast-"

„Welches Lebensmittelgeschäft?", fragte Knox.

Damit war diese Frage wohl beantwortet. Von einem Fremden begleitet zu werden, während ich meine Besorgungen machte, könnte einige Fragen aufwerfen, aber ich konnte die Erleichterung, die ich fühlte, nicht leugnen.

Ich war gut darin, meine Sorgen während des Tages zu ignorieren. Als ich mit Knox durch das Geschäft ging, wurde mir klar, wie besorgt ich seit Treys Tod war, immer wachsam, unsicher und ängstlich.

Hatte ich gedacht, dass mich jemand in den Gängen verfolgte? Nein, natürlich nicht. Wir waren in der Stadt, mitten am Tag, und die Touristensaison hatte ihren Höhepunkt erreicht. Ich konnte nicht sicherer sein, mit oder ohne Knox. Mit ihm an meiner Seite fühlte ich mich trotzdem besser.

Ich beschloss, meine Gedanken nicht zu analysieren. Ich wollte es genießen, dass ich mich zum ersten Mal seit Monaten sicher fühlte.

„Hast du eine Liste?", fragte Knox.

Ich hielt mein Telefon hoch, wo die Einkaufsliste auf dem Bildschirm geöffnet war. „Ich brauche nicht viel. Wenn du etwas für das Gästehaus brauchst, wirf es einfach rein."

Ich meinte es ernst, als ich es sagte, aber ich verzog

das Gesicht, als eine Tüte Chips in den Einkaufswagen fiel.

„Kein Fan von Junk Food?", rumpelte Knox. Ich hätte schwören können, dass ein Hauch von Belustigung in seiner tiefen Stimme lag.

„Wer mag schon keine Chips? Normalerweise versuche ich, Adam von solchen Sachen fernzuhalten. Wundere dich also nicht, wenn er betteln kommt. Und wenn er kommt, versuch ihn bitte nicht die ganze Tüte essen zu lassen."

„Abgemacht", sagte Knox. „Ich nehme an, Limonade ist tabu?"

Ich warf Knox einen Blick zu. Sein T-Shirt war nicht sehr eng, aber was ich von seinen Armen sehen konnte, sagte mir, dass sein Körperfettanteil im einstelligen Bereich liegen musste. Er war nicht der Typ von Kerl, der Limonade trank.

WOLLTE ER MICH AUF DEN ARM NEHMEN?

Etwas schwindlig bei dem Gedanken, dass Knox mich neckte, lachte ich kurz auf. „Definitiv keine Limonade", bestätigte ich. Wir hielten bei den Backwaren an, und ich schnappte mir die Zutaten für Schokoladenkekse.

Ich weigerte mich, aufzugeben. Ich konnte backen lernen. Ich hatte Kochen gelernt, oder?

BEVOR TREY UND ICH GEHEIRATET HATTEN, hatte ich in der Küche keine Ahnung, aber mithilfe von Internet und Kochbüchern hatte ich es gelernt. Und ich war ziemlich gut, wenn ich das selbst sagen durfte.

. . .

BACKEN WAR ALLERDINGS NEU. Trey hatte keine Süßigkeiten im Haus gewollt. Er hatte mich vom Backen abgehalten, und ich war einverstanden.

Ich war mit vielen Dingen einverstanden gewesen.

ES GING SO WEIT, dass ich mich fast selbst verloren hatte.

Einen Monat nach seinem Tod stand ich mit einem Glätteisen in der Hand im Badezimmer und war bereit, meine Locken in einen glatten Stil zu quälen, den Trey geliebt hatte.

Plötzlich traf es mich.

Trey war tot.

Vorbei.

Ich hatte das Glätteisen fallen lassen und war auf den Boden gesunken, als mir Tränen über die Wangen liefen. Es war so schwer, mich zusammenzureißen, um für Adam stark zu sein. Der Damm brach, und ich weinte, bis ich keine Tränen mehr hatte.

Als meine Augen trocken waren, waren mir ein paar Dinge klargeworden.

Adam und ich waren auf uns allein gestellt.

Ich war für alles verantwortlich, mich selbst eingeschlossen.

Langsam hatte ich Teile meines Lebens zurückgewonnen und neue Dinge ausprobiert. Ich hatte das Glätteisen weggelegt und es seitdem nicht mehr benutzt. Als Trey und ich uns kennengelernt hatten, probierte ich gerade geglättete Haare aus. Er hasste meine Locken, also behielt ich es bei. Aber Trey war weg, und ich hatte es satt, zu versuchen, jemand anderen auf meine Kosten glücklich zu machen.

Mein Haar seinen natürlichen Locken zu überlassen, war der Anfang. Dann war meine Kleidung dran, als ich

Twinsets und Röcke gegen Jeans und T-Shirts eintauschte. Ab und zu zog ich mich immer noch schick an, aber wenn ich den ganzen Tag allein zu Hause war? Dann hatte Bequemlichkeit die Oberhand.

Jetzt arbeitete ich daran, backen zu lernen. Ich hatte mir immer vorgestellt, die Art von Mutter zu sein, die Muffins, Kekse und alle möglichen Leckereien zubereitete. Das würde ich auch, sobald ich herausfinden konnte, wie man sie nach Vanille und Zucker anstatt nach Backpulver und Salz schmecken ließ.

Übung macht den Meister. Ich musste es einfach weiter versuchen.

Bei diesem Gedanken schnappte ich mir mehr Schokochips, für den Fall, dass die erste Ladung nicht funktionierte. Wem wollte ich etwas vormachen? *Nachdem* die erste Ladung nicht funktionierte.

Knox sah meine Backzutaten schief an, sagte aber nichts. Wir gingen weiter, vorbei an Regalen mit verpackten Keksen. Ich wartete darauf, dass er sich eine Packung schnappte, falls meine Schokokekse wie die Muffins und der Kaffeekuchen ausfielen. Er ignorierte die Kekse und andere Snacks, nahm sich aber eine Packung mit Rosinen und eine mit Haferflocken, sowie eine Tüte mit Äpfeln, einen extra Karton mit Eiern und einen Becher Gourmet-Vanilleeis.

Ich warf für Adam eine Schachtel Fruchtsaft-Eis dazu, bevor wir uns auf den Weg zur Kasse machten. Ich kannte den Teenager an der Kasse nicht. Die Touristensaison war kurz, aber intensiv, und jedes Geschäft in der Stadt hatte im Sommer Aushilfskräfte.

Ein altes Sprichwort besagte, dass es in Mai nur zwei Jahreszeiten gab - Winter und Juli. Wie die meisten alten Sprichwörter basierte es auf Tatsachen.

Wir bekamen unseren Anteil an Besuchern, während

sich die Blätter im Herbst über den Bergen rot färbten, aber der Winter kam früh, und die Touristensaison traf mitten im Sommer ein. Und zwar genau jetzt.

Die Stadt war vollgestopft, einschließlich des Lebensmittelladens. Normalerweise machten mich so viele fremde Gesichter etwas nervös, aber ich war froh, dass ich Knox niemandem erklären musste.

Ich packte unsere Tiefkühlkost in die Kühlbox im Kofferraum des Land Rovers ein, fügte den Beutel Eis hinzu, den ich gekauft hatte, und ordnete den Rest der Lebensmittel drum herum an.

„Warum kaufst du nicht ein, bevor du ihn abholst?", fragte Knox.

„Das mache ich im Winter, wenn der Laden nicht so überfüllt ist. Zu dieser Jahreszeit ist er aber so voll, dass ich nie weiß, wie lange es dauert, bis ich wieder rauskomme."

„Verlangen sie einen Zuschlag, wenn man zu spät kommt?"

„Nein, aber das ist es nicht." Ich verstaute die Eier sorgfältig, damit sie nicht zerbrachen, wenn wir durch die kurvenreichen Straßen nach Hause fuhren, und vermied es, Knox in die Augen zu sehen. Ich mochte nicht darüber nachdenken, warum ich zuerst einkaufte. Alles, was meinem Baby wehtat, schnitt durch mich hindurch.

„Seit Trey gestorben ist, regt Adam sich auf, wenn ich ihn zu spät abhole. Ende Mai steckte ich im Laden fest, und als ich dort ankam, hat er geweint. Es dauerte eine Weile, bis er sich beruhigte, aber schließlich hat er gesagt, dass er gedacht hat, dass ich nicht kommen würde, oder dass ich einen Unfall gehabt hatte, wie sein Vater. Deswegen passe ich jetzt auf, dass ich etwas zu früh da bin. Ich will kein Benzin verschwenden und hin- und herfahren, wenn wir so weit von der Stadt entfernt wohnen, also benutze ich die Kühlbox."

Knox nickte verständnisvoll. Ich mochte nicht an diesen Tag denken, an Adams verzweifelte Tränen, sein rotes Gesicht und sein herzzerreißendes Schluchzen. Er war noch zu jung, um dem Verlust eines Elternteils ins Auge zu sehen. Trauer ist schwierig für Erwachsene, aber für Kinder? Ich hätte alles getan, um es ihm zu ersparen.

„Die Straße runter gibt es ein Café", sagte ich und wechselte das Thema. „Normalerweise lasse ich das Auto hier stehen, trinke eine Tasse Kaffee und gehe dann in den Park. Ist das in Ordnung?"

Knox hob sein Kinn einvernehmlich. Ich deutete es als ein Ja.

Wir liefen schweigend den Hügel hinunter zum Herzen der Hauptstraße, vorbei an der Kirche, wo Adams Vorschule war. Das kleine Café war voll, die Schlange reichte bis zur Tür.

Ich stellte mich an, auf das lange Warten gefasst, als ich hinter dem Schalter meinen Namen hörte. Ich schaute auf, um Dana zu sehen, eine Schülerin an der High School, die gelegentlich auf Adam aufpasste. Sie winkte mich ran, ihre langen, dunklen Zöpfe fielen ihr über die Schultern.

„Sie müssen nicht hinter all diesen Touristen warten", sagte sie und versuchte nicht einmal, ihre Stimme zu senken. Ein paar Leute in der Schlange murrten, verstummten aber nach einem Blick von Knox.

Dana grinste meinen Begleiter an und warf mir einen fragenden Blick zu. Ich wusste, dass ich nicht umhinkonnte, und sagte: „Knox, das ist Dana. Sie passt ab und zu auf Adam auf. Dana, Knox ist dabei, ein paar Dinge am Haus zu erledigen. Seine Firma arbeitete mit Trey zusammen, als wir es bauten."

Etwas von der Aufregung in Danas Augen legte sich.

Hauskram war langweilig. Genau deshalb hatte ich es so erklärt. Dana war ein tolles Kind mit netten Eltern, aber Kleinstadttratsch war eine Naturgewalt. Ich wollte nicht, dass der neue Liebhaber der Witwe die neueste heiße Story war.

Danas natürlicher Überschwang gewann Oberhand über ihre Enttäuschung und sie grinste wieder, als sie das Murren der Kunden ignorierte. „Was möchtet ihr heute?"

„Iced S'mores Latte für mich", sagte ich, bevor Knox bestellte: „Americano. Ohne Milch und Zucker."

„Eine Sekunde. Ihr könnt drüben beim Schwarzen Brett warten. Ich bringe eure Getränke dorthin."

Ich fummelte an meiner Brieftasche, als Knox Dana bereits einen Geldschein gab und sagte: „Behalte das Wechselgeld."

„Das war doch nicht nötig."

Ich führte Knox zu der Seite des Tresens, wo Sahne, Süßstoff, Zimt und Rührstäbchen unter einem riesigen mit Flyern und Visitenkarten bestückten Anschlagbrett aufgereiht waren.

Knox zuckte mit den Achseln. Wir standen nebeneinander, zufrieden in unserer Stille, nahmen das Geplapper des vollgestopften Cafés in uns auf und lasen die Flugblätter, die stapelweise an das Schwarze Brett geheftet waren.

Jemand hatte Kätzchen zu verschenken, aber niemand hatte sich bisher eine Nummer abgerissen. Ich schätzte, niemand wollte diesen Sommer Kätzchen haben. Jemand anderes versuchte, eine gebrauchte Honda zu verkaufen. Dieser hatte viele Interessenten. Nur ein Blatt mit der Telefonnummer war noch übrig. Es gab einen veralteten Flyer für das Konzert am vierten Juli und einen neuen für *das Kunst im Park Festival*, das nächste Woche stattfand.

Dana brachte unsere Getränke vorbei, und wir machten uns auf den Weg und arbeiteten uns durch die Touristen, die sich bereits auf dem Bürgersteig drängten. Es war noch früh am Tag, daher konnten wir eine Bank finden, die unter einem Baum stand, wo wir Platz nahmen, Knox neben mir, mit Blick auf den See und die Kais. Black Rock war nicht meine Traumvorstellung einer Stadt, in der ich leben wollte. Ich sah mich immer in einer Großstadt oder in einer Vorstadt. Trey verbrachte als Kind seine Sommerferien in Black Rock, und er hatte davon geträumt, hier für immer zu leben. Die Stadt hatte Charme, die Menschen waren freundlich, und es war schön hier, aber trotzdem war ich einsam.

Ich passte nicht rein, und war bereits einsam bevor Trey starb.

Wir beobachteten Boote, die an den Docks wippten, und ein junges Mädchen, das mit einem Welpen Ball spielte, wobei das Mädchen den Ball mehr holte als der Hund.

Ich fragte mich, wie lange ich noch im Stillen sitzen musste, bevor Knox das Schweigen brach.

NICHT SEHR LANGE, wie sich herausgestellt hatte.

10

LILY

„Ich mochte den Film gestern Abend", sagte er.

„Ich auch. Als ich klein war, habe ich mit meinem Vater immer alte Filme angesehen. Das war einer unserer Lieblingsfilme."

„Was sind deine anderen Lieblingsfilme?"

Ich lachte. „Oh, das ist eine lange Liste. So ziemlich alles mit Cary Grant. Und ich liebe Hitchcock."

„Ich hatte im College einen Hitchcock-Kurs", sagte Knox.

„Wirklich? Weil du Hitchcock mochtest oder weil du dachtest, es wäre leicht?"

„Beides", sagte Knox mit einem schiefen Lächeln. „Ich habe Ingenieurwesen und Geschichte studiert, deswegen wollte ich leichte Wahlfächer auswählen."

„Das kann ich verstehen. Ich hatte Erziehungswissenschaften als Hauptfach. Die meisten meiner Wahlfächer waren in den Bereichen Psychologie und Soziologie – solche Sachen."

„Wolltest du Lehrerin werden?"

Ich seufzte tief, als ich mich zurücklehnte. Die Uni

kam mir wie ein anderes Leben vor. Ich war mir bei allem so sicher gewesen.

Was ich wollte. Welche Ziele ich hatte. Einiges davon hatte funktioniert, vieles nicht. Ich starrte auf das Sonnenlicht, das über dem Wasser spielte, und versuchte herauszufinden, wie ich seine Frage beantworten konnte.

„Lily?", hakte Knox nach.

„Ich liebe Kinder. Früher habe ich mein Taschengeld mit Babysitten aufgepeppt, also dachte ich, ich würde gerne unterrichten. Ich wollte mein Grundstudium beenden und einen Master in frühkindlicher Erziehung machen. Dann traf ich Trey, und er wollte heiraten und hierherziehen. Wir haben uns so schnell verliebt. Wir wollten eine Familie gründen. Seine Eltern hassten mich. Meine verachteten ihn. Also kämpften wir gegen den Rest der Welt, und das Studium-"

„Schien nicht so wichtig zu sein?"

„Ja. Weißt du, wie sich das anfühlt? Wenn man sich zum ersten Mal verliebt? Alles ist so intensiv. Die Sonne ist heller. Jedes Lied hat eine tiefere Bedeutung, als wäre es nur für dich geschrieben worden. Wenn dir jemand sagt, du sollst langsam machen, fühlt es sich an, als würden sie es nicht verstehen."

„Haben sie das? Es verstanden?"

Ich ließ einen weiteren Seufzer los und nippte an meinem Milchkaffee. „Ja und nein. Treys Eltern mochten mich nicht, weil ich nicht das war, was sie sich für ihn vorgestellt hatten."

„Wie das?" Knox' Augen ruhten auf mir, freundlich und fragend.

Ich schaute weg, als ich sagte: „Ich war nicht weiß genug." Er ließ ein Grunzen los. „Sie leugneten, dass sie das dachten, aber wir wussten es. Kleine Kommentare über meinen *Hintergrund* oder meine *Leute*. Mein Vater ist ein

Ivy-League-Professor für Wirtschaft, und meine Mutter ist eine erfolgreiche Künstlerin. Nichts, worüber man sich beschweren könnte, außer dass mein Vater schwarz ist. Treys Eltern weigerten sich, ihn zu treffen, luden aber meine Mutter - die weiß ist - zu einem Besuch ein. Sie machten es ziemlich deutlich, worum es ihnen ging. Als sie mich nicht abschrecken und Trey nicht überreden konnten, mich abzuservieren, drohten sie damit, ihn zu enterben. Sie waren nicht wahnsinnig reich, aber sie hatten Geld. Sie dachten, es würde den Zweck erfüllen, aber er hasste es, wenn sie versuchten, ihn mit Geld zu kontrollieren, und wir waren verliebt. Dann...'

Meine Kehle wurde eng, und ich musste schlucken. So viele Jahre waren vergangen, aber ihr Tod hatte alles verändert.

„Es gab ein Feuer. Treys Vater vergaß, die Batterie im Rauchmelder zu wechseln. Sie sind nicht aufgewacht. Sie hatten gedroht, ihn zu enterben, wollten nicht mit ihm sprechen, und ein paar Monate später waren sie tot. Wir waren noch nicht lange verheiratet. Ein Teil von ihm gab mir die Schuld. Er hat sich meinetwegen nie mit ihnen versöhnt."

„Hast du ihm verboten, seine Eltern zu sehen?"

„Nein, natürlich nicht. Aber ich selbst wollte sie nicht sehen. Sie waren mir gegenüber offen unhöflich, und ich wollte mich nicht damit befassen. Ich hätte ihn ermutigen sollen, auf sie zuzugehen. Er hätte sie auch ohne mich besuchen können. Sie lebten in Boston, es war nicht weit. Er war zu stolz."

„Haben sich deine Eltern jemals für ihn erwärmt?"

„Ich habe meine Eltern seit meiner Hochzeit nicht mehr gesehen. Mein Vater sagte mir, er würde mich nicht zum Altar führen, und wenn ich es durchziehen wollte, brauchte ich mir nicht die Mühe machen, nach Hause zu kommen. Ich hab ihnen eine Einladung zur Hochzeit geschickt, aber sie haben nie geantwortet."

„Nichts?" Ich fühlte, wie Knox den Kopf drehte. Die Intensität seines Blickes ruhte auf meinem Gesicht.

Ich konnte es nicht ertragen, seinen Gesichtsausdruck zu sehen, oder das Mitleid, das bestimmt darin zu lesen war. Es waren Jahre vergangen und es tat immer noch weh, es laut auszusprechen.

„Nichts. In den ersten Jahren habe ich ihnen Weihnachtskarten geschickt. Ich weiß, dass es ihnen gut geht. Mein Vater arbeitet immer noch als Professor und meine Mutter war in einem Bildband über Ölgemälde abgebildet. Ich hab es gekauft, als es herauskam. Sie hat wunderbare Arbeit geleistet."

„Standet ihr euch nahe, bevor du geheiratet hast?"

Ich überlegte mir, was ich darauf antworten sollte. Wie man die komplexe Beziehung zwischen Eltern und Kind, die Erwartungen und das Scheitern, die Enttäuschung und die Liebe erklären konnte.

Ich entschied mich für folgende Erklärung: „Wir liebten einander. Ich liebe sie. Sie hatten Pläne für mich. Ich sollte jemand Großes werden, in die Fußstapfen meines Vaters treten und eine renommierte Akademikerin werden oder das Talent meiner Mutter erben und erstaunliche Kunstwerke erschaffen. Aber ich war keines dieser Dinge. Ich bin einfach ich, und die Dinge, die ich wollte, erschienen ihnen so unwichtig. Wir stritten viel, als ich an der Uni war, aber ich hätte nie gedacht, dass sie mich ausschließen würden, bis sie es getan haben."

„Wenn du gewusst hättest, dass du sie all die Jahre nicht mehr sehen würden, hättest du ihn dann trotzdem geheiratet?"

Knox war heute Morgen voller komplizierter Fragen, nicht wahr? Mein Gehirn brauchte mehr Koffein, oder mein Herz mehr Mut. Ich musste nicht über die Antwort nachdenken. Eine Sache machte es sehr einfach. „Ja. Absolut."

„War es eine gute Ehe?", fragte Knox. Sein Ton konnte den Faden der Ungläubigkeit nicht ganz verbergen.

Mein Lachen war nur ein kleines bisschen bitter. „Nein. Nein, sie war schrecklich, um ehrlich zu sein. Wir waren zu jung zum Heiraten. Wir hätten warten sollen. Ich frage mich, ob mein Vater mit mir reden würde, wenn ich ihm eine Postkarte schicken würde, auf der steht: *Du hattest Recht.*" Ich lachte wieder, und dieses Mal war es von Bitterkeit durchtränkt.

„Also, warum dann? Warum würdest du ihn trotzdem heiraten?"

Ich drehte mich zu ihm ungläubig um. „Adam. Für Adam würde ich alles nochmal durchmachen. Er ist das Beste, was mir je passiert ist. Ich werde den Rest meines Lebens damit verbringen, zu versuchen, ihn zu verdienen. Ich würde gerne glauben, dass Trey, wenn er gelebt hätte, ein guter Vater geworden wäre. Ein anständiger Ehemann."

Ich starrte auf den See und ignorierte Knox' skeptisches Grunzen. Ich wusste nicht, was er über Trey wusste, aber es war wahrscheinlich genug, um seinen Unglauben zu rechtfertigen. Angesichts seiner Arbeit wusste er sicher mehr über Trey als ich.

Und ja, es war unwahrscheinlich, dass Trey sich zu einem anständigen Vater oder Ehemann entwickelt gehabt hätte. Die realistischste Zukunft, hätte er überlebt, wäre unsere spätere Scheidung gewesen, nach der Trey in die Rolle des abwesenden Vaters geschlüpft wäre. Es schadete nicht, zu glauben, dass es Hoffnung gegeben hätte. Vor allem, da diese Hoffnung für immer weg war.

Ich war fertig damit, über mich selbst zu reden. „Was ist mit dir? Stehst du deinen Eltern nahe?"

Knox ließ einen Lufthauch heraus, der einem Lachen ähnlich war. „Es ist kompliziert."

„Ist es das mit Eltern nicht immer?"

„Ja, ich habe bis vor ein paar Jahren mit meinem Vater gearbeitet. Wir haben uns... entfremdet, schätze ich."

„Du weißt es nicht?"

„Das ist der komplizierte Teil. Ich habe drei Brüder, und wir stehen uns nahe. Wir führen das Unternehmen gemeinsam. Einer meiner Brüder, Axel, lebt in Las Vegas, und ich sehe ihn nicht so oft, wie ich gerne hätte, aber der Rest von uns ist in Atlanta."

„Muss schön sein, Geschwister zu haben." Ich wollte schon immer Geschwister haben. Einen kleinen Bruder oder eine kleine Schwester. Jemanden zum Spielen. Meine Eltern wollten es nicht. Ein Kind war schon Unterbrechung genug in ihrem vielbeschäftigten Leben.

„Meistens ist es so", stimmte Knox zu.

„Was ist mit deiner Mutter?" Ich drängte, obwohl ich wusste, dass es unhöflich war, nach Themen zu fragen, die er nicht selbst erwähnt hatte, aber ich wollte mehr über den Mann neben mir wissen. Er wohnte in der Gästehütte. Ich hatte ihm unsere Leben anvertraut. Es wäre töricht gewesen, nicht zu fragen, wenn ich die Gelegenheit dazu hatte.

„Das ist auch kompliziert. Sie..." Knox zog sich zurück. Ich riskierte einen Blick, um seine Augen auf den See gerichtet zu sehen, unkonzentriert, wie in die Erinnerung zurückgeworfen. Ich wartete, und schließlich begann er wieder zu sprechen.

„Ich weiß, was du mit Erwartungen gemeint hast. Meine Mutter ist keine glückliche Frau. Mein Vater war ein beschissener Ehemann, was sie zum Trinken brachte."

Wie immer war Knox kurz und bündig, und seine

Worte trafen ins Schwarze. So viel Schmerz in einem so kurzen Satz. Ich flüsterte: „Es tut mir leid."

Er schnaufte, ein Lachen, das so bitter war wie meines. „Mir auch. Sie hatte *Pläne* für uns. Cooper, mein ältester Bruder, würde zusammen mit Axel die Firma übernehmen. Mein jüngerer Bruder Evers und ich würden gut heiraten und ihre gesellschaftlichen Begleiter sein."

„Sie hatte schon immer ihr gesellschaftliches Leben, ihre Partys und gehobene Brunches geliebt. Sie wollte, dass wir Golf spielten und uns von ihr einkleiden ließen, damit wir sie in der Stadt begleiten konnten."

Ich versuchte, mir Knox als den ständigen Begleiter seiner Mutter vorzustellen, der Golf spielte und zum Mittagessen ging, aber das Bild wollte mir nicht in den Kopf.

Bei dem Gedanken an diesen intensiven, ruhigen, fähigen Mann, der sein Leben auf dem Golfplatz vergeudete, brach Gelächter aus mir heraus. Ich bedeckte meinen Mund mit der Hand, es war mir peinlich, dass ich lachte, wenn er seine Seele entblößte, aber als ich einen Blick in seine Richtung warf, zog sich ein seltenes Grinsen über sein Gesicht.

„Verrückt, nicht wahr? Evers hätte es vielleicht akzeptieren können. Ich? Auf keinen Fall. Ich ging zur Uni, das taten wir alle, und dann, wie Cooper und Axel vor mir – zur Armee."

„Das kann ich mir eher vorstellen."

„Meine Mutter hat das keinem von uns verziehen. Wenn sie genug Gin intus hat, redet sie davon, dass wir sie alle im Stich gelassen haben, dass wir sie nicht lieben und so weiter."

„Wohnt sie in deiner Nähe?", fragte ich und hoffte, dass dem nicht so war. Ich kannte Knox nicht so gut, aber ich hasste die Vorstellung, dass seine Mutter ihm täglich ihr Unglück ins Gesicht warf. „Nein. Sie ist vor ein paar Jahren nach Florida gezogen. Wir besuchen sie abwechselnd. Sie schwört jetzt, dass sie Atlanta hasst - obwohl sie es nicht tat, als sie dort lebte. Sie weigert sich, zurückzukommen."

„Wo warst du stationiert?", fragte ich und wechselte das Thema. Genug schmerzhafte Gespräche für einen Tag.

„Ich habe lange gedient. Zuerst war ich in Japan, dann im Nahen Osten und dann an einigen Orten, über die ich nicht sprechen darf."

Ich drängte nicht weiter. Das war der längste Satz, den Knox gesprochen hatte, seit er vor meiner Tür aufgetaucht war. Als ich nach seiner Familie fragte, dachte ich, er würde mich abblitzen lassen.

Ich dachte nie, dass Knox und ich so viel gemeinsam hatten. Ich konnte nicht sagen, dass ich mich durch ihn wegen der Situation mit meinen Eltern besser fühlte, aber ich fühlte mich weniger allein. In diesen Tagen bedeutete mir das Gefühl von Nicht-Allein-Sein sehr viel.

Knox stellte seinen leeren Kaffeebecher auf der Bank ab und hob sein Kinn in Richtung des Piers und der schäbigen Hütte am Ende. Das Fenster unter der gestreiften Markise war offen, eine Schlange zog sich bis auf den Parkplatz.

Das Einzige, was an dem Ort neu war, war das frisch gestrichene Schild. *SMILEY'S CONES*.

„Ist das Eis gut dort?"

„Ja, das ist es. Sogar großartig."

„Bist du mit dem Kaffee fertig? Komm, ich lade dich auf ein Eis ein."

Ein warmes Gefühl breitete sich in meiner Brust aus. Ich trank den letzten Schluck meines Kaffees aus und stand auf. „Eis klingt perfekt."

Knox legte seine Hand zwischen meine Schulterblätter

und führte mich durch den Park zu *Smiley's Cones*. Er hielt meine Hand nicht, und sein Arm war nicht um mich gelegt, aber trotzdem fühlte sich der Druck seiner warmen Handfläche gegen meine Wirbelsäule nach so viel mehr an als nach der Berührung eines Bodyguards.

Die Glut in meiner Brust verwandelte sich in ein loderndes Feuer.

Ich bekämpfte es nicht. Ich liebte es.

Auch wenn ich wusste, dass ich das nicht sollte.

11

KNOX

Zum zweiten Mal innerhalb einer Woche fuhr ein schwarzes Polizeiauto in die Einfahrt ein. Ich wusste besser als jeder andere, dass es Lily und Adam gut ging, da ich über die Überwachungskameras zugesehen hatte, wie sie „Schlangen und Leitern" spielten.

Ich versuchte, meine Schuldgefühle wegen des Bespitzelns zu ignorieren. Ich tat, was ich musste. Ich war nicht nur hier, um Lily und Adam zu beschützen, sondern auch, um herauszufinden, was Trey Spencer, und möglicherweise auch Lily, mit meinem Vater gemeinsam hatten. Es war egal, ob ich mich schuldig fühlte, oder nicht, aber dieser Auftrag erforderte, dass ich sie ausspionierte.

Ich stand in der Einfahrt, als Sheriff Dave anhielt und aus dem Wagen ausstieg. Er sah mit einem spöttischen Blick in meine Richtung. Ich hätte wetten können, dass er damit die Einheimischen einschüchterte.

Ich verschränkte meine Arme vor der Brust und hob mein Kinn. „Kann ich Ihnen helfen?"

„Nein. Ich bin hier, um Lily zu sehen."

Ich kam einen Schritt näher. „Erwartet sie Sie?"

„Hören Sie zu, ich weiß nicht, warum Sie immer noch hier sind, aber ich kenne Lily seit Jahren. Ihr Mann war mein bester Freund. Er hätte erwartet, dass ich für sie da bin, und genau das bin ich auch. Wenn es Ihnen nicht gefällt, können Sie gerne verschwinden."

„Ich gehe nirgendwohin, bis Lily mich darum bittet", sagte ich.

DAVES BRUST SCHWOLL AN. „Dann fangen Sie an zu packen. Ich gehe rein und rede mit ihr."

Ich dachte eine Minute lang nach und wog die Unannehmlichkeiten, ihn hier zu haben, mit der Gelegenheit ab, mehr Zeit zu haben, um herauszufinden, was er verdammt nochmal vorhatte. Ich wusste bereits, dass er Lily ins Bett kriegen wollte, aber etwas an ihm fühlte sich falsch an. Es steckte mehr hinter seinem Verhalten als der bloße Wunsch, die Witwe seines Kumpels flachzulegen.

Ich traf eine Entscheidung und schenkte ihm mein falschestes freundliches Lächeln. „Großartig. Ich begleite Sie hinein."

„Das ist nicht notwendig."

Ich ignorierte Dave und ging vor ihm zur Haustür, klopfte zweimal, bevor ich den Griff drehte und rief: „Lily? Der Sheriff ist hier."

ES WAR FAST UNANGENEHM LEISE, als der Detektiv von einem Fuß auf den anderen trat, und darauf wartete, dass Lily in hereinbat. Es ertönte ein Rascheln, bevor Lily und Adam in der Tür auftauchten.

Lilys Gesicht zeigte ein vorsichtiges, höfliches Lächeln.

Adams Gesichtsausdruck war weder höflich *noch* vorsichtig.

Er stellte sich neben mich, verschränkte die Arme vor seiner Brust, blickte den Sheriff irritiert an und murmelte: „Wir haben ein Spiel gespielt."

Ich flüsterte ihm zu: „Hast du gewonnen?"

Adam drückte seinen Ellbogen gegen meinen Oberschenkel. „Ich hab sie fertiggemacht."

„Gut gemacht." Die Freude, die über sein kleines Gesicht blitzte, stach mir direkt ins Herz. *Scheiße.* Irgendwie konnte ich verstehen, warum Lily sagte, sie würde alles für den Jungen tun.

Ich hatte gehört, wie er sie zur Schlafenszeit anmeckerte, oder als er sein Abendessen nicht mochte. Ich wusste, dass er nicht perfekt war. Die Hälfte der Zeit war er eine königliche Nervensäge. Nach dem, was ich von Kindern wusste, waren sie alle ziemlich genau so. Bei Adam überwog bisher das Gute bei weitem das Schlechte.

Scheiße, dieses Grinsen. Ich konnte es kaum erwarten, zu sehen, was er tat, wenn er ein Spiel gewann. *Falls* er gewann. Lily hatte Übung mit Kinderspielen. Sie hatte vielleicht eine Revanche geplant.

Lily schenkte ihrem Besucher immer noch ihr vorsichtiges, höfliches Lächeln, das eine Kopie der Freundlichkeit war. Er schien es ihr abzukaufen, ich tat es aber nicht. Lily hatte nichts Negatives über ihn erzählt, aber mein Bauchgefühl sagte mir, dass sie ihn nicht mochte.

„Ist alles in Ordnung, Dave?"

„Oh ja, alles ist in Ordnung. Ich war hier drüben bei den Millers. Der Hund ist wieder weggelaufen. Jagte hinter Mabels Hühnern her und erschreckte einen Mieter."

Lily schüttelte resigniert den Kopf. „Dieser Hund... Egal, welchen Zaun sie aufstellen, er findet immer einen Weg nach draußen. Er ist süß, aber macht nur Ärger."

„Du sagst es", stimmte Dave zu. „Ich dachte, ich komme mal vorbei, um zu sehen, ob du Zeit für ein Abendessen hast." Lily schaute schnell zu mir. Panik, Schuldgefühle und etwas, das ich nicht deuten konnte, flackerten in ihren Augen auf, bevor sie ihr falsches Lächeln wieder aufsetzte.

„Oh, das ist so nett von dir. Ich, ähm, ich würde gern, aber ich habe Adam und-"

Sheriff Dave warf mir einen Blick zu. „Sinclair hier kann ein oder zwei Stunden auf ihn aufpassen, nicht wahr?"

„Oh, nun, nein. Knox ist kein Babysitter, Dave", sagte Lily, als Verwirrung ihr Gesicht trübte.

Wir beide starrten Dave an, als ob ihm ein zusätzlicher Kopf gewachsen war. Nicht, dass es mir etwas ausmachte, mit Adam Zeit zu verbringen, aber soweit Dave wusste, war ich hier, um die Spezifikationen des Sicherheitssystems zu aktualisieren. Ich war so gut wie ein Fremder.

Dachte er wirklich, Lily würde Adam bei einem Mann lassen, den sie kaum kannte? Falls ja, kannte er Lily nicht. Ich war schon ein paar Tage hier und hätte ihm sagen können, dass sie das niemals tun würde.

Entweder war er ein Idiot - was gut möglich war - oder er wusste bereits, dass Lily nicht interessiert war. Ich hätte auf Letzteres getippt.

Er bestätigte meinen Verdacht, als er die Stille unangenehm lang andauern ließ, bis Lily das Wort ergriff und fragte: „Möchtest du stattdessen heute Abend zum Essen bleiben? Ich mache Hackbraten und Kartoffelpüree. Ich wollte es in einer halben Stunde oder so auf den Tisch stellen. Willst du reinkommen, ein Bier trinken und mit uns essen?"

Ein breites, fast selbstgefälliges Lächeln breitete sich auf Sheriff Daves Gesicht aus. Ja, er wusste, dass Lily Adam nicht bei mir lassen konnte. Er war auf die Einladung aus. Warum? Um einen weiteren Versuch zu unternehmen, in Lilys Bett zu landen? Möglicherweise.

Ich wusste, dass ihn das verrückt machte, und sagte: „Hackbraten klingt toll. Ich komme rüber, sobald ich meine Arbeit abgeschlossen habe."

Seine Augen verengten sich. Er drehte sich zu Lily um und fragte: „Isst er oft mit euch?"

Lily warf ihm einen weiteren angespannten Blick zu. „Natürlich", sagte sie. „Warum sollte er das nicht?"

„Mir fallen eine Menge Gründe ein", murmelte Dave vor sich hin, als er sich umdrehte, um mir den Rücken zuzukehren. „Ich komme auf das Bier zurück, wenn du fertig bist."

„Sicher." Sie streckte eine Hand zu Adam aus, der sich zurückhielt.

„Ich möchte bei Knox bleiben."

Ich erkannte diesen Tonfall. Es war der gleiche, den er benutzte, wenn er seine Haferflocken oder die Turnschuhe, die Lily ihm hingestellt hatte, nicht mochte.

Ich konnte es dem Kind nicht verübeln. Ich würde auch lieber mit mir rumhängen als mit diesem Kerl. Wenn man bedachte, dass ich die nächsten fünfzehn Minuten damit verbringen wollte, Lily und Dave auszuspionieren, konnte ich Adam nicht in der Hütte haben. Ich griff nach unten, um seine Schulter zu drücken.

„Ein anderes Mal, Kumpel, okay? Ich brauche meine ganze Aufmerksamkeit, um alles so schnell wie möglich fertigzumachen. Ich treffe dich vor dem Abendessen in der Küche, okay?"

Adams Augen ruhten überlegend auf meinem Gesicht. Gerade als Lily vortrat, um sich einzumischen, hob Adam sein Kinn. Die Geste war so erwachsen, dass sie mich für einen Moment überraschte. „Okay. Fünfzehn Minuten."

Ich nickte, bevor Adam an Lily und Dave vorbeirannte und seine Mutter ignorierte, die ihm nachrief: „Wasch dir die Hände und räum das Spiel auf!"

Ich sah zu, wie sie in die Küche gingen und mochte weder die Art, wie Dave Lily bedrängte, noch ihre angespannten Schultern. Mir gefiel der Gedanke nicht, sie allein zu lassen.

Ich würde sie über die Kameras beobachten. Wenn er aus der Reihe tanzte, konnte ich im Handumdrehen dort sein.

Lily war in Sicherheit, auch wenn es für sie etwas unangenehm war. Sie konnte damit umgehen. Ich wusste das, und trotzdem wollte ich sie nicht bei ihm lassen.

„Reiß dich verdammt noch mal zusammen", murmelte ich zu mir selbst, als ich an meinem Schreibtisch saß und die Kameras in der Küche aufrief. Lily war eine Kundin und sie war in Sicherheit. Ich war bei der Arbeit.

Sie war eine potentielle Verdächtige. Das war auch ein Teil dieses Auftrags.

Wenn ich auch nur die geringste Hoffnung hatte, den Schlamassel zu entwirren, den mein Vater und Trey Spencer hinterlassen hatten, musste ich herausfinden, was zum Teufel los war. Ich konnte mir die Chance nicht entgehen lassen, Lily und den besten Freund ihres verstorbenen Mannes zu belauschen. Vor allem, da ich davon überzeugt war, dass dieser Freund ein ganz bestimmtes Ziel vor Augen hatte.

„Am besten behält er seine Hände bei sich", murmelte

ich, als ich die Küchenkamera auf ihn richtete. Wenn er auch nur einen Finger an sie legte-

Ich schüttelte den Kopf.

Konzentrier dich.

Und wenn schon? Solange er ihr nicht wehtat, war alles in Ordnung. Der Gedanke, dass er ihre Haut berührte, drehte mir den Magen um. Ich wollte nicht darüber nachdenken, warum es das tat.

Ich drehte die Lautstärke auf und wartete. Lily lief in der Küche umher, fischte Kartoffeln aus einem dampfenden Topf und legte sie zum Pürieren in eine Schüssel. Dave nahm sich ein Bier aus dem Kühlschrank und lehnte sich gegen die Theke.

Er bot nicht an, zu helfen, und Lily fragte nicht. Sie sprachen über den Stadtklatsch, den Anstieg der saisonalen Touristenzahlen. Ich begann mich zu fragen, ob ich mir das alles nur eingebildet hatte, als er fragte: „Warum ist Knox Sinclair noch hier, Lily? Sollte er nicht längst mit der Alarmanlage fertig sein?"

Lily zuckte mit den Schultern. „Er arbeitet an ein paar Dingen. Er musste einige Kabel nachrüsten", improvisierte sie.

Ich wusste, dass der Sheriff sie nervös machte, aber sie hatte nicht geleugnet, dass er ein Freund der Familie war. Anscheinend waren sie nicht gut genug befreundet, dass sie ihm die Wahrheit sagte. Sie erwähnte weder den Eindringling, noch den neuen Außenalarm oder die Kameras, die ich an der Außenseite des Hauses angebracht hatte.

„Ich mag es nicht, dass er hier herumhängt."

„Warum nicht?", fragte Lily kühl und sah von der Schüssel mit den Kartoffeln lange genug auf, um ihn mit einem Blick aufzuspießen.

· · ·

Dave steckte die Hände in die Hosentaschen und zuckte mit den Achseln. „Ich traue ihm nicht."

Lily schenkte ihm ein sanftes Lächeln und schüttelte den Kopf. „Trey muss Sinclair Security vertraut haben. Sie haben die ganze Arbeit am Haus erledigt. Er hat mir selbst gesagt, dass ich sie anrufen soll, falls ich jemals etwas brauche. Willst du damit etwa sagen, dass Trey sich geirrt hat?"

Dave räusperte sich und nahm einen Schluck von seinem Bier.

Gut gemacht, Lily. Dräng ihn in eine Ecke und wenn er mich beleidigt, beleidigt er seinen toten besten Freund.

Dave ließ das Bier wieder sinken. „Ich glaube nicht, dass du ihn in der Nähe brauchst. Das ist alles. Könnte er nicht eine Wohnung in der Stadt mieten?"

Daraufhin lachte Lily, und das Geräusch war fast ihr normales, musikalisches Lachen. *Fast.* Ich wollte dieses Lachen noch einmal hören. Das echte. Mit Dave hier, war das leider nicht möglich.

„In der Stadt bleiben? Im Juli? Du weißt, dass es zu dieser Jahreszeit kein freies Zimmer gibt, außer er sucht sich was, das über eine halbe Stunde weit weg ist. Und die Kosten? Ich weiß nicht, wer bezahlen würde, er oder ich, aber so oder so-", Lily schüttelte wieder den Kopf. „Wozu sich die Mühe machen, wenn hier ein Gästehaus genau?"

„Du solltest keinen Fremden so nah bei dir haben."

„Dave, er ist ein Sicherheitsexperte, der an der Alarmanlage arbeitet. Ein von Trey empfohlener Sicherheitsexperte. Wenn ich ihm nicht trauen kann, wem dann?"

Dave beendete die Diskussion und wechselte das Thema zu der bevorstehenden Kunstmesse. Er fragte nie nach Adam. *Schlechter Zug.* Ich kannte Lily erst ein paar Tage und konnte ihm bereits sagen, dass der Weg zum Herzen dieser Frau durch ihren Sohn führte.

· · ·

ER HÄTTE SICH EINE MENGE DES GUTEN WILLENS ERKAUFEN KÖNNEN, wenn er auch nur das geringste Interesse an Adam gezeigt hätte. So klug war er wohl nicht.

Ich war fast so weit, den Laptop herunterzufahren und zu ihnen in die Küche zu gehen, als Dave seine leere Bierdose in die Recycling-Tonne warf und sich entschuldigte.

Ich folgte ihm mit den Kameras, als er den Flur entlangging, in der Erwartung, dass er beim Gäste-WC anhielt. Er tat es, kam einige Minuten später heraus und trocknete sich die Hände an den Seiten seiner Hose ab. Anstatt sich umzudrehen und in die Küche zurückzugehen, schlich er in Treys Büro.

Jetzt wurde es interessant. Was zum Teufel wollte er in Treys Büro? Wusste er etwas, was Lily und ich nicht wussten? Das beantwortete er schnell genug, als er die Schreibtischschubladen wahllos und unvorsichtig öffnete und schloss.

Was auch immer er suchte, er wusste nicht, wo er anfangen sollte. Aber wie Lily, suchte er definitiv nach etwas.

Ich lehnte mich in meinem Stuhl zurück und sah zu, wie ihn seine schlampige Suche zum Schrank führte. Er ignorierte die Akten zugunsten der geflochtenen Körbe. Er und Lily suchten nicht nach derselben Sache. Vielleicht hatte er die Unterlagen aber bereits durchgesehen.

In meinem Kopf drehten sich die Zahnräder. Andrej Tsepov hatte unserer Mutter Gewalt angedroht, weil mein Vater etwas gestohlen hatte, das Tsepov gehörte. Er wollte es zurück, und zwar sofort.

Andrej war der Neffe des ehemaligen Oberhaupts der Tsepov-Verbrecherfamilie. Wir hatten mehr als ein paar Male mit seinem Onkel zu tun gehabt, bevor die Frau meines Bruders ihn erschossen hatte, um Axel zu retten. Der jüngere Tsepov hatte die Position seines Onkels geerbt, und er war deutlich weniger intelligent.

So drohte er zum Beispiel damit, unserer Mutter etwas anzutun, wenn wir ihm nicht zurückgaben, was unser Vater gestohlen hatte, aber er machte sich nie die Mühe, uns genau zu sagen, was das war.

Andrej Tsepov war auf der Suche nach etwas und er war sich sicher, dass mein Vater es hatte.

Mein Vater hatte mit Trey Spencer zusammengearbeitet.

Lily und Treys bester Freund waren ebenfalls auf der Suche.

Wäre es nicht interessant gewesen, wenn dieses Etwas dasselbe Etwas war?

So einfach konnte das nicht sein. Nicht, dass es leicht war, wenn man bedachte, dass ich keine Ahnung hatte, wonach Lily und Dave suchten. Ich verschob diesen Gedanken auf später, während ich zusah, wie Dave seine vergebliche Suche beendete, versuchte, das Löschblatt und die Stifte auf dem Schreibtisch zu ordnen, wobei er sich beschissen anstellte, und aus dem Büro ging.

Ich hatte sie fast zwanzig Minuten lang allein gelassen. Es war an der Zeit, mich zum Abendessen zu melden und zu sehen, was ich noch in Erfahrung bringen konnte.

KNOX

Ich klopfte zweimal an der Tür, bevor ich eintrat. Lilys erleichtertes Lächeln war nicht zu übersehen, als ich in die Küche kam, und Daves finsterer Gesichtsausdruck war fast ebenso befriedigend.

Lily goss eifrig Sahne auf die Kartoffeln und deutete mit dem Kopf in Richtung Kühlschrank. „Ich hab Bier, wenn du eins möchtest. Das Essen ist fast fertig."

Ich schaute zum Tisch, der bis auf die Platzsets kahl war. „Brauchst du Hilfe beim Tischdecken?" Dave warf mir einen bösen Blick zu, als Lily mich mit einem warmen Lächeln belohnte.

„Wenn es dir nichts ausmacht, wäre das großartig. Das Geschirr ist dort oben", nickte sie zu einem Schrank unweit des Tisches. „Das Besteck befindet sich in der Schublade neben dem Geschirrspüler."

Ich behielt mein selbstgefälliges Lächeln für mich, als ich den Tisch deckte. Der Trottel hatte eine halbe Stunde lang dagestanden und in der Nase gebohrt, während Lily das Abendessen zubereitete. Ich konnte wetten, dass er auch nicht vorhatte, den Tisch abzuräumen oder das Geschirr in den Geschirrspüler zu stellen.

Ich vermutete aufgrund der Überraschung in Lilys anerkennendem Lächeln, dass auch ihr Ehemann keine Hilfe gewesen war.

IDIOTEN. Ich aß auch, oder?

Ich fand Papierservietten in der Speisekammer. Ich nahm nicht an, dass Lily nicht wollte, dass ich mit einem Fünfjährigen Stoffservietten benutzte. Lily holte den Hackbraten aus dem Ofen, als ich mit den Tischdecken fertig war. So schlecht sie auch beim Backen war, bisher waren ihre Kochkünste verdammt spektakulär gewesen.

Der Hackbraten roch so gut, dass mir das Wasser im Mund zusammenlief. Sie stellte das Kartoffelpüree in die Mitte des Tisches und ging zurück, um den Hackbraten aufzuschneiden. Dave und ich hatten beide ein Bier, aber Lily hatte noch nichts.

„Was wollt du und Adam zum Abendessen trinken?", fragte ich.

Wieder der Blick der freudigen Überraschung. „Hmm, ich hätte auch gerne ein Bier und Adam kann Apfelsaft haben."

Es war leicht zu erkennen, welche Tassen ihm gehörten, aufgereiht auf dem ersten Regal des Schrankes, waren alle aus Plastik und mit bunten Zeichentrickfiguren versehen. Ich goss Adams Apfelsaft ein, schnappte mir ein Bier für Lily, und stellte es auf den Tisch.

Die ganze Zeit, in der Sheriff dastand und an seinem Bier nuckelte, beobachtete er uns beide. Ich bot nicht an, Lily mit dem Tisch zu helfen, um ihn zu ärgern, das war nur ein netter Nebeneffekt. An den Abenden, an denen ich hier zu Abend gegessen hatte, war der Tisch bereits gedeckt, aber ich half ihr beim Aufräumen.

ICH WAR KEIN ARSCHLOCH, wie Dave, und saß herum, um mich von vorne bis hinten bedienen zu lassen. „Soll ich Adam holen?"

Damit beschäftigt, den Hackbraten in Scheiben zu schneiden, antwortete Lily: „Bitte."

Ich ging ein paar Schritte den Flur hinunter und rief seinen Namen. Er muss hungrig gewesen sein, denn er rannte eine Sekunde später die Treppe hinunter, auf die unachtsame Art und Weise, wie Kinder es taten. Ich sah, wie seine Füße jede Stufe hinunterflogen und war bereit, ihn aufzufangen, wenn sie sich verhedderten. Er schaffte den Abstieg unversehrt und kam vor mir zum Stehen.

„Das war länger als 15 Minuten", sagte er mit anklagendem Blick.

Diesem Kind entging nichts. „Ich weiß, Kumpel. Es tut mir leid. Manchmal ist es mit der Arbeit so."

Adam nickte zustimmend, als ob er genau wusste, was ich meinte. Er kam zum Tisch und setzte sich neben mich, während Dave neben Lily Platz nahm. Es entging mir nicht, wie sie ihren Stuhl weiter von ihm wegrückte.

Warum sagte sie ihm nicht, dass sie ihn nicht hier haben wollte? Es war offensichtlich, dass sie ihn nicht mochte. Sie brauchte ihn nicht, warum trieb er sich dann noch in ihrem Haus herum?

DAS GESPRÄCH WAR SPÄRLICH, als das Abendessen seinen Lauf nahm. Adam erzählte eine Geschichte über einen Lego-Wettkampf in der Vorschule, der ich nicht ganz folgen konnte. Dave verstand sie auch nicht, aber Lily war völlig im Bilde, nickte mit und stellte die richtigen Fragen.

Dave erzählte eine lustige Geschichte über den Hund des Nachbarn, dieselbe, die ihn vor ein paar Stunden auf diese Seite der Stadt gebracht hatte. Lily begann sich zu entspannen, als er fragte: „Hattest du noch mehr Probleme mit Teenagern? Vandalismus, irgendetwas in der Art?"

Es wäre logischer gewesen, die Frage an mich zu richten, wenn man bedachte, dass ich der Sicherheitsexperte vor Ort war. Lily, die sich auf ihren Hackbraten konzentrierte, blickte schnell zu mir auf.

Ich schüttelte fast unmerklich den Kopf.

Sie begriff den Hinweis, hob ihren Blick zu Dave und sagte: „Nein, es war alles ruhig."

„Freut mich zu hören. Ich habe mir eine Zeit lang Sorgen um dich gemacht." Er hob seine Hand, um ihr auf die Schulter zu klopfen und seine Finger krümmten sich, um sie zu drücken. Meine Brust brannte bei dem Anblick seiner Hand auf ihr, der Linie zwischen ihren Augenbrauen und ihren zusammengepressten Lippen.

WIESO HATTE ER SIE BERÜHRT? Hatte er nicht gesehen, dass es ihr Unbehagen bereitete?

Ich konnte mich nicht entscheiden, ob dieser Dummkopf ahnungslos war oder es genoss, Lily auf die Füße zu treten, und ihre natürliche Höflichkeit ausnutzte, um sie subtil zu schikanieren.

ICH WÜNSCHTE MIR NICHT ZU ERSTEN MAL, dass ich wegen etwas anderem als meinem Vater hier war. Ich wünschte, dass ich nur wegen Lily hier gewesen wäre, damit ich diesen ganzen Schwachsinn vergessen und sie fragen konnte, was los ist. Ich wollte ihr meine Hilfe anbieten, ohne das Risiko einzugehen, meine Familie zu verraten. Ich wollte die Sorge aus ihren Augen vertreiben und herausfinden, warum sie Sheriff Dave ertrug, damit ich ihn für sie loswerden konnte.

Lily schob ihren Stuhl vom Tisch zurück und schüttelte Daves Hand von ihrer Schulter ab. „Möchte jemand Nachtisch? Ich habe Schokoladenkekse gebacken."

Adam trat mein Bein unter dem Tisch und sah mich mit einem Grinsen an. Ich trat ihn sanft zurück und schüttelte den Kopf. Ich hatte mich eigentlich darauf gefreut, Lilys Kekse zu probieren. Es war zu einem Spiel geworden, herauszufinden, ob sie ihr neuestes Backprojekt vermasselt hatte.

„Klingt großartig", sagte Dave herzlich. Lily kehrte mit einem Servierteller mit Keksen zurück, dick und großzügig mit Schokosplittern bedeckt. Sie sahen *gut* aus, aber sie rochen nach nichts – kein gutes Zeichen für frisches Gebäck.

Adam beäugte die Kekse zweifelnd und Lily sah selbst nicht so sicher aus. Dave schnappte sich einen, nahm einen großen Bissen und sagte mit vollem Mund: „Dir scheint es in letzter Zeit viel besser zu gehen, aber, wenn du dir keine Sorgen wegen Vandalismus machst, warum hast du dann Sinclair angerufen, um die Alarmanlage aufrüsten zu lassen?"

Lily zuckte mit den Schultern. „Oh, um Seelenfrieden zu haben, schätze ich."

Dave schickte Adam einen scharfen Blick zu und konzentrierte sich auf Lily. „Du stehst unter zu viel Stress. Ich weiß, dass es schwer ist, da Trey weg ist und du jetzt eine alleinerziehende Mutter bist. Niemand war überrascht, dass du angefangen hast, dir Dinge einzubilden. Es ist normal, Aufmerksamkeit zu wollen, wenn man einsam ist-"

„Das ist nicht..." Lilys Augen brannten vor Wut, und ausnahmsweise zogen sich ihre guten Manieren zurück, um die Frustration zu enthüllen, die sich darunter zusammenbraute. So sehr ich auch wollte, dass Dave verschwand... bis ich wusste, was er vorhatte, wollte ich nicht, dass Lily ihn vertrieb.

Ich sagte: „Ich dachte, Sie kennen Lily ziemlich gut."

„Viel besser als Sie", sagte Dave gereizt.

Ich sah Lily warnend an, in der Hoffnung, dass mich richtig verstanden hatte, und sagte. „Das ist nicht der richtige Zeitpunkt für dieses Gespräch." Eine Neigung meines Kopfes in Adams Richtung. „Aber da wir es trotzdem führen: Lily ist durchaus in der Lage, die Veränderungen in ihrem Leben mit dem Muttersein in Einklang zu bringen. Ich habe viel Zeit mit ihr und Adam verbracht, und sie sind eine tolle Familie."

„Hören Sie, Sie wissen nicht, wovon Sie reden. Sie sind erst seit ein paar Tagen hier, ich kenne Lily seit Jahren."

„Dann sollten Sie wissen, dass Sie nur Scheiße labern." Ich schaute auf Adam hinunter. *Hoppla.* „Entschuldige, Lily."

„Ist okay, Knox", sagte Adam. „Ich habe das Wort *Scheiße* schon mal gehört. Mama hat mir gesagt, dass es ein Wort für Erwachsene ist, also darf ich es nicht sagen, bis ich alt genug bin, um zu wissen, wann es angemessen ist. Stimmt's, Mami?"

Mit einem verzweifelten Seufzer stimmte Lily zu. „Ja, das ist richtig, Adam. Aber ich würde es vorziehen, wenn du es überhaupt nicht sagst, auch wenn du wiederholst, was jemand anderes gesagt hat."

Adam wurde rot und schaute schuldbewusst auf seinen

Teller. Der Bursche wusste, dass er es nicht sagen durfte, aber er konnte der Versuchung nicht widerstehen.

„Das ist es, was ich meine", sagte Dave und versuchte es erneut. „Dieser Typ ist ein Fremder, und du lässt ihn praktisch bei euch wohnen. Er hat einen schlechten Einfluss auf Adam. Er hat ihn schon zum Fluchen gebracht-"

Lily schnappte sich einen Keks vom Teller und unterbrach ihn gereizt: „Dave, Trey hatte vor ihm Schlimmeres gesagt, und du auch."

Da Dave sah, dass er in der Unterzahl war, gab er nach. „Lily, ich versuche nur zu helfen."

„Ich weiß, Dave, und ich weiß das wirklich zu schätzen. Ich weiß nicht, was wir nach Treys Tod ohne dich getan hätten. Aber uns geht es gut. Ich weiß deine Sorge zu schätzen, aber ich versichere dir, dass hier alles in Ordnung ist."

Dave nickte abrupt und nahm einen weiteren Bissen, wobei er sich beim Kauen ein Lächeln abzwang. „Hast du die gemacht?"

Lily nickte.

„Sie sind gut."

Okay, jetzt musste ich einen probieren. Die Grimasse, die sich unter Daves Lächeln verbarg, sagte mir, dass er ein Lügner war. Ich bezweifelte, dass *gut* Lilys Kekse beschrieb.

Ja, er war ein verdammter Lügner. Die Kekse schmeckten wie Sägemehl, was eine Beleidigung war. Für das Sägemehl. Sie waren schrecklich, sogar schlimmer als die Muffins und fast so schlimm wie der Kaffee-Kuchen. Lily nahm einen Bissen und kaute langsam, bevor ihr Gesicht zusammenfiel, als sie merkte, dass der Geschmack komplett fehlte.

Adam schaute zu mir auf. „Und wie schmeckt es, Knox?"

Ich legte den Keks auf meinen Teller und öffnete meinen Mund, um Adam zu sagen, dass der Keks in Ordnung war. Stattdessen sagte ich: „Ich werde dir beibringen, wie man Kekse backt, Lily."

Wo zum Teufel kam das denn her?

Ich konnte es ihr beibringen, das war nicht das Problem. Eine gute Freundin von mir betrieb eine Café-Bäckerei. Sie hatte mir das Backen in der Schule beigebracht. Ich lernte viel übers Backen, und auch wenn ich kein guter Koch war, kannte ich mich mit Keksen und Brownies aus, und konnte sogar einen anständigen Käsekuchen backen.

Daves Augen verengten sich bei meinem Angebot, und Lilys Augenbrauen schossen überrascht in die Höhe. „Du weißt, wie man Cookies backt? Wirklich?"

Ich hätte mein impulsives Angebot zu einem Witz machen sollen. Ich brauchte mich nicht bei der Witwe einzuschmeicheln, bis ich wusste, wie tief sie in den Geschäften ihres Mannes verstrickt war.

Sie könnte süß, sexy, eine tolle Mutter, und trotzdem eine Kriminelle sein. Nichts von all diesen Dingen schloss die anderen aus.

Ich musste aufhören, über den *sexy* Teil nachzudenken.

Konzentrier dich auf Kriminelle, Knox. Finde heraus, was sie und ihr Mann vorhatten. Du bist nicht hier, um mit ihr verfluchte Kekse zu backen.

Ich wusste es, aber beim Anblick ihrer warmen braunen Augen und des aufrichtigen Lächelns auf ihrem Gesicht, konnte ich keinen Funken Reue aufkommen lassen.

Ich tat immer das Vernünftige.

Wäre es so schlimm gewesen, wenn ich mich dieses

eine Mal nicht an die Regeln hielt? Wem würde es schaden?

Es waren Kekse. *Kekse.*

Erst als sie mich anlächelte, erinnerte ich mich daran, wie angespannt sie normalerweise war. Lily war eine Meisterin darin, ein tapferes Gesicht aufzusetzen, vor allem für ihren Sohn, aber darunter war sie angespannt und verängstigt. Bis ich wusste, warum, konnte ich ihre Angst nicht vertreiben, aber ich konnte sie zum Lächeln bringen.

Ich wollte diesen Ausdruck in ihrem Gesicht öfter sehen, sodass die Linie zwischen ihren Brauen verschwand, ihre Augen strahlten und glücklich waren. Ich wollte derjenige sein, der es geschehen ließ.

Dieser Gedanke zog mich direkt in die Tiefe, als mir ein Bild von Lily in den Sinn kam. Nackt, mit ihrer glatten, goldbraunen Haut und ihren wilden Locken, die sich vor mir ausbreiteten, und demselben hellen, glücklichen Lächeln, das ihre Lippen wölbte.

Verdammt, ich könnte sie die ganze Nacht so zum Lächeln bringen, wenn ich sie ins Bett bekam. Ich hätte eine Menge neuer Wege finden können, um ihre Augen zum Leuchten zu bringen-

„Kannst du meiner Mutter wirklich helfen, Kekse zu backen?", fragte Adam neben mir. Eine Welle von Schuldgefühlen spülte meine lustvollen Gedanken an eine nackte Lily fort.

Mein Gott, ich saß neben ihrem Kind und stellte mir vor, sie zu vögeln. Vielleicht hatte Dummkopf Dave Recht, und ich hatte einen schlechten Einfluss. Mein Telefon klingelte in meiner Tasche. Ich zog es heraus, und sah Coopers Namen.

. . .

Ich konnte ihn anrufen, wenn ich wieder in der Hütte war. Als ich das Telefon auf stumm schaltete, sah ich auf Adam hinunter. „Ich kann deiner Mutter auf jeden Fall helfen, Kekse zu backen."

„Wie hast du es gelernt? Hat deine Mama es dir gezeigt?"

„Nicht nur Mütter wissen, wie man backt, Kumpel. Ich habe eine Freundin, Annabelle. Sie backt die erstaunlichsten Leckereien, die ich je gesehen habe. Sie hat ein Rezept, das aus drei Arten von Kuchen besteht, die aufeinander gestapelt, mit Erdnussbutter gefüllt und mit Schokolade überzogen sind. Sie hat mir beigebracht, wie man Cookies backt, weil ich ihre immer aufgegessen habe."

Adam nickte. „Schlau von ihr."

„Sie ist eine kluge Frau", stimmte ich zu. Ich blickte auf, um Dave zufrieden lächeln zu sehen, als Lily meinem Blick auswich. Darüber musste ich mir später Gedanken machen. Ich stand auf, nahm meinen Teller und sah zu Adam hinunter. „Bring deinen Teller zur Spüle, ja?"

Er sprang auf, schnappte sich sein Geschirr und folgte mir pflichtbewusst in die Küche. Hinter mir murmelte Lily vor sich hin: „Für dich räumt er den Tisch ab."

Sobald sein Teller die Spüle berührte, lief Adam zur Treppe, um zu vermeiden, noch etwas tun zu müssen.

Wie erwartet, hatte Dave nichts getan, um beim Aufräumen zu helfen. Er stand auf, klopfte sich auf den Bauch, bedankte sich bei Lily für das Essen und entschuldigte sich zur Toilette.

Ich hätte hundert Dollar gewettet, dass die Toilette nicht sein eigentliches Ziel war. Da der Rest von uns in der Küche beschäftigt war, dachte er, es war sicher, eine weitere Durchsuchung anzustellen. Ich ignorierte ihn und half Lily beim Abräumen und Abwaschen. Ich konnte die Kameraaufnahmen später überprüfen.

„Du brauchst dabei nicht zu helfen", sagte Lily.

„Ich kann ein paar Teller abwaschen, Lily. Du hast gekocht, so schlecht deine Kekse auch waren, der Hackbraten war großartig und die Kartoffeln waren auch toll. Was hast du da reingetan?"

„Oh, geriebenen Cheddarkäse und gerösteten Knoblauch."

„Es hat gut geschmeckt", sagte ich erneut. Gut war eine Untertreibung. Der reichhaltige Knoblauch und die scharfe Note des Cheddars hatten viel besser als nur *gut geschmeckt*. Ich hatte gehofft, ich könnte ein paar Reste für die Hütte schnorren.

„Du musst mir nicht beibringen, wie man Kekse backt", sagte sie zögernd. „Ich weiß, dass du hier bist, um zu arbeiten, und-"

„Ich kann dir beibringen, wie man Kekse backt, Lily. Es ist keine große Sache."

„Okay. Ich kann die Hilfe wirklich gebrauchen, wenn es dir nichts ausmacht."

Sheriff Dave steckte seinen Kopf in die Küche. „Ich habe einen Anruf bekommen, Lily. Ich muss los. Danke für das Abendessen. Nächstes Mal führe ich dich aus."

Nicht, wenn ich dazu etwas zu sagen habe.

Als Dave gegangen war, fragte ich mich, wo dieser Gedanke herkam. Zuerst wollte ich ihr beibringen, Kekse zu backen, jetzt wollte ich ihre möglichen Verabredungen verscheuchen. Ich musste mich zusammenreißen.

Nichts würde mehr dabei helfen als ein Gespräch mit meinem älteren Bruder. Ich trocknete das Innere des letzten Topfes ab und stellte ihn auf den Tresen. „Ich muss jetzt los. Ich muss meinen Bruder zurückrufen."

„Oh, okay. Warte eine Sekunde."

Wie ich gehofft hatte, hatte sie eine großzügige Portion Kartoffeln und Hackbraten in einen Plastikbehälter eingepackt. „Nur für den Fall, dass du Hunger bekommst", sagte sie und drückte ihn mir in die Hände.

„Danke, Lily. Bis morgen."

DAS POLIZEIAUTO WAR WEG, als ich den kurzen Fußweg zur Hütte lief. Ein schneller Scan der Sicherheitsaufzeichnungen aus Treys Büro bestätigte, dass er unsere Ablenkung ausgenutzt hatte, um den Büroschrank erneut zu durchsuchen. Wieder hatte er nichts gefunden.

Ich zog mein Telefon aus der Tasche und rief Cooper zurück.

„Was hast du?", fragte er, als er antwortete. „Was ist mit der Witwe los?"

„Ich weiß es nicht", sagte ich. „Sie ist auf der Suche nach etwas. Ich habe das Haus verkabelt, und ich habe gesehen, wie sie gesucht hat. Was auch immer es ist, sie hat es noch nicht gefunden."

Ich informierte Cooper über die Einbrüche, die Situation mit Dave Morris und meine wachsende Gewissheit, dass Lily nichts von den Geschäften ihres Mannes wusste, dass sie, wenn überhaupt, ein Opfer war. Cooper bellte ein Lachen, das kein Lachen war.

„Ich habe gesehen, wie du ihr Bild angeschaut hast, Knox. Lass deinen Schwanz nicht dein Gehirn vernebeln."

„Coop, ihr Kind ist hier, okay? Sie ist eine Klientin und ihr Mann ist gerade gestorben." Vor fast einem Jahr, aber immer noch zu früh. Ihr neuer Status war der geringste der Gründe, warum ich mich von Lily Spencer fernhalten musste. Ich brauchte Cooper nicht, um mir das zu sagen.

„Wie auch immer. Ich weiß, wie du bist. Du sagst kein

einziges Wort, und die Frauen fallen dir in den Schoß. Lass dich von dieser Frau nicht ablenken. Evers hat nichts und die Uhr tickt. Wir müssen wissen, worauf sich Trey Spencer eingelassen hatte. Du hast keine Ahnung, was die Witwe sucht?"

„Keinen Schimmer."

Eine lange Pause. Ich konnte Cooper praktisch am Telefon beim Nachdenken hören. Schließlich sagte er: „Ich nehme es zurück. Wenn du sie ins Bett kriegst, wird sie dir genug vertrauen, um dir zu sagen, was sie sucht. Finde es auf diese Weise heraus."

Eine Welle der Abscheu traf mich bei dem Gedanken. „Du willst, dass ich die Honigfalle bin? *Du kannst mich mal.* Das werde ich Lily nicht antun."

„Sie ist nicht *Lily* – sie ist das Ziel. Und seit wann bist du zu gut, um für Informationen zu vögeln?"

„Verpiss dich! Sie ist nicht nur das Ziel, sondern eine Kundin. Ich weiß nicht, was dich wurmt, aber du bist ein Arschloch. Die Frau hat ihren Mann verloren. Sie ist allein hier oben, mit einem kleinen Kind, und sie hat Angst. Ich werde es nicht noch schlimmer machen."

„Sie ist wahrscheinlich genauso schuldig wie ihr verdammter Ehemann. Ich bin die Dateien, die du geschickt hast, durchgegangen und habe sie mit den Bankunterlagen verglichen, die wir gefunden haben. Dem Geld nach zu urteilen, war er in Dads Scheiße verwickelt und hat nach seinem Verschwinden eine Menge davon weitergegeben. Ich weiß nicht, wie sie zusammengekommen sind, aber, wenn er so tief mit Dad drinsteckte, dann hat er mit Tsepov gearbeitet, und seine Frau war die ganze Zeit beteiligt. Transport, Waffen, diese verdammten Adoptionen. Das ist ein gottverdammter Schlamassel, Knox."

. . .

ADAMS GESICHT BLITZTE IN MEINEM KOPF AUF UND MEIN MAGEN WURDE ENG. Lily liebte ihren Sohn. Falls Trey und mein Vater seine Adoption arrangiert oder die Leihmutter vermittelt hatten, was bedeutete das dann für Lily?

Was wäre sie bereit gewesen zu tun, um ihr Kind zu behalten?

Ich brauchte nicht zu fragen.

Alles.

Lily würde alles für Adam tun.

Ich war lange genug auf diesem Gebiet tätig, um zu wissen, dass die meisten Kriminellen dachten, dass sie keine Bösewichte waren. Es gab immer einen Grund - eine Lüge, die sie sich selbst erzählten - um es wieder gut zu machen.

UM IHREN SOHN, den sie über alles liebte, zu schützen, hätte Lily fast alles gerechtfertigt. Jeder hat eine Grenze. Ich kannte Lily nicht gut genug, um zu erraten, wo sie ihre Grenze zog, besonders wenn es um Adam ging.

Verärgert über Cooper, über seine Andeutungen und meine eigene Unsicherheit, erwiderte ich: „Halt dich verdammt noch mal zurück, okay? Ich weiß, was mein Job ist. Ich sag Bescheid, sobald ich etwas gefunden habe."

Ich legte auf und nahm meine übliche Position am Schreibtisch ein, beobachtete die Kameras auf zwei Monitoren, während ich auf dem dritten die Akten durchsuchte, die ich von Treys Laptop kopiert hatte.

Nachdem Adam im Bett war, ging Lily direkt zum Schrank im Hauptschlafzimmer. Ich erwartete, dass sie ihre Kleider auszog und sich bettfertig machte. Aber ich war gerade dabei, den Monitor auszuschalten, als sie an ihren Sachen vorbeiging und in der anderen Hälfte stehen blieb, die immer noch voll mit Treys Habseligkeiten war.

Sie öffnete eine Schublade, durchwühlte und schloss sie und ging dann zur nächsten über. Sie suchte erneut. Was zum Teufel suchte sie? Ich musste es wissen.

Wenn sie versuchte, das zu finden, was Tsepov wollte, dann waren sie und Adam in Gefahr. Mehr Zeit verging, und ihre Suche wurde immer verzweifelter. Mit verspanntem Kiefer und ängstlichen Augen durchsuchte sie seine Taschen, sah seine Schuhe durch und kam immer noch zu nichts. Durch die Kameras konnte ich ihre Gefühle beinahe spüren.

Lily war ein Rätsel, das ich lösen musste, nichts weiter als ein Ziel unserer Untersuchung. Im besten Fall eine Klientin, und im schlimmsten Fall eine Kriminelle. Für mich war sie keins von beidem.

Wann zum Teufel war es kompliziert geworden? Ich wollte zu ihr gehen und von ihr verlangen, dass sie mich helfen ließ. Ich wollte von ihr verlangen, dass sie mir die Wahrheit sagte, damit ich ihr helfen und die Angst aus ihren Augen vertreiben konnte.

Ich saß da und beobachtete, wie sie aufstand und zurück zu ihrer Seite des Schranks ging, die Füße schleifend, die Schultern nach vorne gebeugt. Mein Finger schwebte über dem Knopf, der die Kamera an- und ausschaltete, aber ich drückte ihn nicht. Sie griff nach dem Saum ihres T-Shirts, zog es über den Kopf und enthüllte ihre in Spitze verpackten Brüste, als sie ihr T-Shirt in den Wäschekorb warf.

Der marineblaue Spitzen-BH war nicht besonders verführerisch, und das musste er auch nicht. Ich wollte ihr die Träger trotzdem von den Schultern herunterziehen und...

. . .

Sie hakte ihre Daumen in die Seiten ihrer Jeans, schob sie an ihren Hüften hinunter, trat sie gegen den Wäschekorb und stand nur in ihrer Unterwäsche gekleidet da – dem Spitzen-BH und einem sehr kurzen, passenden String. Ihr Hintern in diesem String war ein Kunstwerk, voll und rund, und bettelte nach meinen Händen.

Ich hatte einen Herzschlag länger gestarrt, als angemessen war. Als ihre Finger zum Verschluss des BHs gingen, schloss ich meine Augen zu und drückte auf den Knopf.

Es sollte nicht so schwer sein, und doch war es das. Es gab nichts, was ich mehr wollte, als Lily dabei zuzusehen, wie sie sich komplett auszog, wie sie nackt dastand. Nur für mich.

Das würde nicht passieren, sagte ich mir. *Vergiss es, Lily Spencer in deine Arme zu bekommen.*

Das war keine Option.

13

LILY

M it einem Fünfjährigen im Haus hörte das Wäschewaschen nie auf. Ich wusste nicht, wie eine kleine Person so viele Kleidungsstücke schmutzig machen konnte, aber Adam war darin ein Profi.

Erdnussbutter und Marmelade, Filzstifte, Dreck und Grasflecken – was auch immer es war, er hatte es auf seiner Kleidung. Ich hatte keine Ahnung, welch ein Wunder Fleckenspray war, bis ich ein Kind bekam. Ich konnte schwören, dass ich monatlich literweise davon verbrauchte.

Ich konzentrierte mich darauf, seine kleinen T-Shirts ordentlich zu falten und die Ränder sauber zusammenzulegen, in der Hoffnung, dass meine Konzentration auf die Wäsche mich vom Grübeln abhielt.

War jedoch nicht der Fall.

Mein ängstlicher Verstand konnte sich nicht entscheiden, worauf er sich konzentrieren sollte, und sprang von einem Problem zum anderen. Wie jeder andere Mensch auf diesem Planeten hatte ich vor Treys Tod Sorgen gehabt. Ich hatte mich gefragt, was ich mit meinem

Leben anfangen sollte, ob ich eine gute Mutter war. Ich hatte mir Sorgen um meine Ehe und meinen Mann gemacht.

Sie waren echt, aber keine davon war so schlimm wie die, die mich jetzt quälten.

Trey starb und ließ mich in diesem Haus gefangen. Ich hatte Zugang zu den Bankkonten, sonst nichts. Ich hatte sein Büro von oben bis unten durchsucht.

Nichts.

Ich hatte in seinem Schrank nachgesehen. Dito. Hatte jeden Zentimeter des Hauses abgesucht und wusste nicht, wo ich sonst noch suchen sollte.

War es möglich, dass er ein Bankschließfach hatte? Es gab keine Aufzeichnungen darüber in seinen Unterlagen, aber das bedeutete nicht viel, jetzt, da ich wusste, dass in den Unterlagen auch eine Menge anderer Dinge fehlten. Wenn es ein Bankschließfach gab, wie sollte ich es überhaupt finden?

Das wäre wie die Suche nach der Nadel im Heuhaufen gewesen. Eine andere Nadel, ein anderer Heuhaufen – dieselbe Frustration.

Mit Knox in der Nähe hätte ich besser schlafen sollen, aber in meinem Hinterkopf tickte eine Uhr, die bis zur Katastrophe herunterzählte. Ich wusste nicht, wie diese Katastrophe aussah, aber ich wusste, dass wir nicht mehr lange so weitermachen konnten.

Es klopfte zweimal an der Tür und ich schreckte hoch und ließ die Socken in meiner Hand fallen. *Beruhige dich.*

Ja klar, als ob das eine Möglichkeit war.

Ich legte die Socken in Adams Wäschekorb, bevor ich zur Tür ging und die Kamera überprüfte. Der Bildschirm zeigte Knox. Sein dunkles, verblichenes T-Shirt spannte sich über seine breiten Schultern und mein Herz schlug ein wenig schneller in meiner Brust, vielleicht sogar viel schneller. Ich öffnete die Tür und sah in seine dunklen Augen.

„Willst du Kekse backen?", fragte er mit seiner tiefen, rauen Stimme.

„Sicher, wenn du glaubst, dass ich es schaffe, ohne sie zu vermasseln."

„Alles, was du tun musst, ist die Angaben zu beachten." Knox folgte mir in die Küche und begann, den Vorratsschrank zu durchsuchen, Zutaten herauszuholen und sie auf die Theke zu stellen.

„Ich beachte immer die Angaben", protestierte ich. „Du weißt, was daraus wird." Ich schaute auf die aufgereihten Zutaten auf der Theke. „Was brauchen wir noch? Eine Schüssel und einen Löffel?"

„Das Übliche. Messbecher, die eine flache Oberseite haben. Eine Küchenwaage wäre besser, wenn du eine hast."

Ich schüttelte verblüfft den Kopf. Wozu brauchte ich eine Küchenwaage, um Kekse zu backen? „Ich habe keine Küchenwaage."

Mit dem Kopf im Schrank sagte Knox: „Wenn du wirklich backen lernen willst, brauchst du eine Waage. Vorerst werden Messbecher mit flacher Oberseite reichen. Nur nicht die aus Glas, mit einem Henkel. Messlöffel. Einen Stieltopf und einen Silikon-Teigschaber. Backbleche. Zwei, wenn du sie hast."

Ich begann, das herauszunehmen, was er brauchte, begutachtete meine Glasmessbecher und fragte mich, warum sie nicht gut genug waren. Dann erregte eine andere merkwürdige Sache auf seiner Liste meine Aufmerksamkeit. „Wozu ist der Stieltopf gut?"

„Wir werden die Butter bräunen, bevor wir sie untermischen."

Knox wusste definitiv mehr über das Kekse-Backen als

ich, denn ich hatte noch nie vom Anbräunen der Butter fürs Backen gehört. „Wirklich? Ich habe noch nie ein Rezept mit gebräunter Butter gesehen."

Knox wartete, während ich die Bleche herausnahm. Er stand neben den aufgereihten Zutaten, schaute auf sein Telefon und tippte auf den Bildschirm. Abwesend sagte er: „Es ist ein Trick. Annabelle hat es mir gezeigt. Vertrau mir, es ist die Mühe wert."

Ich legte die Bleche auf die Küchentheke und trat neben ihn. Er zeigte mir den Bildschirm seines Telefons, auf dem ein Rezept zu sehen war. Es war mit *Annabelles Schokochip-Cookies* betitelt. Darunter stand in Klammern (*Teilen wird mit dem Tode bestraft. Ich meine es Ernst, Knox*).

„Ich will dir keinen Ärger mit Annabelle machen", sagte ich, meinte es aber nicht wirklich.

Ich kannte diese Annabelle nicht einmal und mochte sie bereits nicht. Das war nicht fair, aber als er ihren Namen sagte, war da eine Wärme in seiner Stimme, die mich störte. Es war kleinlich und kindisch, aber ein Teil von mir war gierig nach Knox. Ich wollte ihn für mich haben.

„Lies dir das Rezept zweimal durch. Ich werde es mit dir durchgehen, aber du wirst alles alleine machen."

Abgesehen vom Bräunen der Butter war das Rezept ziemlich einfach. Der letzte fehlgeschlagene Versuch war nicht mein erster gewesen. Ich stellte den Stieltopf auf den Herd, drehte die Flamme auf mittlere Stufe und legte die Butter hinein.

Knox sagte: „Achte darauf, dass du sie im Auge behältst. Die Butter wird schneller braun, als man denkt."

Ich nickte und konzentrierte mich auf den nächsten Teil – das Abmessen der trockenen Zutaten. Ich öffnete die

Mehlpackung, tauchte den Messbecher hinein und zog ihn gehäuft heraus.

„Stopp."

Ich erstarrte und der Messbecher hing in der Luft über der offenen Mehlpackung.

„Das ist der erste Punkt, den du falsch machst", sagte Knox. „Backen ist nicht wie Kochen. Beim Kochen kannst du schätzen und deinem Bauchgefühl folgen. Backen ist Chemie, man muss die Angaben genau beachten. Das ist viel zu viel Mehl. Mit dem Haufen oben drauf hat man mindestens einen Drittel Becher mehr als nötig. Klopf an die Seite des Messbechers, damit sich das Mehl setzt, und nimm dann den Rest mit dem Henkel des Spatels ab. Siehst du die Angaben neben den Bechern im Rezept?"

Ich klopfte, nahm den Rest des Mehls ab und sah mir dann das Rezept auf Knox' Telefon an. Neben *2 Becher Mehl* stand da tatsächlich *250 Gramm*. Hm.

„Ist dafür die Waage gedacht?", fragte ich und hielt meinen Messbecher mit Mehl hoch, damit Knox ihn begutachten konnte. Knox gab einen zustimmenden Laut von sich, und ich kippte das Mehl in die Rührschüssel. „Cookies sind ziemlich einfach, aber für manche Dinge muss man die Waage benutzen. Makronen können wirklich hinterhältig sein."

Meiner Erfahrung nach waren Cookies überhaupt nicht einfach. Wenn Backen eine Wissenschaft war, erklärte das, warum ich so schlecht dabei war. Ich hatte das Kochen gelernt, indem ich Rezepte befolgte, aber sobald ich die Grundprinzipien verstanden hatte, improvisierte ich gerne.

Ich war so daran gewöhnt, dass ich nicht einmal gemerkt hatte, dass ich das Gleiche beim Backen tat. Ich dachte daran, wie oft ich beiläufig Zutaten abgemessen hatte und das Ergebnis schlecht schmeckte.

Ich maß den zweiten Becher Mehl exakt ab und war

gerade dabei, behutsam genau einen halben Teelöffel Backpulver zu nivellieren, als Knox sagte: „Vergiss die Butter nicht."

Ich wirbelte herum, sah, dass die Butter auf dem Herd sprudelte, und schnappte den Griff des Topfes, um ihn zu schwenken. Ich hörte Schritte auf der Treppe, bevor Adam einen Augenblick später in die Küche platzte.

„Du hast mir nicht gesagt, dass Knox hier ist. Was macht ihr da? Kekse backen?"

„Ich lerne es gerade", sagte ich und schenkte Adam ein kurzes Lächeln, bevor ich Knox fragte: „Wann weiß ich, dass die Butter fertig ist?"

„Sie sollte eine goldbraune Farbe haben und nussig riechen."

Ich schnupperte an der Butter. Sie roch nussartig und war ziemlich goldbraun. Ich schaltete den Herd aus, stellte den Topf beiseite und hatte absurderweise ein triumphierendes Gefühl, obwohl ich nur ein wenig Butter braun gemacht hatte.

„Darf ich helfen?", fragte Adam und hüpfte neben mir auf den Zehenspitzen, als sein Blick von Gegenstand zu Gegenstand auf dem Tresen huschte. „Bitte, bitte, bitte, bitte, darf ich helfen?"

Knox' Hand legte sich auf Adams Schulter und er hörte auf zu hüpfen und lehnte sich so an Knox, dass mir schwindelerregende Bläschen durch die Brust schossen. Knox sah zu ihm hinunter und hatte Lachfältchen in den Augenwinkeln.

„Diesmal nicht, Kumpel. Wenn du hilfst, wird deine Mutter es nie richtig lernen." Adam machte ein enttäuschtes Gesicht, als Knox ihm zuzwinkerte. „Ich finde, du solltest im Führungsteam sein. Mit mir."

„Führungsteam? Was ist das?"

„Das bedeutet, wir sind die Küchenaufsicht. Die

Küchenchefs. Deine Mutter ist der Jungkoch, was bedeutet, dass sie tun muss, was wir sagen, außerdem bekommen Küchenchefs Schokoladenchips. Jungköche nicht."

Adams Augen hellten sich bei dem Gedanken auf, mein Chef zu sein. Ich biss mir auf die Innenseite der Lippe, um mein Grinsen zu unterdrücken. Als er sich vor Knox aufrichtete, verschränkte Adam die Arme über seiner Brust und warf mir einen herrischen Blick zu. „Wir sind deine Chefs."

Ich nickte zustimmend. „Okay, Chef. Was soll ich jetzt tun? Die Butter ist fertig, und ich habe das Mehl und das Backpulver abgemessen."

Adam sah Knox an und hob fragend die Augenbrauen. Knox beugte sich vor und flüsterte ihm etwas ins Ohr. Adam sagte zu mir: „Misch das Mehl und das Zeug zusammen."

Knox' Mundwinkel zuckte und er nickte. „Tu das, was er gesagt hat, aber gieß zuerst die Butter in die große Schüssel. Gib dann den Rest des Butterstücks hinein, damit es schmelzen kann."

Knox beobachtete mich aufmerksam, schnappte sich die Tüte mit den Schokoladenchips von der Theke und öffnete sie. Er schüttete ein paar davon in seine Hand und hielt sie Adam über die Schulter hin. Adam schnappte sie von Knox weg und schob sich jeden einzelnen auf einmal in den Mund. Ich rollte meine Augen, sagte aber nichts.

Ich ließ mit dem Teigschaber jeden einzelnen Tropfen Butter aus dem Topf in die Rührschüssel gleiten, bevor ich die restliche Butter in Stücke schnitt, damit sie schneller schmolz, und sie dazu gab. Ich rührte die trockenen Zutaten zusammen, bis sie gründlich vermengt waren, drehte mich mit dem Schneebesen in der Hand um und wartete auf meine nächste Anweisung von den Küchenchefs.

„Miss Zucker und Salz so ab, wie du es beim Mehl gemacht hast, sorgfältig, dann gib sie in die Butter."

Ich nahm mir Zeit und setzte meine natürlichen Instinkte außer Kraft. Knox beobachtete meine gezielten Bewegungen mit einem Hauch eines Lächelns. Adam tat so, als ob er mich ebenfalls beaufsichtigte, aber seine kleine Hand schlich sich an den Tresen heran und griff nach der Tüte mit den Schokoladenchips.

Adam hatte bei uns zu Hause keinen freien Zugang zu Süßigkeiten, aber ich ließ ihn gewähren. Ich hatte andere Prioritäten, nämlich diese Kekse nicht zu vermasseln. Nachdem ich Zucker und Salz in die Butter gegeben hatte, wies Knox mich an, Vanille zuzugeben und erneut zu mischen.

„Jetzt muss ein Ei und ein Eigelb in die Butter-Zucker-Mischung."

Ich nahm ein Ei und wollte es am Rand der Schale aufschlagen.

„Stopp."

Ich erstarrte, das Ei in meiner Hand, weniger als einen Zentimeter vom Rand der Steingutschale entfernt. „Was? Was habe ich jetzt falsch gemacht?"

„Schlag das Ei nicht direkt an der Schüssel auf, du bist noch nicht soweit. Schlag die Eier an einem dieser Messbecher auf, und wenn du siehst, dass du es richtig gemacht hast, gieß das Ei und das Eigelb in die Buttermischung."

Ich ließ einen entrüsteten Laut los, tat aber, was mir gesagt wurde. Ich war nicht zum ersten Mal in der Küche, auch wenn ich eine miserable Bäckerin war. Ich wusste, wie man Eier trennte.

Ich hatte mich geirrt. Als ich versuchte, das Eigelb vom Eiweiß zu trennen, plumpste das ganze Ei am Ende in den Messbecher. *Hoppla.*

Adam brach in Gelächter aus. Knox war so freundlich,

nicht zu erwähnen, dass er mir das gesagt hatte. Ich verstand die Taktik, die Eier zuerst in den Messbecher aufzuschlagen, bevor sie in die Buttermischung kamen. Bei meinem zweiten Versuch trennte ich das Eigelb sauber vom Eiweiß. Als alles eingearbeitet war, blieb ich stehen und schaute auf.

Adam fragte: „Was jetzt, Knox?"

„*Wir* essen noch mehr Schokoladenchips", sagte Knox. „Deine Mama rührt so lange, bis alle Klumpen weg sind." Das tat ich.

„Jetzt lass die Mischung für ein paar Minuten ruhen und dann rühr sie noch einmal für dreißig Sekunden um. Das machst du zweimal, bis es dick, glatt und ein wenig glänzend ist."

„Oookay", sagte ich und fragte mich, was genau dieses wiederholte Umrühren bewirken sollte. Alles war miteinander vermischt, war das nicht genug? *Anscheinend nicht.*

Adams ganzes Gesicht war mit Schokolade verschmiert. Ich streckte meine Hand aus, um mir einen Schokoladenchip zu nehmen, aber er schlug mir auf die Finger.

„Jungköche bekommen keine Schokoladenchips", sagte er.

„Bekommen Chefköche Schokolade über das ganze Gesicht verschmiert?", fragte ich spitz.

„Dieser hier schon", sagte Knox. Er stupste Adam an der Schulter an und fuhr fort: „Deine Mutter hat gute Arbeit geleistet. Ich denke, sie hat eine Belohnung verdient, oder?"

Adam schaute skeptisch, aber bevor ich begriff, was Knox meinte, schob er mir einen Schokoladenchip zwischen die Lippen. Die süße, reichhaltige Schokolade schmolz auf meiner Zunge. Ich hielt den Atem an, aus dem Gleichgewicht gebracht und euphorisch.

Ich ließ mir das Schokostückchen im Mund zergehen und begann wieder mit dem Rühren, wobei ich nach unten sah, um die Röte auf meinen Wangen zu verbergen.

„Adam, ich brauche deine Hilfe für diesen Teil." Knox schob ihn näher an mich ran, bevor Adam sich aufrichtete und sein Kinn hob. „Was soll ich machen, Knox?"

„Hilf mir, diese Schale für deine Mutter zu halten. Wir werden das Mehl langsam hineingeben, während sie rührt."

Er legte Adams Hände auf die Schüssel und half ihm, sie zu kippen, damit das Mehl nach und nach hineinrieseln konnte. Er ließ eine Hand auf dem Rand, für den Fall, dass Adam den Halt verlor, und rüttelte die Schüssel, indem er eine Portion Mehl in meine glatte und glänzende Mischung aus Eiern, Butter und Zucker fallen ließ.

Er sah mich an und sagte: „Rühr langsam um. Wir wollen es nicht überarbeiten."

Ich wurde langsam gut darin, Befehle zu befolgen. Ich rührte das Mehl vorsichtig unter und beobachtete, wie es in der Mischung verschwand. Schließlich sah es aus wie ein ganz normaler Keksteig.

Als die Schüssel leer war, legte Knox sie beiseite und reichte Adam die Tüte mit den Schokoladenchips. „Mach dasselbe mit diesen hier. Nicht alles auf einmal. Deine Mutter wird weiter auf die gleiche Weise rühren."

Der letzte Chip rutschte in den Teig, und Adam ließ die Tüte fallen, ohne zu merken, dass sie an der Seite des Tresens vorbei glitt und auf den Boden fiel. Ich merkte mir, diese später aufzuheben. Er streckte seinen Kopf über den Rand der Schüssel.

„Darf ich den Löffel ablecken, Mama? Darf ich? Darf ich? Darf ich? Bitte? Bitte?"

Ich dachte an rohe Eier und Salmonellen und kam zum Entschluss, dass einige Dinge das Risiko wert waren. Ich reichte Adam den Löffel und er schob ihn in den Mund, die Wangen weit gewölbt, als ein Teigklecks an seiner Unterlippe klebte.

Nun, was hatte ich erwartet? Er war fünf, und es gab keine Tischmanieren, wenn es um das Essen von Keksteig ging.

„Was jetzt?", fragte ich. Ich war mir ziemlich sicher, dass es an der Zeit war, den Teig auf das Blech zu legen und in den Ofen zu schieben, aber ich wollte kein Risiko eingehen. Diese Kekse sahen zu gut aus, um sie zu ruinieren.

„Benutz die Messlöffel neben den Messbechern. Ein Messlöffel pro Cookie, acht auf einem Blech. Wir backen sie in Etappen."

Adam leckte den Löffel ab und begann, ihn wieder in die Schüssel zu tauchen, als Knox' Hand hervorschoss und ihn geschickt aus seinen kleinen Fingern fischte. „Warte, bis sie fertig sind, Kumpel."

„Ich muss warten? Wie lange?"

„Nicht lange. Du kannst in deinem Zimmer weiterspielen, und wir rufen dich, wenn sie fertig sind. Sie müssen noch ein bisschen backen und dann abkühlen."

„Okay. Aber ruf mich, wenn sie fertig sind."

„In derselben Sekunde, in der man sie essen kann", versprach Knox.

Die Cookies waren im Ofen, und Adam war oben. Ich beschloss, die Zeit allein mit Knox zu nutzen.

14

LILY

„K affee?"

Knox machte einen Laut in seiner Kehle, den ich als Zustimmung auffasste. Ich machte mich daran, frischen Kaffee zu kochen.

Während ich Kaffeebohnen abmaß, fragte ich ganz beiläufig: „Wie gut kanntest du Trey?"

Ein weiterer Laut von Knox, diesmal leicht überrascht.

„Ich kannte Trey überhaupt nicht. Er arbeitete mit meinem Vater zusammengearbeitet."

„Oh." Die Art und Weise, wie Knox gesagt hatte, *„Er arbeitete mit meinem Vater"*, hörte sich so an, als hätte das etwas bedeutet. Ich versuchte, es herauszufinden, und fragte: „Er hat also nur mit deinem Vater gearbeitet?"

„Offensichtlich. Ich habe mir die Akten nach deinem Anruf angesehen, und es scheint, als hätten sie viele Geschäfte miteinander gemacht."

Da war ich ratlos. Was für Geschäfte? Wir hatten nur das eine Alarmsystem. Trey besaß kein anderes Haus. Seine Firma befasste sich mit Logistik, nicht mit Sicherheit. Je mehr ich erfuhr, desto weniger Sinn ergab es.

Ich gab die Kaffeebohnen in die Mühle und drückte den Knopf. Der Lärm machte jegliche Unterhaltung unmöglich und gab mir eine Minute zum Nachdenken. Ich konnte Knox nicht um Informationen bitten, wenn ich nicht wusste, welche Fragen ich stellen sollte.

Ich zerbrach mir den Kopf und versuchte, es aus jedem Blickwinkel zu sehen. Ich brauchte Hilfe bei mehr als nur unserer Sicherheit.

Es gab keine Garantie, dass Knox die Antwort auf meine Probleme war, aber die Versuchung, den Mund zu öffnen und alles zu erzählen, brachte mich fast um. Was konnte geschehen, wenn ich mich seiner Gnade auslieferte und ihn um Hilfe bat?

Das Klischee, dass Informationen Macht waren, war noch nie so wahr gewesen wie in diesem Fall.

Wenn ich alles erzählen würde, hätte Knox mich in der Hand.

Ich vertraute ihm.

Ich wollte ihm vertrauen.

Vertraute ich ihm so sehr? Konnte ich das?

Ein Fehler hätte mich nicht nur zum Narren gemacht, sondern auch Adam gefährdet. Ich konnte das Risiko nicht eingehen, so sehr ich es auch wollte.

Ich schluckte den Drang herunter, alles zu gestehen, kippte den gemahlenen Kaffee in den Filter und startete den Brühvorgang. Wir standen in der Küche, lehnten beide gegen den Tresen, Knox' Arme über seiner Brust verschränkt, meine Hände in die Taschen gesteckt.

Der Duft von Schokoladenkeksen erfüllte die Luft, bevor sich eine Minute später reiche Noten frisch gemahlenen Kaffees dazugesellten. Ich wollte nicht zu viel erwarten, denn ich hatte die Kekse selbst gebacken, aber sie rochen eindeutig nach Schokokeksen, sie rochen nach erstaunlichen Schokokeksen.

Knox' Erklärung, warum ich beim Backen immer wieder Mist baute, machte Sinn. Bei Gewürzen und Würzmitteln folgte ich meinem Bauchgefühl. Von Anfang an hatte ich ein gutes Gefühl dafür, wie viel Salz und Pfeffer, wie viel Essig oder Öl ich verwenden musste. Das nächste Mal, wenn wir in der Stadt waren, musste ich auf jeden Fall eine Küchenwaage kaufen.

Mir fiel immer noch keine gute Möglichkeit ein, Knox nach Trey zu fragen.

Ich versuchte es noch einmal und fragte: „Du hast nach meinem Anruf Treys Akte gelesen?" Knox nickte. „Wie lange haben sie zusammengearbeitet, dein Vater und Trey?"

Knox' finsterer Blick richtete sich auf mich. Sein Gesicht war hart, wie aus Granit gemeißelt. Ich fühlte mich wie eine Ameise unter dem Mikroskop. Was ich gefragt hatte, war falsch, obwohl ich nicht wusste, warum.

Schließlich sahen Knox' Augen auf die Uhr am Herd und er sagte: „Das ist vertraulich, Lily."

„Er war mein Mann", protestierte ich.

Knox zuckte mit den Schultern. „Spielt keine Rolle."

„Aber ich habe sein Geschäft geerbt. Zählt das gar nicht?"

Wieder einer dieser langen, prüfenden Blicke. Ich behielt die Hände in den Taschen, wand mich jedoch innerlich. Knox sagte schließlich: „Das macht dich haftbar. Verstehst du, was das bedeutet?"

Ich gab auf. Der Kaffee war fertig, und ich goss zwei Tassen ein. Ich reichte eine davon an Knox, gab Sahne in meinen eigenen und nahm einen Schluck.

Machte mich die Übernahme der Firma haftbar?

WOFÜR?

Der Gedanke, für Treys Entscheidungen verantwortlich zu sein, war erschreckend. Er starb und hinterließ mehr Fragen als Antworten, und ich wusste nicht einmal, was die richtigen Fragen waren.

In meinem ganzen Leben hatte ich mich noch nie so allein gefühlt. Je härter ich auf Wasser trat, desto tiefer sank ich ein. Und Knox, den ich für einen Verbündeten gehalten hatte, sah mich mit einem Misstrauen an, das an Abscheu grenzte.

Die Zeitschaltuhr am Herd klingelte.

Kekse.

Mein Kaffee schmeckte plötzlich sauer und nicht einmal der Duft von Keksen konnte meine Stimmung heben, aber das würde sich ändern. Meine Probleme verflogen nicht, aber der köstliche Duft, der aus dem Ofen kam, ließ mich vermuten, dass ich wahrscheinlich echte Schokoladenkekse gebacken hatte. Ich würde mir meine Freude darüber nicht nehmen lassen.

Kekse mit Schokoladenchips konnten eine Menge Sorgen lindern.

Knox ging zum Ofen, öffnete ihn und spähte hinein.

„Sie sind fertig. Hast du ein Kühlgitter?"

ICH ZOG ES AUS DEM SCHRANK UND STELLTE ES AUF DIE KÜCHENTHEKE. Knox nahm die Kekse aus dem Ofen und benutzte den Teigschaber, um sie vorsichtig Stück für Stück auf das Gitter zu legen. Sie sahen perfekt aus und rochen göttlich.

Ich streckte die Hand aus und japste, als Knox mit dem Spatel draufschlug. „Sie müssen erst abkühlen", sagte er amüsiert.

Ich blickte zu ihm hoch und Erleichterung breitete sich in meiner Brust aus, als ich ein Grinsen auf seinen Lippen sah. Welchen Schaden ich auch immer mit meinen unbeholfenen Fragen über Trey und seinen Vater angerichtet hatte, Knox schien mir vergeben zu haben.

Ich liebte dieses halbe Lächeln und die Wärme in seinen Augen. Ich wollte mehr davon, so unklug es auch war.

„Wie lange müssen sie abkühlen?", fragte ich etwas missmutig. Ich wollte einen dieser Kekse.

Noch mehr Belustigung, als Knox antwortete: „Nicht lange. Stell das zweite Blech in den Ofen und die Zeitschaltuhr wieder ein. Du kannst einen Keks haben, wenn die zweite Ladung fertig ist."

Ich befolgte die Befehle, als mir das Wasser im Mund zusammenlief. Das war eine lange Zeit, um auf einen Keks zu warten. Sie sahen so perfekt aus, und sie rochen so gut, und *ich* hatte sie gebacken. *Ich allein.*

Zugegeben, ich hatte Knox' Anweisungen befolgt, naja, Annabelles, aber ich wollte nicht über die mysteriöse Freundin nachdenken. Die Zuneigung in Knox' Stimme, als er ihren Namen sagte, ging mir unter die Haut.

Sie hatte ihm ihr geheimes Keksrezept gegeben.

Knox' Privatleben geht dich nichts an, rief ich mir ins Gedächtnis.

Die mysteriöse Annabelle war unwichtig. Wichtig war, dass *ich* die Kekse gebacken hatte, und sie spektakulär aussahen. Ich überprüfte die Uhr am Ofen. *Noch zehn Minuten.* Das hätte genauso gut eine Ewigkeit gewesen sein können.

Knox blickte aus dem Küchenfenster auf den See, mit dem Rücken zum Tresen und den abkühlenden Keksen. Unfähig dazu, zu widerstehen, streckte ich meine Hand aus, brach ein Stück vom Cookie ab, das mir am nächsten lag, und steckte es in den Mund.

Der Geschmack explodierte auf meiner Zunge. Der

Keks schmeckte fast wie Toffee, reichhaltig, buttrig und süß. Dann schmolz die Schokolade in meinem Mund, knusprig außen, weich und saftig in der Mitte.

Dieser Keks war das Beste, was ich je gegessen hatte. Und *ich* hatte ihn gemacht. Triumph durchflutete mich, zusammen mit Erleichterung, da ich endlich den Backcode geknackt hatte, und dem Rausch der Gefühle, der stark genug war, um mir Tränen in die Augen zu treiben.

Ich schob mir einen weiteren Bissen in den Mund und stöhnte, weil er so gut schmeckte. Ich hätte diese Kekse den ganzen Tag essen können. Knox sah mich an und grinste über das ganze Gesicht, als er den Kopf schüttelte.

„Was bist du, Adam? Konntest du nicht noch acht Minuten warten?"

Ich schüttelte meinen Kopf und meine Augen schlossen sich genüsslich. Jede Geschmacksknospe leuchtete in purer Perfektion.

Köstlich.

Es war so köstlich, und *ich* hatte sie gebacken.

Ich schluckte und hüpfte wie mein eigener Sohn. Ich fühlte mich wie eine Fünfjährige. Ich war keine Versagerin in der Küche. Wenn ich so gute Kekse backen konnte, konnte ich alles tun. Ich schluckte den Bissen herunter und wollte sofort mehr von der knusprigen, saftigen Karamell-Schokoladen-Herrlichkeit haben.

Ich griff nach einem weiteren Keks. Knox' Hand schoss hervor, schloss sich um mein Handgelenk und zog mich weg. Ich stolperte in ihn hinein. Aus einem Impuls heraus warf ich meine Arme um seine breite Brust und streckte mich nach oben, um meine Lippen als Dank an seinen Kiefer zu pressen.

Ich dachte nicht nach, Zucker und Freude verdrehten mir den Kopf.

Es war nur eine Dankesumarmung. Ein Kuss auf seinen Kiefer, sonst nichts.

Sonst nichts.

Knox' Arme schlossen sich um mich wie Stahlstäbe. Ein tiefes Stöhnen kam aus seiner Brust, als er seinen Kopf zur Seite neigte. Sein Kiefer glitt von meinen Lippen ab, sein Mund schloss sich über meinem.

Er küsste mich.

Es war kein keuscher, höflicher *Dankeschön*-Kuss. Ganz im Gegenteil. Seine Arme drückten mich an seinen Körper, einer um meine Hüften, der andere um meine Schultern gelegt, und pressten mich an all diese harten Muskeln.

Sein Griff hätte mich nervös machen müssen, tat er aber nicht. Seine Lippen schlossen sich über meinen - hungrig und aggressiv. Adrenalin peitschte durch mich hindurch, und gerade im richtigen Moment wurde sein Mund weich und zart, eher schmeichelnd als fordernd.

Ich schmolz dahin, meine Lippen öffneten sich von selbst. Seine Zunge tauchte hinein.

Ein weiteres rumpelndes Stöhnen ließ mich erschaudern. Ich neigte mein Kinn, öffnete mich für ihn. Meine Zunge traf auf seine, wobei ich Kaffee kostete, und etwas, das einzigartig nach Knox schmeckte.

Während meine Arme immer noch um seine Brust geschlungen waren, grub ich meine Finger in sein T-Shirt, griff zu und hielt mich an ihm fest, als die Sanftheit vom Kuss abfiel. Sein Mund wurde fordernd, seine Zunge streichelte mich, seine Lippen dominierten meine.

Davon hatte ich geträumt. Meine Träume waren nicht annähernd so gut wie die Realität.

Knox umschlang mich noch enger. Er drehte uns, hob mich hoch, und setzte mich auf den Tresen. Knox' schlanke Hüften waren zwischen meinen Oberschenkeln, meine Beine schlossen sich um seine Taille, wobei sich seine harte Erektion gegen mich presste.

Selbst durch Stoffschichten hindurch löste sein Druck gegen meine Klitoris Funken aus, die durch jeden Nerv schossen. Mein Kopf fiel nach hinten, als mein Stöhnen mit unserem Kuss verschmolz. Knox ließ seine Hand sinken und umfasste meine Hüfte.

Er streichelte meinen Hintern, zog mich näher an sich, presste seine Hüften gegen meine, erregte mich und entlockte mir ein weiteres Stöhnen, diesmal länger und verzweifelter.

Ich drückte meinen Mund auf seinen, küsste ihn noch wilder und wünschte mir, ich könnte diese Kleider wegblinzeln und seine Haut auf meiner spüren, seinen Mund überall auf mir fühlen.

„Was macht ihr da?"

Adams Stimme durchbrach den Dunst der Leidenschaft in meinem Kopf. Steif vor Schreck, suchte mein Verstand nach einer Antwort.

Knox trat zurück, löste sich mühelos von unserem Kuss, zog mich vom Tresen herunter und stellte mich auf die Beine. Luft strömte zwischen uns und ließ mich kalt zurück.

„Die Cookies sind fertig. Willst du einen?", fragte er und hielt Adam einen warmen Keks hin. Eine bessere Ablenkung als Kekse gab es nicht. Die Mücheninsel verbarg alle Beweise für Knox' Erektion. Selbst wenn Adam die Röte auf meinen Wangen und das Glitzern in meinen Augen bemerkt hatte, war es ihm egal, wenn er einen Keks vor sich hatte.

Ich verschränkte die Arme vor meiner Brust, um meine steifen Brustwarzen zu verbergen, hob meinem Kaffee an die Lippen und nahm einen Schluck, mein Gesicht hinter der Tasse verborgen. Ich hätte es mir sparen können. Adam schaute mich nicht einmal an.

Er schnappte Knox den Keks aus der Hand und stopfte ihn, wie den Löffel mit dem Teig, in den Mund. Er schloss genüsslich die Augen, als sich Glückseligkeit auf seinem Gesicht ausbreitete.

Er kaute und schluckte, bevor er immer noch mit vollem Mund sagte: „Mama, ich kann nicht glauben, dass du sie gemacht hast. Sie schmecken wirklich gut. Wirklich, wirklich gut."

„Ich weiß", stimmte ich zu, aber meine Stimme versagte. Ich warf einen Blick auf Knox. Er war so kühl und distanziert wie immer.

Er sah mich nicht an.

Nahm mich nicht wahr.

Es schien, als ob nichts passiert war.

Eine Sekunde lang fragte ich mich, ob ich es mir nur eingebildet hatte, aber das leichte Brennen von seinen Bartstoppeln auf meiner Wange und meine geschwollenen Lippen erinnerten mich daran, dass ich mir nichts davon eingebildet hatte. Knox hatte mich geküsst, wie ich noch nie in meinem Leben geküsst worden war.

Ich wollte mehr. Ich wäre verrückt gewesen, nicht mehr zu wollen.

Die Uhr klingelte am Ofen. Knox nahm das zweite Blech heraus und legte die Kekse auf das Kühlgitter, seine Augen waren leer, als sie durch mich hindurchblickten. Offensichtlich fühlte er nicht dasselbe.

Das war wohl das Beste, oder?

Knox zu küssen war keine gute Idee.

Ich war seine Klientin. Er arbeitete für mich. Es gab eine Verbindung zwischen Trey und seinem Vater. Mein Mann war seit weniger als einem Jahr tot.

Es gab so viele Gründe, warum ich Knox nicht hätte küssen sollen.

Es war mir egal.

Ich wollte ihn noch einmal küssen, aber wenn sein völliges Desinteresse ein Hinweis war, hatte ich leider Pech.

15

KNOX

Ich schlief nicht gut – um genau zu sein – ich schlief ich überhaupt.

Rückblickend war das wahrscheinlich eine gute Sache. Wenn ich geschlafen hätte, hätte ich es verpasst. Dieses leise, verstohlene Geräusch entlang der Hüttenrückwand. Ein Kratzen. Ein leises Schlurfen. So leise, dass es fast nicht zu hören war.

Nein, ich schlief nicht. Ich lag im Bett mit einer Hand auf meinem Schwanz und dachte an Lily. An diesen Kuss. Ich versuchte mir einzureden, dass es ein Fehler war. Ich konnte mir nichts vormachen. Nichts, was sich so gut anfühlte, konnte ein Fehler sein.

Sie war klein, aber sie passte perfekt in meine Arme, ihre Kurven schmiegten sich an meinen Körper. Ich hatte nicht geplant sie zu küssen.

Verdammt, nein. Ich hatte geplant, meine Hände weit weg von Lily Spencer zu halten, und zwar ganz weit weg.

Dann probierte sie die Kekse und ihre Augen strahlten vor Freude und Triumph, all ihre Angst und Frustration fielen in einem Moment des reinen Glücks von ihr ab. Sie glühte vor Freude. Sie war wunderschön.

Sie warf sich mit diesem breiten Lächeln in meine Arme.

Ihre Lippen streiften meinen Kiefer, und ich war verloren.

Einfach nur verdammt verloren.

Wenn Adam uns nicht unterbrochen hätte...

Ich würde gerne behauptet, dass ich zur Vernunft gekommen wäre. Aber ich würde *lügen*. Ich konnte nicht anders, als an Lily denken.

Lily in meinen Armen. Lily presste sich an mich, ihr Mund war heiß und offen, ihre Zunge rieb an meiner. Ich hatte mich gefragt, ob ich mir die Anziehungskraft zwischen uns nur eingebildet hatte.

Nicht, wenn dieser Kuss das Maß aller Dinge war. Lily war sofort Feuer und Flamme, ihre Finger krallten sich in mein T-Shirt und hielten mich fest, als wollte sie mich nie wieder loslassen.

Verflucht. Ich sagte mir, dass ich schlafen musste, dass ich morgen über diesen ganzen Scheiß nachdenken konnte. Der Schlaf wollte nicht kommen. Ich versuchte es, bemühte mich, einzudösen, stand auf und sah mir die Überwachungsaufnahmen noch einmal an.

Als die Morgendämmerung nicht mehr fern war und ich lediglich ein paar Ruhepausen gehabt hatte, gab ich schließlich auf und schob meine Hand unters Laken, umfasste meinen Schwanz, drückte fest und dachte an Lily.

Dann hörte ich es. Dieses sanfte, schlurfende Geräusch, das kein Geräusch war.

Ein Geräusch, das ein riesengroßes, verfluchtes Problem war.

In völliger Stille rollte ich mich aus dem Bett, machte

mich auf den Weg zu meinem Laptop und schob meine Füße in meine Stiefel, während ich mich bewegte. Durch eine Berührung erwachte mein Bildschirm zum Leben. Er war in Felder unterteilt, jedes davon zeigte die Übertragung einer anderen Kamera.

Ich erstarrte, als ich die Szenen vor mir registrierte. *Verdammte Scheiße.*

Dies war nicht der Eindringling. Er war eine einzelne Person. Jemand, der ein kompletter Idiot, schlampig und ohne jede Subtilität war.

Was ich auf den Kameraübertragungen sah, war etwas ganz anderes. Drei – nein, fünf Gestalten in Schwarz, wobei bei zweien Umrisse von Waffen an den Hüften zu sehen waren. Ich hatte keinen Zweifel daran, dass die anderen auch bewaffnet waren.

Der Außenalarm musste jeden Moment losgehen. Ich hatte ihn auf Bewegungen in der unmittelbaren Nähe des Hauses programmiert, sonst würden Rehe und Füchse ihn mitten in der Nacht auslösen.

Wer auch immer diese Leute waren, sie meinten es ernst, aber es sah nicht so aus, als wussten sie von der verbesserten Sicherheitstechnik. Das konnte ich ausnutzen.

Ich schnappte mir mein Telefon und rief Lily an. Nach nur einem Klingeln ging sie ran. Hatte sie wach gelegen und über den Kuss nachgedacht? Darüber würde ich später nachdenken.

„Aktivität draußen", sagte ich. „Das Haus ist sicher, aber geh in Adams Zimmer. Schließ die Tür ab, so, wie ich es dir gezeigt habe. Öffne sie erst, wenn ich dir das Signal gebe. Erinnerst du dich an das Signal?"

„Ja. Ist alles in Ordnung?"

„Das wird es sein. Geh jetzt in Adams Zimmer."

In der Hoffnung, mein Versprechen halten zu können, zog ich mich an. Schwarze Cargohosen, zwei Glocks auf dem Rücken, ein Messer im rechten Stiefel, eine kleine Pistole im linken versteckt. Eine leichte Sicherheitsweste, weil ich zwar mutig, aber nicht dumm war. Eine Sturmhaube, um mein Gesicht zu verdecken – eine mögliche Schwachstelle in der Dunkelheit.

Eine letzte Kontrolle auf meinem Laptop und ich sah, wie sich zwei Gestalten der Hintertür näherten, zwei auf dem Weg zum Vordereingang waren und eine weitere im Wald stand, um Wache zu halten und mögliche Fluchtwege zu blockieren.

Ich begann von außen und arbeitete mich nach innen. Ich hatte schon fast den ersten Mann im Wald erreicht, als der Außenalarm losging und durch die Bäume schrillte. Sie hatten nicht mit einem Alarm gerechnet, bevor sie die Tür überhaupt berührten.

Ich nutzte die kurze Ablenkung des ersten Ziels und packte ihn von hinten, schlang meinen Arm um seine Kehle, drückte mich eng an ihn und schnitt ihm die Luft ab.

Er schlug wild um sich, bevor seine Knie nachgaben, und ich ihn auf dem Boden hatte.

„Was willst du?", forderte ich. „Warum bist du hier?"

Graue Augen starrten mich panisch an.

„Kto ty, chert voz'mi?" *Wer zum Teufel bist du?*

„Tsepov?", stieß ich aus.

Er schüttelte heftig den Kopf.

Nein.

Die Angst in seinen Augen verriet die Lüge.

Tsepov hatte ihn geschickt.

Scheiße.

Ich fesselte ihn mit polizeiüblichen Kabelbindern und zog eine weiche, kleine Rolle Klebeband heraus, bevor ich einen Streifen abriss und über seinen Mund klebte. Mit einem weiteren Streifen umwickelte ich die Kabelbinder an seinen Handgelenken.

Wenn er etwas taugte, würde er sich irgendwann aus den Kabelbindern befreien, aber das Klebeband diente dazu, ihn ein wenig aufzuhalten. Meine Brüder machten sich über mich lustig, weil ich das Zeug überallhin mitnahm, aber es war sehr nützlich. Es gab nur sehr wenige Probleme, die mit Klebeband nicht gelöst werden konnten.

Ich hörte die beiden an der Hintertür durch die Bäume, was bedeutete, dass sie immer noch draußen waren. Die Uhr in meinem Kopf tickte schneller. Ich konnte das Team vor dem Haus weder sehen noch hören. Den Mann auf dem Dock sah ich hingegen schon.

Mit ihm wäre es am schwierigsten. Lily hatte die Docklichter mit einem Timer versehen, und jetzt, kurz vor der Morgendämmerung, stand er in einem großen Lichtpool. Wenn ich mein Gewehr gehabt hätte und es mir egal gewesen wäre, wer den Schuss hörte, wäre er ein leichtes Ziel, aber ich konnte das Risiko nicht eingehen.

EIN GEWEHRSCHUSS ERREGT AUFMERKSAMKEIT. Vielleicht konnte ich sie alle töten, bevor sie an mich herankamen. Und vielleicht waren da noch mehr, die ich nicht gesehen hatte. Lily und Adam waren auf mich angewiesen. Wenn ich zu Boden ging, waren sie geliefert.

Der Außenalarm schrillte durch den Wald, aber der Hausalarm war still. Sie hatten die Türen noch nicht aufgebrochen.

NOCH NICHT, aber bald. Als der Außenalarm losging, waren sie vorsichtig geworden, aber wenn ein Alarm ausgereicht hätte, um sie abzuschrecken, wären sie schon längst weggelaufen. Kurz nach dem Treffen mit Sheriff Dave hatte ich den Hausalarm umprogrammiert, sodass im Notfall die Polizei nicht automatisch gerufen wurde. Ich war hier, um Lily zu beschützen, und ich traute ihm nicht, wenn die Hölle losbrach. Ich hoffte, dass ich diese Entscheidung nicht bereute.

Ich sprintete durch den Wald, über die Einfahrt, und kam seitlich auf das Dock zu. Gerade in dem Augenblick, in dem der Späher das Geräusch meiner Schritte registriert hatte, tauchte ich in den Lichtkegel ein, griff ihn an, brachte ihn zu Boden und rollte uns in den Schatten.

Ich wollte ihn befragen, dazu hatte ich aber keine Zeit. Lily und Adam waren allein. Ich gab ihm einen harten Schlag auf den Hinterkopf und hoffte, später die Gelegenheit zu haben, Fragen zu stellen.

Er wurde schlaff und ich fesselte ihn schnell, bevor ich direkt auf die beiden Gestalten vor der Haustür losrannte. Bei zwei Personen musste einer Wache halten, während der andere am Schloss arbeitete, vor allem, da der Außenalarm immer noch heulte, sodass sie nichts außer seinem Schrillen hören konnten.

Stattdessen hatten beide daran gearbeitet, hineinzukommen, einer an der Tür und der andere am Tastenfeld.

Ich war schon fast bei ihnen, bevor sie mich entdeckten. Schlampig. Das letzte Mal, als wir mit Tsepov aneinandergeraten waren, war es mit Andrejs Onkel Sergej gewesen. Seine Männer waren auf Zack. Gut trainiert und eiskalt. Ich konnte wetten, dass die Jungs hier neu waren, denn bisher stellten sie sich ziemlich dämlich an.

Ich sprang den Nächstbesten von hinten an, umklammerte seinen Hals mit einem Arm und hielt seine Hand fest, als er seine Waffe hob, um zu schießen. Ich schwang ihn herum in Richtung seines Freundes und benutzte ihn als Schild.

Er geriet in Panik wegen des Drucks auf seiner Kehle, seine Hand zuckte, und er schoss und drückte den Abzug immer wieder. Er erwischte die Tür, die Hauswand und dann seinen Partner, direkt in den Bauch.

Der Typ ging mit einem schockierten Stöhnen zu Boden, drückte seine Hand vergeblich auf das Loch in seinem Hemd. Das Blut glänzte schwarz im gelben Verandalicht. Ich zog meinen Arm enger um den Hals des ersten Mannes, um ihm die Luft abzuwürgen. Er trat heftig um sich, prallte gegen mich und bekam gerade genug Luft, um bei Bewusstsein zu bleiben.

Das kreischende Heulen des Hausalarms übertönte den Außenalarm.

Ich hatte keine Zeit mehr.

Lily und Adam auch nicht.

Ich riss ihm die Waffe aus der Hand, nahm meinen Arm von seinem Hals und drehte ihn an der Schulter. Zwei Kugeln in die Brust, und er ging zu Boden.

Eine Sekunde später war ich im Haus und rannte direkt in Richtung Lily und Adam.

Die letzten Beiden standen am Fuß der Treppe, unschlüssig darüber, wer als erster hochgehen sollte. Idioten. Der Hintere packte mich am Arm und riss mich von den Füßen, während der andere in den zweiten Stock hochrannte.

Lily. Ich musste zu Lily.

Ich wusste, was als nächstes kam und hatte keine Gewissensbisse. Wenn diese Jungs was Gutes im Sinn gehabt hätten, wären sie tagsüber aufgetaucht und hätten an die Tür geklopft. Stattdessen waren sie mit sechs Männern in der Dunkelheit der Nacht angerückt. Was auch immer sie wollten, sie würden es nicht bekommen.

Ich schlug auf den Mann ein, der meinen Arm hielt, und verfehlte ihn, wobei meine Faust von seiner Schulter abprallte. Jede Sekunde, die verging, war unerträglich. Noch eine Sekunde mehr für den Mann oben, um zu Lily zu gelangen. Oder Adam.

Ich beugte mich vor, entwand mich seinem Griff, der meinen Arm hielt, und drehte mich, um meinen Ellbogen hinter mich zu stoßen, und traf seine Nase mit einem befriedigenden Knirschen. Der Schock des Schmerzes hielt ihn gerade lange genug auf.

Als ich meine Schulter in seinen Bauch rammte, warf ich ihn auf seinen Rücken. Er ging hart zu Boden, erwischte mich in letzter Minute hinter dem Knie und nahm mich mit. Der Kerl zog an meinem Hemd und riss mir die Sturmhaube vom Kopf.

Ich rollte mich auf den Rücken und legte meinen Arm um seinen Hals, wobei ich den Hitzeausbruch an meinem Arm ignorierte. Ich stützte meine andere Hand seitlich auf seinen Kopf und drehte. Knochen knackten, bevor er schlaff wurde.

Ich sprang auf die Füße und flog die Treppe hinauf, als ich Adams angsterfüllten Schrei hörte.

„Mama! Mama!"

Sein Gesicht blitzte in meinem Kopf auf. Seine Augen strahlten vor Freude, als er sich den Löffel mit dem Keksteig in den Mund schob.

Ihm konnte nichts passieren. Nicht das Geringste.

Ich kam oben an, rannte um die Ecke und sah Tsepovs Mann. Er schlang den Arm um Lilys Hals und hielt ihr eine Waffe an den Kopf. Adam kauerte hinter ihnen. Seine Augen weiteten sich, als er mich sah und sein Körper sich anspannte, als wollte er in meine Richtung laufen.

Meine Augen waren auf Lilys Gesicht gerichtet, ich schüttelte den Kopf. Adam blieb, wo er war.

Kluger Junge.

Lilys Stimme zitterte. „Adam, geh zurück in dein Zimmer. Jetzt sofort."

Ich nickte ihm zu. Er ging zu seiner Tür, hielt sich außerhalb der Reichweite des Mannes, der seine Mutter festhielt, und verschwand in seinem Schlafzimmer.

Scheiße, das Vertrauen in seinen Augen, die absolute Gewissheit, dass ich das in Ordnung bringen konnte.

Ich wollte ihn nicht enttäuschen. Eher wäre ich gestorben.

Vielleicht war Lily in die Geschäfte meines Vaters verwickelt, vielleicht war sie das nicht.

Es war mir scheißegal.

Beim Anblick der an ihre Schläfe gepressten Pistole wurde mir vieles klar.

Ich wollte sie.

Ich wollte Adam.

Sie gehörten mir.

Trey Spencer hatte Scheiße gebaut. Er hatte seine Familie in Gefahr gebracht, und dann hatte er sich umbringen lassen. Sein Verlust war mein Gewinn.

Ich hatte sie für mich allein.

Lilys warme braunen Augen glänzten nun vor Angst. Die Faust des Russen krallte sich in ihre weichen Locken.

Sie war mein.

Ich wollte sie bei mir haben, aber zuerst musste ich ihr Leben retten.

16

KNOX

„Wer zum Teufel bist du?", fragte Lilys Geiselnehmer mit einem starken russischen Akzent.

„Ich glaube, du weißt, wer ich bin. Und ich weiß, wer du bist. Die Frage ist, was willst du von Lily?"

„Der Boss will mit ihr sprechen. Ich bringe sie zu ihm."

Ich schüttelte den Kopf. „Das kann ich nicht zulassen. Drei deiner Leute sind tot. Die anderen beiden sind gefesselt. Du kommst hier nicht mit Lily raus. Lass die Waffe fallen und lass sie gehen."

„Fick dich."

Mein Arm hing locker an der Seite, meine Waffe steckte hinter meinem Bein. Tsepovs Mann hatte den Arm fest um Lilys Hals gelegt und drückte die Mündung seiner Pistole an ihre Schläfe. Er war zu nervös. Ich konnte es nicht riskieren, meine eigene Waffe zu ziehen, ihn zu erschrecken und einen Schuss zu provozieren.

Ein erfahrener Profi wusste, wann er den Abzug drückte und wann nicht. Wenn ich an die fünf anderen

Typen dachte, hatte ich meine Zweifel, dass dieser hier so klug war.

Ich durfte Lilys Leben nicht aufs Spiel setzen und hielt meine Hand still an meiner Seite, als ich versuchte, seine Aufmerksamkeit von meiner Waffe abzulenken, indem ich sagte: „Warum sagst du mir nicht, was Andrej von Lily will? Wir werden es dir geben, und du kannst gehen."

„Der Befehl lautet, sie zu ihm zu bringen."

„Und Adam?"

Der Russe hob mit einem leichten Achselzucken die Schulter, wobei die unvorsichtige Bewegung die Mündung der Waffe von Lilys Schläfe gleiten ließ. „Keine Befehle über den Jungen. Er ist... was ist das Wort? Kollateralschaden?"

Lilys Augen wurden schwarz vor Wut. Ich sah, wie sie eine Entscheidung traf, sah den Gedanken in ihren Augen, wie ein Schloss, das einrastete. Mein Bauch gefror vor Angst, als mir alles Mögliche durch den Kopf schoss.

Sie konnte vieles tun, sich auf den Russen stürzen, anfangen zu kämpfen. Sich umbringen lassen, verflucht nochmal.

Die Augen auf meine gerichtet, hart vor Entschlossenheit und mit dem gleichen absoluten Vertrauen, das ich bei Adam gesehen hatte, tat sie das Letzte, was ich erwartet hatte.

Lilys Knie gaben nach und ihr Körper sackte nach unten, schlaff wie bei einer Stoffpuppe. Der Griff des Russen lockerte sich durch das unerwartete Gewicht und seine Hand mit der Waffe schwang zur Seite.

In der Sekunde, in der die Mündung seiner Waffe irgendwo anders als auf Lily zeigte, schellte mein Arm hoch, und ich drückte den Abzug.

Einmal.

Zweimal.

Der Körper des Russen wurde rückwärts an die Wand geschleudert, rutschte zur Seite und schmierte Blut über die weiße Wandfarbe, bis er mit dem Gesicht nach unten auf dem Teppich lag.

Lily war auf dem Hintern gelandet. Als die Schüsse losgingen, hielt sie ihre Hand vor den Mund, nicht ganz in der Lage, ein Wimmern zu unterdrücken.

Ich wollte sie in meine Arme nehmen, sie und Adam halten und ihnen versprechen, dass alles in Ordnung war.

Später. Zuerst musste ich das Haus sichern. Ich hob die Waffe des Russen auf, legte die Sicherung um und schob sie in den Hosenbund.

„Ich muss mich um das hier kümmern. Geh in Adams Zimmer und verschließ die Tür."

Sie öffnete ihren Mund, um zu protestieren.

„Ist das Schloss kaputt?"

Sie nickte.

„Schiebe Adams Kommode vor die Tür. Warte dort. Ich glaube, ich habe sie alle erwischt, aber ich muss sicher sein."

Lily verschwand in Adams Zimmer und schloss die Tür. Ich lud den toten Russen über meine Schulter und schleppte ihn die Treppe hinunter. Ich ließ ihn draußen vor der Haustür, wo die beiden anderen lagen, fallen.

Zumindest funktionierte das Schloss an der Vordertür noch. Ich sicherte die Tür wieder und machte mich direkt auf den Weg zum Lehmkeller, wo die beiden letzten Typen eingedrungen waren.

Verdammte Scheiße.

Sie hatten einen Acetylenbrenner benutzt, um den verdammten Griff aus der gottverdammten Tür zu schneiden. Der Brenner lag auf dem Boden in der Mitte des Lehmkellers. Ich schüttelte den Kopf.

Weniger Spielzeug, mehr Training, und sie hätten noch

am Leben sein können. Ich hatte nicht viele Optionen zur Sicherung der Tür zum Lehmkeller. Ich verbarrikadierte sie mit einem Schrank, den Lily zum Aufhängen von Jacken und zur Aufbewahrung von Stiefeln benutzte.

Wenn jemand entschlossen war, hineinzukommen, konnte ihn dieser Schrank nicht aufhalten, aber wir wären bereits weg. Ein kurzer Blick in die Garage zeigte mir, dass die Autos noch so waren, wie ich sie zurückgelassen hatte.

Der Laptop. Wenn ich Recht hatte und Lucas' App das Konto, das Trey für seine Geschäfte benutzte, nicht entschlüsselt hatte, konnte ich ihn nicht zurücklassen. Ich rannte zu seinem Büro, schnappte ihn aus der Schublade und verstaute ihn im Land Rover.

Die auf dem Grundstück verstreuten Körper waren ein Problem. Ich konnte sie dort nicht liegen lassen. Lily lebte abgeschieden, aber nicht derart abgeschieden. Ich konnte sie auf keinen Fall Sheriff Dave melden. Ihm wäre jedes Mittel recht, mich loszuwerden.

Die einzige Möglichkeit war, Cooper anzurufen und Cleaner schicken zu lassen. Nicht ideal, aber ich hatte keine andere Wahl. Bevor ich anrief, lief ich durchs Haus und überprüfte jedes Zimmer.

Als ich sicher war, dass sich niemand außer Lily, Adam und mir im Haus befand, ging ich wieder nach oben und klopfte in einer Abfolge, die ich Lily gezeigt hatte, an Adams Tür.

„Knox?", fragte sie, als ein schiebendes Geräusch durch die Tür kam.

„Ich bin's. Das Haus ist sauber. Geht es euch beiden gut?"

Die Tür schwang auf, und ein kleiner Körper raste in meine Beine, als sich kleine Arme um meine Hüften schlangen und mich festhielten. Ich umarmte Adam mit meinen Fingern in seinem Nacken. Er drängte sich noch enger an mich, während sein Körper zitterte, ob vor Schreck oder Erleichterung, wusste ich nicht. Wahrscheinlich beidem.

Ich ging in die Hocke, legte meine Hände unter seine Arme, hob ihn hoch und setzte ihn auf meine Hüfte. Seine Arme und Beine klammerten sich an mich, als meine Hand seinen Rücken in langen Strichen rieb.

„Hey, ist schon gut, Kumpel. Ich weiß, das hat dir Angst gemacht, aber es geht dir gut. Deiner Mama geht's auch gut. Atme tief durch."

Adam vergrub sein Gesicht in meinem Hals und seine Brust bebte vor Schluchzen. Ich erwartete, dass Lily Anstalten machte, ihn mir abzunehmen, aber sie stand nur da, mit weit aufgerissenen Augen, und wippte auf den Fersen. *Scheiße*. Sie war starr vor Schock.

„Lily", bellte ich, strenger als ich es wollte. So sehr ich sie auch trösten wollte, sie musste funktionieren. Wir waren noch nicht in Sicherheit. Ihr Kopf schellte hoch, als sich ihre Augen auf mein Gesicht konzentrierten, auf ihren Sohn in meinen Armen.

„Du musst mir zuhören. Kannst du das tun?" Ein Nicken. *Besser als nichts.* „Wir müssen verschwinden. Ich muss einen Anruf machen. Pack für dich und Adam, damit es für ein paar Tage reicht. Kannst du das tun?"

Lily verarbeitete meine Worte in Zeitlupe und nickte wieder. „Kommen wir zurück?"

„Ich weiß es nicht", antwortete ich ehrlich. „Ich hoffe es, aber nimm alles mit, was du nicht zurücklassen kannst. Zwei Taschen, leichtes Gepäck. Verstanden?"

„Verstanden."

Sie bewegte sich, um mir Adam abzunehmen. Er krallte sich wie ein Klammeraffe fest, die Brust noch immer von Schluchzern geschüttelt. Ich umarmte ihn fester und hob seinen Kopf mit meiner Schulter an. Sein vor Tränen geschwollenes Gesicht hob sich zu meinem.

„Ich brauche dich, du musst deiner Mama helfen, Kumpel. Kannst du das für mich tun? Ich werde dich beschützen, aber ich brauche deine Hilfe."

„Kommen sie zurück?", fragte er mit einer dünnen, hohen Stimme.

„Das glaube ich nicht, Kumpel, aber wir wollen es nicht darauf ankommen lassen. Deine Mutter wird ein paar Sachen packen. Was brauchst du für eine lange Übernachtung?"

„Meinen Affen, George. Und mein Löffelbagger-Buch."

„Okay. Ich werde dich jetzt runterlassen. Du holst die Sachen, damit deine Mama sie einpacken kann. Kannst du das tun?"

„Ja, Knox."

Dieses verdammte Kind. Fünf Jahre alt, und er hatte Nerven aus Stahl. Ich drückte seine Schulter, bevor ich ihn in Richtung seiner Schlafzimmertür drängte.

Lily machte einen Schritt nach vorne, ihre Augen blickten auf meine Seite.

„Knox. Du blutest."

Ich sah, wie ein dünner, roter Blutfluss von einem kleinen Schnitt an meinem Bizeps herunterlief. Da ich mir dessen bewusst wurde, setzte das Brennen wieder ein. *Scheiße*. Das Arschloch auf dem Boden musste ein Messer gehabt haben.

„Es ist nichts. Ich kümmere mich darum, sobald ich-" Das Schrillen des Außenalarms schnitt mir das Wort ab.

Verdammt. Was war es diesmal?

Ich riss mein Telefon aus der Tasche und rief die Kameras auf. Ein glänzender, schwarzer Mercedes-Transporter rollte die Einfahrt hinunter und hielt vor dem Haus. Männer stiegen aus.

Meine Hand griff nach meiner Waffe, als mein Bauch zu Eis gefror. Zu viele. Verflucht, es waren zu viele. Zwei näherten sich der Eingangstür. Ich machte mich zum Angriff bereit.

Sie unternahmen keinen Versuch einzudringen. Schnell hoben sie die Leichen auf, eilten zurück zum Wagen und warfen sie hinein. Eine weitere Fahrt, und die zweite Ladung Leichen wurde eingesammelt.

Sie teilten sich auf und einer ging in den Wald, wo ich den ersten Mann zurückgelassen hatte, der andere zum Dock. Drei Minuten, nachdem der Wagen zum Stehen gekommen war, fuhr er weg. Ich konnte mich nicht entscheiden, ob ich erleichtert oder verängstigt war.

Ich brauchte die Cleaner nicht. Das war erstaunlich. Tsepov wollte einen Schlamassel weniger als ich hinterlassen. Jetzt wusste ich, dass da draußen noch mehr von seinen Männern waren. Hatten sie aufgegeben oder wollten sie sich neu formieren? Wir konnten nicht hierbleiben, um es herauszufinden.

Lily schaute mich mit großen, ängstlichen Augen an. „Sind sie noch da?"

„Sie sind weg. Fürs erste. Wir müssen weitermachen."

Ich nahm ihr Gesicht in meine Hand, streichelte mit den Fingerspitzen über die weiche Haut hinter ihrem Ohr und sie lehnte sich an mich, als die Angespanntheit in ihrem Rücken nachließ.

„Pack für dich und Adam, okay? Sei schnell. Gibt es etwas, das du nicht im Haus lassen willst?"

„Treys Laptop", sagte sie sofort.

Ich schüttelte den Kopf. „Hab ich schon."

Lilys sah mich nachdenklich an. Ich wusste, dass sie meinen Kommentar verstanden hatte und wusste, dass ich an Treys Laptop gewesen war, wusste, dass ich auf eigene Faust gesucht hatte.

Ich erwartete Wut oder Protest, aber ihre Schultern sanken nur herab, als sie nickte. „Also gut. Wenn es etwas gibt, von dem du denkst, dass ich es brauche, dann hol es. Ich suche unsere Sachen zusammen."

„Wie schnell kannst du packen?"

„Schnell", antwortete sie, drehte sich auf den Fersen und lief in ihr Zimmer. Ich musste zur Hütte, meine eigenen Sachen packen, meinen Arm verbinden und das Blut abwaschen, wollte Lily und Adam aber nicht allein im Haus lassen.

Adam kam mit seinem Plüschaffen und einem Arm voller Bücher aus seinem Zimmer. Ich deutete ihn in Richtung des Schlafzimmers seiner Mutter. „Bring das zu deiner Mama, okay?"

Er nickte und trabte durch den Gang. Er funktionierte, aber ich wusste nicht, wie lange das noch andauerte. Ich musste uns hier rausholen.

Ich dachte darüber nach, Cooper vor unserer Abreise anzurufen, und entschied, dass wir diese Verzögerung nicht brauchten. Mein Bruder hätte Antworten gewollt, die ich nicht hatte. Uns an einen sicheren Ort zu bringen, stand an erster Stelle.

Lily ließ mir einen Seesack vor die Füße fallen. In ihrer Hand hielt sie einen zweiten Sack, der nur teilweise gefüllt war. „Wir müssen deinen Arm verbinden."

„Das mach ich schon. Mach dir um mich keine Sorgen. Du musst fertig packen."

Lily und Adam verschwanden in seinem Schlafzimmer. Wenige Minuten später waren sie draußen. Lily hielt den gefüllten Seesack in ihrer einen Hand und Adams Finger festumklammert in der anderen.

„Was jetzt?"

„Folgt mir." Ich führte sie in die Garage und zu Lilys weißem Land Rover. Ich warf ihre Taschen auf den Rücksitz, half Adam in seinen Autositz und schnallte ihn an. Ich schloss die Tür und öffnete die Fahrerseite für Lily.

„Steig ein." Das tat sie. Ich hielt eine meiner Waffen hoch. „Weißt du, wie man damit umgeht?"

Ein Nicken.

„Wenn jemand außer mir in die Garage kommt, erschieß ihn und hau ab, verstanden?"

„Ich kann niemanden erschießen."

„Doch, du kannst das, wenn es das Einzige zwischen Adam und einem von Tsepovs Männern ist."

Ich gab ihre Nummer in mein Telefon ein. Sie zuckte überrascht, als ihr Handy in ihrer Hosentasche anfing zu vibrieren. Sie zog es mit der freien Hand heraus und schaute verwirrt vom Bildschirm zu mir auf.

„Ich möchte eine offene Leitung, damit ich weiß, dass es euch beiden hier drin gut geht. Ich werde weniger als fünf Minuten in der Hütte sein. Halt die Waffe in der Hand und benutz sie, wenn du musst."

„Du bist gleich wieder da?"

„Ich bin gleich wieder da, Lily. Ich würde dich nicht hier lassen, wenn ich nicht sicher wäre, dass es ungefährlich ist. Behalt die Waffe in der Hand, nur für alle Fälle. Wenn du sie benutzen musst, fahr euch so schnell wie möglich hier raus. Mach dir keine Sorgen um mich und geh einfach. Hast du mich verstanden?"

„Ja."

Lily klang nicht überzeugt, aber ich hatte keine Zeit, sie zu überreden, mich zurückzulassen. Ich knallte die Tür auf der Fahrerseite zu und rannte zur Hütte.

Mein Verstand scannte Listen durch, über alles, was ich in den nächsten fünf Minuten zu erledigen hatte. Die erste Sache, um die ich mich kümmern musste, war der

Schnitt an meinem Arm. Ich konnte nicht mit einem blutigen Hemd herumlaufen. Sobald ich in der Hütte war, zog ich mich aus, stellte mich unter die Dusche und zuckte bei dem Schmerz zusammen.

Der verdammte Bastard hatte mich mit einem Messer aufgeschlitzt, und ich hatte es nicht einmal bemerkt. Der Schnitt war nicht tief und das Blut hatte bereits zu gerinnen begonnen, aber das Wasser brannte trotzdem wie verrückt. Ich spülte das Blut ab und ließ meine Kleidung auf dem Boden der Dusche liegen, wo mein blutiges T-Shirt keine Flecken machen würde.

Ich holte ein sauberes T-Shirt aus meiner Tasche, riss es in Streifen und verband den Schnitt. Sobald das erledigt war, zog ich frische Kleidung an und schob mir Stiefel an die Füße.

Es dauerte nur weitere zwei Minuten, um meine restlichen Sachen zusammenzupacken. Ich war es gewohnt, aus meiner Reisetasche zu leben und schloss den Reißverschluss, als ich sicherstellte, dass mein Laptop und die Überwachungsausrüstung in ihren Koffern verstaut waren.

Fertig.

Es war ruhig am anderen Ende von Lilys Leitung, meist leises Murmeln von ihr zu Adam.

„Lily, geht es euch gut?"

„Uns geht es gut. Wie lange noch?"

„Ich bin jetzt auf dem Weg zu euch. Schieß nicht, wenn ich durch die Tür komme."

Ich scherzte nur teilweise. Ich wollte, dass Lily bewaffnet war, aber nicht, dass sie in Panik geriet und auf mich schoss.

Ich quetschte mich durch die Tür und rief: „Ich bin's, Lily! Ich packe meine Sachen hinten rein. Steig aus und setz dich neben Adam auf den Rücksitz."

Sie tat es, kam aber zuerst zu mir und reichte mir die

Waffe, die ich bei ihr gelassen hatte. Sie drehte sich dabei vorsichtig, damit der Lauf nicht auf einen von uns gerichtet war. Ich nahm sie ihr ab und legte die Sicherung um.

„Steig ins Auto, Lily."

Sie setzte sich neben Adam und schnallte ihren Sicherheitsgurt an. Ich war dankbar für die Stille des Jungen, aber es gefiel mir nicht. Es sah Adam gar nicht ähnlich. Er saß da und umklammerte seinen Plüschaffen. Sein Gesicht war kreidebleich, die Augen aufgerissen und die Pupillen geweitet.

Lily nahm seine Hand in ihre. „Alles gut, Baby. Es ist alles gut."

17

KNOX

E s war alles andere als gut, aber das konnte ich ihnen nicht verraten.

Ich drückte die Fernbedienung für das Tor und fuhr rückwärts aus der Garage raus. Meine Augen achteten auf jede Bewegung in der Einfahrt. Nichts. Nur weil ich sie nicht sehen konnte, hieß das nicht, dass sie nicht irgendwo da draußen waren und uns beobachteten.

Ich wendete den Land Rover in Richtung Bar Harbor, einer Stadt an der Küste, als die Morgendämmerung den Horizont kaum küsste. Wir hatten eine dreistündige Fahrt vor uns. Drei Stunden, um unsere Spuren zu verwischen, mit Cooper Kontakt aufzunehmen und herauszufinden, was zum Teufel vor sich ging.

Ich dachte darüber nach, in Richtung Stadt umzukehren und einen Umweg um den See zu nehmen, um mögliche Verfolger abzuschütteln. Wären wir in einem dichtbesiedelten Gebiet gewesen, hätte ich das getan.

Hier? Reine Zeitverschwendung.

Es gab unzählige Nebenstraßen rund um den Black Rock See, aber es gab nur eine Straße nach Bar Harbor. Es war die einzige Straße, die überhaupt irgendwohin führte. Wenn uns jemand verfolgen wollte, brauchte er nur am Highway warten.

Zu dieser Stunde war der Verkehr spärlich. Wenn ich mir die Leistung von Tsepovs Männern im Haus anschaute, bezweifelte ich, dass sie uns unbemerkt folgen konnten. Ich hätte sie erkannt, wenn sie dort waren.

Lily war still, während wir fuhren, sprach hier und da mit Adam, beruhigte ihn, sagte aber nichts zu mir. Wir mussten reden. Ich war fertig damit, Spiele zu spielen, fertig damit, dass sie Dinge vor mir verheimlichte.

Zuerst musste ich jedoch meine Brüder kontaktieren. Ich rief Cooper und Evers zweimal an, ohne Erfolg. Schließlich, als die Sonne schon am Himmel stand und wir Bar Harbor fast erreicht hatten, antwortete Cooper.

„Knox. Seid ihr okay?" Cooper war nie der lockere Typ, aber seine Stimme hörte sich extrem angespannt an. Etwas stimmte in Atlanta nicht.

„Unversehrt. Sechs Männer haben das Haus vor Sonnenaufgang angegriffen. Uns geht es gut. Was ist bei euch los?"

Cooper atmete schwer aus. „Es ist ein verdammtes Chaos. Tsepov hat Rycroft Castle überfallen. Smokey Winters ließ sie rein. Er hat Summer mitgenommen."

„Verfluchte Scheiße." Ein kurzer Blick in den Rückspiegel. Adam schlief. Gut. „Wie sieht der Plan aus?"

„Wir haben sie gerade gegen Evers eingetauscht. Es ist unter Kontrolle. Geht es Lily und dem Kind gut? Geht es dir gut?"

„Ich habe einen Kratzer am Arm, aber es geht uns gut. Sind aus dem Haus und fahren nach Bar Harbor. Summer?"

„Okay. Sie ist stinksauer, dass Evers sich gegen sie eingetauscht hat."

„Wie sieht der Plan aus?"

„Wir arbeiten daran. Geht nach Bar Harbor, bleibt sichtbar. In der Öffentlichkeit. Alice wird Vorkehrungen treffen und euch anrufen. Wir brauchen hier ein paar Stunden, um mit der Situation fertig zu werden. Agent Holley ist auf dem Weg. Das FBI sollte Tsepov bis zum Ende des Tages haben. Warte einfach ab."

„Kann ich machen. Ich warte, bis ich von Alice höre."

„Mach keine Dummheiten mit der Witwe", knurrte Cooper.

„Ich bin nicht derjenige, der sich einem Mafioso ausgeliefert hat", sagte ich und wich seinem Kommentar aus.

„Es war seine verdammte Idee, der Idiot", spuckte Cooper aus.

„Natürlich war es das." Hätte ich mehr Zeit gehabt, mich mit ihrem Dilemma auseinanderzusetzen, hätte ich das selbst vermutet.

Evers war bis über beide Ohren in Summer verliebt, und das seit über einem Jahr. Der Schwachkopf konnte es sich einfach nicht eingestehen. Schlimm genug, dass Tsepov sie in die Finger bekam, aber dass es während seines eigenen Jobs passiert war? Natürlich hatte er sich gegen Summer eingetauscht.

„Passt auf euch auf", sagte ich.

„Ja, ihr auch. Sobald sich die Lage stabilisiert hat, rufe ich an."

„Verstanden. Bis später."

Lily begegnete meinen Blick im Rückspiegel. „Ist alles in Ordnung?"

Ich überlegte, was ich ihr sagen sollte und entschied mich für die Wahrheit. „Tsepov hat das Team in Atlanta überfallen und sich die Freundin meines Bruders geschnappt. Sie haben es unter Kontrolle, aber wir müssen in Bewegung bleiben, bis alles geklärt ist."

„Und das heißt?", fragte Lily.

„Hoffentlich heißt das, dass Andrej Tsepov auf dem Weg ins Gefängnis ist. Mehr weiß ich noch nicht."

Zehn Minuten später piepste mein Telefon mit einer Textnachricht. Ich blickte runter, um die Adresse zu sehen. *House of Blueberry: Pancakes & More.* Ich tippte auf den Link und ließ mich von der Navi-App zum Frühstück navigieren.

Eine zweite Nachricht piepte. Alice.

Ruf mich an, wenn du dort bist.

Ich warf einen Blick in den Rückspiegel, um zu sehen, was hinten los war. Adam schlief noch, seine Hand umfasste die seiner Mutter und eine schwache Linie zeichnete sich zwischen seinen Augenbrauen ab. Lily saß steif da, ihre Augen umherschweifend, unfähig, sich zu beruhigen.

Wir mussten reden. Aber nicht, wenn Adam zuhören konnte. Nichts, was wir zu sagen hatten, sollte vor ihm gesprochen werden. Das konnte warten.

Wenn Cooper Recht hatte, waren das FBI und Evers dabei, uns etwas Zeit zu verschaffen.

DAS PFANNKUCHENRESTAURANT WAR NICHT WEIT. Wir kamen ein paar Minuten nach Alices Nachricht an, und das sanfte Schaukeln beim Einparken rüttelte Adam aus dem Schlaf. Er blinzelte langsam.

Ich fragte: „Wer mag Pfannkuchen?"

Seine Augen wurden klar und er hüpfte ein wenig in seinem Autositz. „Ich! Ich mag Pfannkuchen. Wir essen Pfannkuchen?" Ein plötzlicher Gedanke kam ihm in den Sinn und er sah seine Mutter misstrauisch an. „Hast du die Pfannkuchen gemacht?"

Ein überraschtes Lachen brach aus Lily hervor. Sie

beugte sich vor und küsste ihren Sohn auf die Wange. „Nein, Baby. Wir essen in einem Restaurant." Sie begann, ihren Sicherheitsgurt zu lösen, aber ich hielt sie auf.

„Warte eine Sekunde, Lily. Alice, sie leitet unser Büro in Atlanta, möchte, dass ich anrufe, bevor wir reingehen. Sie ist diejenige, die das Restaurant gefunden hat. Lass mich sie anrufen und dann besorgen wir uns etwas zu essen."

Adam wand sich vor Aufregung bei dem Gedanken an Pfannkuchen, die nicht von seiner Mutter zubereitet worden waren, und Lily schnallte sich los, blieb aber sitzen.

Alice ging nach dem ersten Klingeln ran. „Hey, Knox. Seid ihr okay?"

„Bis jetzt schon. Wie läuft es bei euch? Cooper hat mir nicht viel erzählt."

„Du weißt schon, jeden Tag eine neue Katastrophe. Cooper ist ziemlich sicher, dies in den nächsten Stunden zu regeln, aber er möchte, dass ihr vorerst von Black Rock wegbleibt. Ich habe Bar Harbor überprüft. Hast du den kleinen Jungen bei dir?"

„Ja", bestätigte ich.

„Cool. Ich habe nachgesehen, und in der Nähe gibt es den Acadia-Nationalpark mit einem großen Sandstrand. Warum frühstückt ihr nicht in diesem Pfannkuchenrestaurant und geht dann an den Strand? Er ist öffentlich, im Freien, und um diese Jahreszeit werden dort überall Park-Ranger sein."

Der Strand im Acadia-Nationalpark. Das war perfekt. Adam konnte spielen und sich entspannen und Lily und ich konnten reden.

„Hör zu", schnitt Alice in meine Gedanken, „wenn ihr den Park verlassen müsst, ruf mich vorher an, okay?"

„Kein Problem. Wir werden ein Team hier oben brauchen, wenn alles geregelt ist."

„Verstanden. Jemand wird anrufen, sobald die Dinge hier stabil sind."

„Viel Glück", sagte ich, bevor ich auflegte.

Ich wollte meinen Bruder nicht bei Tsepov haben, aber der Gedanke, dass Tsepov Summer hatte, gefiel mir noch weniger. Evers war früher bei einer Spezialeinheit und Tsepov betrieb Frauenhandel.

Wenn man zwischen den beiden wählen musste, war Evers in seinen Händen sicherer als Summer – um ein Vielfaches sicherer.

Wenn Tsepovs Männer in Atlanta genauso schlampig waren wie die, die er nach Maine geschickt hatte, war Evers in Ordnung. Ich konnte mich jedoch erst dann besser fühlen, wenn ich die Stimme meines Bruders hörte. Noch besser; wenn ich wusste, dass das FBI Tsepov hatte.

In der Zwischenzeit musste ein hoher Stapel Blaubeerpfannkuchen einen großen Beitrag zur Verbesserung des Morgens leisten. Ich nickte Lily und Adam zu, und sie stiegen aus dem Land Rover aus, um mir ins Restaurant zu folgen.

Lily stocherte in ihrem einzelnen Pfannkuchen und ihrem Obstsalat herum.

Adam, mit der Widerstandsfähigkeit eines Fünfjährigen, hatte keine solchen Schwierigkeiten. Er stürzte sich begeistert auf seine Pfannkuchen mit Schokostückchen, während er sich eine volle Gabel nach der anderen in den Mund schob.

Er schien das Trauma, einen Mann gesehen zu haben, der seine Mutter mit einer Waffe bedrohte, überwunden zu haben. Es würde zu ihm zurückkommen, aber es war schön, zu sehen, dass dieser schockierte Ausdruck mit Hilfe von Schokoladenstückchen, Schlagsahne und einem großen Glas frischgepressten Orangensafts aus seinen Augen gewichen war.

Ich widmete mich meinem eigenen Stapel Pfannkuchen, der großzügig mit frischen Blaubeeren aus Maine übersät war. Sie waren kleiner als gewöhnliche Blaubeeren, färbten die Pfannkuchen blau und platzten in meinem Mund in einer süßen Explosion.

Als wir mit unserem Frühstück halb fertig waren, fragte ich Lily: „Hast du Badesachen eingepackt?"

Sie nickte. „Ich habe ein bisschen von allem mitgenommen. Warum?"

„Alice sagt, dass der Acadia-Nationalpark ganz in der Nähe liegt und einen schönen Strand hat. Sie dachte, es wäre eine schöne Art, den Morgen zu verbringen, bis ich von Cooper höre."

Adam blickte mich über eine mit Pfannkuchen gehäufte Gabel hinweg an und grunzte fragend mit vollem Mund.

„Willst du schwimmen gehen, Kumpel?"

Er nickte und schluckte, damit er antworten konnte: „Kann ich Sandburgen bauen?"

Lily schaute von ihrem zerfetzten Pfannkuchen auf. „Ich habe deine Schaufel und dein Sandspielzeug nicht eingepackt. Aber wir können-"

„Mach dir darüber keine Sorgen", unterbrach ich. „Es muss dort irgendwo einen Laden geben, der Sandspielzeug verkauft. Wir schnappen uns ein paar Sachen und machen uns einen schönen Morgen am Strand."

Lily schenkte mir ein dankbares Lächeln. „Danke, Knox."

„Iss etwas, ja?", forderte ich sie auf und warf ihrem Teller einen strengen Blick zu. „Du sollst den Pfannkuchen in den Mund nehmen und nicht mit der Gabel erstechen."

Adam kicherte. „Ja, Mama. Iss dein Frühstück."

Sie gab sich Mühe, aber ihr Teller war nur halb leer, als wir das Restaurant auf der Suche nach Sachen für den Strand verließen.

Ich hatte es beim Touristenladen, wo wir wegen Sandspielzeug anhielten, ein wenig übertrieben. Während Lily und Adam darüber debattierten, welches vorverpackte Set mit Sandformen und Schaufeln sie nehmen sollten, schnappte ich mir zwei Liegestühle, Handtücher, einen Sonnenhut für Lily, Sonnencreme, ein langärmeliges Rash Guard und eine Badehose für mich, da ich vergessen hatte, meine eigenen einzupacken. Ich warf eine Handvoll Snacks und ein paar Wasserflaschen dazu.

Der Juli in Maine ist nicht so heiß wie in Atlanta, nicht einmal annähernd, aber wenn man den ganzen Morgen in der Sonne sitzen wollte, brauchte man Wasser, und bei einem Ausflug zum Strand brauchte man Snacks.

Ein Lachen sprudelte in Lilys Kehle, als sie meinen Berg an Sachen an der Kasse sah. Ich unterbrach ihre Debatte mit Adam, schnappte mir die größte Packung Sandspielzeug und warf sie obendrauf.

„Ich mach das schon", sagte Lily und suchte nach ihrer Brieftasche.

Ich gab meine Kreditkarte an die Verkäuferin und hinderte Lily daran, dasselbe zu tun. Ich hätte sie bezahlen lassen sollen, schließlich war sie die Klientin.

Hätte ich, tat ich aber nicht.

Ich nahm Lily und Adam an den Strand.

Wir wollten uns einen schönen Morgen machen und ich wollte Adam lachen und Spaß haben sehen und die Scheiße mit Lily endlich klären.

Sie war keine Klientin mehr.

Sie gehörte mir, und ich wollte für die verdammten Strandspielzeuge bezahlen.

Sie erhob keine Einwände, war immer noch nicht ganz

194

sie selbst. Ich lud unsere Ausrüstung hinten in den Rover und fuhr bei einem Drive-In-Kaffeehaus vorbei, weil der Mist, den sie im Pfannkuchenhaus servierten, nicht stark genug war.

Wir kamen bei der Bestellstation an und ich schaute zu Lily. „Iced S'mores Latte?" Ihre Augen leuchteten vor freudiger Überraschung auf.

Ihre Kaffeevorliebe zu kennen, war eine nette Intimität. Im Großen und Ganzen war das nicht so wichtig, es fühlte sich jedoch nach mehr als bloß einer Kaffeebestellung an. Es fühlte sich nach einer Geheimsprache an.

Sie nahm ihr Getränk entgegen, nippte und starrte nachdenklich aus dem Fenster. Adam hüpfte und drehte sich in seinem Autositz, jede Meile zwischen uns und dem Strand war für ihn eine Ewigkeit. Dank unserer Abreise im Morgengrauen waren wir früh da, und der Strand war noch nicht überfüllt. Lily und Adam zogen sich um, während ich unsere Stühle und Strandtücher platzierte.

Es gefiel mir nicht, sie auch nur für wenige Minuten alleine zulassen, um meine Badehose und Rash Guard anzuziehen, aber das Umziehen am Strand hätte schnell dazu geführt, rausgeworfen zu werden. Das Funktions-Shirt bedeckte meinen bandagierten Arm gut genug, und im Gegensatz zu einem normalen, langärmeligen Hemd würde es am Strand nicht fehl am Platz sein.

Adam lief zum Wasser, steckte seinen Fuß hinein, kreischte, rannte zurück und schrie: „Es ist kalt! Es ist kalt! Es ist so kalt, Mama!"

Wie kalt konnte es schon sein?

Als meine Füße nur eine Minute später taub waren, wusste ich genau, wie kalt der Ozean in Maine sein konnte.

Ziemlich scheißkalt.

Ich kämpfte gegen den Drang, zu kreischen, und wie

Adam aus dem eisigen Wasser zu rennen, und zwang mich, lässig hinauszugehen, wobei ich betete, dass die Sonne mich wieder aufwärmen konnte. Jeder Knochen in meinen Füßen hatte sich in Eis verwandelt.

Es war nicht annähernd warm genug, um in diesem verdammten Wasser zu schwimmen.

Die Hölle war nicht heiß genug, um dieses Wasser aufzuwärmen.

Lily biss sich auf die Lippe und schmunzelte.

„Du warst noch nie am Meer in Maine, oder?", fragte sie schelmisch.

„Ist das so offensichtlich?"

„Ziemlich. Ich schwimme um diese Jahreszeit im See, wenn es draußen heiß ist, aber ich gehe fast nie ans Meer." Lily öffnete die Tasche mit den Sandspielzeugen und reichte sie Adam.

Der Strand war noch nicht zu überfüllt, und er hatte eine Stelle näher am Wasser gefunden, wo der Sand dicht und nass genug war, um damit zu bauen.

Lily saß in einem der Strandstühle und ich nahm den anderen. Wir nippten an unserem Kaffee und sahen Adam zu, wie er im Sand grub, während sich die Stille zwischen uns ausdehnte.

Zufrieden, dass Adam außer Hörweite war, stellte ich die Frage, die mich seit meinem ersten Tag in Lilys Haus beschäftigte.

18

KNOX

„Lily, was hast du die ganze Zeit gesucht?"

Lily starrte auf den durchsichtigen Deckel ihres Eiskaffees, als ob er die Antwort auf alle Fragen des Lebens enthielt.

Sie kaute auf ihrer Unterlippe, atmete tief ein und dann wieder aus.

Schließlich, als ich gerade ungeduldig wurde, hob sie den Kopf und schaute mich mit einem angespannten Ausdruck in ihren braunen Augen an. „Ich kann Adams Geburtsurkunde nicht finden."

Ihr Geständnis fiel zwischen uns wie ein Stein.

Das war das Letzte, was ich erwartet hatte.

Adams Geburtsurkunde.

Was hatte Adams Geburtsurkunde damit zu tun?

Ich sah sie verständnislos an und sie fuhr fort: „Ich bin sicher, du weißt bereits, dass Adam adoptiert ist." Ich nickte. „Als Trey ihn nach Hause gebracht hat, gab es eine Geburtsurkunde. Mein Name stand drauf. Und es gab einen Adoptionsvertrag. Eine Vereinbarung, die Trey und mich zu seinen gesetzlichen Eltern machte. Sie ist weg. Beide sind weg.“

Ich nahm die Angst in Lilys Augen wahr und blickte von ihr zu Adam. Die Sommersonne leuchtete auf seinem weißblonden Haar. Seine Bräune vom Spielen im Freien war ganz anders als Lilys goldbrauner Teint.

Scheiße.

Ihre Realität explodierte in meinem Kopf. Mir wurde klar, welche Konsequenzen es für eine gemischtrassige Frau mit einem Sohn, der ihr überhaupt nicht ähnlichsah, geben konnte, wenn sie keine Beweise dafür hatte, dass sie sein gesetzlicher Vormund war. Keine Beweise dafür, dass sie seine Mutter war.

Ich versuchte mir Klarheit zu verschaffen und fragte nach: „Konntest du seine Geburtsurkunde nicht erneut beantragen lassen? Einen Anwalt damit beauftragen?“

„Ich hatte Angst. Zuerst habe ich nicht einmal daran gedacht und angenommen, dass die Papiere dort waren, wo ich sie zuletzt gesehen hatte. Im Aktenschrank mit den Arztrechnungen. Einige Monate nach Treys Tod begann ich darüber nachzudenken, Adam im Kindergarten anzumelden. Als ich seinen Impfpass brauchte, bemerkte ich, dass alle Dokumente über seine Adoption verschwunden waren, einschließlich der Geburtsurkunde.

Ich habe mich darüber informiert, wie man sie beantragen kann, aber man muss belegen, wer man ist, und welches Verwandtschaftsverhältnis man zum Kind hat. Ich hatte Angst, dass sie ihn mir wegnehmen konnten, wenn ich nicht auf der Urkunde war. Ich dachte darüber nach, einen Anwalt hinzuzuziehen, aber die Einbrüche hatten gerade begonnen, und-“

„-und mit Sheriff Daves Anspielungen darauf, dass du ohne Trey nicht damit fertig wirst, Mutter zu sein, wolltest du nichts sagen“, beendete ich für sie.

Verdammt. Sie war in eine Ecke gedrängt worden. Black Rock war eine kleine Stadt. Wenn die Polizei ihre Tauglichkeit als Mutter in Frage stellte und es herauskam, dass sie nicht über die Unterlagen verfügte, die ihren Rechtsanspruch auf ihren Sohn belegten...

Sie hätte Adam verlieren können. Ich wusste bereits, dass Lily alles getan hätte, um ihren Sohn zu behalten.

„Ich weiß, dass die Adoption legal war. Ich habe die Dokumente gesehen..."

Sie schluckte hart, Entsetzen breitete sich auf ihrem Gesicht aus. Die Schlagader pulsierte an ihrem Hals, als ihre Augen meinen begegneten. „Knox? Es war doch legal, oder? Ich weiß nicht, was Trey..."

Sie ließ den Kopf sinken, der Blick auf ihren Schoß gerichtet. Eine Träne fiel von ihren Wimpern und hinterließ einen dunklen Fleck auf ihrer Hose.

Dann eine weitere.

Und dann noch eine.

Ich stand auf, hob meinen Stuhl aus dem Sand, stellte ihn neben ihren und setzte mich wieder, bevor ich meinen Arm um ihre Schultern schlang. Ich zog sie an mich und wünschte, ihre Angst vertreiben zu können.

Ich wollte ihr versprechen, dass alles in Ordnung sein würde, aber ich wollte nicht lügen.

„Lily, wir kriegen das schon hin." Ich musste ihr von Trey erzählen, was ich bisher herausgefunden hatte, aber ich wusste nicht, wo ich anfangen sollte. „Nach dem, was wir bisher wissen, arbeiteten Trey, mein Vater und ein paar andere Leute, darunter Andrej Tsepov, zusammen und waren in jede Menge krummer Geschäfte verwickelt. Eines davon war der Verkauf von Kindern an Adoptiveltern."

Lily hob ihr tränenüberströmtes Gesicht. „Du glaubst, Trey hat Adam *gekauft*?"

Wie viel wusste Lily? Ich wollte ihr nicht das Herz brechen, aber es brachte nichts, die Augen vor der Wahrheit zu verschließen.

„Lily", sagte ich so sanft, wie ich nur konnte, „ich habe Bilder von Trey gesehen. Adam-"

„-sieht fast genauso aus wie er."

„Ja."

Lily lehnte sich noch einen Moment lang an mich, bevor sie sich zurückzog. Ich ließ meinen Arm auf der Rückenlehne ihres Strandstuhls liegen, mein Daumen auf ihrer Schulter.

Sie holte tief Luft, dann noch einmal, und wischte sich mit dem Handrücken über die Augen. „Er, äh, es lief eine Zeitlang nicht gut zwischen uns, bevor er Adam nach Hause brachte. Ich dachte, dass ich vielleicht einen Fehler gemacht hatte. Wir versuchten, schwanger zu werden, und ich, ähm, ich konnte nicht. Ich-"

Ich wusste, womit sie zu kämpfen hatte. Ich wollte nicht, dass sie es sagen musste.

„Ich habe die Arztrechnungen gesehen, Lily."

Ich wartete darauf, dass sie fragte, *wie*, oder *warum*. Lily war zu klug dafür. Sie hatte bereits begriffen, dass ich nicht nur wegen ihrer Sicherheit da war.

Sie nickte. „Dann weißt du, dass ich nicht schwanger bleiben konnte."

Ich nahm ihre Hand. „Nein. Ich weiß nur, dass du eine schwere Zeit durchgemacht hast und dein Mann ein Scheißkerl war. Warst du nie bei einem Fruchtbarkeitsarzt?"

„Nein", sagte sie, ihre Stimme war so leise, dass ich sie fast nicht hören konnte. „Er hat gesagt, dass es keinen Sinn machte, und dann hat er mir Adam gebracht. Ich weiß nicht, warum, Knox."

Ihre Augen begegneten meinem Blick für eine

Sekunde, flehend und voller Tränen. Ihr Ausdruck schmerzte in meiner Brust. Ich wollte Trey Spencer von den Toten zurückholen und ihn noch einmal töten. So viel Schmerz, und er hat sie alleine gelassen, um damit fertig zu werden. Sie schniefte und blickte zu ihrem Sohn, der fröhlich im Sand spielte.

„Er wollte kein Vater sein. Er nahm Adam kaum wahr, beklagte sich darüber, dass er ihm im Weg war. Er liebte mich nicht. Nicht mehr. Er wollte mich nicht. Ich glaube, er hatte eine andere, aber hat mir Adam gegeben. Ich liebte Trey nicht mehr, aber ich habe Adam von der ersten Sekunde an geliebt."

Sie wischte sich eine entronnene Tränte unter dem Auge weg.

„Ich wollte es nicht wissen. Mein Name stand auf der Geburtsurkunde, auf diesem Vertrag, und Adam gehörte mir. Ich hätte fragen sollen, das weiß ich. Aber ich hatte Adam, und ich liebe ihn so sehr."

„Lily, wir werden seine Geburtsurkunde finden. Niemand wird dir Adam wegnehmen."

Ich hätte die Worte zurückhalten sollen. Bis ich mehr Informationen hatte, konnte ich das nicht wissen.

Nicht wirklich.

„Knox, das kannst du nicht versprechen."

„Ich habe meine Möglichkeiten, und ich weiß verdammt viel mehr über die Geschäfte von Trey und meinem Vater als du. Wir kriegen das schon hin." Ich rieb mit dem Daumen über ihre Schulter. „Ich wünschte, du hättest es mir gesagt."

„Ich wollte es. Ich habe so oft daran gedacht, aber..."

„Du hattest Angst davor, Adam zu verlieren."

Sie nickte. „Ich will dort nicht mehr bleiben, in diesem Haus, das Trey gebaut hat, in dieser Stadt."

„Wo möchtest du hin?"

Sie zuckte mit der Schulter und lachte hilflos. „Ich weiß es nicht. Ich hatte Angst zu planen. Angst davor, irgendwas zu tun. Sobald ich bemerkt hatte, dass seine Geburtsurkunde und der Vertrag fehlten, wusste ich, dass wir nicht weg konnten. Ich kann nirgendwo hin. Wenigstens kennt mich in Black Rock jeder als Adams Mutter. Solange Dave keinen Ärger gemacht hat, dachte ich, dass es uns dort gut gehen würde, aber ich hatte zu viel Angst, wegzugehen. Besonders nach dem, was passiert ist, als er in die Vorschule kam."

„Was ist passiert?"

„Ich wollte ihn anmelden, hatte die ganzen Unterlagen, seinen Impfpass, eine Kopie seiner Geburtsurkunde dabei, aber die Frau, die die Registrierungen vornahm, hat mir nicht geglaubt, dass ich seine Mutter war. Sie hat gesagt, dass Trey kommen sollte und sie es vorzog, wenn sein Vater und nicht sein Vormund oder seine Stiefmutter ihn anmeldete..."

„Blöde Kuh", schimpfte ich und hasste es, wie Lily den Sand vor ihren Füßen anstarrte, ihre Augen dunkel vor Schmerz. „Konnte sie die Geburtsurkunde nicht lesen?"

„Oh doch, sie konnte lesen, und sie kannte mich seit Jahren, wusste, dass Trey und ich verheiratet waren. Sie wusste, dass ich nicht Adams Stiefmutter war, aber sie wollte ihn erst anmelden, wenn Trey kam und das geschah mit jemandem, *der uns kannte*. Ich begann darüber nachzudenken, was passieren könnte, wenn wir weggingen und..."

„Ich verstehe", sagte ich und biss die Zähne zusammen, um meine brodelnden Emotionen unter Kontrolle zu bringen.

Wenn das die Art von Schwachsinn war, mit der Lily fertigwerden musste, überraschte es mich nicht, dass sie Angst hatte, zu gehen oder mir zu sagen, was sie suchte.

Irgendwie musste ich das für sie in Ordnung bringen. Zuerst musste ich mir ein Gesamtbild davon machen, was in Black Rock vor sich ging.

„Was ist mit Sheriff Dave los?"

„Ich weiß es nicht. Als Trey noch am Leben war, hat er sich nicht so verhalten. Er war nett und höflich, aber er war Treys Freund, nicht meiner. Seit Trey gestorben ist, ist er... merkwürdig."

Meine Lippen verzogen sich zu einem Grinsen. „Er will dich ficken", sagte ich unverblümt.

Lily ließ ein schockiertes Keuchen von sich und schlug mir mit dem Handrücken auf die Brust. „Knox! Tut er nicht."

Mein Grinsen verwandelte sich in ein Lachen. „Lily, vertrau mir. Ich bin ein Kerl. Er will dich unbedingt ficken. Er hat nie mit dir geflirtet, als Trey noch lebte?"

„Nicht, dass ich es bemerkt hätte. *Igitt*. Widerlich."

„Kein Interesse an Sheriff Dave?", fragte ich nach, halb neckisch und halb ernst.

„Nein! Oh, igitt. Nein, nicht vorher und vor allem nicht jetzt."

„Du hast gesagt, dass er Treys bester Freund war. Wäre es möglich, dass er für Trey gearbeitet hat?"

Lily sah auf das Meer hinaus und dachte nach. „Ich schätze, alles ist möglich, aber ich habe sie nie über Geschäftliches sprechen hören. Andererseits sprach Trey ohnehin nicht viel über seine Geschäfte. Ich schätze, ich weiß es nicht. Wenn ich zurückgehen könnte und nicht so ein Idiot wäre-"

„Lily, tu das nicht. Keiner von uns kann zurückgehen. Wenn das Schlimmste, was du getan hast, war, deinem Mann zu vertrauen und dich ein bisschen zu sehr auf dein Kind zu konzentrieren, solltest du nachsichtig sein."

„Kann ich nicht. Nicht, wenn meine Dummheit Adam in Gefahr gebracht hat."

„Trey ist derjenige, der Adam in Gefahr gebracht hat. Nicht du", sagte ich. „Du warst wirklich nicht in Treys Geschäfte verwickelt? Ich halte zu dir. Du kannst mir vertrauen, ich schwöre es dir."

Darüber brauchte ich nicht einmal nachzudenken. Es war mein völliger Ernst. Wenn sie involviert war, wenn sie auch nur die kleinste Rolle darin gespielt hatte, würde ich einen Weg finden, sie da rauszuholen. Ich brauchte nicht jedes Detail zu kennen, um zu wissen, dass Lily unschuldig war. Selbst wenn sie etwas falsch gemacht hatte, war sie in ihrem Herzen trotzdem unschuldig.

Sie schüttelte langsam den Kopf, wieder standen ihr Tränen in den Augen. „Ich wünschte fast, ich wäre es. Dann hätte ich vielleicht eine Ahnung davon, was hier vor sich geht. Vielleicht könnte ich dann Adam besser beschützen. Ich weiß nicht das Geringste. Ich weiß, dass er in der Logistik gearbeitet hat und dass er viel gereist ist. Er hatte Lastwagen, die Waren transportierten, aber ich weiß nicht, was mit ihnen nach seinem Tod geschehen ist, weil ich sie nicht geerbt habe."

„Was hast du dann geerbt?", fragte ich und hoffte, dass sie etwas wusste, das ich im Testament nicht entdeckt hatte.

„Das Haus und die Sachen darin. Das Geld auf unseren persönlichen Konten. Die Firma, aber sie scheint nur auf dem Papier zu existieren. Keine Angestellten. Keine Ausrüstung. Kein Büro. Das wusste ich nicht. Es ist mir nie in den Sinn gekommen, dass die Dinge nicht ehrlich waren, bis er starb und der Anwalt kam. Das Haus, die Autos, all das Geld auf der Bank und das Geschäft, das kein Geschäft ist."

„War keiner gekommen, um nach ihm zu suchen?

Jemand, der nach den ungenutzten Lastwagen oder nach unerledigten Aufträgen gefragt hat?"

„Nein, niemand. Es sah so aus, als hatte sich das Geschäft mit seinem Tod aufgelöst. Ich beschloss, mir keine Gedanken darüber zu machen, bis ich anfing nach Adams Geburtsurkunde zu suchen."

Ich glaubte ihr. Vielleicht machte das einen Narren aus mir, aber ich glaubte ihr.

Es war an der Zeit, reinen Tisch zu machen, und zwar ganz. Ich wappnete mich innerlich, bevor ich sagte: „Lily, ich habe Kameras in deinem Haus."

Bei diesem Geständnis setzte sie sich auf. Ich rechnete damit, dass sie mir eine verpasste, mir eine Ohrfeige gab – irgendwas. Sie riss die Augen auf, dann schloss sie sie, und ich wusste genau, was sie dachte.

„Ich habe nichts gesehen, was ich nicht sehen sollte. Ich schwöre es. Ich habe es getan, damit du in Sicherheit bist, und weil ich herausfinden muss, was Trey wusste."

„Und du hast gedacht, dass ich es auch wusste. Dass ich mit ihnen zusammengearbeitet habe."

„Das war eine Möglichkeit."

Sie atmete aus und ließ sich zurück in ihren Stuhl fallen. „Ich sollte wirklich sauer auf dich sein. Ich habe dich angeheuert, um uns zu beschützen, und stattdessen hast du mich ausspioniert. Ich hab bereits geahnt, dass du nicht nur wegen mir da bist."

„Aber ich habe dich auch beschützt." Ich wollte meine Hand von der Stuhllehne auf ihre Schulter legen, sie berühren, auch wenn nur mit einem Finger.

Ich behielt meine Hände bei mir. Sie war nicht aufgesprungen und hatte mir nicht in die Eier getreten. Das war schon mal ein gutes Zeichen. Ich versuchte es noch einmal.

„Lily, es geht hier nicht nur um dich und Adam. Tsepov hat meine Mutter bedroht."

„Ich sollte jetzt stinkwütend sein", sagte sie leise, vor allem zu sich selbst.

„Ich kann verstehen, wenn du das bist", sagte ich. „Es war beschissen von mir. Ich weiß das. In meinem Beruf muss ich manchmal schwere Entscheidungen treffen."

Lily seufzte. „Ich schätze, das musst du. Wenn du mich beobachtet hast, weißt du bestimmt, dass ich nicht involviert bin. Hast du das Haus durchsucht? Treys Laptop?"

„Nicht so gründlich, wie ich gerne hätte. Aber ich bin nicht der Einzige, der das Haus durchsucht hat. Sheriff Dave war neulich während des Abendessens zweimal in Treys Büro. Er hat nichts gefunden, aber er sucht nach etwas. Irgendeine Ahnung, was es sein könnte?"

„Was? Wieso? Wenn Trey ihm Geld geschuldet hat oder so, hätte er mich fragen können." Lily lehnte ihren Kopf zurück. Ihre weichen Locken berührten meinen Arm, als sie in den wolkenlosen blauen Himmel starrte. „Er hat mit Trey zusammengearbeitet, nicht wahr?"

„Ich weiß es nicht sicher, aber ich fange an, zu glauben, dass er das hat."

Ihre Augen noch immer in den Himmel gerichtet, fragte sie: „Wer ist Andrej Tsepov, und was hat er mit dem Ganzen zu tun? Warum sind seine Männer in mein Haus eingebrochen und haben gesagt, sie würden mich zu ihm bringen?"

„Scheiße", sagte ich, „das ist eine lange Geschichte."

Lily neigte ihren Kopf und durchbohrte mich mit einem durchdringenden Blick. Dem gleichen, mit dem sie Adam ansah, wenn er sich weigerte, sein Gemüse zu essen. „Ich gehe nirgendwohin. Sprich."

„Okay. Andrej Tsepov ist der Neffe von Sergej Tsepov, der vor einigen Jahren von meiner Schwägerin angeschossen und getötet wurde. Sergej Tsepov war ein übler Kerl. Er war sehr gut darin, ein Bösewicht zu sein. Es sieht so aus, als hätte er mit meinem Vater, von dem wir bis vor Kurzem nicht wussten, dass er auch ein übler Kerl ist, Geschäfte gemacht. Wir haben das Geld verfolgt, das von Tsepov zu meinem Vater und dann zu Trey geflossen ist, und können soweit vermuten, dass Trey für längere Zeit darin verwickelt war."

„In was genau verwickelt?"

„Ich sage dir lieber nicht, worin sie ihre Finger hatten. Ich will nicht, dass du es weißt."

Es war offensichtlich, dass Lily und Trey Probleme in ihrer Ehe hatten. Vielleicht war es nur Wunschdenken, aber es sah so aus, als hatten sie sich seit Jahren nicht mehr geliebt, aber nicht in ihren Mann verliebt zu sein und zu wissen, dass er ein Krimineller war, der sowohl sie als auch den eigenen Sohn in Gefahr gebracht hatte, waren zwei unterschiedliche Dinge.

Ich dachte über die ganze Scheiße nach, in die mein Vater, Tsepov und Trey verwickelt waren. Ich wollte diesen Alptraum nicht in Lilys Leben bringen.

„Sag es mir, Knox. Ich bin kein Kind. Ich muss es wissen."

„Das musst du nicht." Sie musste es nicht wissen, aber das war nicht meine Entscheidung. Lily hatte Recht, sie war eine erwachsene Frau. Ich gab nach.

„Also gut. Ich weiß nicht, ob wir das ganze Bild haben. Wir werden nicht alle Informationen haben, bis wir meinen Vater gefunden haben, und wie wir ihn kennen, wahrscheinlich nicht einmal dann. Soweit wir wissen, gab es einige Waffengeschäfte und eine Menge Transporte. Tsepov hat Ware bewegt und dafür meinen Vater und Trey benutzt. Drogen, obwohl dies kein wesentlicher Teil ihres Geschäfts war. Menschenhandel, hauptsächlich mit

Frauen und ein Adoptionsring – meist hoch bezahlte Leihmütter."

„Menschenhandel?", fragte Lily mit schwacher Stimme. „Waffen- und Drogenhandel?"

„Soweit wir wissen, hat das Tsepov-Syndikat das Geschäft gegründet. Alles, außer den Adoptionen. Mein Vater und Trey arbeiteten gemeinsam an der Logistik. Sie bewegten Waren, welche auch immer, von einem Ort zum anderen. Der einzige Weg, wie wir das herausfinden konnten, war, dass mein Vater, als er unterbesetzt war, die Firma für einige der Transporte benutzte. Nicht oft, sonst hätten meine Brüder und ich es mitbekommen, aber oft genug, dass wir das Muster erkennen konnten, sobald wir danach suchten."

„Aber die Adoptionen kamen nicht von Tsepov? Die Adoptionen kamen von deinem Vater und Trey?"

„Soweit wir sagen können, ja. Nicht alle davon sind illegal, vielleicht auch gar keine. Äußerst fragwürdig, aber nicht unbedingt illegal."

„Was hat Andrej Tsepov damit zu tun?", fragte Lily.

„Andrej hat das Familienunternehmen geerbt und ist nicht wie sein Onkel. Er ist schlampig und ein wenig dumm. Normalerweise wäre das von Vorteil. Für uns ist es das aber nicht, weil er ein Amateur und Trottel ist."

„Warum will er mich? Warum hat er diese Männer geschickt?"

„Ihr habt uns in der selben Nacht angerufen. Er sagte, mein Vater habe ihm etwas gestohlen und er wollte es zurück. Wenn wir es ihm nicht geben, wird er unsere Mutter töten."

„Was ist es, das dein Vater gestohlen hat?"

19

KNOX

Ich schüttelte den Kopf und lachte leise. „Was es ist? Das ist die Frage des Jahrhunderts. Es wäre alles viel einfacher, wenn der verfluchte Andrej Tsepov sich die Mühe gemacht hätte, es uns zu sagen. Ich nehme an, du weißt es auch nicht?"

„Nein. Ich wünschte, ich wüsste es."

„Ich wette, Sheriff Dave weiß es. Warum sollte er sonst Treys Büro durchsuchen?"

„Ich habe nicht die leiseste Ahnung", sagte Lily. „Was ist mit deinem Bruder? Geht es seiner Freundin gut?"

„Cooper sagt, es geht ihr gut. Ich werde sehen, was Evers zu sagen hat, wenn er von Tsepov wegkommt."

„Machst du dir Sorgen?" Sie beantwortete ihre Frage selbst. „Natürlich tust du das. Wird er in Ordnung sein?"

„Evers? Er wird okay sein. Es gefällt mir zwar nicht, dass er sich an Tsepov ausgeliefert hat, aber er ist dort viel sicherer als Summer. Er ist gerissen, schlau. Außerdem haben sie das FBI auf den Fall angesetzt. Das Telefon wird jeden Moment klingeln und wir werden sehen, dass alles gut ausgegangen ist."

Ich war größtenteils davon überzeugt. Ich war mir zu 98% sicher, dass alles in Ordnung sein würde. Es waren diese anderen 2%, die mich fertigmachten.

Evers durfte nichts passieren. Auf keinen Fall. Er war gerade wieder mit Summer zusammengekommen. Er würde aus der Hölle zurückkommen, wenn es sein musste, solange Summer auf ihn wartete.

„Also, bleiben wir hier und warten?", fragte Lily und grub ihre Zehen in den Sand.

„Erstmal, ja."

„Und was dann?", wollte sie wissen. Hoffnung schimmerte in ihren warmen, braunen Augen.

Ich war mir nicht sicher, was genau sie meinte.

Wie es mit der Untersuchung weiterging? Mit Adam? Mit uns?

Ich schaute aufs Wasser und ließ mir ihre Frage durch den Kopf gehen. Ich beschloss, den einfachsten Weg zu wählen.

Organisation.

Ich wollte mit Lily zusammen sein, aber ich war mir nicht sicher, ob sie schon bereit war, das zu hören. Ich musste es ihr schonend beibringen. Evers war nicht der einzige Sinclair, der gerissen sein konnte.

„Wir bleiben vorerst in Bar Harbor. Ich lasse Cooper ein Team zu dir nach Hause schicken, damit es neu gesichert werden kann. Selbst wenn das FBI Tsepov hat, hat dein Sheriff noch etwas im Sinn."

„Er ist nicht *mein* Sheriff", protestierte sie.

„Er wäre es aber gerne."

„Da bin ich mir nicht so sicher", konterte sie, „und es ist mir auch egal. Ich will Dave Morris nicht."

Es lag mir auf der Zunge, sie zu fragen, wen sie dann wollte, aber ich ließ die Frage erstmal fallen. Wir hätten noch später Zeit, dafür konnte ich sorgen.

„Nachdem wir das Haus wieder gesichert haben, möchte ich sehen, ob ich unseren besten Computerexperten für ein oder zwei Tage dazu bringen kann, Treys Laptop noch einmal zu untersuchen. Ich habe zwar mehr gefunden als du, aber nicht genug. Es gibt etwas, das noch fehlt. Es sei denn, er hatte noch einen?"

Lily schüttelte den Kopf. „Ich kann es dir nicht sagen. Was ich nicht weiß, könnte ein ganzes Buch füllen. Aber das ist der einzige Computer, den ich je gesehen habe."

„Ich möchte, dass Lucas versucht, ihn zu knacken, und dann nehmen wir dein Haus auseinander. Adams Geburtsurkunde und diese Dokumente sind nicht einfach so verschwunden. Sie müssen dort irgendwo sein. Wir werden sie finden."

„Was, wenn ihr das nicht könnt?", fragte Lily.

„Dann werden wir uns was einfallen lassen, Lily. Ich verspreche es dir. Du wirst Adam nicht verlieren."

Ich nahm meinen Arm von der Stuhllehne, legte ihn zwischen uns und hielt ihre Hand. Ein scheues Lächeln blühte auf ihrem Gesicht auf. Sie drückte meine Hand, bevor sie ihre Augen wieder auf Adam richtete, ihre Wangen gerötet.

Als die Sonne höher stieg, füllte sich der Strand mit Touristen. Wenn sie nicht da gewesen wären, hätte ich Lily auf meinen Schoß gezogen und viel mehr getan, als nur ihre Hand zu halten. Das zarte Rosa auf ihren Wangen ließ mich hoffen, dass sie das selbe dachte.

Ich versuchte, nicht zu viel zu erwarten. Es lag so viel in der Luft.

Evers.

Tsepov.

Adams fehlende Geburtsurkunde.

Was zum Teufel mit Sheriff Dave los war.

Aber mit Lily war alles klar. Sie war unschuldig, wir

waren am Leben und es ging uns gut. Wir saßen am Strand und sahen Adam in der Sonne spielen, während sie meine Hand hielt.

Vielleicht war alles andere ein großer Haufen Scheiße, aber das hier war gut. Das Beste.

Ich suchte in der Tasche neben mir nach dem albernen Sonnenhut, den ich ihr gekauft hatte. Ohne Kommentar, dieses schüchterne Lächeln immer noch auf den Lippen, setzte sie ihn auf und schütze sich vor Sonne. Ein paar Minuten später rief sie Adam zu sich und besprühte jeden Zentimeter seiner freien Haut mit Sonnencreme, wobei sie seine schrillen Proteste ignorierte. Als sie seine Hand losließ, lief er sofort zurück zu seiner Sandburg. Lily besprühte ihre Beine und hielt mir die Dose hin.

„Brauchst du welche?"

Ich wollte zunächst ablehnen, weil ich nie einen Sonnenbrand bekam, aber ich nahm die Dose trotzdem und sprühte meine Beine ein. Ich hatte Pläne für später und Sonnenbrand gehörte nicht dazu. Dazu gehörte auch nicht, dass Lily dachte, dass ich zu dumm oder dickköpfig war, um Sonnencreme zu benutzen.

Der Morgen zog sich bis zum Mittagessen hin. Adam verließ seine Sandburg auf der Suche nach Snacks, und wir machten alle eine Pause, um unsere Mägen mit dem Junk-Food zu füllen, das ich zusammen mit den Strandsachen besorgt hatte.

Lily ging bis zu den Knien ins Wasser und schrie gellend, als Adam sie bespritzte, bevor sie bei ihm dasselbe tat. Adam tauchte ins Wasser, schrie vor Freude und tauchte erneut, bevor er zu seiner Mutter raste, sich in einem trockenen Handtuch auf ihrem Schoss zusammenrollte und in ihren Armen einschlief.

Sie hielt ihn, lehnte sich an mich und strich ihm das nasse Haar von der Stirn. Ich schlang meinen Arm um die beiden und fühlte mich, als ob ich die ganze Welt in meinen Armen hatte.

Lily fielen die Augen vor Müdigkeit zu, als mein Telefon in meiner Tasche vibrierte. Cooper.

„Ja."

„Alles in Ordnung. Das FBI hat Tsepov verhaftet. Evers ist jetzt bei ihnen. Es geht ihm gut. Keine Verletzten auf unserer Seite."

„Ist er okay?"

„Er ist okay. Tsepov will Kontonummern. Offensichtlich ist unser Vater mit dem Geld abgehauen, das er Tsepov Senior schuldete, und niemand hat danach gesucht, nachdem Emma ihn erschossen hat. Andrej hat es herausgefunden und will es zurück. Hast du da oben irgendwelche Kontonummern gesehen?"

„Nein, bisher nicht, aber nach letzter Nacht werde ich den Ort von oben bis unten absuchen. Scheiße, das hätte er uns gleich sagen können."

„Andrej Tsepov ist ein Idiot", stimmte Cooper zu. „Was ist bei euch los?"

„Wir genießen den Tag am Strand", sagte ich. „Adam hält ein Nickerchen, und ich glaube, Lily ist dabei, ihm zu folgen."

Ihr Kopf lehnte an meiner Brust, sie murmelte verschlafen: „Ich schlafe nicht."

Ich drückte sie. Ihre Augen fielen wieder zu.

Cooper hatte jedes Wort gehört. „Knox, ich schwöre bei Gott..."

„Spar dir das, Cooper. Fang gar nicht erst an."

„Gut", spuckte er aus. „Ich habe sowieso keine Zeit für diesen Scheiß. Jetzt, da Tsepov für eine Weile aus dem Verkehr gezogen ist, schicke ich ein Team zum Haus von Lily Spencer. Braucht ihr eine Säuberung?"

„Nein. Tsepov hat sich darum gekümmert, aber die Hintertür hat ein Loch, und die ganze Sicherheit muss eine Stufe höher gesetzt werden, oder zwei.

Wir sind da noch nicht fertig. Ich brauche Lucas."

„Der Laptop?"

„Der Laptop. Ich muss etwas übersehen haben. Ich würde ihn ja rüberschicken, aber ich will nicht, dass er unserer Kontrolle entgleitet."

„Ich werde sehen, was ich tun kann. Alice wird die Vorkehrungen treffen. Sie wird dir eine Übernachtungsmöglichkeit per SMS schicken.

Das Team sollte nicht lange brauchen, um das Haus zu sichern."

„Geht in Ordnung."

„Knox?"

„Ja?"

„Sei vorsichtig. Wir haben eine kleine Verschnaufpause, aber pass auf dich auf."

„Du auch", sagte ich und legte auf.

Zwanzig Minuten später piepste mein Telefon mit einer Nachricht von Alice.

East Street Hotel. Check-in ist um drei Uhr. Viel Spaß.

Ich tippte mit meinem Daumen und schrieb zurück.

Danke. Ich schulde dir was.

Lily und Adam schliefen über eine Stunde lang. Da ich vor der Morgendämmerung von Tsepovs Männern geweckt wurde, hätte ich selbst etwas Schlaf gebrauchen können, aber das musste warten.

Adam wachte mit einem knurrenden Magen auf. Wir packten alles zusammen und machten uns auf den Weg zurück in die Stadt, auf der Suche nach Nahrung. Lily hatte nicht viel gefrühstückt, aber sie aß fast ein ganzes Sandwich und eine Portion Pommes Frites auf.

Adam verschlang sein eigenes Sandwich. Ich aß ein Hummerbrötchen, das mit saftigem, süßem Hummerfleisch belegt war. Wenn man schon in Maine war, sollte man sich die Gelegenheit nicht entgehen lassen, frischen Hummer zu essen.

Wir fanden eine Mini-Golf-Anlage und verbrachten dort eine Stunde. Lily war eine hoffnungslose Golfspielerin, aber Adam war für einen Fünfjährigen gar nicht so schlecht. Das bedeutete, dass er den Ball manchmal mit dem Schläger traf und ihn fast nie ohne ein wenig Hilfe ins Loch bekam. Es war ihm egal.

Lilys Augen waren zu ernst, als sie sich auf jeden Schwung konzentrierte. Sie biss sich jedes Mal auf die Lippe, wenn sie den Ball schlug, wobei sie gewöhnlich das verfehlte, worauf sie zielte. Sie war mit ihren Gedanken nicht beim Spiel und ich ertappte sie dabei, wie sie den Parkplatz, genau wie ich, mit den Augen nach Ärger absuchte.

Ich konnte es ihr nicht verdenken.

Wir beendeten das Spiel rechtzeitig, um im *East Street Hotel* einzuchecken. Ich rief die Adresse auf, die Alice mir geschickt hatte, und navigierte uns zu einem eleganten Gebäude in der Innenstadt, gegenüber von der Bucht. Das weiße Geländer und die schwarzen Fensterläden, die den größten Teil des Gebäudes zierten, waren im Maine-Vintage-Stil gehalten.

Die uniformierte junge Frau, die uns eincheckte, schenkte uns ein strahlendes Lächeln. „Oh, Sie haben Glück gehabt. Normalerweise sind wir bis August ausgebucht, aber Ihre Assistentin rief gleich nach einer Absage an und schnappte es sich.“

„Danke“, sagte ich, nahm den Schlüssel und fragte

mich, was Alice uns da beschert hatte. Ich hatte mir ein kleines Gasthaus oder ein Motel an der Autobahn vorgestellt, nicht aber dieses große, elegante Hotel.

Der Aufzug brachte uns in die oberste Etage, und als sich die Tür zu unserem Zimmer öffnete, entdeckten wir eine Eck-Suite. Wir betraten ein Wohnzimmer mit zwei Balkonen, dominiert von der Aussicht auf den Hafen, wo weiße Segelboote auf dem blauen Wasser sanft schaukelten.

Ein Rosenstrauß stand auf dem Esstisch, daneben ein silberner Eiskübel mit einer Flasche Champagner. Zwei Champagnerflöten und eine Schachtel mit Trüffelpralinen vervollständigten das Bild.

Lilys Augen blickten zu mir und dann zurück zu den Rosen. Ich schlug die Karte auf und las: *Genießen Sie Ihren romantischen Aufenthalt.* Auf der Rückseite stand: *Viel Spaß ;) Alice.*

„Alice", sagte ich zu Lily als Erklärung.

Ein schüchternes Lächeln umspielte ihre Lippen, zu denen sich die Röte auf ihren Wangen gesellte. „Woher hat sie...?" Nicht: *Warum hat sie...?*

Aber, *woher hat sie...?* Wie: *Woher hat sie gewusst, dass wir etwas füreinander empfinden?* Nicht, dass ich noch mehr Beweise brauchte, um sicher zu sein, dass Lily genauso interessiert war wie ich. Der Kuss in ihrer Küche war Beweis genug.

„Alice weiß alles", sagte ich und verriet ihr nicht, dass Alice es wusste, weil Cooper sich lauthals darüber beschwert hatte, dass ich mit meinem Schwanz dachte.

Alice war Coopers rechte Hand, aber das bedeutete nicht, dass sie es nicht lustig fand, ihn zu ärgern, indem sie Lily und mich in ein Liebesnest steckte, für das Cooper bezahlte. Ich schuldete Alice ebenfalls einen Rosenstrauß.

„Wow, das ist schön!", rief Adam, flitzte durch den Raum und hüpfte auf einen der Sessel.

„Adam", zischte Lily, „spring nicht auf den Möbeln herum."

Er hüpfte weiter, um die Couch gegenüber dem Flachbildschirm-Fernseher zu testen, bevor er heruntersprang und zur kleinen Küchenzeile lief.

„Schau mal, Mama, es gibt sogar eine Küche, wie in einem Haus! Können wir hierbleiben, Knox?"

„Heute Nacht schon", versprach ich.

Er jubelte noch einmal und rannte in eines der Schlafzimmer.

Lily schüttelte ihren Kopf.

„Es tut mir leid. Er ist müde und überdreht."

„Du brauchst dich nicht zu entschuldigen, Lily. Es ist okay."

Ich folgte Adam, um zu sehen, was er entdeckt hatte. Auf beiden Seiten des Hauptraums lag ein Schlafzimmer, eins mit zwei Queensize-Betten und eins mit einem Kingsize-Bett.

Ich ließ unsere Taschen fallen, meine bei dem großen Doppelbett und die von Lily bei den beiden Einzelbetten, und machte einen schnellen Durchgang durch die Suite. Eine Eingangstür, gesichert durch einen Schließriegel und ein Sicherheitsschloss. Zwei Balkone vor dem Wohnzimmer und einer vor jedem Schlafzimmer, alle ohne Kletterseil von unten unzugänglich, die Sicherheitsschlösser für einen Fünfjährigen unerreichbar.

Die Suite war kein Bunker, aber mit Tsepov im Gefängnis war sie sicher genug. Lily und Adam verschwanden in ihrem Schlafzimmer, um sich nach dem Strand frisch zu machen.

Das T-Shirt, das ich um den Schnitt an meinem Arm gewickelt hatte, klebte mit getrocknetem Blut fest. Ich weichte es unter der Dusche gut auf und zog es ab, ohne den abheilenden Schnitt aufzureißen.

Adam und Lily tauchten erst auf, als ich geduscht, neu bandagiert, angezogen und mit dem Anbringen von zusätzlicher Sicherheitsausrüstung fertig war. Die Sensoren an den Balkontüren und an der Eingangstür der Suite waren möglicherweise übertrieben, aber ich konnte besser schlafen, wenn ich wusste, dass sie da waren.

Ich blickte vom Laptop auf und mein Mund wurde trocken. Lily trug ein kirschrotes Sommerkleid, dessen voller Rock bis zu ihren Knien reichte. Ein leichter Pullover war über ihre Schultern gelegt, für den Fall, dass es später kühler wurde. Es war Juli, aber wir waren immer noch in Maine. Sobald die Sonne unterging, wäre die Wärme des Tages verklungen.

Von zwei dünnen Trägern gehalten, enthüllte das Kleid gerade so viel, dass die Vertiefung zwischen ihren Brüsten zu sehen war. Mein Schwanz regte sich, und ich musste wegschauen, bevor es peinlich wurde. Sie hatte am Strand weniger getragen, aber irgendwie war das hier anders.

Mit hochgesteckten Haaren und einem leichten Glanz auf den Lippen, war sie verwandelt, sexy und elegant. Sie erinnerte mich immer noch an eine Waldfee, aber diese Fee war die Feen-Königin.

Adam zappelte in Shorts und Polohemd herum, seine klaren, blauen Augen waren vor Sonne, Salzwasser und Erschöpfung etwas gerötet.

„Möchtet ihr unten im Restaurant zu Abend essen? Es gibt eins, dass ziemlich formell aussieht, aber das andere hat draußen Sitzgelegenheiten und eine zweite Ebene mit Blick auf die Bucht."

Adam zerrte an meiner Hose. „Haben sie auch Sachen für Kinder? Und Buntstifte?"

„Ich weiß es nicht, Kumpel, aber ich wette, sie haben es. Wenn nicht, überlegen wir uns was, okay?"

Adams schob die Unterlippe vor und zuckte mit einer Schulter. Lily sagte entschuldigend: „Es war ein langer Tag."

Ich wusste nicht, was sie damit meinte.

Ich dachte, ich wusste es, aber ich hatte keine Ahnung.

Ich fand es bald heraus.

KNOX

Als wir in einer Vierer-Sitzecke mit Blick auf die Bucht saßen, wurde mir bewusst, was Lily mit *Es war ein langer Tag* gemeint hatte.

Adam drehte sich, zappelte herum und beklagte sich über alles Mögliche. Der Sitz war unbequem. Es gab nicht genug Buntstifte. Er hatte keinen Hunger.

Lily saß neben ihm und versuchte, ihn zu beschäftigen. Als sie ihn schließlich für das Labyrinth auf der Rückseite des Kindermenüs begeistern konnte, sagte sie leise: „Es tut mir leid. Er ist müde."

„-nicht müde", maulte Adam und hob störrisch das Kinn.

„Wir sind alle müde", sagte ich. „Hoffentlich werden wir heute Nacht gut schlafen. Vielleicht können wir morgen wieder an den Strand gehen."

Ich hatte gehofft, dass Adam mir ein Lächeln schenken würde, aber er ignorierte uns beide und malte beharrlich seine Speisekarte mit Buntstiften aus. Lily lehnte den vorgeschlagenen Wein ab. Ich bestellte mir ein einheimisches Bier.

Hätte ich erwartet, dass wir ein romantisches Abendessen haben würden, hätte ich mich sehr getäuscht. Wir schafften es kaum, mehr als ein paar Worte miteinander zu wechseln. Entweder unterbrach Adam uns, oder Lily war gezwungen, ihre Aufmerksamkeit auf ihn zu richten, bevor er das Restaurant um uns herum auseinandernahm.

Adam wollte einen Hotdog mit Apfelmus. Ich bestellte Hummersuppe und einen gemischten Hummerteller. Lily wollte keine Suppe, bestellte aber die gleiche Platte wie ich. Unsere Teller kamen schnell, nicht verwunderlich, da es früh am Abend und das Restaurant noch nicht so voll war. Unsere Hummer waren für uns aus der Schale gepellt worden, was uns die Unordnung beim Zerlegen ersparte.

„Ich habe schon so lange keinen Hummer mehr gegessen", sagte Lily.

„Du lebst doch in Maine. Ihr habt lebende Hummer im Supermarkt." Es gab dort tatsächlich ein riesiges Becken, wo sie herumschwammen, gleich neben den Meeresfrüchten.

„Ich weiß, und ich liebe Hummer. Ich habe mir wohl angewöhnt, für einen Fünfjährigen zu kochen, und Adam mag keinen Hummer."

Der besagte Fünfjährige schob seinen Teller in die Mitte des Tisches, wobei seine Unterlippe schmollend nach vorn ragte.

„Adam, iss dein Abendessen", sagte Lily. Ihre Worte hörten sich so routiniert und eingeübt an, dass ich wusste, dass sie sie in den letzten Jahren wohl tausendmal, nein, zehntausendmal wiederholt haben musste. Adam nahm wieder sein Malblatt in die Hand und weigerte sich, seine Mutter oder seinen Teller anzuschauen.

„Mag nicht."

„Du wolltest doch einen Hotdog", sagte Lily, um Geduld ringend. „Hotdogs sind dein Lieblingsessen."

„Es schmeckt komisch, und das Brot ist zu hart. Mir tun die Zähne weh."

„Was meinst du damit, dir tun die Zähne weh?", fragte Lily, wobei Verzweiflung ihre Geduld überstieg.

„Ich hab einen Wackelzahn und das Brot tut weh. Und im Apfelmus sind Stücke. Ich mag keine Stücke im Apfelmus."

„Seit wann hast du einen Wackelzahn? Und du magst Äpfel. Diese Stücke sind Äpfel."

„Welcher Zahn wackelt denn, Kumpel?", fragte ich, nicht sicher, ob Lily es begrüßte, dass ich mich in ihr Gespräch einmischte. Sie neigte den Kopf zur Seite und wartete auf Adams Antwort.

Er öffnete den Mund und steckte einen Finger hinein, wobei er an einem seiner unteren Vorderzähne rüttelte. Der kleine Racker bewegte sich. Nicht viel, aber er bewegte sich.

Lily riss die Augen auf, und schlug sich eine Hand vor den Mund, beugte sich nach vorne, um ihre Stirn an Adams Stirn zu legen. Ihr Ärger war verflogen.

„Es ist dein erster Wackelzahn. Wie lange wackelt er denn schon? Warum hast du mir das nicht gesagt?"

„Hat erst angefangen", sagte Adam und teilte die Aufregung seiner Mutter nicht.

Ich sah mir seinen Teller mit dem teilweise aufgegessenen Hot Dog und einer Schüssel mit hausgemachter Apfelsoße an. Es sah für mich gut aus. Nicht so gut wie mein Hummer, aber immer noch ziemlich gut. Besonders für ein Kindergericht.

„Warte mal eine Sekunde", sagte Lily, „Du hattest kein Problem damit, dein Sandwich heute Mittag zu essen. Willst du damit sagen, dass dein Zahn beim Mittagessen nicht locker war?"

„Ich weiß es nicht. Da hat es nicht wehgetan."

Lily atmete tief aus, die Verzweiflung kehrte in voller Kraft zurück. „Adam, du musst aber zu Abend essen."

„Kein Hunger. Ich will nicht und ich werde es nicht essen!"

Lily stützte ihre Ellenbogen auf den Tisch und legte die Hände an die Schläfen. Sie hatte vorher recht gehabt. Es *war* ein langer Tag. Wir hatten vor der Morgendämmerung mit Angst und Gefahr begonnen, aber das Ende war ziemlich gut gewesen, bis jetzt.

Das Abendessen mit einem schmollenden Fünfjährigen war bei Weitem nicht so schlimm wie eine Invasion von sechs bewaffneten Männern. Wir hatten es durchgestanden, wir konnten auch das hier durchstehen.

Ich fragte leise: „Sollen wir es für später einpacken lassen? Vielleicht ändert er noch seine Meinung."

Lily nickte, die Hände immer noch an den Schläfen, und seufzte schwer. Ich griff über den Tisch, umfasste ihr Handgelenk mit meinen Fingern und drückte leicht ihre Hand. Sie setzte sich auf, ihre Augen waren müde.

Ich wiederholte ihre Worte von vorhin und sagte: „Es war ein langer Tag, Lily. Sollen wir essen und ihn malen lassen?"

„Es tut mir leid, dass er-"

„Mach dir darüber keine Sorgen. Er ist fünf Jahre alt. Er war ein Champion, alles in allem. Hier, du musst diese Hummersuppe probieren", sagte ich und hielt ihr meinen Löffel hin, in der Hoffnung, die Suppe würde sie ablenken. Ich hatte schon lange keine Hummersuppe mehr gegessen, aber diese hier war außerordentlich gut.

Lily lehnte sich über den Tisch und ich schob ihr den Löffel zwischen die Lippen, bevor sie ihre Augen schloss und genüsslich stöhnte, als sie die Suppe kostete.

„Oh mein Gott, sie ist göttlich."

Das war sie. Ich aß selbst einen Löffel, dann ließ ich

sie wieder kosten und hielt dabei die ganze Zeit ihre Hand. Adam ignorierte uns, froh, sich selbst überlassen zu sein, und wir schafften es, den ganzen Teller Suppe zu teilen, bevor er sich nach hinten lehnte, ein verzweifeltes Stöhnen ausstieß und unter den Tisch krabbelte.

Lily entzog mir ihre Hand, als ihr Kopf unter der Tischdecke verschwand. „Was machst du da unten?

Steh vom Boden auf."

Von unten hörte ich: „Laaangweilig. Mir ist so langweilig. Es gibt hier kein Spielzeug."

„Mal etwas mit deinen Buntstiften."

„Ich will nicht malen. Langweilig. Warum müssen wir was für Erwachsene machen?"

Lily setzte sich auf, biss sich auf die Unterlippe und rang um Fassung. Adam war nicht immer brav, aber ich hatte ihn noch nie so launisch erlebt.

Ich hatte ihn aber auch noch nie erlebt, nachdem er mitten in der Nacht von einem Mann geweckt wurde, der seiner Mutter eine Pistole an den Kopf hielt, und dann durch den halben Staat geschleift wurde.

Er ist fünf, rief ich mir ins Gedächtnis. *Er ist fünf, und es war ein beschissener Tag.*

Lily sah aus, als ob sie am Ende ihrer Kräfte war. Alices Plänen zuwider war dies kein romantischer Abend. Nicht, dass es viel Raum für Romantik gab, wenn eine fünfjährige Anstandsdame mit uns am Tisch saß.

Ein Mann gab die Hoffnung jedoch niemals auf.

Es war erst eine Woche her, dass ich Lilys Foto in Treys Akte gesehen hatte. Ein Blick hatte gereicht und ich wusste es. Ich war derjenige, der ihr helfen musste.

Sie öffnete die Tür, und ich war verloren. Nach nur einer Woche war ich mir sicher, dass ich Lily wollte. Nicht nur im Bett. Nicht nur für eine Nacht. Ich wollte *sie*.

Wollte ich Romantik? Scheiße, ja. Kerzenlicht, ein

schickes Abendessen und Lily in diesem Kleid. Dann Lily ohne dieses Kleid.

Sie gehörte mir.

Ich konnte warten. Adam stand an erster Stelle und das gefiel mir an Lily.

Ich liebte meine Mutter. Zum Teufel, ich war hierher gekommen, weil ich meine Mutter vor Tsepov beschützen wollte, aber sie war nicht wie Lily. Ich konnte mich nicht erinnern, dass sie mir jemals eine Gute-Nacht-Geschichte vorgelesen hatte. Mich gebadet hatte. Mich ins Bett gebracht hatte. Ganz zu schweigen davon, dass sie sich Geschichten über meinen Schultag angehört hatte.

Lacey Sinclair war nur an sich selbst interessiert. Sie wusste nicht, wie man von ganzem Herzen liebte, so wie Lily es tat. Von ganzem Herzen, mit ganzer Seele. Lily liebte mit allem, was sie hatte, und ich wollte etwas von dieser Liebe für mich haben.

Ich konnte nicht einerseits die Art und Weise bewundern, wie Lily mit Adam umging, und andererseits erwarten, dass sie ihn vergaß, sobald ich mit einem Rosenstrauß und einem netten Abendessen ankam.

Lily kümmerte sich um alle anderen. Sie widmete sich Adam hingebungsvoll. Sie kochte mir Abendessen und versorgte die Hütte mit Snacks, nur für den Fall, dass ich Hunger bekam. Ich konnte wetten, selbst als Trey sie betrog und sie wie Dreck behandelte, kümmerte sie sich trotzdem um ihn, kochte und wusch seine Wäsche, ob er es verdiente oder nicht.

Wer hatte sich aber um sie gekümmert? Nach dem, was ich über ihr Leben, ihre Eltern und ihren Mann wusste, sah es so aus, als ob es niemand getan hatte. Niemand kümmerte sich um Lily, aber ich war dabei, das zu ändern.

Ich rief die Kellnerin, als sie vorbeilief. „Können Sie uns bitte die Rechnung und drei To-Go-Boxen bringen und das Essen zum Mitnehmen einpacken? Wir müssen den jungen Mann hier ins Bett befördern. Langer Tag in der Sonne."

Die Kellnerin lächelte und versprach, gleich wieder da zu sein.

„Danke", flüsterte Lily erleichtert. „Es wird nur noch schlimmer. Er muss ins Bett."

„Ich muss nicht ins Bett", kam von Adam, der unter seinem Stuhl saß.

Lily ignorierte ihn und half beim Einpacken unserer Mahlzeiten, während ich die Rechnung bezahlte. Die Kellnerin hatte den Boxen eine Einkaufstasche mit Griffen beigelegt.

Ich reichte sie an Lily, schob Adams Stuhl aus dem Weg und hob ihn vom Boden auf. Er kämpfte ein wenig und murmelte: „Will gehen!"

„Willst du nicht auf meinen Schultern reiten?"

Ein Moment der unschlüssigen Überlegung, bevor er antwortete. „Okay."

Ich hob ihn hoch, hielt ihn an den Knien und versuchte, nicht zusammenzuzucken, als er mich an den Haaren packte. Ich war froh, dass wir im hoteleigenen Restaurant geblieben waren. Irgendwie schafften wir es, Adam ohne Zwischenfälle in unsere Suite zurückzubringen.

Ich legte das Essen auf den kleinen Esstisch bei der Küchenzeile und stellte Adams Box in den Kühlschrank. Lily führte Adam in ihr Schlafzimmer.

Sie ließ die Tür ein paar Zentimeter offen und ich bekam einen Platz in der ersten Reihe, um mir anzusehen, welcher Alptraum es war, einen launischen Fünfjährigen ins Bett zu bringen.

Er wollte in seiner Kleidung schlafen.

Der Schlafanzug, den sie eingepackt hatte, gefiel ihm nicht.

Er war nicht müde.

Er wollte eine andere Geschichte.

Lily ging das Meiste davon mit ihrer gewohnten Ruhe an. Als Adam die Geschichte unterbrach, um sich zum fünften Mal zu beschweren, fragte ich mich, was nötig war, um Lily aus der Fassung zu bringen.

Ich war nicht mit ihnen da drin, aber ich war schon so weit, ihn anzubetteln, endlich einzuschlafen. Als er sagte: „Ich möchte, dass Knox mir vorliest. Du machst es nicht richtig", stand ich schleppend auf.

Ich war es gewohnt, ohne Schlaf auszukommen, was aber nicht hieß, dass ich nicht müde war. Wie auch immer.

Er ist erst fünf, rief ich mir ins Gedächtnis. *Fünf.*

Lily sah mich in der Türöffnung, ihr Mund war vor Müdigkeit und Ärger angespannt. „Es tut mir leid. Du musst nicht..."

Ich setzte mich auf die andere Seite des Bettes und streckte meine Hand nach dem Buch aus. „Ich kann ein Buch lesen, Lily. Es macht mir nichts aus."

Tat es auch nicht. Vor allem nicht, wenn es Adam dazu brachte, endlich still zu sein. Er war sofort zufrieden, lehnte sich an mich, seine Augenlider schwer und sein Plüschaffe fest an seine Brust gedrückt.

„Fang von vorne an", verlangte er.

Kein Problem. Es war nicht so, als ob das Buch zu lang war. Ich blätterte zur ersten Seite und begann, zu lesen. Die Geschichte war nicht schlecht, über einen Löffelbagger, der seinen Job verlor, als größere Geräte in die Stadt kamen, und der dann die Stadt rettete, indem er das Loch für die neue Bibliothek fertig stellte, nachdem die neuen Geräte kaputtgingen.

Als das Loch fertig war und der kleine Löffelbagger entdeckte, dass sie sich keinen Ausgang gegraben hatte, atmete Adam gleichmäßig und tief, seine Augen waren geschlossen.

Endlich, verdammt. Ich begegnete Lilys Augen über seinem schlafenden Körper und sah, wie sich meine Erleichterung in ihrem Gesicht spiegelte, erhellt mit einem Hauch von Bewunderung. Sie nahm mir das Buch aus den Händen, stand vom Bett auf und zog Adam die Decke bis ans Kinn.

Wir gingen auf Zehenspitzen aus dem Raum und schlossen die Tür hinter uns. Lily blieb stehen, drehte sich um und öffnete sie einen Spalt breit. „Ich weiß, dass es ihm gut geht, aber ich möchte ihn hören, falls-"

„Gute Idee", stimmte ich zu, bevor sie sich noch weiter entschuldigen konnte.

„Abendessen?" Ich deutete mit dem Kopf in Richtung Tisch, wo ich unser Essen abgelegt hatte.

Lily legte eine Hand auf ihren Bauch und sagte: „Ich sterbe vor Hunger. Ich bin so hungrig, dass ich sogar Adams Hot Dog aufessen könnte. Es würde ihm recht geschehen."

„Wie wäre es mit Champagner und Schokolade?", bot ich an.

„Ich glaube, mehr als ein Glas Champagner schaffe ich nicht," antwortete Lily. „Aber zu Schokolade sage ich nie nein."

Ich öffnete den Champagner und schenkte uns beiden ein halbes Glas ein. „Du siehst wunderschön aus in diesem Kleid", sagte ich. „Du siehst immer wunderschön aus, aber so habe ich dich noch nie gesehen."

Lily nahm das Glas Champagner, das ich ihr reichte, nippte dran und ihr Blick streifte mein Hemd, das am Kragen offen war.

„Ich auch nicht. Ich meine, ich habe dich noch nie in

etwas anderem, als einem T-Shirt gesehen. Du siehst...
wirklich nett aus."

Sie nahm noch einen Schluck Champagner. Ich stellte
mein Glas auf den Tisch und durchquerte die Distanz
zwischen uns, legte meinen Arm um ihre Taille und zog
sie an mich.

Ihr Atem beschleunigte sich und ihr Gesicht hob sich
zu meinem, als Nervosität in ihren Augen glänzte, aber sie
zog sich nicht zurück.

„Denkst du dasselbe wie ich, Lily?"

Lily stellte sich auf die Zehenspitzen, verlagerte ihr
Gewicht nach vorne und presste sich näher an mich. Ich
fasste das als ein *Ja* auf.

„Ich werde dich jetzt küssen. Wenn du das nicht
willst-"

Sie schlang ihre Arme um meinen Hals und zog mich
zu sich herunter. Das war alles, was ich brauchte. Mein
Mund schloss sich über ihrem, und ich küsste sie so, wie
ich sie seit unserem ersten Kuss unbedingt küssen wollte.

Es kam mir vor, als war das Backen von Schokokeksen
schon eine Ewigkeit her, obwohl nicht mehr als ein Tag
vergangen war.

Vor vierundzwanzig Stunden hatte ich sie gegen mein
besseres Wissen geküsst.

Ich hatte sie geküsst, weil ich mich nicht zurückhalten
konnte.

Jetzt musste ich es aber nicht.

INNERHALB VON VIERUNDZWANZIG STUNDEN HATTE SICH
ALLES VERÄNDERT. Dies war der erste Kuss von vielen und
ich wollte, dass er zählte.

Ich wollte ihr den Pullover abstreifen, die Träger ihres
Sommerkleides von den Schultern gleiten lassen und diese

wohlgeformten Brüste befreien, um ihr Gewicht in meinen Händen zu spüren.

Einen Moment lang versuchte ich mir einzureden, dass Adam tief und fest schlief und wir tun konnten, was wir wollten.

Wir konnten das zwar, aber Lily war müde und sie hatte noch nichts gegessen. Mein Körper war bereit, weiter zu gehen, aber es war nicht der richtige Augenblick. *Noch nicht.*

Widerwillig hob ich meinen Kopf und flüsterte ihr ins Ohr: „Abendessen. Ich konnte nicht widerstehen, dich zu küssen."

Sie starrte mich mit benommenen Augen an und lehnte sich immer noch gegen mich.

„Abendessen?", fragte sie.

„Abendessen. Du musst essen. Hummer, Champagner, Schokolade und dann gibt es noch mehr Küsse."

„Können wir gleich zu den Küssen übergehen?"

Mein Schwanz zuckte in meiner Hose und stimmte Lily zu.

Vergiss das Essen.

Küssen. Am Liebsten nacktes Küssen.

Mein Schwanz drängte drauf, aber es war nicht das erste Mal, dass er warten musste, bis er an der Reihe war.

„Zuerst das Abendessen." Ich umfasste ihr Kinn mit meinen Händen, sah ihr in die Augen und sagte todernst: „Wir haben Zeit. Zuerst essen wir, dann werde ich dich die ganze Nacht küssen, wenn es das ist, was du willst."

LILY

Dann werde ich dich die ganze Nacht küssen, wenn es das ist, was du willst.

Ich sagte das Einzige, woran ich denken konnte. „Ja, bitte."

Das Grinsen, das sich auf Knox' Gesicht ausbreitete, ließ meine Knie weich werden und setzte den Rest von mir in Brand.

Erwartete er etwa, dass ich noch zu Abend aß?

Nach so einem Kuss konnte ich nicht einmal *denken*.

Ich wurde auf den Kopf gestellt und von innen nach außen gekehrt. Die letzten vierundzwanzig Stunden hatten mich wie ein Kreisel gedreht. Ich drehte mich immer noch, aber sobald es aufhörte, konnte ich mich endlich zurechtfinden.

Ich konnte weder den Arm um meinen Hals, noch die Pistole an meinem Kopf vergessen. Die schrecklichen Gedanken, dass jemand Adam verletzen wollte, oder dass ich tot sein könnte, schwirrten in meinem Kopf. Dann war da noch Knox, eine weitere Person, die...

Eine weitere Person, die mir *wichtig* war und die verletzt werden konnte.

Das Nächste, woran ich mich erinnerte, war der Strand unter der hellen Sommersonne und Knox, der sich als mein Ritter in glänzender Rüstung entpuppte.

Ich wünschte, dass ich von seinen Enthüllungen über Trey schockiert sein konnte. Ich hatte nicht erwartet, dass die Dinge so schlimm waren, aber ich hatte irgendwie geahnt, dass Treys Geschäfte nicht legal waren.

Ich vertraute zu schnell.

Ich hatte Trey vertraut und jetzt vertraute ich Knox.

Ich wollte gerne glauben, dass ich meine Lektion gelernt hatte, dass ich mich diesmal dafür entschieden hatte, dem richtigen Mann zu vertrauen, aber ich konnte es nicht wissen.

Wissen war kein Vertrauen. Das kam aus dem Herzen.

Die Wahrheit ist, *dass man einen anderen Menschen nicht wirklich kennt. Jeder hat Geheimnisse. Das Beste, was man tun kann, ist, danach zu urteilen, was sie einem zeigen. Was sie tun.*

Als ich das begriffen hatte, war ich bereits mit Trey verheiratet. Knox hatte mir nichts als Gutes gezeigt. *Und die Kameras?*, fragte ich mich.

Ich konnte ihm nicht verübeln, dass er mich verdächtigt hatte. Trey hatte bei der Organisation unserer Finanzen alles übernommen und jetzt sah ich schuldig aus. Obwohl Knox wusste, dass ich wütend gewesen wäre, hatte er mir trotzdem von den Kameras erzählt, weil er ehrlich sein wollte. Das zählte schon was.

Vielleicht war es die Art und Weise, wie er versprochen hatte, dass wir Adams Geburtsurkunde finden

würden, versprochen, dass mir niemand meinen Sohn
wegnehmen konnte.

ICH WAR KEIN KIND MEHR, und auch nicht dumm. Ich
wusste, dass Knox mir diese Dinge nicht versprechen
konnte. Er kontrollierte nicht die ganze Welt und ohne
diese Papiere stapelten sich meine Probleme haushoch,
egal wie mächtig die Sinclairs auch sein mochten.

Gestern hatte er mich noch angesehen, als ob ich eine
Verbrecherin war. Er sagte mir, dass ich für Treys Misse-
taten verantwortlich gemacht werden konnte. Heute
schwor er, dass er auf meiner Seite war.

Ich glaubte ihm. Vielleicht sollte ich es nicht, aber ich
tat es. Knox hatte einfach etwas... Ich konnte nicht anders,
als ihm zu glauben.

Er erzählte keinen Mist, schmeichelte sich nicht ein. Er
versprach nicht das Blaue vom Himmel, um zu bekommen, was er wollte. Knox war ehrlich. Er war, wer er war.
Er sprach nur, wenn er etwas zu sagen hatte.

Wie konnte ich diesem Mann nicht vertrauen? Einem
Mann, der während des Abendessens mit einem schmollenden Fünfjährigen ruhig blieb und immer noch die
Geduld hatte, diesem Kind ein Buch vorzulesen, bis er
einschlief?

Es war eine Sache, wenn es der *eigene* Fünfjährige
war. Ich liebte Adam mehr als mein Leben, aber als Knox
hereinkam, war ich bereit, ihn mit einem Kissen zu
ersticken.

Jeder, der dachte, dass das schrecklich klang, hatte kein
eigenes Kind.

Jetzt waren wir allein.

Endlich allein.

Und alles hatte sich verändert.

Er nahm meine Hand und führte mich zum Tisch. Ich folgte ihm, schwankte ein wenig, meine Knie waren noch immer schwach von diesem Kuss und mein Kopf drehte sich noch vor so vielen Dingen.

Ich saß vor meinem Abendessen. Es war zwar kalt, aber der Hummer sah immer noch gut aus. Knox stellte ein Glas Champagner vor mich hin und setzte sich an den Tisch.

Ich nahm einen Bissen und ließ meine Augen durch unsere Suite wandern, plötzlich zu schüchtern, um Knox anzuschauen. Dieser Kuss hatte mein Gehirn durcheinandergebracht.

Ich hatte vom *East Street Hotel* gehört. An einem Wochenende war eine Suite mit zwei Schlafzimmern sicher nicht billig. Ich war nicht reich, aber Trey ließ mich gut versorgt zurück. Ich wollte Knox nicht ausnutzen.

„Diese Suite muss teuer sein", sagte ich und warf einen kurzen Blick auf Knox. „Ich werde sie bezahlen, wenn wir auschecken."

Der Blick, den Knox mir zuwarf, brachte mich fast zum Lachen. Belustigung und Ungeduld standen ihm ins Gesicht geschrieben. „Nein. Du bist keine Klientin. Nicht mehr. Außerdem hat Alice das zum Teil getan, um Cooper zu ärgern. Ich werde ihr den Spaß nicht verderben."

„Warum sollte sie Cooper ärgern wollen? Arbeitet sie nicht für ihn?" Ich fragte, weil ich einen Einblick in Knox' Leben haben wollte.

„Ich bin mir nicht sicher, ob Alice für uns arbeitet oder wir für sie. Ohne sie würde das Büro zusammenbrechen. Alice und Cooper verbringen am meisten Zeit zusammen. Evers und ich arbeiten gerne außerhalb des Büros, aber Cooper leitet alles und Alice ist seine rechte Hand."

„Ist es so etwas wie eine Hass-Liebe?", fragte ich und versuchte, mir ein Bild davon zu machen.

Knox nahm einen Schluck von seinem Champagner und dachte nach, bevor er langsam sagte: „Nein, es ist eher eine Dummkopf-Liebe."

„Was bedeutet das? Wer von ihnen ist der Dummkopf?"

„Sie sind beide Dummköpfe, aber am meisten Cooper. Alice war bis vor kurzem verheiratet, aber ihr Mann war ein Idiot, und er war nie da. Er hat sie betrogen, sagte ihr, er wollte keine Kinder und schwängerte dann die Frau, mit der er eine Affäre hatte. Ein totales Arschloch. Sie ist viel zu gut für ihn. Als sie sich getrennt haben, dachten wir, einer von ihnen würde den ersten Schritt machen, aber bis jetzt ist nichts geschehen."

„Werden sie irgendwann aufhören, Dummköpfe zu sein?"

Knox hob die Augen zur Decke und sein Mundwinkel krümmte sich nach oben. „Das weiß niemand. Wir wollten schon Wetten darüber abschließen, aber Alice würde uns alle umbringen. Es macht mir nichts aus, Cooper auf die Palme zu bringen, aber Alice mag mich. Ich will, dass es so bleibt."

„Wenn diese Hotelsuite ein Beweis dafür ist, wie sehr sie dich mag, kann ich es dir nicht verdenken", sagte ich.

„Ja, das liegt einerseits daran, dass Alice mich mag, und andererseits daran, dass sie Cooper ärgern will."

„Weil es so viel kostet?", fragte ich und war nicht sicher, ob ich es verstanden hatte.

Sinclair Security hatte einen Privatjet, und ich hatte die Kisten mit den Überwachungsgeräten gesehen, die Knox mitgebracht hatte. Es war ja nicht so, als ob die Firma mit wenig Geld geleitet wurde.

Knox rutschte auf seinem Sitz, plötzlich verlegen.

„Was? Warum sollte diese Suite Cooper ärgern?" Ich

steckte mir noch einen Bissen Hummer in den Mund und sah zu, wie Emotionen über sein Gesicht huschten.

„Cooper ist der Meinung, ich sollte mich von dir fernhalten."

Natürlich.

„Knox, ich verstehe das. Du versuchst herauszufinden, was mit deinem Vater los ist, und ich war mit seinem Komplizen verheiratet. Ich verstehe, warum dein Bruder will, dass du dich von mir fernhältst."

„Cooper kann mir nichts vorschreiben. Er kennt dich nicht."

„Und du tust es?", fragte ich und wollte ihn eigentlich necken, aber es kam jedoch todernst heraus. Wir kannten uns erst seit einer Woche, aber wir kannten uns auch nicht *wirklich.* Seine nächsten Worte zeigten mir, wie sehr ich mich irrte.

„Ich kenne dich, Lily. Ich weiß, dass du in einer beschissenen Situation steckst und dass du dein Bestes tust. Ich weiß, dass du eine tolle Mutter bist, und wenn dir etwas wichtig ist, arbeitest du dafür und gibst nicht auf. Ich weiß, dass du nett bist, sogar manchmal, wenn du es nicht sein solltest. Du bist geduldig und ehrlich. Ich weiß, dass du innerlich genauso schön bist wie äußerlich und ich weiß, dass meine Finger in der letzten Woche von dir zu lassen, eins der schwierigsten Dinge war, die ich je getan habe."

Meine Wangen wurden heiß. Ich starrte verlegen auf meinen halbleeren Teller und wusste nicht, was ich sagen sollte.

Das waren eine Menge Komplimente.

Ich wollte mich bei ihm bedanken. Stattdessen gab ich zu: „Mir ist es auch schwergefallen, die Finger von dir zu lassen."

Knox' dunkle Augen flackerten vor Hitze auf. Ich warf

einen Blick auf Adams offene Schlafzimmertür. Er schlief und ich konnte nur die Daumen drücken und beten, dass es so blieb.

Knox in einem abgetragenen T-Shirt und einer Cargohose war bereits ein toller Anblick.

Attraktiv, ganz sicher.

Knox in einem Hemd mit offenem Kragen? Er war so heiß, dass er schon fast explosiv war. Mir war ein wenig schwindelig bei dem Gedanken, diese Knöpfe zu öffnen und all die gebräunte Haut zu spüren.

Er schaute mir in die Augen und sagte: „Iss dein Abendessen, Lily."

Im Gegensatz zu meinem Sohn, erhob ich keine Einwände. Ich aß mein Abendessen und fragte mich, was passieren würde, wenn mein Teller leer war.

Wir waren schnell fertig und schoben gleichzeitig unsere To-Go-Boxen beiseite. Knox ließ unseren Champagner auf dem Tisch stehen, nahm aber die Pralinen-Schachtel mit und kam zu mir, um meine Hand zu ergreifen und mich vom Stuhl zu ziehen.

Ich folgte ihm zur Couch und überlegte, wo ich Platz nehmen sollte. War es zu verzweifelt, mich neben ihn zu setzen? Sollte ich die andere Seite der Couch wählen oder meine Nervosität überwinden und mich direkt auf seinen Schoß setzen?

Ich entschied mich für etwas dazwischen. Ich hätte es mir sparen können.

Knox hakte einen Arm unter meine Knie und drehte mich, wobei er meine Beine auf seinen Schoß legte. Ich lehnte am Arm der Couch und schaute zu ihm auf.

Ich war nicht winzig, aber Knox ragte über mir, so viel größer und breiter. War er am *ganzen* Körper so groß? Sollte ich es herausfinden?

Ich konnte nicht zwischen Nervosität und Vorfreude

unterscheiden. Schmetterlinge flatterten in meinem Bauch, meine Lungen waren wie zugeschnürt und mein Herz raste.

Ich war seit Jahren von niemandem berührt worden. Nach den wenigen Versuchen, mit Trey Sex zu haben und seinem fehlenden Interesse, hatte ich aufgegeben. Alles Körperliche zwischen uns war vor langer Zeit vorbei. Seit Adam auf der Welt war, war Knox der erste Mann, der mich geküsst hatte.

Ich lag da, starrte zu Knox empor und hatte keine Ahnung, was ich als Nächstes tun sollte.

Das war aber in Ordnung, denn Knox hatte einen Plan.

Ohne ein Wort zog er eine Praline aus der

Schachtel und hielt sie mir an die Lippen. Ich biss rein, überrascht, als die flüssige Karamellfüllung herausfloss. Knox beobachtete meinen Mund und seine Pupillen weiteten sich, als meine Zunge hervorschnellte und meine Lippen ableckte.

Er schob seinen Finger unter einen Träger meines Kleides und zog ihn über meine Schulter. Das Kleid hatte einen eingebautem BH, und mit einem weiteren Ruck rutschte es ganz nach unten und entblößte meine Brust.

Knox war völlig still, sein Blick so konzentriert, so hungrig, dass ich dachte, ich würde schmelzen. Er hielt die halbe Praline zwischen seinen Fingern und schmierte das klebrige Karamell über meine Brustwarze.

Heilige Scheiße.

Er hatte mich kaum berührt, und ich war bereit zu explodieren. Langsam, sehr langsam, beugte er sich vor. Die Erwartung entfachte ein Feuer zwischen meinen Beinen und ließ meine Brustwarzen steif werden. Er zerdrückte die Praline mit seinen Fingern, strich sie auf meine harte Brustwarze und bedeckte mich mit Schokolade.

Funken schossen durch mich hindurch, mir schwanden die Sinne.

Die Hitze seiner Hand an meiner Brust, die kühle Schokolade.

Die Wärme seines Atems.

Sein Mund kam immer näher und näher.

Ich wölbte meinen Rücken, meine Brust bettelte um seinen Mund, meine Beine bewegten sich auf seinem Schoß, unruhig und voller Verlangen.

Sein Gesicht verschwand einen endlosen Moment lang aus meiner Sicht, bevor sich sein Mund um meine Brustwarze schloss. Er saugte hart, leckte an Schokolade und Haut und labte sich an mir. Seine Hand schloss sich um meine Brust, hob sie an.

Große Finger wanderten an der Innenseite meines Knies entlang und glitten nach oben, um mich dort zu berühren, wo ich sie am meisten brauchte.

Ich versuchte, still zu bleiben, aber sein Name rutschte mit einer Bitte, einem Flehen, heraus.

„Knox. Oh, bitte, Knox."

Er hob seinen Kopf, seine Lider schwer vor Verlangen. Seine Hand auf meinem Oberschenkel bewegte sich höher. Ich öffnete meine Beine, rollte meine Hüften, lud ihn näher und tiefer ein.

„Schhh, Lily."

Ich biss mir auf die Lippe und versuchte, meinen Mund zu halten, alles, damit Knox und ich nur nicht unterbrochen wurden, alles für mehr davon, mehr von Knox.

„Ich liebe es, wie du schmeckst", sagte er gegen meine Haut. „Ich will mehr."

„Ich glaube, das ist die Schokolade", keuchte ich, als mein Atem stockte.

Seine Lippen umschlossen meine Brustwarze, was mir

ein Schauder über den Rücken jagte und einen Blitz des Verlangens direkt zwischen meine Beine schoss.

„Nein, das bist du."

Knox zog mir den anderen Träger von der Schulter. Mein Kleid rutschte bis zur Taille. Er hob meine Beine an, bewegte sich von der Couch auf den Boden, zog mein Kleid über meine Hüften und ließ mich in nichts weiter als einem weißen Spitzentanga zurück.

Mit rauer Stimme sagte er: „Lily, scheiße. Ich bin froh, dass ich beim Abendessen nicht wusste, was du drunter trägst. Ich bin schon hart geworden, sobald ich dich in diesem Kleid gesehen habe."

Ich lachte, mir war schwindlig bei dem Gedanken. Ich hatte keine Ahnung, aber der Anblick von ihm, in diesem weißen Hemd, ließ mich definitiv feucht werden. Er zog mir den String an den Beinen herunter, und ein Hitzeausbruch traf mich, als ich nackt vor ihm saß, während er noch vollständig bekleidet war.

Mit jedem anderen hätte ich mich verletzlich gefühlt, aber nicht mit Knox.

Niemals mit Knox.

Plötzlich war seine Hand vor meinem Gesicht. Ich blinzelte und sah eine weitere Praline. Ich hatte die Schokolade ganz vergessen. Er fuhr damit leicht über meine Unterlippe. „Aufmachen."

Ich tat es und versank meine Zähne darin. Süßes, butteriges Karamell schmolz auf meiner Zunge. Ich ließ mir die Aromen im Mund zergehen und sah zu, wie er die Praline in zwei Hälften brach und sie auf meiner anderen Brust verteilte.

Ich dachte, ich war bereit, als sein Mund meine Haut berührte, war ich aber nicht.

Seine Lippen schlossen sich um meine Brustwarze und

weideten sich an mir, an Schokolade und an Karamell. Seine Zunge leckte hart, um mich zu schmecken.

Mein Kopf kippte nach hinten und ich starrte an die Decke, jeder Nerv in meinem Körper vibrierte und ich wollte schreien, weil es sich so verdammt gut anfühlte. *So verdammt gut.*

Besser als meine eigenen Hände, so viel besser als Trey, selbst damals, als er es noch wollte. Niemand hatte mich je so fühlen lassen.

Knox' Mund an meiner Brust war so überwältigend, dass ich fast seine Finger zwischen meinen Beinen vergessen hätte. Sie fanden mich glatt und bereit, streichelten mich, streiften meine Klitoris, bevor sie mich mit schmelzender Schokolade und Karamell bemalten und meine Muschi mit Süße überzogen.

Was tat…?

Er konnte doch nicht, oder?

Seine Fingerspitze glitt über meine Unterlippe, und ich öffnete automatisch meinen Mund, saugte hart an ihm. Eine Explosion von Süße und einer Spur meines eigenen Geschmacks.

Ich leckte jeden Tropfen von seinem Finger, mein Körper zitterte unter ihm. Meine Nerven und meine Sinne waren so angespannt, dass ich dachte, ich würde explodieren.

Knox nahm seinen nun sauberen Finger aus meinem Mund und zog eine Linie an meinem Körper hinunter, über mein Schlüsselbein, zwischen meine Brüste, über meinen Bauch, um in mich einzutauchen und den engen, glatten Kanal zu füllen.

Ihn plötzlich in mir zu spüren, ließ mich nach Luft schnappen. Ich verpasste fast, wie Knox meinen Körper hinunterglitt und meine Beine mit seinen Schultern spreizte.

Oh Gott, er wollte es tun.

Sein Mund schloss sich über meiner Klitoris und schlemmte wie an meiner Brust, aber dieses Mal schlug ich mir meine Hand vor den Mund und biss in meine Handfläche, um mich selbst zum Schweigen zu bringen.

Der Orgasmus traf mich hart und schnell, und ertränkte mich in Glückseligkeit.

Knox hörte nicht auf, saugte an meiner Klitoris, leckte mich, streichelte mich mit seinen Lippen und seiner Zunge, bis jedes Stückchen Schokolade und Karamell verschwunden war.

Um Atem ringend und ohne Knochen, spreizte ich meine Beine noch mehr, unfähig, mich zu bewegen. Ich dachte, er war fertig. Noch eine Sekunde und ich hätte mich aufgesetzt und endlich die Knöpfe an seinem weißen Hemd aufgemacht.

Knox war noch lange nicht fertig.

Er drückte meine Oberschenkel weiter auseinander, schloss seinen Mund über mir, als seine Zunge tief eintauchte und sich in mich drückte, während die Stoppeln auf seiner Oberlippe meine Klitoris reizten.

Dieser Mund. Ich kam wieder, mein Körper hob sich, der Orgasmus überrollte mich. Seine Hände schlossen sich über meine Hüften und hielten mich still, während ich versuchte, mich gegen ihn zu pressen. Oder mich von ihm abzustoßen.

Ich wusste es nicht einmal.

Mein Körper war außer Kontrolle, kurzgeschlossen von so viel Vergnügen. Ich war noch nie zweimal an einem Tag gekommen, geschweige denn zweimal in zehn Minuten.

Ich hatte es nicht für möglich gehalten, war mir nicht sicher, dass so etwas echt war. Vielleicht war ich gestorben, nachdem ich das erste Mal gekommen war. Ich hatte von Tod durch Schokolade gehört, also war das vielleicht Tod durch Orgasmus.

Mein Geist und mein Körper trennten sich, ich blickte zwischen meinen Brüsten hinunter zu Knox' dunkelhaarigem Kopf, der sich zwischen meinen Beinen bewegte, und dachte, wenn ich gestorben war, hatte ich etwas richtig gemacht, denn dies musste der Himmel sein.

22

LILY

Knox legte seine Wange auf meinen Oberschenkel, seine dunklen Augen suchten meine, sein Blick war zufrieden. Selbstgefällig.

Genau so fühlte ich mich auch.

Es war nicht schwer, die Spannung zu erkennen, die sich unter seiner Zufriedenheit verbarg. Ich war zweimal gekommen und lag jetzt da, nachdem sich Knox' auf seine köstliche Art an mir ergötzte.

Jetzt war ich an der Reihe.

Oder er war an der Reihe, je nachdem, wie man es sah. So oder so, ich wollte ihn endlich berühren.

Mit meinen Händen, meinem Mund, *allem*.

Bei dem Gedanken, all diese warme Haut aus dem Hemd zu befreien, ihn endlich zu berühren, fand ich die Energie, mich aufzusetzen und ihn nach hinten zu drücken, damit sich meine fleißigen Finger an die Arbeit machen konnten.

Erster Knopf.

Zweiter Knopf.

Ich war froh, dass er keine Krawatte trug, glitt mit

meinen Fingern unter die gestärkte Baumwolle. Die Hitze seiner Haut verbrannte mich, glatt wie Seide, gespannt über den harten Muskeln.

Sein Herz klopfte wie wild gegen meine Hand. Er war so ruhig, so geduldig, beherrscht, aber sein donnernder Herzschlag verriet ihn.

Knox war nicht viel entspannter als ich.

Als ich endlich mit den Knöpfen fertig war, schob ich ihm das Hemd von den Schultern und hielt inne, um all die Schönheit, die Knox Sinclair darbot, in mich aufzunehmen. Oh mein Gott, diese Schultern. Ich hatte sie in seinem T-Shirt gesehen, aber es war nicht dasselbe.

So viele Muskeln. Etwas benommen von seinem Anblick, legte ich meinen Mund auf die Vertiefung seiner Kehle, wo sein Puls schlug.

Salzig und süß, er schmeckte so gut, roch so gut. Seife und *Knox.*

Ich rutschte von der Sofakante und kniete vor ihm, meine Schüchternheit verflogen.

Sein Mund war zwischen meinen Beinen gewesen. Wovor sollte ich mich also noch scheuen?

Ich wollte ihn anfassen und schmecken, wollte jeden Zentimeter von ihm aufsaugen und fühlen, wie er vor Vergnügen, das *ich* ihm schenkte, zitterte. Ich wollte all die Freude, die er mir gebracht hatte, zehnfach zurückgeben.

Ich wollte, dass Knox alles bekam. Mit diesem Gedanken streiften meine Hände über seinen Körper, um seinen Gürtel zu finden.

Ich löste ihn und öffnete seine Hose im Handumdrehen.

Dann war er in meiner Hand, lang und dick, und so hart.

Groß.

Vielleicht zu groß.

Nach fünf Jahren war sein Finger mehr als genug gewesen, und sein Finger war bei weitem nicht annähernd so groß wie sein Schwanz.

Ich hatte nicht vor, mir darüber Sorgen zu machen.

Knox wollte mir nicht wehtun, würde mir niemals wehtun.

Ich schlang meine Finger um seine Länge und drückte leicht, wobei ich die Art und Weise liebte, wie er tief in seiner Kehle stöhnte.

Ich lehnte mich zurück und sagte nur ein Wort. „Hoch."

Knox brauchte keine weitere Erklärung. Er stand auf, um sich auf die Kante des Sofas zu setzen. Ich steckte meine Finger in seine Hose und seine Boxershorts und zog sie herunter, kniete zwischen seinen Beinen, dieser lange, dicke Schaft direkt vor mir.

Es war schon lange her, dass ich die Ausstattung eines Mannes vor Augen hatte. *Und noch nie eine solche Ausstattung.* Ich hätte nach zwei Orgasmen gesättigt sein sollen, aber meine Muschi zog sich beim Anblick von Knox Sinclairs Schwanz zusammen.

Ich war mir immer noch nicht sicher, ob er in mich passen konnte, aber ich wollte es unbedingt herausfinden.

Knox' Hände schlossen um meine Oberarme, zogen mich nicht näher heran und stießen mich nicht weg, hielten mich einfach. Seine Lider waren schwer, sein Blick benebelt, als er sagte: „Lily, verdammt... Lily."

Ich wusste, was er wollte. Es war das, was ich auch wollte. Meine Zungenspitze glitt an seinem dicken Schaft hoch, leckte in einem langen Strich und umkreiste dann die Eichel.

Noch einmal.

Salz und Knox.

So gut.

Sein Kopf kippte zurück, die Augen geschlossen, als er tief in seiner Kehle summte. Ich leckte wieder und fragte mich, ob er in meinen Mund passte.

Es gab nur einen Weg, es herauszufinden.

Ich teilte meine Lippen, schob sie über die Spitze seines Schwanzes, saugte hart und nahm so viel von seiner Länge auf, wie ich konnte.

Meine oralen Fähigkeiten waren nicht beeindruckend. Es fehlte mir an Übung.

Nach dem Rumpeln in seiner Brust und dem Druck seiner Hände zu urteilen, schien es Knox nichts auszumachen.

Ich schloss eine Hand um ihn, drückte und bewegte sie im Takt mit meinem Mund, berührte so viel von ihm, wie ich konnte. Ich leckte und lutschte, kostete ihn, bereits süchtig danach, wie er sich bewegte, nach den hungrigen Lauten in seiner Kehle und seiner völligen Zurückhaltung.

Er hielt sich fest, aber er drängte nicht. Er verlangte nicht.

„Lily, Lily, ich werde... Lily, ich–"

Ich war mir ziemlich sicher, dass ich wusste, was er sagen wollte.

Ich wollte es.

Ich wollte, dass Knox Sinclair in meinen Mund kam. Ich wollte, dass er mir gehörte, genauso wie ich ihm gehörte.

So viele Gedanken wirbelten in meinem Kopf, so viele Wünsche und Bedürfnisse. So viele Dinge, die ich nie erwartet hatte zu fühlen.

Mein Kopf war so voll, dass es keine Überraschung war, dass ich es am Anfang verpasst hatte.

Ein Schrei. Ein Wimmern.

Nicht von Knox. Nicht von mir.

Beim zweiten Mal war es nicht zu überhören.

Ein gequälter Schrei schnitt durch die schwere Luft.

Von Adams Tür.

Mein Blut gefror, die Wollust war im Nu verflogen.

Knox drückte mich sanft, aber bestimmt weg und zog seine Hose und Boxershorts hoch, während ich auf meinen Fersen saß und die Träger meines Kleides über meine Schultern zerrte.

Knox war vor mir in Adams Zimmer und warf die Tür weit auf. Licht ergoss sich nach innen und erhellte das Bett.

Adam war allein.

Kein Mann mit einer Waffe.

Keine Bedrohung.

Nur mein kleiner Junge, der sich in den Laken windete, als Tränen auf seinen Wangen glänzten. Seine Augen waren offen, sahen aber nichts, seine kleinen Arme waren ausgestreckt, die Finger öffneten und schlossen sich in der Luft. Worte kamen von seinen Lippen, wirr und undeutlich.

Ich setzte mich auf die Bettkante und nahm seine Hand in meine. „Adam, Adam, Schatz, ich bin's, Mama. Ich bin hier. Ich bin's, Mama."

„Mama, Mama, Mama-", weinte er verzweifelt, seine Finger griffen nach mir, aber seine Augen sahen mich nicht.

Oh, verdammt. Ich hasste das.

Ein Nachtschreck.

Er hatte sie einige Male nach Treys Tod gehabt. Sein Arzt sagte, dass dies bei Kindern seines Alters nicht ungewöhnlich war und manchmal durch Stress ausgelöst werden konnte. Was löste mehr Stress aus, als einen Elternteil zu verlieren?

Es war nur ein paar Mal passiert, und seitdem kam es

nicht wieder vor. Ich hätte mir denken sollen, dass der Angriff von gestern sie erneut auslösen würde.

Ich warf die Decke beiseite und zog ihn auf meinen Schoß, schlang meine Arme um ihn und flüsterte ihm ins Ohr. „Ich bin hier, Schatz, ich bin hier."

Das Bett sank neben mir ein, als Knox sich setzte, seinen Arm um meine Schulter schlang und uns näher an sich heranzog. Er betrachtete Adams Gesicht, besorgt und liebevoll.

„Ist er wach? Seine Augen sind offen, aber..."

„Nicht wirklich. Es ist ein Nachtschreck, wie ein Alptraum, aber er kann nicht aufwachen. Es ist einige Male nach Treys Unfall passiert. Hat mich zu Tode erschreckt."

Fast unhörbar wimmerte Adam weiter. „Mama, Mama, Mama."

„Er sieht dich nicht?"

„Ich glaube nicht. Als es das erste Mal passiert ist, brach es mir das Herz. Er rief nach mir, und ich war bei ihm, aber er hat mich nicht gesehen, konnte mich nicht hören."

„Was sollen wir tun?" Knox streckte seine Hand aus, um Adams schweißfeuchtes Haar von der Stirn zu streichen, und schröpfte die Wange meines Sohnes in seiner großen Hand, als sich Sorge auf seinem Gesicht ausbreitete.

„Das hier", sagte ich und drückte Adam an mich. „Genau das. Ihn festhalten und ihn beruhigen, bis es vorbei ist."

„Kommt das von gestern?"

„Wahrscheinlich."

Knox ließ einen schweren Seufzer los. „Lily, es tut mir leid. Ich hätte es wissen müssen. Ich hätte es verhindern müssen."

„Knox, nein. Tu das nicht. Du hast mir gesagt, wir können nicht zurück. Wir könnten ewig darüber nachdenken. *Was wäre, wenn?* Es würde nichts bringen. Wenn ich gewusst hätte, dass Trey etwas mit der Mafia zu tun hatte. Wenn du gewusst hättest, dass sie hinter uns her sind. Selbst wenn du es geahnt hättest, wer hätte schon gedacht, dass sechs von ihnen mitten in der Nacht angreifen würden?"

„Ich hätte euch in Sicherheit bringen sollen", sagte Knox.

„Dickkopf", sagte ich. „Knox, das ist eine Sache, die ich seit Adam begreifen musste. Ich kann ihn nicht vor allem beschützen. Ich kann es versuchen, kann mein Bestes tun, aber das ist alles, was man tun kann. Sein Bestes geben und hoffen, dass es genug ist. Letzte Nacht war es genug. Wir sind hier, in Sicherheit."

„Adam-"

„-wird okay sein. Ich verspreche es, Knox. Er wird okay sein." Ich dachte wehmütig daran, wo wir ein paar Minuten zuvor gewesen waren, halbnackt auf dem Sofa, Knox in meinem Mund. „Es tut mir leid, dass…"

Ich konnte mich nicht dazu durchringen, zu sagen, was ich dachte. *Es tut mir leid, dass wir unterbrochen wurden. Ich wollte wirklich, dass du in meinem Mund kommst.* Ich war erwachsen. Über Sex zu reden, sollte keine große Sache gewesen sein. In der Hitze des Gefechts war es das auch nicht. Jetzt, als mein verängstigter Sohn in meinen Armen lag, konnte ich mich nicht dazu durchringen, diese Worte auszusprechen.

Das war nicht nötig. Knox' Arm straffte sich um mich, bevor seine Lippen sanft mein Haar berührten. „Lily, entschuldige dich nie dafür, dass du dich um deinen Sohn kümmerst. *Niemals.* Ich kann warten, Adam nicht."

Er zog seinen Arm weg, stand auf und befahl: „Bleib wo du bist.“

Als ob ich irgendwo hingehen konnte…

Knox verließ den Raum und kehrte einige Minuten später in Boxershorts zurück. Anstelle seines Hemdes trug er ein abgetragenes T-Shirt.

Ich hatte nicht hingesehen. Wirklich, ich sah nicht hin.

Okay, es war nur ein kurzer Blick.

Traurigerweise war seine Erektion weg. Es war nicht wirklich traurig, wenn man bedachte, dass wir im Moment nichts tun konnten, aber da seine Erektion so beeindruckend gewesen war, konnte ich nicht anders, als Enttäuschung zu spüren.

Ich war ihm etwas schuldig. Zweimal, wenn ich genau sein wollte.

Knox setzte sich wieder neben mich und griff nach Adam. „Lass mich ihn für eine Minute halten. Du kannst dich solange umziehen. Ich glaube, wir brauchen alle etwas Schlaf.“

Unsicher, was passieren würde, beugte ich mich vor und legte Adam in Knox' starke Arme. Adam murmelte leise meinen Namen, drehte sich aber zu Knox und drückte seine Wange an seine Brust.

Ich stellte mir das Pochen von Knox' starkem Herzen unter seinem Ohr vor, den rhythmischen Klang, der auf instinktiver Ebene beruhigend wirken musste. Adams Glieder entspannten sich ein wenig. Knox neigte den Kopf, sein Kinn ruhte auf dem Adams Scheitel, und er summte leise: „Schhh, Adam. Alles ist gut…“

Bei diesem Anblick schossen mir Tränen in die Augen. Adam hatte in den ersten vier Jahren seines Lebens einen Vater gehabt, aber dieser hatte sich nie um ihn gekümmert. Nie hatte ihm ein Mann eine Geschichte vorgelesen, noch nie ließ ihn ein Mann auf seinen Schultern reiten, noch nie hatte ihn ein Mann in den Arm genommen und ihm versprochen, dass alles gut war.

Ich zwang mich, den Blick von Knox, der meinen Sohn in den Armen hielt, abzuwenden, und suchte in meiner Tasche nach dem Nachthemd, das ich eingepackt hatte. Es war ein krasser Gegensatz zu meinem Sommerkleid. Das Kleid hatte schmale Träger, einen V-Ausschnitt und schwang um meine Knie. Das Nachthemd hatte ein Muster aus weißen Wolken mit Schlafmützen, war süß und ein wenig albern.

Ich nahm das Nachthemd mit ins Badezimmer und machte mich schnell bettfertig, für den Fall, dass Adam mich brauchte. Knox schien es nichts ausgemacht zu haben, dass es süß und albern war. Seine Augen loderten auf, als ich aus dem Badezimmer kam.

Er stand auf und hielt Adam weiterhin in seinen Armen. „Brauchst du irgendetwas von hier drinnen?" Ich schüttelte verwirrt den Kopf und folgte Knox, als er durch die Suite in das andere Schlafzimmer ging und erklärte: „Mein Bett ist größer. Wir werden da drin schlafen."

Mein Herz schmolz. Knox verstand nicht nur, dass ich vorhatte, bei Adam zu schlafen, er wollte auch bei uns bleiben.

Er hielt meinen Sohn, als wäre er ein Schatz, trug ihn ins Bett, legte ihn zwischen uns und nahm seinen Platz ein, der näher zur Tür war. Er beschützte uns auf jede erdenkliche Weise.

Ich rutschte unter die Decke und blickte über Adams Kopf zu Knox. Seine Augen waren schwer vor Erschöpfung. Er legte seinen Arm über Adam und schlang seine Finger um meine.

„Schlaf, Lily", sagte er, seine Stimme rau.

Ich tat es.

23

LILY

Adam schien in Ordnung zu sein, als wir am nächsten Morgen aufwachten. Knox hatte ein Funkeln in seinen dunklen Augen, als er mir einen Guten-Morgen-Kuss auf die Lippen drückte.

Im Lichte des Tages ließen mich die Erinnerungen an letzte Nacht nervös, ein wenig schüchtern und sehr erregt zurück.

Wir machten uns auf den Weg zum Frühstück und gingen dann wieder an den Strand, wobei wir so taten, als wären wir eine ganz normale Familie auf einem ganz normalen Ausflug. Ich merkte erst, wie nervös ich war, als Knox' Handy klingelte. Das Gespräch war kurz und bestand hauptsächlich aus „*Ahas*" auf Knox' Seite, bevor er auflegte.

„Ein Team ist bei dir zu Hause, das die Hintertür reparieren und die Sicherheit verschärfen wird. Alice hat uns einen späten Check-out im Hotel verschafft. Wir können in ein paar Stunden zurück ins Hotel, zu Mittag essen und nach Hause fahren. Okay?"

„Hört sich gut an", stimmte ich zu und zitterte innerlich bei dem Gedanken, nach Hause zurückkehren zu müssen.

Knox würde uns nicht dorthin bringen, wenn er nicht davon ausging, dass es sicher war.

Das wusste ich, aber der Gedanke, durch die Tür zu gehen, machte mich ein wenig krank.

Es spielte keine Rolle. Wir mussten zurückkehren.

Knox wollte mir helfen, das Haus abzusuchen. Angesichts seiner Arbeit war ich sicher, dass seine Suche ganz anders verlaufen würde als meine, zumal er sie nicht mehr vor mir geheim halten musste.

Wir wollten Adams Geburtsurkunde und den Adoptionsvertrag finden, vielleicht sogar die Kontonummern, die Andrej Tsepov wollte.

Dann wären wir frei. Wir alle.

Knox, Adam und ich.

Was dann?, fragte ich mich zum ersten Mal seit Monaten.

Von dem Moment an, als mir klar wurde, dass Adams Geburtsurkunde fehlte, hatte ich aufgehört, die Zukunft zu planen.

Ohne Adam gab es für mich keine Zukunft.

Wenn ich Adams Papiere und Knox seine Kontonummern hatte, wäre es das gewesen?

Hat mich gefreut, danke für die schöne Zeit.

Ich kannte Knox erst seit einer Woche. Es war wahrscheinlich etwas zu früh, um darüber nachzudenken, wohin sich die Dinge entwickeln würden, aber ich war noch nie die Art Frau, die an Affären interessiert war.

Als ich Knox mit Adam sah, wusste ich, dass ich nicht nur eine Affäre wollte.

Ich wollte Knox.

Ich wollte ihn für mich, für meinen Sohn.

Ich hatte nicht daran gedacht, nach Treys Tod jemand

anderen zu finden. Er war seit weniger als einem Jahr tot, und die Sorgen um Adam nahmen meine ganze Zeit in Anspruch. Hinzu kam, dass Black Rock eine kleine Stadt mit einem sehr bescheidenen Vorrat an verfügbaren Männern war.

Meine Chancen waren noch bescheidener, wenn ich daran dachte, dass Trey und ich das einzige gemischtrassige Paar in Black Rock gewesen waren. Maine quoll nicht gerade über vor Vielfalt. Ich konnte wetten, es gab mehr als nur ein paar alleinstehende Männer in der Stadt, die nichts gegen eine Verabredung mit mir gehabt hätten, mich aber nicht zum Sonntagsessen bei ihrer Mutter mitbringen wollten.

Es war schon schwer genug, einen Mann für mich zu finden, den ich lieben konnte, es ging aber nicht um mich allein. Alles, was ich tat, betraf Adam. Jeder Mann, den ich wählte, musste auch ihn lieben.

Du bist zu schnell, Lily, viel zu schnell. Ein Abendessen, eine gemeinsame Übernachtung, und du siehst in Knox bereits einen Vater für deinen Sohn. Zuerst musst du den ganzen anderen Mist hinter dir lassen, dann kannst du über ein ‚für immer‘ nachdenken.

Ich versuchte, einen klaren Kopf zu bewahren. *Wirklich.*

Ich versuchte, Knox nicht jedes Mal tiefer in mein Herz vordringen zu lassen, wenn er Adam aufhob und ihn ins eiskalte Wasser warf, jedes Mal, wenn Adam vor Freude schrie und bettelte: „Noch mal, Knox! Noch mal!"

Ich schloss meine Augen, als ein geheimer Teil von mir sich vorstellte, genau dasselbe zu flüstern. *Noch mal, Knox.*

Ich sah meinem kleinen Jungen beim Spielen und versuchte, nicht an diese Pralinenschachtel und alles, was Knox damit gemacht hatte, zu denken.

Das schickt sich nicht, Lily, ermahnte ich mich.

Es schickte sich vielleicht nicht, aber ich konnte keine Sekunde davon vergessen. Ich konnte nicht umhin, mich zu fragen, wann es ein nächstes Mal geben würde. Ich konnte es kaum abwarten.

Nach dem Strand hatten wir genügend Zeit, zu duschen und unsere Sachen in unseren Taschen zu verstauen, bevor wir aus dem Hotel auschecken mussten. Wir machten einen kurzen Zwischenstopp um belegte Brötchen zu kaufen. Knox holte wieder ein Hummerbrötchen, und Adam beschwerte sich mysteriöser Weise nicht über seinen wackelnden Zahn, als er ein Frikadellen-Sandwich verschlang.

Es folgte ein weiterer Zwischenstopp für einen Drive-Through-Kaffee, bevor wir uns auf den Weg nach Black Rock machten. Adam schlief während der Fahrt ein und Knox nahm meine Hand, verflocht seine Finger mit meinen, als wir in friedlicher Stille den ganzen Weg nach Hause fuhren.

Als wir in der Einfahrt anhielten, sah alles genau so aus, wie es sein sollte. Keine Leichen im Vorgarten. Keine Blutflecken auf dem Dock oder der vorderen Veranda. Keine sichtbaren Anzeichen für verstärkte Sicherheit.

Das Einzige, was nicht ins Bild passte, war der große, glänzend schwarze Geländewagen, der vor dem Haus parkte. Knox warf einen langen Blick auf den Geländewagen und fluchte leise: „Verdammt."

Leise genug, dass Adam es hören konnte, aber laut genug, dass ich wusste, es passte ihm etwas nicht.

„Was? Was ist los?"

Mit einem beruhigenden Lächeln drückte er meine Finger, bevor er losließ. „Alles ist in Ordnung, Lily. Nur Gesellschaft, die ich nicht erwartet hatte. Mach dich auf was gefasst."

Anstatt die Garage zu öffnen, parkte er den Land Rover hinter dem SUV ein, sprang heraus und nahm sich eine Minute Zeit, um Adam aus seinem Autositz zu befreien. Da ich nicht verpassen wollte, was auch immer vor sich ging, stieg ich ebenfalls aus und schloss mich ihnen an, als die Besucher aus dem SUV ausstiegen.

Es waren drei. Ein Mann mit dunklem Haar und apfelgrünen Augen, so groß und breit, dass Knox neben ihm durchschnittlich aussah.

Ich schluckte schwer. Er hatte etwas an sich, sah aus, als wäre er aus Granit gemeißelt worden.

Das war kein Typ, den man gern verärgern wollte.

Aus dem Rücksitz tauchte ein anderer Mann auf, so groß wie Knox, aber nicht ganz so breit, mit sandfarbenen, kurz geschnittenen Haaren und einem schelmischen Grinsen auf den Lippen, als er sagte: „Hallo zusammen."

Knox sah ihn finster an. „Komm mir nicht mit deinem ‚Hallo zusammen'. Was zum T-" Er konnte sich gerade noch bremsen. „Was machst du hier, Griffen? Ich habe nach Jackson gefragt, nicht nach dir."

Von der anderen Seite des Wagens kam eine Frauenstimme, die vor Lachen vibrierte. „Du hast auch nicht nach mir gefragt, Knox, aber du bekommst uns alle drei."

Knox hob seine dunklen Augen verzweifelt zum Himmel. Eine Frau kam um den Geländewagen herum, etwas größer als ich, mit ozeanblauen Augen und zerzausten, kinnlangen, kastanienbraunen Locken. Sie nahm den Arm des Riesen, den Knox Jackson genannt hatte. Es musste sich um Lucas Jackson gehandelt haben, den Computerexperten.

Man musste kein Genie sein, um zu erkennen, dass die Frau, wer auch immer sie war, mit dem Riesen zusammen war. Knox nannte Griffen beim Namen, also war es nicht schwer zu erraten, dass Griffen mit ihnen zusammenarbeitete.

„Du musst Lily sein", sagte die Frau an Lucas' Seite. „Und du bist bestimmt Adam." Sie streckte Adam ihre Hand entgegen. Erfreut, wie ein Erwachsener behandelt zu werden, nahm er ihre Hand und schüttelte sie fest.

„Ich bin Adam Spencer. Und wie heißt du?", fragte Adam.

„Mein Name ist Charlie Jackson. Ich bin mit diesem großen Kerl hier verheiratet." Sie zeigte mit dem Kopf zu dem Hünen neben sich, bevor sie sich mir zuwandte. „Entschuldigung für den Überfall. Lucas war eine Woche lang weg, dann kam er nach Hause und lief direkt in die Sache mit Evers. Ich wollte nicht, dass er ohne mich nach Maine abfliegt und Griffen ist mitgekommen, weil er neugierig war."

„Entschuldige bitte, *Griffen* ist mitgekommen, weil er neugierig war?", fragte Griffen mit einem Augenrollen. Sie lachte wieder, nicht im Geringsten verlegen.

„Okay, *Griffen und ich* sind mitgekommen, weil wir neugierig waren. Cooper wollte auch mitkommen, aber er konnte das Büro nicht verlassen."

„Darauf wette ich", sagte Knox und sah aus, als wäre er über die Umstände nicht gerade glücklich.

Mit einem weiteren breiten Lächeln fuhr Charlie fort: „Wirklich, tut mir leid für den Überfall. Wir werden keinen Ärger machen, das verspreche ich."

„Dass ich nicht lache", sagte Knox neben mir. „Du machst nichts als Ärger, Charlie."

„Das ist nicht wahr!"

Mit einem Lachen, das wie rollende Felsen klang, drückte Lucas Jackson seine Frau an seine Seite. „Es ist wahr, Prinzessin, aber gerade das liebe ich an dir." Sie errötete und lehnte sich an ihn.

„Die Flitterwochen sind vorbei, Leute. Genug der öffentlichen Zurschaustellung von Zuneigung", brummte Griffen.

Lucas warf ihm einen spöttischen Blick zu. „Genau deshalb bist du noch Single. Die Flitterwochen sind nie vorbei." Charlie strahlte ihren Mann an.

Adam fragte: „Werden sie sich jetzt küssen?"

„Ich hoffe nicht, kleiner Mann", sagte Griffen. „Komm, lass uns das Zeug ausladen, nur für alle Fälle."

Knox lud alles außer dem Strandspielzeug aus dem Land Rover und stellte unsere Taschen auf der Veranda ab. „Ich bringe die Sachen in einer Minute nach oben. Fass sie nicht an, während ich das Auto parke."

„Ja, mein Herr", sagte ich mit leichtem Sarkasmus. Wenn er das Gepäck raufbringen wollte, hatte ich nichts dagegen gehabt. Ich musste noch zwei Betten vorbereiten.

Als wäre er meinem Gedankengang gefolgt, sagte Knox leise, damit die anderen ihn nicht hören konnten: „Ich bleibe bei dir. Warum gibst du nicht Lucas und Charlie die Hütte?"

Ich starrte ihn eine Sekunde lang verständnislos an. *Er bleibt bei mir? In meinem Bett?*

Nun, was sollte das sonst bedeuten, Lily? Du Dummkopf.

Die eigentliche Frage war: Hatte ich etwas dagegen?

Es dauerte eine Millisekunde, bis mein Gehirn mit einem lautstarken *Nein* antwortete. *Natürlich nicht, du Idiotin. Warum sollte es dir etwas ausmachen, diesen Mann in deinem Bett zu haben?*

Meine interne Debatte schoss mir durch den Kopf und ließ mich sprachlos zurück. Alles, was ich sagen konnte, war: „Okay. Ich gehe dann die Betten machen."

Knox drückte einen kurzen Kuss auf meinen Mundwinkel und wandte sich wieder dem Land Rover zu. Adam wollte ihm folgen, aber ich ergriff seine Hand, beugte mich zu ihm hinunter und flüsterte: „Musst du nach dieser langen Fahrt zur Toilette?"

Adam riss die Augen auf, als ob er gerade erst gemerkt hatte, dass er es musste. Er drehte sich um und rannte zur Vordertür, bevor ich vorrannte, um die Tür aufzuschließen und ihn hereinzulassen, damit kein Unglück passierte.

Ich war mit den Launen der Harnblase eines Fünfjährigen bestens vertraut. Wenn Adam zur Toilette musste, sollte ich besser dafür sorgen, dass der Weg frei war.

Es dauerte nicht lange, bis sich die Männer in Treys Büro absonderten, um über Geschäftliches zu sprechen. Ich hätte wahrscheinlich darauf bestehen sollen, dabei zu sein.

Es war mein Haus und technisch gesehen war ich eine Kundin. Mein toter Mann war der Partner ihres Vaters gewesen. Es gab so viele Gründe, warum ich an dem Plan, den sie ausheckten, hätte beteiligt sein sollen.

Ich wollte aber nicht.

Ich wollte, dass Knox alles regelte.

Genau so bist du mit Trey in Schwierigkeiten geraten. Du hast ihm die Führung überlassen. Du hast nicht die schwierigen Fragen gestellt.

Knox war nicht Trey.

Ich wusste, dass mein Urteilsvermögen, was Männer betraf, nicht das Beste war. Wenn dem nicht so gewesen wäre, hätte ich Trey gar nicht erst geheiratet. Ich konnte nicht aufhören, mich zu fragen, ob ich schon wieder eine Närrin aus mir machte. Schenkte ich schon wieder mein Vertrauen einem Mann, der mich nur ausnutzen und mich schlechter dastehen lassen wollte als zuvor?

Nein. Das konnte ich von Knox niemals denken, ganz gleich, was mir meine beharrlichen Zweifel ins Ohr flüsterten. Knox war hier um zu helfen. Das waren sie alle.

Was hätte ich zum Gespräch, das sie in Treys Büro führten, beitragen können? Ich war keine Sicherheitsexpertin. Ich wusste nichts über Treys Geschäfte. Ich wäre nur im Weg gewesen.

Ich konnte mich nicht ganz davon überzeugen, dass es das Richtige war, Knox übernehmen zu lassen, aber mit Adam, der, immer noch müde vom Strand, sich auf der Couch zusammenrollte und einen Zeichentrickfilm anschaute, und den Gästezimmern, die ich für meine Besucher vorbereiten musste, hatte ich andere Dinge zu tun, als mir Sorgen zu machen.

Die Einzelheiten würde ich später von Knox erfahren.

Es gab noch einiges zu organisieren. Ich musste in die Stadt fahren, um etwas fürs Abendessen zu holen, aber zuerst sollte ich mich um die Gästezimmer kümmern.

Charlie wollte mitkommen.

24

LILY

„Ich helfe dir", sagte Charlie. „Es ist das Mindeste, was ich tun kann, da wir uneingeladen und unangekündigt hier aufgetaucht sind."

„Das macht nichts, ihr seid mehr als herzlich willkommen", sagte ich automatisch, bevor ich selbst wusste, dass es wahr war.

Ich war neugierig und es war klar, dass Griffen und Lucas mehr als nur gewöhnliche Mitarbeiter waren, und Charlie mehr als nur die Frau eines Mitarbeiters. Sie waren Freunde. *Gute Freunde.* Ich konnte mir die Gelegenheit nicht entgehen lassen, mehr über Knox zu erfahren, indem ich die Menschen kennenlernte, die ihm wichtig waren.

CHARLIE LIEF HINTER MIR DEN WEG ZUR HÜTTE HINUNTER UND TRUG EINEN STAPEL GEFALTETER HANDTÜCHERN. Als die Hütte in Sicht kam, rief sie: „Wie bezaubernd! Gehörte das ursprünglich zum Grundstück, oder habt ihr sie gebaut? Sieht originell aus. Das Dach ist wunderschön."

„Sie war schon hier, als wir das Land gekauft haben,

und ich habe meinen Mann überredet, die Hütte zu renovieren. Es ist perfekt, nicht wahr?"

Charlie folgte mir hinein und nahm jedes Detail in sich
auf, vom Kamin bis zu den rustikalen Möbeln. Sie warf die
Handtücher aufs Bett und umkreiste das Zimmer. „Lucas
und ich renovieren Häuser", sagte sie und erklärte damit
ihr Interesse.

„Ich dachte, Lucas ist ein Computerexperte bei Sinclair
Security?"

„Das ist er. Er war in letzter Zeit nur teilweise an den
Renovierungsarbeiten beteiligt, weil viel los war. Ich habe
eine Lizenz als Bauunternehmerin, sodass ich den größten
Teil unserer Arbeit leite. Ich wette, das hier hat Spaß
gemacht. Ich würde so etwas auch gerne in die Finger
bekommen. Du hast großartige Arbeit geleistet, es wieder
zum Leben zu erwecken."

„Danke." Ein warmes Glühen breitete sich bei ihrem
Lob aus. Ich liebte die kleine Hütte. „Knox dachte, da du
und Lucas länger als eine Woche getrennt wart, dass ihr
vielleicht etwas Privatsphäre vertragen könntet."

„Das wüssten wir sehr zu schätzen", antwortete Charlie, brachte ihren Stapel Handtücher ins Badezimmer und
kam zurück, um mir zu helfen, das Bett mit frischen Laken
zu beziehen.

„Lucas verreist nicht mehr so oft wie früher, als wir
noch nicht zusammen waren, aber hin und wieder verlässt
er die Stadt für eine längere Reise. Es fühlt sich immer wie
eine Ewigkeit an. Er ist gerade wieder zurückgekommen,
als diese Sache mit Evers passiert ist und hat es nicht
einmal nach Hause geschafft. Er hat Cooper im Parkhaus
getroffen und rund um die Uhr daran gearbeitet, und als er
gestern Abend nach Hause gekommen ist, ist er direkt ins
Bett gefallen."

Sie hielt inne und dachte eine Sekunde lang nach,

bevor sie korrigierte: „Nun, nicht *direkt* ins Bett, aber du weißt schon. Beinahe."

Ich dachte daran, wie Lucas seine Frau umarmt hatte, konnte mir vorstellen, dass er noch genug Energie aufgebracht hatte, um die Zeit, die sie getrennt waren, aufzuholen, bevor er umgekippt war.

„An wie vielen Häusern arbeitest du normalerweise gleichzeitig?", fragte ich.

Ich hatte noch nie jemanden getroffen, der für seinen Lebensunterhalt Häuser aufpäppelt, und nach meiner kleinen Erfahrung mit der Hütte wollte ich wissen, wie es ist, dasselbe in einem viel größeren Umfang zu tun.

Ich hatte auch mitgekriegt, dass Knox Charlie *neugierig* nannte. Sie schien nett, jemand, mit dem ich unter anderen Umständen gerne befreundet gewesen wäre.

Tatsache war, dass ich nicht wusste, wie viel von meiner Situation vertraulich war und wie viel ich teilen durfte. Davon, was allein meine Geschichte war, fiel mir nichts ein, was ich bereit war zu teilen.

Die Ungewissheit mit Adams Geburtsurkunde.

Meine unglückliche Ehe und der Tod meines Mannes.

Meine Entfremdung von meinen Eltern.

Was auch immer mit Sheriff Dave los war.

Ich hatte über eine Woche gebraucht, um mit Knox darüber zu sprechen. So nett Charlie auch schien, nach fünf Minuten angenehmer Konversation schüttete ich nicht mein Herz aus.

Charlie hatte den Köder geschluckt, und es war nicht schwer, sie am Reden zu halten, zumal so viel von ihrem Leben mit den Sinclairs verflochten war. Ich hätte nie vermutet, dass Charlie Jackson als Charlie Winters geboren wurde, die jüngste Tochter in der berüchtigten, skandalträchtigen Familie Winters.

Die Winters waren eine der reichsten Familien in den

USA, und dem Familienunternehmen Winters, Inc. schien die halbe Welt zu gehören. Ich konnte mir nicht vorstellen, dass Charlie Winters arbeiten musste. Ich war schockiert, als sie zugab, dass sie als Führungskraft bei Winters, Inc. gearbeitet hatte, bis ihr Bruder, Aiden Winters, der leitende Geschäftsführer, sie in sein Büro rief und ihr kündigte.

Ich konnte mir nicht vorstellen, von meiner eigenen Familie gefeuert zu werden. Ich dachte an meinen Vater und änderte meine Meinung. Ich konnte mir durchaus vorstellen, dass mein Vater mich entlassen würde. Er hatte mich ausgeschlossen, weil ich Trey geheiratet hatte, nicht wahr? Trotzdem klang es so, als war Charlies älterer Bruder ihr völlig zugetan.

„Er hat gesagt, dass ich nicht glücklich war. Ein Kontrollfreak", lachte sie mit offensichtlicher Zuneigung. „Ich zog aus dem Familienhaus in diesen heruntergekommenen Schuppen, den ich in den Highlands gekauft hatte, obwohl ich keine Ahnung hatte, was ich damit anfangen sollte, und entdeckte Lucas Jackson, der direkt nebenan wohnte. Aiden versäumt es nie, mich daran zu erinnern, dass ich Lucas nie getroffen hätte, wenn ich noch bei Winters, Inc. gewesen wäre."

„Kommst du mit deinem Bruder jetzt gut aus? Bist du nicht mehr wütend auf ihn?"

Charlie war überrascht über die Frage, einen Groll gegen ihren Bruder zu hegen. „Wütend auf Aidan? Nicht mehr. Das war vor zwei Jahren. Er entschuldigte sich, außerdem revanchierte ich mich bei ihm. Aidan hat mich praktisch aufgezogen. Ich kann nicht lange wütend auf ihn sein."

„Wie hast du dich bei ihm revanchiert?"

Charlie zögerte, bevor er sagte: „Ähm, es war ein bisschen... unreif, aber, nun ja, Aiden mag Whiskey. Sehr sehr teuren Whiskey. Er hatte diese Flasche *Macallan Select*

Reserve Single Malt bei einer Auktion ersteigert. Nachdem er mich gefeuert hat und ich ausgezogen bin, habe ich den Whiskey gestohlen."

„Wie teuer war die Flasche?", fragte ich und wunderte mich, dass sie so verlegen aussah. Wie teuer konnte eine Flasche Whiskey schon gewesen sein?

Ein weiterer dieser Laute summte in ihrer Kehle.

„Angesichts des Whiskey und der Sonderausgabe der Karaffe... Sagen wir einfach, ich hätte ihn verkaufen und ein sehr nettes Auto kaufen können."

„Wow." Das war alles, was ich sagen konnte. Es gab Whiskey, der mehr wert war als ein Auto? Zwischen dem Aufwachsen in einer Stadt voller Ivy-League-College-Kids und meiner Heirat mit Trey dachte ich, dass ich alles über das Leben der Oberschicht wusste, aber offensichtlich hatte ich einige Dinge verpasst.

„Hast du alles davon getrunken?"

Charlie grinste. „Ich hab mit Lucas geteilt und ihn dann auf meiner Terrasse besprungen. Das war es absolut wert."

Einen Mann zu haben, der dich liebte, wie Lucas Charlie zu lieben schien, war es auf jeden Fall wert.

Nachdem wir in der Gästehütte fertig waren, gingen wir zum Haupthaus zurück. Charlie sah sich alle Details von Treys Traumhaus an, als wir uns auf den Weg zu dem selten benutzten Gästezimmer machten.

„Das ist das genaue Gegenteil der Hütte", kommentierte sie.

„Ich weiß. Trey, mein Mann, hat es entworfen. Er liebte es."

„Aber du nicht?", fragte sie.

Ich faltete ein weiteres Handtuch, weil ich nicht an Trey denken wollte und nicht daran, wie sehr ich dieses Haus hasste. „Die Hütte ist eher mein Stil."

„Dann wirst du Knox' Haus einfach lieben."

Ich wollte mehr darüber erfahren. Mein Herz schlug schneller, als sie mir versicherte, dass ich Knox' Haus sehen würde. Ich hatte Angst davor, zu viel zu hoffen. *Zu früh, Lily*, ermahnte ich mich.

Da es Charlie nichts ausmachte, zu reden, fragte ich: „Wie lange kennst du Knox schon?"

Charlie warf mir einen scharfsinnigen Blick zu, als wir ein Laken über das Gästebett spannten. Sie wusste, wann sie ausgefragt wurde.

„Seit meiner Geburt. Unsere Väter waren beste Freunde und wir alle sind zusammen aufgewachsen. Knox ist wie ein großer Bruder für mich. Wir haben uns immer gut verstanden, als ich klein war. Evers und Axel hänselten mich gern, und Cooper war zu ernst, aber Knox war geduldig mit uns jüngeren Kindern."

„Das ist mir auch aufgefallen, also seine Geduld. Wie viel älter ist er?"

„Zehn Jahre. Er ist so alt wie Aiden. Sie sind eng befreundet, Aiden, mein anderer Bruder Jacob und meine Cousins Gage, Vance und Annalise. Sie sind alle etwa im gleichen Alter wie Cooper, Evers, Knox und Axel."

Knox steckte seinen Kopf in den Raum. „Erzählst du Lily all meine Geheimnisse?"

Charlie lachte, es klang so vertraut. Selbstbewusst. Dies war eine Frau, die wusste, dass sie geliebt wurde. Sie wusste, dass sie ihren Platz in der Welt hatte. Ich kannte sie erst seit einer Stunde, aber ich mochte sie bereits sehr. Und mehr noch, ich beneidete sie.

Charlie zwinkerte Knox zu. „Noch nicht. Ich hebe mir deine Geheimnisse für später auf."

„Wie wäre es, wenn du ihr nur die guten Geschichten erzählst und die schlechten für dich behältst?"

Mit übertriebener Aufrichtigkeit sagte sie: „Das kann ich nicht, Knox. Ich habe *nur* gute Geschichten über dich."

Ich kicherte. Charlie half mir, den Überwurf auf dem Bett auszubreiten und ihn glatt zu streichen, bevor sie sagte: „Vielleicht sollte ich ihr über das eine Mal mit den Spinnen erzählen, als du, Evers und Gage-"

„Kein Wort mehr." Knox steckte seine Hände in die Taschen und sah ein wenig verlegen aus. „Erstens, war ich erst dreizehn und zweitens, ging es bei der Sache mit den Spinnen nicht um dich. Es war Annalise, und sie war zehn. Zehn und entschlossen, mit den Jungs mitzuhalten."

„Ja, ihr habt es ihr gegeben", schnaubte Charlie, ihre Stimme troff vor Sarkasmus. Um Knox aus dem Gespräch herauszuhalten, sagte sie zu mir: „Sie haben ihr tote Spinnen in die Schuhe gesteckt. Ich war erst drei, aber ich schwöre, ich erinnere mich noch heute an die Schreie. Sie war so wütend. Es dauerte eine Weile, aber sie hat sich gerächt."

„Was hat sie getan?" Ich gab dem Kissen einen letzten Strich.

Knox schauderte. „Sie hat eine Schlange in meinem Bett versteckt."

„Hat sie nicht", konterte Charlie. „Sie hat eine Schlangenhaut im Wald gefunden und sie unter deinem Kopfkissen versteckt. Ich bekam diese Schreie nicht mit, aber Cooper sagt, dass sie beeindruckend waren."

„Ich habe nicht geschrien. Nicht sehr laut. Evers war lauter."

„Das liegt daran, dass sie eine tote Maus unter sein Laken geschoben hat. Laut Ev war sie ziemlich blutig."

Ich schaute zwischen ihnen hin und her, immer noch neidisch, aber glücklich, dass Knox diese großartige Familie hatte, die voller Streiche, Neckereien und Zuneigung war. Ich hatte so viel Zeit meines Lebens allein verbracht. Isoliert. Nicht dazugehörend.

Da ich mehr hören wollte, fragte ich Charlie: „Was hat er sonst noch getan?"

„Nichts", sagte Knox mit einem Augenzwinkern an Charlie. „Ich war ein Engel. Das perfekte Kind. Frag jeden, der nicht Charlie ist."

„Eigentlich ist es besser, wenn du mich fragst. Ich habe vorhin nur einen Scherz gemacht. Die meisten meiner Geschichten über Knox sind gut. Nun, wenn du etwas über meine älteren Brüder und Cousins wissen willst, kenne ich viele schlechte Geschichten über diese Bande."

„Du hast keine Ahnung, Charlie. Du bist das Baby. Wir alle haben dich geschont. Tate und Holden, Charlies Bruder und Cousin, waren die jüngsten von uns Jungs. Sie bekamen die Hölle zu spüren, bis sie groß genug waren, um sich zu wehren."

„Und der Rest von euch ist inzwischen erwachsen genug, damit aufzuhören, solche Esel zu sein", sprach Charlie weiter.

„Seit wann sind wir erwachsen genug, um keine Esel zu sein?", fragte Knox mit glattem Gesicht. Charlie lachte so sehr, dass sie schnaubte.

„Offensichtlich noch nicht", sagte sie mit einem Kichern.

Knox hob die Augen zur Decke, bevor er mich fragte: „Hast du genug Essen im Haus für alle? Ich weiß nicht mehr, was noch alles da war, bevor wir abgereist sind."

Ich ging in Gedanken meine Speisekammer und meinen Gefrierschrank durch. Es war nicht mehr viel übrig im Kühlschrank, genug für Knox, Adam und mich, aber nicht genug für drei weitere Personen.

„Danke, dass du mich daran erinnert hast. Ich muss in die Stadt. Ich brauche nicht lange."

„Ich fahre. Normalerweise würde ich sagen, dieser Haufen hier ist gut genug, um auf Adam aufzupassen, aber nach gestern Nacht…"

„Was war gestern Nacht?", fragte Charlie.

„Er hatte einen Nachtschrecken", sagte ich langsam, nicht sicher, ob ich darüber sprechen wollte. Gleichzeitig wollte ich nicht unhöflich sein, nachdem Charlie so nett gewesen war. „Heute scheint es ihm gut zu gehen, aber…"

„Du willst ihn nicht allein lassen. Das verstehe ich. Knox hat Recht, wir hätten kein Problem damit, auf ihn aufzupassen, aber ich verstehe, dass du ihn bei dir haben willst. Nach dem Tod seiner Eltern hatte Tate eine Zeitlang Nachtschrecken."

„Ich erinnere mich", sagte Knox ernst.

Ich wollte fragen, worüber sie sprachen, aber ich teilte Charlies Selbstbewusstsein nicht. Fragen hätten sich zu sehr nach Einmischen angefühlt.

Da ich meine Neugier für mich behielt, schaute ich auf die Uhr und erkannte, dass wir uns beeilen mussten, um zum Laden zu kommen und rechtzeitig zum Abendessen zurück zu sein.

„Ich hole Adam und treffe dich beim Auto", sagte ich.

Knox nickte, und ich begann den langwierigen Prozess, Adam von seinem Zeichentrickfilm wegzubekommen, ihn ins Badezimmer und in seine Schuhe zu kriegen.

Knox war schon da, als wir in die Garage kamen. Adam schnappte sich eines der Malbücher, die ich in seinem Autositz aufbewahrte, und begann zu malen.

Als ich sah, dass er uns keine Aufmerksamkeit schenkte, fragte ich leise: „Warum hatte Tate Nachtschrecken?"

25

LILY

Ich wartete und fragte mich, ob Knox antworten würde. Es ging mich zwar nichts an, aber ich wollte es trotzdem wissen. Knox holte tief Luft und atmete langsam wieder aus, sein Blick auf die Straße gerichtet. Er griff über die Konsole, nahm meine Hand in seine und antwortete erst dann.

„Du weißt, wer Charlie ist, nicht wahr?"

„Dass sie eine Winters ist, ja."

„Dann kennst du bestimmt ihre Tante und ihren Onkel, die Eltern ihres Cousins Tate, die starben, als Charlie noch ein Baby war. Tate war damals ungefähr dreieinhalb Jahre und dann starben Charlies Eltern, als sie zehn war."

„Sind sie-" Ich warf einen kurzen Blick in den Rückspiegel zu Adam, der friedlich mit seinen Buntstiften beschäftigt war. Meine Stimme war zu leise, damit mich nur Knox hören konnte, und ich fuhr fort. „Ich habe gehört, dass es Mord mit Selbstmord war, aber es gab einen Film, in dem es darum ging, dass die Fakten vertuscht wurden."

„Dieser Film ist totaler Schwachsinn. Die Polizei

nannte es Mord mit Selbstmord, bei beiden Fällen, aber ja, sie wurden ermordet. Tate war zu jung, um diesen Teil zu verstehen, aber sein ganzes Leben änderte sich über Nacht."

„Einen Elternteil zu verlieren, ist in jedem Alter hart, aber beide und vor allem so jung? Das kann ich mir nicht vorstellen."

„Sie standen sich alle nahe, was es noch schlimmer machte. Ich erinnere mich nicht einmal daran, Zeit mit meinen Eltern verbracht zu haben, bevor ich in Adams Alter war. Babysitter. Kindermädchen. Meine Brüder, aber nicht meine Eltern. Die Winters waren anders."

Ich bezweifelte, dass Knox wusste, wie einsam er klang, wenn er über seine Kindheit sprach. Er stand seinen Brüdern nahe, aber es war nicht dasselbe wie die Liebe eines Elternteils.

Meine Eltern hatten sich von mir abgewendet, als ich erwachsen war, aber zumindest hatte ich Erinnerungen an eine Kindheit voller Liebe, besonders von meiner Mutter.

„Du warst ihnen auch nahe", sagte ich und erkannte, dass er nicht viel älter als Tate gewesen sein konnte, als die ersten Eltern in der Winters Familie starben.

„Ja, Aiden, Gage und ich waren so gut wie unzertrennlich. Ich verbrachte mehr Zeit im Winters House als zu Hause. Sie zu verlieren, war…"

Ich drückte seine Hand. „Es tut mir leid, dass ich gefragt habe, Knox. Ich habe nicht nachgedacht." Mir gefiel nicht, dass ich der Grund für diesen düsteren Ausdruck in Knox' Gesicht war.

„Lily, du kannst mich alles fragen." Seine dunklen Augen, traurig und ernst, sahen mich einen Moment lang an, bevor er wieder auf die Straße blickte. Ich konnte die Aufrichtigkeit in ihnen spüren, die Wahrheit. Es beschämte mich.

Ich rieb meinen Daumen über seine Hand. Worte formten sich in meinem Mund, aber es kam nichts heraus.

So viele Gefühle brodelten in mir für diesen stillen Mann. Ich verliebte mich zu sehr, und viel zu schnell, in einen Mann, den ich kaum kannte. So sehr ich auch versuchte, es aufzuhalten, ich konnte es nicht.

Knox, der sich meines inneren Kampfes nicht bewusst war, sagte: „Jedenfalls brauchte Tate ein paar Monate, um wieder gut schlafen zu können. Die Kinder, Tate, Vance, Annalise und Gage, sind ins Winters Haus eingezogen. Es war keine große Veränderung für sie. Annas und James' Haus war Teil des Anwesens, und sie waren damit aufgewachsen, Winters House als ihr eigenes zu betrachten. Olivia und Hugh waren wie Ersatzeltern, aber sie hatten trotzdem ihre eigenen Eltern verloren, und Tate war noch so klein. Ich erinnere mich, wie Olivia darüber gesprochen hatte, aber ich hatte es vergessen, bis Charlie es erwähnte. Es hätte mir gestern Abend einfallen sollen, aber..."

Er verstummte für einen Moment. Seine Augen blickten auf die Bäume, die die Straße säumten, als ob er in den dichten Wäldern nach etwas suchte.

Schließlich sagte er: „Keiner von uns denkt gerne an diese Zeit zurück."

„Tut mir leid, dass ich es angesprochen habe", sagte ich und wünschte mir erneut, ich hätte nicht gefragt.

„Ich meine es ernst. Du kannst mich alles fragen, Lily. Es gibt Dinge, die ich dir nicht sagen kann, Dinge über die Winters, die persönlichen sind, und ein Teil meiner Zeit beim Militär ist vertraulich, aber ansonsten bin ich ein offenes Buch."

Wir hielten an einer roten Ampel an, und der dichte Juli-Verkehr zwang uns zu einem Kriechtempo. Ich rüttelte an Knox' Hand, bis er mich ansah.

„Ich ebenso", sagte ich und wünschte, ich könnte ihm

mehr als nur diese Wahrheit bieten. Ich wünschte, ich könnte ihm *alles* bieten. „Ich weiß, dass es eine Menge Gründe gibt, mir nicht zu vertrauen, wie Trey und dein Vater. Du kennst mich erst seit einer Woche, aber ich werde dich nie anlügen. Versprochen."

Knox drückte eine Sekunde lang seinen Mund auf meinen, bevor die Ampel umschaltete und das Auto hinter uns hupte.

Touristen. Kein Einheimischer benahm sich so.

Er sah mich kurz an, der Ausdruck seiner dunklen Augen immer noch ernst, aber süß, und sagte: „Ich vertraue dir, Lily."

Ich wollte ihm glauben. Ein Teil von mir tat es bereits.

Knox fuhr an dem Lebensmittelladen vorbei und hielt auf dem Parkplatz des einzigen Pizzaladens in Black Rock, was mich von meinen Gedanken über Ehrlichkeit und darüber, wie schnell ich mich in diesen Mann verliebte, ablenkte.

„Was machen wir hier? Wir brauchen keine Pizza."

„Du musst nicht für uns alle kochen, Lily. Es ist zu viel."

„Es ist nicht zu viel." Ich drehte mich in meinem Sitz, um Knox anzusehen. „Ich will Abendessen kochen. Die Pizza hier ist schrecklich, wirklich schrecklich. Deine Freunde sind extra hergeflogen, um zu helfen…"

„*Lucas* ist hergekommen, um zu helfen. Die anderen beiden sind nur hier, um sich einzumischen."

„Du weißt, was ich meine. Ich komme nie dazu, für andere Menschen zu kochen. Trey und ich… Wir hatten nicht viele Freunde, die man zum Essen einlädt, und er war so oft weg. Ich liebe es, zu kochen, das weißt du, aber ich komme nie dazu, für andere zu kochen. Ich kann rechtzeitig etwas zubereiten, das so viel besser ist als diese Pizza."

Knox schloss die Distanz zwischen uns mit einem sanften Kuss. „Du brauchst mich nicht zu überreden, Lily. Ich liebe deine Kochkünste. Ich wollte dir nur nicht einen Haufen Arbeit in den Schoß werfen."

Von der Rückseite des Wagens aus unterbrach Adam. „Hast du meine Mama geküsst, Knox?"

Mist. Was sollte ich ihm sagen? Ich war mir sicher, dass Adam mich noch nie einen Mann küssen gesehen hat, nicht einmal seinen Vater. Als Adam alt genug war, um es zu begreifen, waren Küsse zwischen Trey und mir schon lange vorbei.

Wie immer wusste Knox genau, was er sagen sollte und drehte sich mit einem gelassenen Lächeln zu Adam. „Ich habe deine Mutter geküsst. Ist das okay?"

Adam dachte darüber nach, sein Blick wechselte zwischen mir und Knox. Gerade als ich dachte, ich würde vor Scham vergehen, weil ich von meinem fünfjährigen Sohn beim Küssen erwischt worden war, sagte er: „Ich denke, es ist okay. Es ist irgendwie seltsam, aber egal. Mädchen haben ihre Macken."

„Ich bin froh, dass ich deinen Segen habe", sagte Knox verschmitzt.

Adam wirkte nicht allzu besorgt, aber ich kannte mein Kind. Wenn ihm etwas nicht gefiel, sagte er es. Jedes Mal, wenn Dave sich mir näherte, um mich zu berühren, selbst wenn es freundschaftlich gemeint war, bemerkte Adam es und tat sein Bestes, um uns zu trennen.

Für Knox hatte er sich sicherlich wie ein unaufmerksamer Fünfjähriger angehört, aber ich wusste, dass wir Adams Segen hatten. Ich musste nur aufpassen, dass er sich keine großen Hoffnungen machte und anfing, mehr in Knox zu sehen.

Egal, was Knox sagte, ich war immer noch eine Klientin und wir waren immer noch einer seiner Fälle. Wir hatten Andrej Tsepov und diese Kontonummern zwischen uns, den ganzen Schaden, den Trey durch die Zusammenarbeit mit Knox' Vater angerichtet hatte und die Bedrohung, die Knox' Mutter erlitt.

Ich war durch Trey damit verbunden, durch meine eigene vorsätzliche Ignoranz und vielleicht auch durch Adams Adoption.

Ich wollte glauben, dass sich nichts ändern würde, sobald wir unsere Probleme gelöst hatten, aber ich konnte es mir nicht leisten, so naiv zu sein. *Nicht mehr.*

Wir erledigten schnell den Einkauf im Lebensmittelgeschäft und ich schnappte mir alles, was ich für Linguine mit Meeresfrüchten und Bruschetta brauchte.

Wir luden uns mit Sandwich-Zutaten und Chips voll und Adam gluckste vor Freude, als eine Tüte Junk-Food nach der anderen in den Wagen fiel. Knox hielt im Backgang an, rief auf seinem Telefon ein weiteres Rezept auf und warf die Zutaten in den Wagen. Ungesüßte Schokolade. Gezuckerte Kondensmilch. Kakao.

„Was willst du backen?", fragte ich. All diese Schokolade erinnerte mich daran, was Knox mit Schokolade anstellen konnte. Ich würde nie wieder eine Pralinenschachtel anschauen können, ohne an Knox und seine talentierten Finger zu denken, seinen Mund.

Benebelt von Lustgedanken, verpasste ich, was er sagte. „Hm?"

„Ich backe gar nichts. *Du* wirst gesalzene Karamell-Brownies backen."

„Wir haben immer noch Schokokekse."

Knox schoss mir einen Seitenblick zu. „Griffen hat sie gefunden, als du und Charlie in der Hütte wart. Er ist eine Naschkatze. Wegen ihm und Lucas haben wir fast keine Kekse mehr."

„Okay. Wenn du denkst, dass ich es schaffe, gesalzene Karamell-Brownies zu machen."

Knox drückte schnell einen Kuss auf meine Wange und löste damit eine Hitzewelle in meinem ganzen Körper aus. „Du schaffst das", sagte er mit ruhiger Zuversicht. Ich wünschte, ich wäre genauso zuversichtlich gewesen.

Wie ich versprochen hatte, dauerte das Zubereiten des Abendessens nicht lange. Wir hatten noch genug Cookies übrig, um sie zerbröselt über Vanilleeis mit heißer Karamellsoße und Kirschen zu geben und somit ein einfaches Dessert zu zaubern.

Wir versammelten uns um den Küchentisch und zum ersten Mal war jeder Platz besetzt. Meine Linguine war ein Hit. Wie üblich pflückte Adam um die Meeresfrüchte herum, aß die Garnelen, ignorierte aber die Jakobsmuscheln und den Hummer. Lucas machte das wieder wett und verschlang seinen ersten Teller, während die anderen erst halb fertig waren. Er stand auf und kehrte mit einer zweiten hochgestapelten Portion zurück.

Charlie pikste mit dem Finger in seinen sehr muskulösen Arm. „Es ist gut, dass du so riesig bist, sonst wärst du bei der Menge, die du isst, so groß wie ein Haus, und nicht auf die gute Art und Weise."

Lucas schluckte, bevor er sprach. „Ich esse so viel, damit ich so groß bleibe, du Genie. Und ihr müsst mir verzeihen. Es ist das erste Mal, dass ich ein hausgemachtes Essen sehe, seit... wie lange ist das schon her, Prinzessin?"

Charlie lachte. „Ich weiß nicht. Wann haben wir das letzte Mal im Winters House gegessen? Zählt das? Diese Prinzessin hier kocht nicht."

„Keine Beschwerden meinerseits", sagte Lucas und lächelte seine Frau liebevoll an. „Essen zum Mitnehmen funktioniert sehr gut und Frau W und Abel würden uns vermissen, wenn wir nicht ein paar Mal in der Woche zum Abendessen auftauchen würden."

„Das stimmt." Zur Erklärung sagte Charlie: „Ich bin mit einem Koch aufgewachsen, also habe ich es nie gelernt, und dann bin ich in das Haus in den Highlands gezogen, mit so viel gutem Essen in der Nähe. Außerdem versuchte ich, das Haus zu renovieren. In den ersten zwei Monaten hatte ich nicht einmal eine Küche."

„Und als sie eine hatte", fügte Lucas hinzu, „hatten wir bereits begonnen, Häuser gemeinsam zu renovieren. Sie hat keine Zeit, kochen zu lernen. Meistens ist sie schon zur Tür hinaus, bevor die Sonne aufgeht, und kommt erschöpft nach Hause. Ich könnte es lernen, aber ich würde meine Freizeit lieber mit anderen Dingen verbringen."

Angesichts der hübschen Röte auf Charlies Wangen und dem Funkeln in ihren blauen Augen brauchte ich nicht zu fragen, was er mit *anderen Dingen* meinte.

Andere Dinge mit Lucas Jackson zu tun, war wahrscheinlich viel interessanter, als Kochen zu lernen.

Vielleicht hätte ich dankbar sein sollen, dass Trey nach den ersten Jahren kein Interesse mehr an Sex hatte.

Wenn ich es mir recht überlege, dann doch nicht.

Ich hätte lieber die letzten sieben Jahre damit verbracht, wahnsinnig verliebt zu sein und all den Sex zu haben, den ich wollte, als mir selbst beizubringen, eine gute Nudelsauce zuzubereiten.

„Jedenfalls", sagte Charlie und zog das Wort in die Länge, um ihr Erröten zu überspielen, „ist mir eine gute Knox-Geschichte eingefallen, als Wiedergutmachung dafür, dass ich Lily von den Spinnen erzählt habe."

„Ist schon okay, Charlie, wir brauchen nicht noch mehr Geschichten", sagte Knox. „Wirklich nicht."

„Eine Geschichte über ihn, als er klein war?", fragte Adam und beugte sich interessiert vor. Charlie lehnte sich über den Tisch und kam ihm fast auf halbem Weg entgegen.

„Genau."

„Du hast Knox gekannt, als er so alt war wie ich?" Adam war begeistert von der Vorstellung, dass sein neuer Held selbst einmal ein Kind war.

„Nicht ganz. Knox ist älter als ich. Wirklich, *wirklich* alt. Als ich geboren wurde, war er bereits zehn Jahre alt."

Adams Augen weiteten sich, als er Knox ansah. „Das *ist* wirklich alt."

Alle am Tisch lachten und Knox murmelte: „Ich bin erst fünfunddreißig." Adams riss die Augen noch weiter auf. „*Wirklich, wirklich alt*", flüsterte er ehrfürchtig.

Ich biss mir auf die Lippe, um mir das Lachen zu verkneifen, und drückte Knox' Knie unter den Tisch. Ich beugte mich vor und flüsterte ihm ins Ohr. „Soll ich dir eine Gehhilfe kaufen?"

„Pass auf, Lily", flüsterte er zurück. „Etwas mehr Respekt oder ich werde dich später übers Knie legen müssen."

„Versprechungen, Versprechungen", sang ich leise und hob meinen Blick, um zu sehen, wie Griffen uns beobachtete, seine Augen ernst und seine Lippen zu einem halben Lächeln gekräuselt.

Eine Sekunde lang hatte ich vergessen, dass wir nicht allein waren. Ich blickte zu meinem Sohn und schämte mich, beim Flirten erwischt worden zu sein. Adam hatte nichts bemerkt, hüpfte ein wenig auf seinem Sitz und sagte zu Charlie, „Erzähl sie mir, los."

„Okay. Also, ich bin als das jüngste Mädchen in einer großen Familie aufgewachsen. Knox und seine Brüder waren so etwas wie meine Brüder. Ich war die Kleinste und habe immer versucht, mit den großen Kindern mitzuhalten, aber das konnte ich nie."

Adam nickte weise. „Manchmal versuche ich, mit den größeren Kindern in der Schule zu spielen, und sie lassen mich nicht, weil ich zu klein bin. Ich bin noch nicht einmal im Kindergarten."

„Du weißt also, wovon ich spreche", sagte Charlie mit einem verständnisvollen Nicken. „Ich habe sie wohl sehr genervt, obwohl ich nicht weiß, wie, denn ich war ein *sehr* braves kleines Mädchen."

Ein schnaubendes Lachen kam von Knox, der Adams Blick begegnete und seinen Kopf schüttelte. Er flüsterte hinter seiner vorgehaltenen Hand: „Sie geriet ständig in Schwierigkeiten. Die *ganze Zeit*."

Charlie schnaubte wütend und schaute zur Decke, als ob sie um Geduld betete. „Ich erzähle die Geschichte, Knox, nicht du. Ich war ein sehr braves kleines Mädchen."

„Das kauft dir niemand ab, Prinzessin", schaltete sich Lucas ein. Sie ignorierte ihn und setzte ihre Geschichte fort, sprach nur mit Adam und tat so, als wären die anderen nicht da gewesen.

„Knox' Haus befand sich in der gleichen Nachbarschaft wie unseres. Wenn man von einem Haus zum anderen fahren wollte, dauerte es ein wenig, aber vor langer Zeit haben unsere Väter herausgefunden, dass, wenn wir durch die Höfe anderer Leute gingen, wir in wenigen Minuten von einem Haus zum anderen gelangen konnten. Die Nachbarn hatten nichts dagegen, und so durften die größeren Kinder zu Fuß von unserem zum Sinclair Haus gehen."

„Du auch?", fragte Adam.

Charlie schüttelte den Kopf. „Ich durfte das nicht. Eines Tages beschlossen die großen Kinder, dass sie Winters House, wo sie Videospiele spielten, verlassen und zum Haus der Sinclairs gehen wollten. Ich weiß nicht mehr, warum."

„Weil das Spiel, das wir spielen wollten, in meinem Zimmer und nicht bei euch zu Hause war", erklärte Knox.

„Das hätte ich mir denken können, ein ausgezeichneter Grund, durch die Wälder zu streifen, um ein anderes Videospiel zu holen."

Charlie rollte mit den Augen, aber Adam sah Knox an und nickte zustimmend. Er hatte nicht einmal eine Spielkonsole, aber er freute sich darauf, eine zu bekommen, nachdem er von anderen Kindern in der Vorschule alles darüber gehört hatte.

„Ich habe nicht mit den großen Kindern gespielt, weil sie mich nicht lassen wollten." Ein finsterer Blick in Knox' Richtung. „Aber ich wollte nicht, dass sie gehen, weil dann keine Kinder mehr da gewesen wären. Ich weiß nicht mehr, was meine Mutter gemacht hat, aber sie war mit Frau W beschäftigt, und sie hat nicht bemerkte, dass ich den Jungs aus dem Haus gefolgt bin."

„Hast du dich verlaufen?", fragte Adam etwas atemlos.

„Nein", sagte Knox. „Sie ist steckengeblieben."

„Steckengeblieben? Wie bist du steckengeblieben?"

„Das hab ich noch nie gehört", sagte Lucas. „In was bist du steckengeblieben, Prinzessin?"

„Nicht in was, sondern auf was", stellte Knox klar.

Charlie schob ihr Kinn vor. „Erzählst du die Geschichte?"

„Nein, du, Charlotte", sagte Knox. „Mach weiter."

Charlies Augen verengten sich, als sie *Charlotte* genannt wurde, aber sie blickte lächelnd zu Adam zurück.

„Das Haus, in dem ich aufgewachsen bin, ist von einer großen Steinmauer umgeben. In der Mauer gibt es ein paar Türen, aber sie haben alle große Schlösser. Ich war erst sechs Jahre alt, also hatte ich keinen Schlüssel, und da ich so klein war, habe ich nie darüber nachgedacht, was ich tun sollte, wenn die Jungs vor mir durch das Tor gingen und es hinter sich abschlossen."

„Du hättest dich umdrehen und nach Hause gehen sollen", sagte Knox und unterbrach erneut.

Charlie ignorierte ihn. „Aber da stand ein großer Baum neben der Mauer."

„Nicht nah genug, um hinüberzuklettern, weil mein Vater für eure Sicherheit zuständig war, und er das niemals zugelassen hätte", fügte Knox hinzu.

Charlie ignorierte ihn wieder. „Ich dachte, wenn ich auf den Baum klettern könnte, käme ich über die Mauer. Ich war eine gute Baumkletterin, selbst mit sechs."

Adam schaute Knox zur Bestätigung an. „Sie war eine ausgezeichnete Baumkletterin", bestätigte er. „Zu gut."

„Das stimmt", gab Charlie zu. „Ich bin auf den Baum geklettert, ganz, ganz weit nach oben, so hoch, dass ich über die Mauer sehen konnte, aber Knox hat Recht. Die Äste waren beschnitten, und es gab keine Möglichkeit, auf die andere Seite zu kommen. Ich war nicht nah genug dran, und dann sah ich nach unten."

„Was ist passiert, als du nach unten gesehen hast?"

„Mir wurde klar, wie hoch oben ich stand", sagte Charlie mit dramatischer Stimme, ihre Augen weit aufgerissen vor Schreck. „Ich hatte zu viel Angst, um herunterzuklettern. Ich steckte fest."

„Was hast du dann getan? Hast du im Baum übernachtet? Bist du nicht hungrig geworden?"

„Ich begann zu schreien, sehr, sehr laut. Ich habe sehr lange geschrien."

„Sie schrie etwa fünf Minuten lang", korrigierte Knox. „Ihr könnt nicht glauben, was für einen Lärm die kleine sechsjährige Charlie machen konnte."

„Sie hörten mich alle. Meine Cousins Vance und Gage.

Knox' Bruder Evers. Sie alle hörten mich, aber nur Knox kam zurück, um zu sehen, was los war."

„Irgendjemand musste ja sehen, warum du so geschrien hast, bevor wir alle in Schwierigkeiten gerieten."

„Du warst der einzige, der zurückgekommen ist", sagte Charlie erneut und umarmte Knox mit einem liebevollen Lächeln.

Sie konzentrierte sich wieder auf Adam und sagte: „Knox kletterte auf den Baum, so hoch er konnte. Die Äste, auf denen ich saß, waren sehr dünn, und er konnte nicht nahe genug herankommen, aber er redete mit mir und beruhigte mich, bis ich es schaffte, mich zum Stamm zurückzubewegen. Er packte mich, legte mich über seine Schultern und kletterte den ganzen Weg zurück zum Boden. Dann brachte er mich nach Hause."

„Hast du großen Ärger bekommen?", fragte Adam und warf mir heimlich einen Blick zu. Ich versuchte, mein bestes *Mamagesicht* zu machen, damit er nicht auf dumme Gedanken kam. Das Letzte, was ich brauchte, war, dass Adam auf einen Baum kletterte und dort festsaß.

„Ich bekam keinen Ärger, weil Knox niemandem etwas gesagt hat. Er ließ mich versprechen, das Haus nie wieder allein zu verlassen, aber er verriet es niemandem."

Adam starrte Knox ehrfürchtig an. „Du hast sie gerettet, und dann hast du es nicht einmal erzählt."

Knox beugte sich über mich zu Adam und sagte ernst: „Sie hätte schwer verletzt werden können. Ich hatte Angst und hätte einen Erwachsenen gerufen, wenn ich geglaubt hätte, ich hätte Zeit, aber ich hatte Angst, dass sie vom Baum fallen würde. Wir hatten beide großes Glück."

Adam ignorierte die Zurückhaltung in Knox' Worten und sagte erneut: „Du hast sie gerettet. Du bist den ganzen Weg hinaufgeklettert und hast die Prinzessin gerettet, wie ein Held in einem Buch."

„Nicht wie ein Held, Kumpel. Ich habe das nie jemandem erzählt, aber ich hatte solche Angst, dass ich, nachdem ich Charlie nach Hause gebracht hab, in den Wald gerannt bin und mich übergeben hab."

„Aber du hast es trotzdem getan", protestierte Adam, „Obwohl du Angst hattest. Mama sagt, das ist, was mutig sein heißt. Schwere Sachen machen, auch wenn man Angst hat. Wie im Buch mit dem Frosch und dem Fuchs."

„Der Junge hat Recht", sagte Charlie.

Knox schüttelte seinen Kopf. Mein Herz rollte zu seinen Füßen. Er hatte nicht versucht, vor Adam den Helden zu spielen, wogegen ein anderer Mann diese Bewunderung genoss und seine Rolle in der Geschichte vielleicht noch ausgeschmückt hätte. Nein, Knox hatte ohne Zögern seine eigene Angst zugegeben.

Was für ein Mann war er? Stark genug, um alleine sechs bewaffnete Männer auszuschalten. Noch stärker, weil er zugab, wenn er Angst hatte.

Wie konnte ich mich nicht in ihn verlieben?

Ich musste mich wohl auf Liebeskummer einstellen, wenn alles vorbei war.

Ich wollte nicht darüber nachdenken.

Ich hatte Knox für den Moment. Das musste genügen.

26

LILY

Charlie und Lucas gingen, nachdem sie beim Abwaschen geholfen hatten. Ich benutzte es als Vorwand, um Adam davon zu überzeugen, dass es Zeit fürs Bett war. Es war noch ein bisschen früh, aber er brauchte den Schlaf.

Ich brachte ihn in sein Bett, in der Hoffnung, dass er dort blieb. Es war schon ein paar Jahre her, seit ich seinen Babyphone zum letzten Mal benutzt hatte, aber ich zog es heraus und schloss es an. Nach den Ereignissen der letzten paar Tagen wollte ich ihn hören, wenn er mich brauchte.

Er plapperte, als ich ihn zudeckte, hauptsächlich über unsere Gäste und Knox, der Charlie vom Baum gerettet hatte. Nachdem er fertig war und ich zu lesen begann, schlief er wie üblich ein, und zwar mitten in der Geschichte.

Ich kam wieder nach unten und fand Knox und Griffen, die sich bei einem Bier leise unterhielten. Ich versuchte, mir zu überlegen, was wir mit dem Rest des Abends anfangen konnten, und fragte: „Möchtest du einen Film schauen?

„Nein, tut er nicht", sagte Knox, während Griffen zustimmte. „Ein Film klingt großartig. Danke, Lily."

Das Lächeln, das er Knox schenkte, war selbstgefällig und amüsiert. Knox' Kiefer verspannte sich, als ob er mit den Zähnen knirschte.

„Ich mache Popcorn", sagte ich. „Ihr könnt euch schon mal den Film aussuchen."

Ich spürte Knox' Blick auf mir, als ich in die Küche flüchtete. Es war nicht so, dass ich mit Griffen einen Film sehen wollte. Er schien ein netter Kerl zu sein, und ich war froh, dass er hier war, aber die einzige Person, mit der ich einen Film sehen wollte, war Knox.

Allein.

Nackt.

Pfeif auf den Film. Alles, was ich wollte, war Knox.

Das würde nicht passieren, noch nicht.

Ich wollte Knox ganz für mich allein, aber nicht genug, um zu einem Gast unhöflich zu sein, selbst zu einem, der uneingeladen aufgetaucht war.

Als ich mit zwei Schüsseln Popcorn zurückkam, lag Knox ausgestreckt auf der Couch und Griffen saß im Sessel. Sie hatten sich für einen Actionfilm aus den 80er Jahren entschieden, den ich schon unzählige Male gesehen hatte. Ich reichte Griffen seine Schüssel Popcorn und schaute Knox an, plötzlich unsicher, wo ich mich setzen sollte.

Ich wollte mich vor Griffen nicht zu auffällig benehmen. Knox zeigte seine Zuneigung zu mir offen vor seinen Freunden, aber es war nicht dasselbe, mich auf seinen Schoß zu setzen.

Knox nahm die Schüssel aus meiner Hand, zog mich auf die Couch und setzte mich neben sich. Er zog den

Couchtisch näher heran und legte die Füße hoch. Ich tat dasselbe und kuschelte mich glücklich an seine Seite.

Problem gelöst.

Der Film begann, aber ich nahm keine Minute davon wahr. Alles, woran ich denken konnte, war Knox. Die Hitze, die er neben mir ausstrahlte. Die harten Muskeln seines Oberschenkels unter meiner Hand. Sein starker Arm, der um meinen Rücken geschlungen war.

Ein paar Minuten nach Beginn des Films streichelten seine Lippen mein Ohr.

„Ist Adam gut eingeschlafen?"

Ich ließ einen kleinen Seufzer los, als ich mich noch mehr in ihn verliebte. „Das ist er, aber ich habe den Babyphone eingeschaltet, für alle Fälle."

„Gute Idee", stimmte Knox zu.

Wir schwiegen und schauten den Film weiter. Knox' Arm wanderte nach unten, schob mich nach vorne, sodass sich seine Finger um meine Hüfte legen konnten. Sein Daumen zog Kreise und brandmarkte mich durch meine Shorts.

Es war eine unschuldige Berührung. Er hatte seine Hand auf meiner Hüfte, nicht zwischen meinen Beinen, aber das Kreisen seines Daumens hallte in meinen ganzen Körper wider, und ließ mich erröten und unruhig werden.

Ich begann zu bedauern, dass ich Griffen gegenüber höflich war. Ich hätte ihn vor den Fernseher setzen und Knox nach oben schleifen sollen.

Knox streifte seine Lippen über mein Ohrläppchen und ich wartete darauf, dass er etwas sagte. Seine Zähne schlossen sich über der weichen Haut, seine Nase schmiegte sich an meine Wange. Ich drückte meine Knie zusammen und versuchte, die wachsende Hitze zwischen meinen Beinen aufzuhalten.

Wenn Griffen nicht hier gewesen wäre, hätte ich es mir

mit Knox gemütlich machen können, meine Hände unter sein Hemd schieben und seine Brust mit meinem Mund verwöhnen.

Diese harten Muskeln schmecken.

Seine warme Haut lecken.

Das Kitzeln seines Brusthaars auf meiner Wange spüren.

Seinen Gürtel aufmachen und seine Jeans runterschieben.

Knox biss wieder in mein Ohrläppchen und saugte daran, linderte damit seinen Biss und schickte Pfeile des Verlangens direkt in meine Klitoris.

Wenn er so weitermachte, könnte ich den Film nicht überstehen.

„Alles in Ordnung da drüben?", fragte Griffen, die Belustigung in seiner Stimme nicht zu überhören.

„Bestens", krächzte ich.

„Warum gehst du nicht ins Bett, Griffen?", schlug Knox vor.

„Ich bin noch nicht müde. Ich schaue mir lieber die Show an", entgegnete Griffen gelassen. Mir wurde klar, dass er nicht *Film* gesagt hatte.

Er sagte *Show* und meinte uns damit.

Die Hitze der Peinlichkeit verband sich mit Lust, bis ich fast überkochte. Noch mehr davon und ich wäre verbrannt und verdampft.

„Ich bin dein Chef", knurrte Knox. „Und ich sage, *geh ins Bett.*"

Griffen versuchte nicht einmal, seine Belustigung zu verbergen. „Technisch gesehen ist Cooper mein Chef, und er hat gesagt, ich soll dich im Auge behalten, also mache ich nur meine Arbeit, schätze ich. Warum, störe ich euch?"

Knox kam auf die Füße, hob mich beim Aufstehen auf

seine Arme, schnappte den Babyphone mit einer Hand vom Couchtisch und ließ ihn auf meine Brust fallen.

„Genieß den Film", verkündete er gelassen.

Meine Wangen fingen Feuer bei Griffens Lachen. Ich versteckte mein Gesicht gegen Knox' Brust und war mir sicher, dass ich vor Verlegenheit sterben würde, wenn ich Griffen in die Augen sah.

„Lass mich runter", sagte ich, sobald ich dachte, dass wir außer Hörweite waren.

„Auf keinen Fall. Griffen wird es bereuen, sich mit mir angelegt zu haben."

„Er hat sich mit dir angelegt?"

„Oh ja, zum Teufel. Er wollte diesen Film gar nicht sehen. Ich meine, wer will John McClane sehen? Es hätte ihm genauso gutgetan, einmal früh ins Bett zu gehen, oder ein Buch zu lesen. Nein, er wusste, dass ich mit dir allein sein wollte, und er dachte, es würde Spaß machen, mich auf die Palme zu bringen. Das zahle ich ihm später heim."

„Warte mal, er denkt, wir sind nach oben gegangen, um, äh-" Die Worte blieben mir im Hals stecken.

Was stimmte nicht mit mir?

Du bist eine erwachsene Frau, hielt ich mir selbst einen Vortrag. *Du warst verheiratet. Warum kannst du mit Knox nicht über Sex reden?*

Weil es mit Knox nicht einfach *Sex* war.

Es war so viel mehr als nur zwei Körper, die zusammenkamen.

Mein Herz war durcheinander von all dieser Lust. Es fühlte sich so groß an. So wichtig. Es war mehr. So viel mehr als einfach nur Sex.

Mein Mangel an Erfahrung und meine angeborene Schüchternheit ließen mich nur noch befangener werden.

Nichts davon schien Knox zu stören.

Weder mein Mangel an Erfahrung, noch meine Schüchternheit.

Er ließ mich auf die Mitte des Bettes fallen, stützte die Hände auf seinen Hüften ab und schaute auf mich herab, wie ein Eroberer.

„Mir ist egal, was er darüber denkt, warum wir nach oben gegangen sind", sagte er. „Mir geht es nur um uns."

„Okay", flüsterte ich, meine Kehle trocken vor Nervosität und Verlangen. Knox durchquerte den Raum, um die Tür abzuschließen. Er stellte den Monitor auf meine Kommode, drehte die Lautstärke ganz hoch und füllte den Raum mit Rauschen und den leisen Atemgeräuschen, die in Adams Zimmer erklangen.

Als er zum Bett zurückkam, packte er meinen Knöchel und zog mich nah genug heran, um den Bund meiner Shorts zu erreichen.

„Das Haus ist sicher", sagte er sachlich, öffnete meine Hose, zog sie mir, zusammen mit meinem Höschen, herunter.

„Griffen ist unten, und Lucas wird den Außenalarm hören, wenn er losgeht, was nicht passieren wird."

Er nahm meine Hand und zog mich in eine sitzende Position. Sobald ich mich aufsetzte, zerrte er mir mein Hemd über den Kopf, wobei meine Arme automatisch in die Luft flogen.

„Adam schläft. Wir werden ihn hören, wenn er uns braucht."

Dieses Mal brauchte ich keine Aufforderung. Als ich hinter mich griff, öffnete ich meinen BH und warf ihn zu Boden.

Knox' Augen wurden schwarz und konzentrierten sich auf meine steifen Brustwarzen.

Als ich in die Knie ging, krümmte ich einen Finger und

lockte ihn näher. Ich konnte anscheinend nicht über Sex sprechen, ohne wie ein Teenager zu stottern, aber ich konnte das hier tun.

Ich hatte es mir den ganzen Tag vorgestellt. Sobald er in Armlänge war, gingen meine Hände an seinen Gürtel. „Zieh dein Hemd aus", befahl ich und war damit beschäftigt, seine Hose aufzumachen.

„Ich mag dich herrisch", sagte er knurrend und folgte meiner Anweisung. Er zog seine Hose aus, nachdem er sein Hemd über den Kopf warf.

Knox stand völlig nackt vor mir.

Dieser Körper. *Oh, mein Gott!*

Er war perfekt, jeder Teil von ihm war perfekt. Stark und groß, mit gebräunter Haut und harten Muskeln, einem Sprenkel dunkler Haare auf der Brust.

Ich kniete auf der Bettkante und griff nach ihm. Meine Hände glitten zu seinen Hüften und dann nach hinten, um seinen straffen, perfekten Hintern zu umfassen.

Ich drückte und zog ihn näher heran, neigte meinen Kopf und tat schließlich das, woran ich den ganzen Tag gedacht hatte. Ich teilte meine Lippen und nahm den Kopf seines Schwanzes in meinen Mund.

Ich hörte ein Stöhnen. „Oh, verdammt, Lily. Lily, Baby."

Ich wollte das noch nie tun, hatte mir nie vorgestellt, wie es sein würde, einen Mann wie Knox so fühlen zu lassen, zu wissen, dass ich es war - mein Mund, meine Lippen, meine Zunge - die ihm das gab.

Ich hätte den ganzen Tag weitermachen können, aber er umfasste mein Gesicht und drängte mich nach hinten. Sein Schwanz glitt von meinen Lippen und sprang zurück. Ich packte ihn, seine harte Länge pulsierend unter meinen Fingern.

Bevor ich fragen konnte, warum, sagte Knox: „Ich brauche dich, Lily. Ich habe dich gebraucht, bevor ich dich überhaupt getroffen habe."

Ich wusste, was er meinte. Ich lehnte mich in die Kissen zurück und spreizte einladend meine Beine.

27

LILY

Knox war in Sekundenschnelle auf mir. Ich fand mich in einem Gefühlstornado wieder, sein Mund an meiner Brustwarze, bevor er sich zur anderen bewegte. Seine Finger, die streichelten und drückten, und Funken durch meinen ganzen Körper schickten.

Sein Mund war so heiß, so hungrig.

Verlangend.

Er machte mich ganz schwach, ließ mich zugleich träge, als auch nervös werden. Der Widerspruch verwirrte mein Gehirn.

Ich war wie eine Springfeder, die zu eng gespannt und bereit war los zu sprinten.

Leises Stöhnen kam aus meiner Kehle. Alles, was ich sagen konnte, war sein Name.

„Knox. Oh, Knox."

Etwas Heißes und Hartes berührte meine Muschi und ließ sie feucht werden, aber es war nicht sein Schwanz. Eine Fingerspitze umkreiste meine Klitoris, und ließ mich erzittern.

Ein Finger tauchte hinein, dann zwei. Ich war nass.

So nass.

Bereit.

Ich griff nach ihm, war über das Betteln hinaus, wollte ihn in mir spüren. Knox ließ mich warten. Er teilte meine Beine, ließ seinen Kopf zwischen sie fallen und leckte. Oh Gott, konnte er lecken.

Und saugen. Und schmecken.

Ich konnte nicht stillhalten.

Ich wollte mehr, alles. Er nagelte mich mit seinen Händen an die Matratze, hielt mich gefangen unter seinem Mund und brachte mich immer näher an den Rand.

„Ich will dich ficken, Lily. Willst du es auch? Willst du mich in dir?"

War das sein Ernst?

Allein die Worte schickten weißglühende Blitze der Lust durch mich hindurch. Ich konnte die hungrigen Laute in meiner Kehle nicht in Worte fassen.

Als Antwort darauf beugte ich mein Knie und ließ meine Beine offen fallen. Das war alles, was Knox brauchte. Er küsste die Innenseite meines Oberschenkels und wanderte dann nach oben, um mir in die Hüfte zu beißen. Ich hörte das Knittern und erinnerte mich plötzlich an Schutz.

Wie dumm von mir.

Ich hatte keine Zeit, froh darüber zu sein, dass Knox vorbereitet war. Eine Sekunde später war er über mir und sein Gewicht drückte mich in die Matratze. Der Kopf seines Schwanzes drückte in mich hinein und dehnte mich fast schmerzhaft.

Ich wollte ihn so sehr, dass der Schmerz dem Vergnügen nur einen zusätzlichen Kick verschaffte. Er drang langsam und sanft in mich ein und ich spürte, wie eng ich nach so vielen Jahren Enthaltung war.

Emotionen überfluteten mein Herz. Ich wusste, was er brauchte, und trotzdem war er sanft.

Es waren nicht nur Emotionen, sondern auch Liebe.

Ich wollte mir nicht länger etwas vormachen, es war schrecklich dumm, sich so schnell zu verlieben, aber *ich liebte Knox.*

Ich hatte nicht vor, es ihm zu sagen, konnte es einfach nicht. Ich tat das Einzige, was mir einfiel, was sich richtig anfühlte und hob meine Beine, legte meine Füße auf seinen Rücken und drückte mich hoch, um ihn ganz in mir aufzunehmen.

Er schloss seine Augen. Die Ekstase, die sich auf seinem Gesicht ausbreitete, war das Schönste, was ich je gesehen hatte. Diese scharfen Wangenknochen und die dunklen Augen, welche vor Wonne, die nur ich ihm geben konnte, strahlten.

Ich schlang meine Arme um seine Schultern und hielt mich fest, während er mir ins Ohr stöhnte. „Lily, ich will- Lily ich...“

Ich hielt ihn mit allem, was ich hatte, und flüsterte: „Fick mich, Knox. Bitte. *Fick mich.*“

Er stöhnte und stieß seine Hüften vor. Ich dachte, ich hätte ihn ganz aufgenommen, aber als er in einen harten, schnellen Rhythmus verfiel, wurde mir klar, dass er noch mehr hatte.

Das Klatschen seines Schambeins gegen meine Klitoris, das Dehnen seines Schwanzes in mir und das Reiben seines Brusthaars über meine Brustwarzen brachte mich um den Verstand. Aus meinem Körper.

Der Orgasmus traf mich wie ein Blitz und ließ mich taub und blind, knochenlos und kribbelnd zurück, während ich mich an Knox festhielt und mich seine letzten Stöße höher brachten. Und noch höher.

Ich konnte nicht atmen, war mir nicht sicher, ob ich

meinen eigenen Namen noch wusste, aber ich kannte den Mann in mir. Als er ebenfalls die Erlösung fand, küsste ich ihn.

Alles, was ich nicht in Worte fassen konnte, sagte ich mit meinem Mund und schenkte ihm mein Herz.

Meine Angst.

Meine Liebe.

Mein Verlangen.

Ich wollte ihn bei mir haben, ihn glücklich machen und ihm alles geben, was er brauchte.

In diesem Moment war es mir egal, ob es dumm oder leichtsinnig war, Knox zu lieben.

Es war mir egal, ob mein Herz am Ende brach.

Ich wollte mich nicht schützen.

Ich wollte Knox lieben.

Knox fiel zur Seite, als ob jeder Muskel in seinem Körper auf einmal zusammenbrach. Er rollte auf seinen Rücken und nahm mich mit, um mich nicht zu zerquetschen. Ich streckte mich auf ihm aus und fühlte den Verlust, als sein Schwanz aus meinem Körper glitt.

Ich wusste, dass es unklug war, ein Kondom drinnen zu behalten. Ich hatte keine Angst davor, schwanger zu werden, aber bis wir darüber gesprochen hatten, *und das hatten wir nicht*, war es besser, mit Kondomen vernünftig umzugehen.

Vielleicht dachte Knox dasselbe, weil er unter mir wegrutschte und mir einen Kuss auf die Stirn drückte. „Bin gleich wieder da."

Er schlüpfte ein paar Minuten später unter die Decke, zog mich in die gleiche, halb ausgestreckte Position zurück und vergrub sein Gesicht in meinem Haar.

„Ich liebe dein Haar. Es ist so weich. Als du am ersten Tag die Tür geöffnet hast, dachte ich, es könne sich unmöglich so weich anfühlen, wie es aussah, aber es ist noch weicher und riecht nach Strand."

„Kokosnuss", murmelte ich. „Ich benutze Kokosnussöl."

Er war so warm, der Schlag seines Herzens unter meinem Ohr lullte mich in einen Traum von Knox und mir ein. *Zusammen.*

Seine Hand streichelte meinen Rücken, zog einen Kreis über mein Steißbein und wanderte wieder nach oben. Als ich dachte, dass ich wieder einen vernünftigen Satz formen konnte, fragte ich: „Wie viele dieser Kondome hast du?"

Sein Lachen vibrierte in seiner Brust. Eine Welle der Peinlichkeit stieg in mir auf und verschwand wieder, als er, selbst ein wenig verlegen, sagte: „Eine Schachtel. Ich habe sie in Bar Harbor gekauft. Nicht, dass ich dachte -Ich würde nie annehmen, dass- Aber…"

Ich drückte ihm einen Kuss auf die Brust. „Ich bin froh, dass du sie gekauft hast. Was meinst du, wie viele davon können wir heute Nacht verbrauchen?"

Knox hakte seine Hände unter meine Arme und zog mich an seinem Körper hoch und in eine sitzende Position, wobei sich meine Beine auf seinen Bauchmuskeln spreizten. Sein halb verschlafenes, gesättigtes Lächeln hatte einen besonderen Reiz. Dunkle Augen sahen mich an, als er meine Brust mit seinen Händen bedeckte und meinen Nippel zwischen Daumen und Zeigefinger nahm.

Ich erschauderte. Eigentlich hatte ich gescherzt, als ich gefragt hatte, aber mit seinen Händen, die mich neckten, und seinem harten Körper zwischen meinen Beinen, diesem Blick in seinen Augen war ich definitiv bereit für eine zweite Runde.

Sein Schwanz rührte sich. Knox war noch nicht bereit, aber das wäre er bald. Ich drückte meinen Mund auf seinen, küsste ihn, rieb meine Zunge an seiner. Unser Atem vermischte sich, unsere Hände streichelten uns.

Meine Stirn lehnte gegen seine, als ich meine Hüften anhob und mich verlagerte, wobei ich seinen hart werdenden Schwanz zwischen seinem Bauch und meiner Muschi einklemmte.

Oh ja, ich war absolut bereit für eine zweite Runde.

Ein Schrei schnitt durch die Luft und vertrieb meine erregen Träume. Knox erstarrte, seine Hände spannten sich reflexartig an meinen Hüften an, bevor er sich rollte und mich mitnahm. Er sprang vom Bett und schlüpfte in seine Kleidung, während ich noch versuchte, meine Beine zum Funktionieren zu bringen.

Ein weiterer Schrei, und mein Gehirn klickte online.

Adam.

Adam.

Kein Alarm, es gab keinen Alarm.

Es war ein Alptraum.

Ich ignorierte meine Kleidung, stürzte zum Bademantel, der an der Rückseite der Tür hing und schob meine Arme durch die Ärmel, während ich nach der Türklinke griff. Ich musste zu Adam.

Knox' Hand schloss sich über meiner Schulter und zog mich zurück. Instinktiv versuchte ich, an ihm vorbeizukommen, aber er schob seinen Körper zwischen mich und die Tür. „Lily, warte. Lass mich zuerst gehen."

Der absolute Befehlston in seiner Stimme durchbrach meine Panik. Ich hielt mich zurück, damit Knox den Flur überprüfen konnte. Er hielt meinen Arm mit einer Hand fest und schirmte mich ab, bis er sich vergewissert hatte, dass sich zwischen Adam und mir keine Gefahren befanden.

Adam war allein in seinem Zimmer, saß kerzengerade

im Bett, mit weitaufgerissenen Augen voller Panik. Wie letzte Nacht wimmerte er: „Mama, Mama, Mama."

Anders als letzte Nacht, konnte er mich sehen. Ich ging in die Knie und zog ihn in meine Arme. Er vergrub sein Gesicht an meinem Hals, benetzte meine Haut mit seinen Tränen und murmelte immer wieder meinen Namen. Knox setzte sich auf den Boden neben uns, mit dem Rücken zu Adams Bett, bevor er uns in seine Arme zog, seine Stirn an meine Schläfe drückte und seine Hand über Adams Rücken rieb.

„Es ist okay, Kumpel. Es ist okay. Deine Mama ist hier. Alles ist gut."

Ich weiß nicht, wie lange wir dort saßen. Griffen erschien in der Tür, wahrscheinlich nachdem er Adams Schreie und Knox' Schritte gehört hatte. Knox sah ihn an, nickte und Griffen nickte zurück, bevor er verschwand.

Nach einer Weile drückte Knox' mich und drängte mich dazu, aufzustehen. Er nahm mir Adam ab, damit ich auf die Füße kommen konnte. Adam schlang seine Arme um Knox' Hals, legte seine Wange an seine breite Brust und seufzte.

Ich merkte nicht, dass ich weinte, bis Knox seine Hand hob und eine Träne von meiner Wange wegwischte. „Alles wird gut, Lily."

Das war nicht der Grund, warum ich weinte.

Mein Herz war zu voll.

Ich war ein hoffnungsloser Fall. Zu sehen, wie Knox Adam auf diese Weise hielt, hatte mein Inneres tief berührt. Ich hatte keine Verteidigung gegen einen Mann wie ihn, der mein Kind mit solcher Zärtlichkeit hielt, selbst nachdem ihn dieses Kind beim Sex unterbrochen hatte, und nicht einmal, sondern zweimal.

Knox schien es nichts auszumachen, er gab Adam keine Schuld, gab mir keine Schuld.

Er schaltete den Gang runter und tat, was getan werden musste. In diesem Fall war es, einen verängstigten Jungen zu trösten, weil er vor achtundvierzig Stunden gesehen hatte, wie ein Mann seiner Mutter eine Waffe an den Kopf hielt.

Wenn Trey nicht gestorben wäre, wäre Adam vielleicht widerstandsfähiger. Ich war nicht nur seine Mutter, ich war auch sein einziger Elternteil.

Knox legte Adam auf die Seite, die von der Tür am weitesten entfernt war, deckte ihn zu und wartete, während ich mir ein Nachthemd überzog.

„Du bekommst die Mitte", sagte er und hielt die Decke hoch.

Ich kletterte hinein und schlang meinen Arm um Adam. Er schmiegte sich wie gewohnt an mich, seine kleine Hand über meinen, als er wieder einschlief. Das Bett sank etwas, als Knox sich zu uns gesellte und seinen schwerer Arm über mich und Adam legte.

Ich wollte so viele Dinge sagen, dass ich ihn liebte, dass ich dankbar war für alles, was er uns gab. Seine Freundlichkeit und die Orgasmen.

Dafür, dass er uns beschützte.

Dafür, dass er Knox war.

Ich wusste nicht, wie ich es in Worte fassen sollte, weil ich fürchtete, dass es zu viel war. Ich wäre nicht in der Lage gewesen, damit zu leben, Knox verscheucht zu haben.

Ich wusste nicht, wie lange diese Sache zwischen uns dauern würde. Ich wollte Knox so lange behalten, wie ich konnte. Wenn das bedeutete, dass ich meine Gefühle für mich behielt, konnte ich damit leben, solange Knox bei mir war.

28

LILY

Knox fragte: „Hast du an die Seite des Messbechers geklopft?"

Hoppla. Ich hatte es mit einem Messer eingeebnet, aber ich hatte das Klopfen vergessen. Gehorsam schlug ich das Messer gegen den Messbecher und beobachtete, wie das Mehl zusammenfiel, sodass weniger als die Hälfte der Menge, die ich brauchte, überblieb.

Irgendwann werde ich das schon richtig machen.

Ich schöpfte erneut Mehl aus dem Beutel, klopfte einige Male und ebnete es dann ein. Knox lehnte sich an mich, war sich der wachsamen Augen von Adam und Charlie bewusst, und gab sich damit zufrieden, mir einen Kuss auf den Scheitel zu drücken.

„Gut gemacht."

Ich checkte das Rezept auf Knox' Telefon. Eine Tasse Zucker.

Eine Tasse Zucker? Doppelt so viel Zucker wie Mehl? Dies war ein weiteres Rezept von Annabelle. Wenn diese Brownies so gut waren wie die Schokokekse, konnte ich es nicht in Frage stellen, aber das war eine Menge Zucker.

Adam kicherte leise. Ich schaute rüber, um ihn dabei zu erwischen, wie er sich eine Handvoll Schokochips in den Mund schob. Charlie schloss sich ihm an, an ihrer Unterlippe klebte geschmolzene Schokolade.

„Hey, ich brauche die für die Brownies."

„Hier." Charlie füllte den Messbecher mit Schokochips auf und reichte ihn mir, wobei sie die Tüte für sich und Adam behielt. Ich kippte die Schokolade in eine Schüssel, die über einem Topf mit kochendem Wasser stand. Aus dem anderen Raum hörten wir Lucas fluchen, was Adam wieder ein Kichern entlockte.

Charlie hob die Augen zur Decke, bevor sie mich schuldbewusst ansah. „Tut mir leid, er ist kleine Ohren nicht gewöhnt."

„Ist schon okay", sagte ich. „Adam weiß, dass er solche Worte nicht wiederholen darf."

„Stimmt", sagte Adam undeutlich, sein Mund voller Schokoladenchips.

Ich behielt die schmelzende Schokolade im Auge, während ich Eier, Zucker und Vanille aufschlug, wobei das Rezept meine ganze Konzentration erforderte. Ich wusste, dass Knox da war, damit ich keinen Mist baute, aber ich wollte es richtig machen. Mein einziger Fehler bisher war, dass ich vergessen hatte, gegen den Messbecher mit zu klopfen. Ansonsten hatte ich aus meinen Fehlern gelernt.

Miss sorgfältig ab und befolge die Anweisungen.

Lucas erschien und füllte die ganze Tür aus. Seine Größe war erschreckend, umso mehr, als er sich völlig geräuschlos bewegte. Ein so großer Mann sollte wie ein Elefant herumtrampeln, aber stattdessen war er wie ein Gespenst.

Charlie schenkte ihm eine Tasse Kaffee ein und drückte sie ihm in die Hand, während sie sich gegen ihn lehnte. Er nippte dankbar.

„Wie gut konnte dein Mann mit Computern umgehen?", fragte Lucas.

Ich blickte vom Herd zu ihm. „Er kannte sich einiger-
maßen aus, aber er war kein Hacker oder Programmierer
oder so etwas."

„Bist du sicher?"

Ich schaute zu Adam, der an einem Gespräch über
seinen Vater überhaupt nicht interessiert schien. Ich konnte
nicht sagen, ob es ihm wirklich egal war, oder ob er
vorgab, sich nicht dafür zu interessieren, in der Hoffnung,
dass wir etwas Interessantes sagten. Ich war mir nicht
sicher, ob es von Bedeutung war.

Ich sprach vor Adam nie schlecht über Trey, aber die
Tatsache war, dass Trey uns in Schwierigkeiten gebracht
hatte. Die Dinge waren kompliziert genug, ohne dass ich
mich verstellte und versuchte, so zu tun, als wäre er der
Vater des Jahres gewesen. Adam war fünf Jahre alt, nicht
dumm.

„Um ehrlich zu sein, bin ich mir bewusst, dass es
vieles gibt, was ich nicht weiß. Ich denke, es ist möglich,
dass er ein heimlicher Hacker war, aber soweit ich es beurteilen kann, war er gut genug, um Online-Banking zu
beherrschen, eine Tabellenkalkulation und ein Textverar-
beitungsprogramm zu benutzen, aber ich habe ihn nie fort-
geschrittene Sachen tun sehen. Die Hälfte der Zeit kam er
mit der Fernbedienung nicht zurecht."

Lucas nickte und nippte nachdenklich an seinem
Kaffee.

Schließlich sagte er: „Davis hatte Zugang zu den Tech-
nologien, die er von Tsepov bekam."

Ich hatte keine Ahnung, wovon er sprach, Knox schon.
„Ja, ich erinnere mich. Glaubst du, er hat Treys Laptop
damit aufgerüstet?"

„Jemand hat es getan. Ich bezweifle, dass es Trey Spencer war."

„Kommst du rein?"

„Klar, ich habe es schon fast geschafft. Wo ist Griffen?"

„Durchsucht das Haus", antwortete Knox mit einem kurzen Blick auf Adam.

Lucas folgte seinem Blick, sah mich an und nickte. Er umarmte Charlie. „Danke für den Kaffee, Prinzessin." Dann ging er so leise, wie er gekommen war.

„Er wird es schaffen", sagte Charlie mit unerschütterlichem Vertrauen. „Niemand kann Lucas aufhalten, wenn er rein will."

„Das ist wahr", stimmte Knox zu. „Sobald wir die Sache mit Tsepov unter Dach und Fach haben, möchte ich herausfinden, wer für ihn arbeitet. Wenn sein Hacker gut genug ist, um Lucas Probleme zu bereiten, will ich wissen, wer er ist."

Ich blendete ihr Gespräch aus und überprüfte noch einmal das Rezept, bevor ich die nun geschmolzene Schokolade zum Abkühlen aus dem siedenden Wasser nahm, weil ich nicht wollte, dass sie kochend heiß war, wenn ich sie in die Rührschüssel gab. In einer anderen Schüssel rührte ich die restlichen trockenen Zutaten zusammen und stibitzte mir heimlich ein Stück Karamell.

Kurz bevor der Alarm für die Schokolade klingelte, stieß Lucas einen triumphierenden Schrei aus, der von Treys Büro den Flur hinunter hallte. Ich nahm an, dass das bedeutete, dass er den Laptop geknackt hatte. Charlie schlüpfte aus dem Raum und kam fast sofort mit einem breiten Grinsen wieder.

„Er ist drin", bestätigte sie. Nun musste ich einfach hoffen, dass all diese Mühe nicht umsonst gewesen war.

Das Klingeln ertönte, und ich vermischte die Schokolade mit den Eiern, gab dann die feuchten Zutaten zu den trockenen dazu, und goss das ganze verlockende Gemenge in die Backform, die ich bereits gebuttert und bemehlt hatte.

Ich schob die Form in den Ofen und stellte die Uhr auf eine halbe Stunde ein. Ich musste noch die Karamellsauce machen, aber damit würde ich erst beginnen, wenn die Brownies aus dem Ofen kamen. Adam verlor das Interesse an meinem Backprojekt, sobald ich ihm die Tüte mit den Schokochips aus der Hand nahm und sie weglegte.

„Kann ich Lego spielen gehen?"

Er hatte sich in den letzten Tagen mehr als gewöhnlich an mich geklammert. Während ein Teil von mir verstand, wie er sich fühlte, nickte ich, erleichtert über die Rückkehr zur Normalität. „Mach nur. Ich werde dich rufen, sobald die Brownies fertig sind."

„Vergiss es nicht!", rief Adam, als er den Flur herunterrannte, auf dem Weg in sein Zimmer.

Griffen kam herein und schüttelte verneinend den Kopf, als er meinen Ausdruck sah. „Ich habe nichts gefunden, aber es gibt eine Stelle unter der Treppe, an der die Verkleidung etwas schief aussieht..." Er begegnete Knox' Blick und sagte: „Ich würde dort nachsehen und auch Treys Schreibtisch auseinandernehmen. Ich vermute, dass das, was auch immer er versteckt hat, an einem dieser Orte ist. Ich habe überall sonst nachgesehen."

„Lucas ist in den Laptop reingekommen", sagte Knox.

„Hat er etwas gefunden?"

„Weiß ich noch nicht."

Offensichtlich nicht darüber besorgt, Lucas zu unterbrechen, schnappte sich Griffen eine Tasse Kaffee und ging zum Büro. Der Rest von uns folgte ihm. Lucas starrte auf den Laptop-Bildschirm, ein selbstgefälliges Lächeln auf den Lippen. „Ich habe die Konten gefunden. Die *richtigen* Konten."

Ich bemerkte, dass ein USB-Stick an den Laptops angeschlossen war.

„Sonst noch etwas?", fragte Knox und lehnte über Lucas' Schulter, um nachzusehen, was auf dem Laptop-Bildschirm geöffnet war.

„Eine Datei mit einer Liste von Kontonummern."

„Die Kontonummern, nach denen wir suchen?"

„Zu früh, um das zu sagen", sagte Lucas. „Ich kann den Laptop hier lassen. Ich brauche ihn nicht mehr, aber ich bringe alles zurück nach Atlanta und gebe dir Bescheid. Ich muss noch ein wenig tiefer graben."

Meine Knie zitterten etwas bei dem Gedanken, dass Lucas das gefunden haben könnte, was sie suchten. Wenn sie die Kontonummern hatten, brauchte Knox mich nicht mehr.

Nein. Ich wollte, dass Knox die Kontonummern fand. Ich wollte, dass seine Mutter und seine Familie in Sicherheit waren.

Wenn Tsepov sein Geld bekam, würde er mich und Adam in Ruhe lassen. Ich wollte doch, dass Tsepov verschwand, oder? Natürlich wollte ich das.

Warum fühlte ich mich dann so enttäuscht bei dem Gedanken, dass Lucas das Problem von Knox und nicht mein eigenes gelöst haben könnte?

Griffen hatte Treys Versteck nicht gefunden. Ich hatte den Adoptionsvertrag und Adams Geburtsurkunde immer noch nicht.

Griffen schaute auf seine Uhr. „Wir müssen bald zum Flughafen fahren."

Sie wollten nach dem Mittagessen nach Atlanta aufbrechen, weil Charlie ihre Mitarbeiter gleich am Montagmorgen treffen musste, und es nicht mehr viel gab, was Lucas und Griffen hier tun konnten.

Ich war traurig darüber, dass sie gehen mussten, aber ich war nicht traurig darüber, wieder mit Knox allein zu sein, zumal ich mir nicht sicher war, wie lange er noch hierbleiben konnte.

Mein Telefon und das von Knox piepten gleichzeitig. Der Einfahrtsalarm, der uns wissen ließ, dass ein Auto von der Hauptstraße abgebogen und die lange, enge Einfahrt hinuntergefahren war.

Ich war nicht überrascht, als ich ein Polizeiauto vor dem Haus vorfahren sah. Wer, außer Dave, konnte es noch sein? Knox' Hand schloss sich um meinen Ellbogen, als ich mich bewegte, um die Tür zu öffnen. „Lass Lucas an die Tür gehen."

Ich brauchte nicht zu fragen, warum. Lucas grinste. „Warum? Wer ist das?"

„Der Sheriff, von dem ich dir erzählt habe."

„Oh. Ja, lass mich an die Tür gehen."

Ich lachte nicht über Daves Gesichtsausdruck, als Lucas die Tür öffnete, aber ich wollte es. Ihm fiel die Kinnlade herunter, als seine Augen nach oben wanderten, und dann weiter nach oben, und weiter nach oben, bis zu der Stelle, an der Lucas' Kopf den Türrahmen berührte.

Dave wich unfreiwillig einen Schritt zurück, bevor er seine Schultern straffte. „Ich bin Sheriff Dave Morris von der Black Rock Polizei. Wer sind Sie, und was machen Sie in Lily Spencers Haus?"

„Lucas Jackson von Sinclair Security. Stimmt etwas nicht, Officer? Etwas, wobei ich Ihnen helfen kann?"

„Ich bin vorbeigekommen, um Lily zum Mittagessen einzuladen." Dave lehnte sich an dem Riesen vorbei, als seine Augen nach mir suchten, aber Lucas blieb wo er war.

„Lily hat bereits Pläne fürs Mittagessen. Ich werde ihr ausrichten, dass Sie vorbeigekommen sind."

„Ich werde nicht gehen, bevor ich Lily gesehen habe", sagte Dave grimmig.

Lucas bewegte sich nicht. Ich war ein wenig neugierig, wie lange diese Pattsituation noch dauern würde, aber ich wusste nicht, ob ich allein in Black Rock bleiben musste, wenn Knox schließlich ging, deswegen lohnte es sich nicht, Dave wütend zu machen.

Ich löste mich von Knox und ging zur Tür, wo ich Lucas zur Seite stieß.

„Hey, Dave. Arbeitest du an einem Sonntag?"

„Ich habe Bereitschaftsdienst. Wollte sehen, ob du Adam bei Sinclair lassen und mit mir zum Mittagessen gehen würdest."

Hinter mir hörte ich ein ersticktes Lachen. *Charlie.* Ich wollte mich ihr anschließen.

Warum bat Dave mich immer wieder um ein Date?

Was war der Grund?

Knox behauptete, dass er sich zu mir hingezogen fühlte, aber ich sah es nicht, außer er versuchte, mich ins Bett zu kriegen, um besseren Zugang zum Haus zu haben. Knox sagte, er suchte nach etwas. So oder so, es würde nicht passieren.

„Dave, es tut mir so leid, aber du siehst ja, dass ich Besuch habe…"

„Sie arbeiten für dich. Sie sind keine Gäste."

Ich schloss für einen Moment die Augen, in der Hoffnung, damit meinen Ärger verbergen zu können. „Dave, es tut mir leid, aber ich habe keine Zeit für ein Mittagessen, und ich habe dir bereits gesagt, dass Knox kein Babysitter ist."

„Wozu ist er eigentlich hier?", fragte Dave angriffslustig. „Wir sind in Black Rock. Hier gibt es keine Verbrechen. Ein paar Teenager, die herumalbern, sind nichts, worüber man sich Sorgen machen müsste, Lily."

Er trat näher und senkte seine Stimme, als ob er seine Worte vertraulich halten wollte. Lächerlich, in Anbetracht der Tatsache, dass Lucas direkt neben mir stand, und Knox, Griffen und Charlie nur ein paar Schritte entfernt waren.

Dave hätte flüstern können und trotzdem hätten sie jedes Wort gehört.

„Ich mache mir nur Sorgen, dass sie dich ausnutzen, dich überreden, dass du Schutz brauchst und ihre Rechnung so in die Höhe treiben. Es geht dir gut, Lily, du brauchst sie nicht."

Lucas legte einen Arm um mich und zeigte seine freundschaftliche Zuneigung, was Dave dazu brachte, seine Augen zu verengen. Er begann zu sprechen, aber Lucas kam ihm zuvor.

„Hat Lily es Ihnen nicht erzählt? Sinclair stellt ihr keine Rechnung. Sie ist keine Kundin. Trey war eng mit dem alten Mann befreundet. Seine Söhne betrachten Lilys Sicherheit als eine Familienangelegenheit, also brauchen Sie sich keine Sorgen zu machen, dass wir sie wegen der Ausrüstung und der Überwachung, die sie angeblich nicht braucht, über den Tisch ziehen. Wir sind hier, um auf sie aufzupassen. Kapiert?"

Daves schockierter Blick wandte sich zu mir. „Lily? Ist das wahr?"

Ich wusste nicht, was ich sagen sollte. Es war das erste Mal, dass ich davon gehört hatte. Lucas trat zurück und Knox nahm seinen Platz ein, schob seinen Arm um meine Taille und zog mich an seine Seite. Ich versuchte, nicht darüber nachzudenken, wie gut ich dorthin passte, als er mit leiser Stimme fortfuhr, seine Augen auf meine gerichtet. „Ich habe dir doch gesagt, dass du nicht nur eine Kundin bist, Lily."

Das hatte er gesagt, aber ich hatte es nicht geglaubt. Ich war mir auch nicht sicher, ob ich es jetzt glaubte, aber es machte mir nichts aus, dass sie diese Geschichte benutzten, um mir Dave vom Hals zu schaffen.

Vorübergehend ohne Widerrede, und ohne einen Grund, hier zu bleiben, trat Dave von der Veranda zurück, seine Augen auf Knox' Arm.

„Okay, Lily. Du weißt, dass du immer anrufen kannst, wenn du etwas brauchst."

„Danke, Dave."

Er warf seine Hand zu einem halbherzigen Salut hoch, bevor er in sein Auto stieg und ruckartig wendete, wobei Kies unter seinen Rädern herausspritzte.

Meine Augen blickten auf die Staubwolke, die er hinterließ und ich konnte mir das Lachen nicht verkneifen, als Charlie sagte: „Was ist mit dem Sheriff los? War das seltsam, oder kommt es mir nur so vor?"

„Nein, Prinzessin, das *war* seltsam. Was ist mit ihm los?"

Langsam sagte ich: „Er war Treys bester Freund. Seit seinem Tod fühlt er sich verpflichtet, auf Adam und mich aufzupassen."

Knox würgte ein Lachen herunter. „Sheriff Dave hat ein Auge auf Lily geworfen, und als er sich selbst zum Abendessen eingeladen hat, habe ich ihn mit einer Kamera dabei erwischt, wie er in Treys Büro war."

Griffen und Lucas horchten auf „Glaubst du, er hat mit Trey zusammengearbeitet?", kam von Griffen.

„Möglich. Wenn nicht, will er etwas, von dem er glaubt, dass es in diesem Haus ist."

Der Brownie-Alam klingelte und ich duckte mich unter Knox' Arm weg, bevor ich ging, um sie aus dem Ofen zu nehmen. Die anderen folgten mir, als ich die Brownie-Backform zum Abkühlen abstellte und mit der Karamellsauce begann.

Hinter mir hörte ich Griffen. „Tsepov ist nicht mehr lange in Haft. Das weißt du, oder?"

Knox grunzte daraufhin. Ich fasste das als ein *Ja* auf. Ich hatte nicht wirklich darüber nachgedacht, aber jemand wie Andrej Tsepov hatte wahrscheinlich gute Anwälte und viel Geld für die Kaution.

Griffen fuhr fort: „Wenn er rauskommt, denke ich, dass ihr drei nach Hause kommen müsst. Es ist hier nicht sicher für Lily und Adam."

„Wir werden sehen", war alles, was Knox sagte. Ich verstand Griffens Logik, aber die Idee, Black Rock zu verlassen, gefiel mir nicht.

Hätte ich Adams Geburtsurkunde und den Adoptionsvertrag, einen rechtsgültigen Beweis dafür, dass ich seine Mutter war, wäre ich vor langer Zeit weg gewesen.

Ohne diese beiden Sachen konnte ich nirgendwohin gehen.

29

LILY

„Hey, ist es dir egal, was mit Treys Schreibtisch passiert?"

Knox stellte die Frage mit unschuldiger Miene, aber da war ein Funke in seinem Blick, der auf Zerstörung hindeutete.

Kümmerte es mich, was mit Treys Schreibtisch passierte?

Nicht im Geringsten.

„Tue, was du nicht lassen kannst", sagte ich.

Knox nickte und verschwand.

Er hatte den Tag zuvor damit verbracht, den Zwischenraum unter der Treppe auseinanderzunehmen, wo Griffen Treys Versteck vermutete. Knox fand nichts außer Leitungen und Rohren, und jetzt herrschte dort ein Riesenchaos.

Über das Chaos machte ich mir keine Sorgen, darüber, dass wir nicht finden konnten, wonach wir suchten, schon. Darüber, in diesem Haus gefangen zu sein. In dieser Stadt.

Ich machte mir Sorgen um Adams Sicherheit.

Knox könnte diesen Ort in Grund und Boden reißen,

und wenn er dabei diese Geburtsurkunde fand, würde ich mich freuen.

Nach einer langen Debatte brachten wir Adam am Tag zuvor zur Vorschule, weil er genug Aufregung gehabt hat. Er brauchte Normalität, aber keiner von uns fühlte sich wohl dabei, ihn abzusetzen und einfach wegzufahren.

Stattdessen besorgte ich uns Kaffee und saß mit Knox im Auto, das wir an der Kirche geparkt hatten. An einem Montagmorgen war die Kirche kein Mittelpunkt des Geschehens. Die Ruhe war angenehm, aber langweilig. Sehr, sehr langweilig.

Wir holten Adam schließlich ab, machten im Lebensmittelgeschäft ein paar Besorgungen und fuhren nach Hause.

Knox, um den Zwischenraum auseinander zu nehmen, und ich, um mit dem Packen zu beginnen.

Wofür ich packen sollte, wusste ich nicht ganz genau.

So oder so, hatte Knox versprochen, dass wir das Problem mit Adams Geburtsurkunde lösen würden. Ich hatte beschlossen, ihm zu glauben, den an mir nagenden Zweifel beiseite zu schieben und Knox zu vertrauen.

Sobald ich die rechtlichen Dokumente und den Beweis hatte, dass ich Adams Mutter war, wollten wir nicht mehr hierbleiben. Ich wusste nicht, wohin es ging, aber das war auch nicht wichtig. Wir wären bald weg, also konnte ich mich genauso gut vorbereiten.

Ich packte in zwei Etappen.

Zuerst hatte ich genug beiseite gelegt, damit es für ein paar Wochen reichte, falls wir schnell wieder abreisen mussten.

Ich war immer noch erschüttert über den plötzlichen Angriff von Tsepovs Männern, davon, herausgefunden zu haben, in was Trey da hineingeraten war und welch große Gefahr er vor unserer Haustür abgeladen hatte. Andrej

Tsepov befand sich in Gewahrsam, aber niemand schien davon überzeugt, dass er dort auch bleiben würde.

Wenn er rauskam, wären wir in Black Rock nicht mehr sicher gewesen und ich wollte auf alles vorbereitet sein. Nur für alle Fälle.

Es war nach Mittag, als mein Magen knurrte, und ich auf die Uhr schaute. Ich hatte Adam in seinem Schlafzimmer zurückgelassen, beschäftigte ihn mit der quälenden Frage, welche fünf Spielzeuge er mitnehmen wollte.

Wenn wir überstürzt aufbrachen, wollte ich, dass Adam vorbereitet war. Ich steckte meinen Kopf in sein Zimmer und sah, wie er stirnrunzelnd auf drei Stofftiere, einen Müllwagen, der Geräusche machte, und sein Lieblingsbuch starrte.

„Das Buch zählt nicht als Teil der fünf Sachen, Süßer. Leg die Bücher, die du willst, beiseite, und wenn es zu viele sind, überlegen wir uns das später. Sollen wir zu Mittag essen?"

Als ob sein Magen beim Klang des Wortes *Mittagessen* erwachte, sprang Adam auf die Beine, schlang seine Arme um seinen Bauch und krümmte sich. „Ich bin so hungrig, Mami."

Ich hob eine Augenbraue, bückte mich, um mein Ohr an seinen Bauch zu legen und tat so, als ob ich zuhörte. „Aha. Vielleicht... Okay, auf jeden Fall."

„Was hat er gesagt?", fragte Adam, beinahe davon überzeugt, dass sein Magen nichts gesagt hatte, aber trotzdem nicht ganz sicher.

Ich antwortete todernst: „Er sagte, dass du Brokkoli mit scharfer Soße willst. Das ist in Ordnung, ich hab gestern Brokkoli gekauft, und wir haben reichlich scharfe Sauce."

„Auf keinen Fall! Ich esse nur Brokkoli mit Käse

drauf, und ich mag es nicht scharf. Sag meinem Magen, dass ich etwas anderes möchte."

„Was willst du dann?", fragte ich, nahm seine Hand und führte ihn die Treppe hinunter.

„Ich weiß nicht... Was haben wir?"

„Brokkoli mit scharfer Sauce", antwortete ich mit ernster Miene.

„Maaamiii." Adam riss seine Hand aus meiner und rannte zu Treys Büro. „Knox! Mama will, dass ich Brokkoli mit scharfer Soße esse. Sag ihr, dass ich etwas anderes essen soll!"

Er stoppte an der Tür und stützte seine Hand am Rahmen ab. „Was hast du getan?", fragte er ehrfürchtig.

Ich beeilte mich, ihn einzuholen, erreichte die Tür und fand Knox vor Treys Schreibtisch, umgeben von Holzresten. Es sah aus, als hätte er sich mit einem Hammer bis ins Innere des Dings durchgeschlagen.

Als ich auf die andere Seite ging, hockte ich mich hin und schaute nach unten. Der Rahmen des Schreibtisches war noch da, aber die innere Struktur war auseinandergenommen worden.

Auf dem Boden stand eine Metallkiste, etwa einen halben Meter lang, dreißig Zentimeter breit und mindestens zehn Zentimeter hoch. In einer Kiste dieser Größe hätte Trey eine Menge verstecken können. Ich konnte mir nicht vorstellen, wie er sie im Schreibtisch verstaut hatte.

Mein Herz schlug schneller, mein Brustkorb zog sich zusammen und ließ mich atemlos zurück. Knox begegnete meinem Blick und schüttelte seinen Kopf fast unmerklich, bevor sein Blick auf Adam landete, und dann wieder auf der Kiste.

Ich verstand.

„Mittagessen?", fragte ich und tat mein Bestes, um

normal zu klingen. Knox kam mit einer geschmeidigen Anmut auf die Beine.

„Ich bin nicht so wild auf Brokkoli mit scharfer Sauce", sagte er, „ich erinnere mich, dass wir gestern köstliches Fleisch gekauft haben. Ich dachte an ein Truthahn-Sandwich mit Käse und Chips."

Ich summte und tat so, als dachte ich darüber nach.

„Bist du sicher? Ist das besser als Brokkoli mit scharfer Soße?"

Knox' Lachen dröhnte hinter mir, als sich sein Arm um meine Taille schlang und mich an sich zog. Seine Lippen flüsterten mir ins Ohr: „Ich werde alles essen, was du für mich kochst, Lily. Sogar Brokkoli mit scharfer Sauce."

Adam raste vor uns her, setzte sich an den Tisch und begann eine ernsthafte Diskussion mit Knox darüber, welche Bücher wir auf unsere Reise mitnehmen sollten.

Ich öffnete den Kühlschrank, um Fleisch und Käse herauszuholen, wobei ich Knox' neugierigem Blick auswich.

Ich war nicht bereit, zuzugeben, dass ich weg wollte.

Ein Schritt nach dem anderen.

Mit Knox' Hilfe bereitete ich das Essen zu, schüttelte einen Haufen Chips auf jeden Teller und rundete das Gericht mit Erdbeeren ab, während ich die ganze Zeit an die schwarze Sicherheitskiste in Treys Büro dachte.

Ich wusste nicht, worüber wir beim Mittagessen gesprochen hatten, hatte mein Sandwich auch kaum angerührt.

Alles, woran ich denken konnte, war diese Kiste.

Schließlich waren die Teller leer und Adam eilte in sein Zimmer mit der Absicht, drei Bücher auszuwählen, die er mitnehmen wollte. Als er außer Hörweite war, fragte ich: „Wann hast du die Kiste gefunden?"

„Etwa zwei Minuten bevor Adam ins Zimmer

gekommen ist. Ich werde etwas Zeit für das Schloss brauchen. Ich will es nicht aufbrechen, bevor ich weiß, was drin ist. Hast du vielleicht einen Schlüssel?"

Ich stand auf und ging zu unserer Ramschschublade, dem zentralen Aufbewahrungsort für alle möglichen Dinge, von denen wir nicht wussten, was wir damit anfangen sollten, einschließlich der Schlüssel. Es gab Extraschlüssel für das Haus, für die Hütte, neue als auch alte Schlüssel, die lange nicht mehr passten. Schlüssel zu den Steckdosenabdeckungen unten auf dem Dock. Nichts in der richtigen Größe für eine Sicherheitskiste.

Knox durchsuchte die Schublade nochmal, bevor er einsah, dass der Schlüssel zu diesem Tresor nicht in der Schublade lag. Ich folgte ihm zurück in Treys Büro und sah fasziniert zu, wie er ein kleines, schwarzes Etui mit einem Reißverschluss herausholte und es öffnete, um einen Satz silbern glänzender Stäbchen zum Vorschein zu bringen. Was hatte er mit diesen Stäbchen vor?

Offensichtlich hatte ich zu viele alte Filme, und nicht genug Krimis gesehen, aber es wurde offensichtlich, als Knox zwei der silbernen Stäbe aus dem Koffer zog und sie in das Schloss schob. Konzentriert und mit winzigen Verschiebungen, sagte er leise: „Schieb das Licht näher ran, Lil."

Ich sah zu, wie sich seine Finger bogen und drehten. Er tauschte einen der Stäbe gegen einen anderen aus und kehrte zum Sondieren und Drehen zurück, bevor das Schloss endlich aufsprang.

Ich hatte erwartet, eine Welle des Triumphs zu fühlen.

Aufregung.

Stattdessen sank mir der Magen, schwer vor Angst. Und wenn die Unterlagen nicht da waren? Was, wenn wir sie nicht gefunden hatten?

Knox hob den Deckel an, und die Verzweiflung wich

der Hoffnung. Umschläge im amtlichen Format.
Dokumente.

Knox ging sie durch und hielt mich auf, als ich die
Hand danach ausstreckte.

„Ich weiß, du willst sehen, was hier drin ist, aber gib
mir eine Sekunde."

Ich ließ meine Hand mit einem leisen, frustrierten
Grunzen sinken und ignorierte Knox' Grinsen. Er hätte es
nicht so lustig gefunden, wenn die Plätze vertauscht
gewesen wären.

Trey hatte eine Sicherheitskiste in seinem Schreibtisch
versteckt, und zwar so gründlich, dass Knox das Ding
auseinandernehmen musste, um sie zu entdecken.

Was hatte er da reingetan? Und warum?

Knox hielt einen unverschlossenen, weißen, recht-
eckigen Umschlag hoch und schüttelte den Inhalt heraus.
Ein Blatt Papier mit handschriftlichen Notizen und zwei
Dokumente im DIN-A4-Format, die in fast jeder Hinsicht
identisch waren, vom rotweißen Papier mit dem Wasser-
zeichen, bis hin zum Staatssiegel in der unteren Ecke.

Ausgestellt vom Staat Alabama, zeigten beide Adams
vollen Namen, Adam Michael Spencer, sein Geburtsda-
tum, und Trey Carlisle Spencer als Vater. Auf einer
Geburtsurkunde war der Name der Mutter nicht lesbar, die
Tinte vollständig von dem schweren Papier abgekratzt.
Auf der anderen Urkunde wurde ich als Mutter
aufgeführt.

Ich starrte völlig verdutzt auf die beiden Dokumente.

Zwei?

Meine Stimme klang dünn und schwach in meinen
eigenen Ohren, als ich fragte: „Ist eine davon eine
Fälschung? Sie können nicht beide echt sein."

Knox hielt sie an die Schreibtischlampe und studierte
das Gewicht des Papiers, und die Prägung des Siegels.

Nach einigen Minuten legte er sie nebeneinander auf den Schreibtisch.

„Mein Anwalt in Atlanta hat einige Erfahrung mit Familienrecht. Wenn er etwas nicht weiß, kann er jemanden empfehlen. Ich werde ihn bitten, sie zu überprüfen. Beide sehen legitim aus. Ich denke, wenn man adoptiert, wird eine zweite Urkunde ausgestellt. Die gute Nachricht ist, dass du eine Geburtsurkunde hast-"

„Die schlechte Nachricht ist, dass es vielleicht nicht diejenige ist, die beim Staat hinterlegt ist", schloss ich.

Knox schob beide Geburtsurkunden zurück in den Umschlag und untersuchte das andere Blatt und die handgeschriebenen Notizen mit einem Stenogramm, das für mich keinen Sinn ergab. *L.G.* Wer war L.G., und was hatte es mit Adams leiblicher Mutter zu tun?

Knox fuhr mit dem Finger über die sauberen Notenzeilen und blieb bei einer stehen. „LeAnne Gates. *Verdammte Scheiße.*"

Er bewegte seinen Finger wieder nach oben und fing von vorne an, wobei er in den Zahlen und Notizen deutlich etwas sah, was ich nicht erkennen konnte. Als er fertig war, sagte er: „Zahlungen. L.G. LeAnne Gates. Die Datumsangaben... Er bezahlte sie weiter, nachdem er gestorben ist."

Ich hatte keine Ahnung, was ich davon halten sollte. Mir schwirrte der Kopf, als sich neue Informationen wie in einem Wirbelwind drehten. Ich versuchte, die Hand auszustrecken und nach Einzelteilen zu greifen, um sie zu einer Art Muster zusammenzufügen, das Sinn machte.

Wenn auch nur eine dieser Geburtsurkunden echt war, dann war Trey tatsächlich Adams biologischer Vater. Laufende Zahlungen an LeAnne Gates, die mit der Geburtsurkunde eingereicht wurden, bedeuteten, dass sie zusammengehörten. In der Geburtsurkunde fehlte die

Mutter, aber die Zahlungen... LeAnne Gates war Adams Mutter. Warum hatte er sie sonst bezahlt?

Was, wenn sie ihn nicht hatte aufgeben wollen? Die Vorstellung, dass Trey ihr Adam weggenommen haben könnte, war wie ein Stich ins Herz. Ich empfand es als körperlichen Schmerz, mein Atem abwesend. Ich beugte mich vor, presste mir die Faust gegen meine Brust und rang nach Luft.

Ich konnte meinen Sohn nicht aufgeben. Aber was, wenn er mir nicht gehörte?

Was, wenn sie ihn vermisste? Ihn zurückhaben wollte?

„Hey, hey, Lily, sprich mit mir. Sprich mit mir, Baby."

Knox zog mich auf seinen Schoss und wischte mit seinem Daumen die Tränen von meinen feuchten Wangen.

„Lil, Adam ist oben. Du willst doch nicht, dass er dich weinen hört. Was ist los? Bist du aufgebracht wegen dieser Dinge? Den Geburtsurkunden und den Zahlungen? Wir haben eine Urkunde mit deinem Namen und einen Ort, wo wir mit der Suche nach dem Rest beginnen können. Jetzt weiß ich, womit wir es zu tun haben. Das sind gute Neuigkeiten. Das ist ein Fortschritt."

„Was, wenn-" Meine Kehle war durch meine Schluchzer und die Angst wie zugeschnürt. „Aber was, wenn-" Ich musste schwer schlucken. „Was, wenn sie ihn nicht aufgeben wollte? Was, wenn sie ihn zurückhaben will? Sie ist seine leibliche Mutter und wenn sie ihn zurück will..."

„Nein, nein, Baby. Zunächst einmal ist LeAnne Gates nicht Adams Mutter. Sie ist über sechzig, aber sie sollte in der Lage sein, uns zu sagen, was passiert ist. Und selbst wenn es ihr Name ist, der in der Geburtsurkunde entfernt wurde, garantiere ich dir, dass LeAnne Gates Adam auf keinen Fall zurückhaben will."

Ich hatte kaum wahrgenommen, wie sein Arm mich an

seine Brust drückte, als seine Worte durch die Panik in meinem Herzen drangen.

Knox kannte sie.

Er hatte ihren Namen erkannt. Das meinte er, als er sagte, *Jetzt weiß ich, womit wir es zu tun haben.*

Ich hatte Angst, zu hoffen, meine Befürchtungen loszulassen, und flüsterte: „Woher weißt du das? Vielleicht hat sie Trey geliebt. Ich weiß, dass er Affären hatte. Vielleicht dachte sie, dass er mich verlassen würde, dass Adam sie zusammenbringen würde. Vielleicht…"

„Nein, Lil. Ich versichere es dir. Ich weiß, wer LeAnne Gates ist und sie will Adam nicht. Wahrscheinlich hat sie ihn an Trey verkauft."

Ihn verkauft? Mir fiel die Kinnlade herunter, als ich Knox sprachlos anstarrte.

Verkauft?

Knox lehnte sich zurück und strich mir wieder über die Wangen. „Du weißt, dass mein Vater und Trey an Adoptionen beteiligt waren, bei denen es um viel Geld ging, oder?" Ich nickte, war mir aber nicht ganz sicher, was das bedeutete, auch wenn er es erwähnt hatte.

Knox fuhr fort: „Wir haben die ganze Sache noch nicht entwirrt, aber wir wissen, dass es Frauen gab, die dafür bezahlt wurden, als Leihmutter zu fungieren. Wir hatten es schon einmal mit LeAnne zu tun, und diese Frau hat keinen mütterlichen Knochen in ihrem Körper. Glaub mir. Das Einzige, was sie in jedem Kind sieht, ist ein Scheck."

„Das kann ich nicht-"

Knox hob eine Hand, um meine Wange zu berühren, und zog mich für einen sanften Kuss an sich, bevor er gegen meine Lippen flüsterte. „Nein, das kannst du nicht, Lily. Eine Frau wie LeAnne wirst du nie verstehen. Du bist anders."

Er lehnte sich zurück und glitt mit seiner Hand über

meine Schulter, meinen Arm hinunter und bis zu meinen Fingern, um sie mit seinen zu verbinden.

„Das sind gute Nachrichten, Lily. Ich bezweifle, dass LeAnne Gates irgendwelche Rechte an Adam hat, aber sie kann uns sagen, wer sie haben könnte und das wird sie. Alles, was wir tun müssen, ist, ihr genügend Geld vor die Nase zu halten, und sie wird dir alles geben, was du willst."

Ich ließ einen langen Seufzer los.

Aus meiner katastrophalen Ehe mit Trey behielt ich nur das einzig Gute.

Adam.

Nachdem ich erfahren hatte, was Trey alles getrieben hatte, sah ich das Geld, das er mir hinterlassen hatte, als einen Fluch. Ich brauchte etwas davon, um in ein neues Leben zu starten, ich war mir jedoch nicht sicher, ob ich den Rest wollte.

Das Geld zu benutzen, um Adams Sicherheit zu gewährleisten?

Ich würde jeden Cent ausgeben, wenn ich das müsste.

Ich hätte nie gedacht, dass mein Problem mit Geld gelöst werden konnte, aber das war nur dann eine einfache Antwort, wenn man es hatte.

„Also, gehen wir zu dieser LeAnne Gates?", fragte ich.

„Ich möchte zuerst mit unserem Anwalt sprechen, dann gehen wir zu LeAnne Gates."

Ich nickte und mein Blick fiel auf die immer noch größtenteils volle Kiste. „Also, wenn wir die Geburtsurkunde und die Beweise für die Zahlungen an LeAnne haben, was ist dann der Rest von diesem Zeug?"

„Ich weiß es nicht, lass es uns herausfinden."

LILY

K nox zog einen weiteren Umschlag heraus und überprüfte den Inhalt. Weitere Notizen, wie die, die auf Zahlungen an LeAnne Gates hindeuteten, aber wenn diese Notizen den Empfänger angaben, erkannte keiner von uns, wer es war.

Knox legte sie beiseite und holte diesmal einen Manila-Umschlag hervor, der mit zwei Aluminiumklammern verschlossen war. Auf der Vorder- und Rückseite stand nichts, das auf den Inhalt hinwies.

Knox zog drei Blätter heraus. Das erste war eine Quittung, die von einem Auktionshaus in New Jersey zu stammen schien. *Trenkley Auctions.* Ich hatte noch nie davon gehört, aber ich erkannte den Gegenstand auf dem Foto.

Eine flache, dunkelblaue Schachtel mit goldenen Verzierungen, ein Rahmen aus funkelnden, facettierten Steinen, die an dem Rand des Deckels entlangliefen, mit einem größeren Stein an jeder Ecke.

In der Mitte des Deckels umgaben weitere funkelnde Steine ein Miniatur-Ölporträt eines bärtigen Mannes aus einem anderen Zeitalter. Ich wusste nicht genug über Kunst oder Geschichte, um die Schachtel zeitlich einordnen zu können, aber seine Kleidung war nicht modern.

Nichts an der kleinen Schachtel war modern.

Bis zu diesem Moment hatte ich sie völlig vergessen.

Sie stand früher genau hier in Treys Büro, auf dem Tisch. Wann war sie verschwunden? Als Trey noch lebte, war ich nicht oft hier. Als ich die Schachtel auf dem grobkörnigen Foto in der Quittung sah, wurde mir klar, dass ich sie seit über einem Jahr nicht mehr gesehen hatte, vielleicht sogar länger.

Knox umkreiste das Bild mit einem Finger. „Heilige Scheiße. Ich hab mich gefragt, was damit passiert ist."

„Wie meinst du das? Es gehörte Trey. Er bewahrte es hier auf und…"

Knox' Augen konzentrierten sich auf mein Gesicht. „Und weiter? Kannst du dich erinnern, wie lange er sie hatte? Wann sie verschwunden ist? Bist du dir sicher, dass sie nicht mehr da ist?"

Aufgeregt versuchte ich nachzudenken. „Als ich es zum ersten Mal sah… Ähm, Adam war da noch ein Baby. Er hatte es auf dem Tisch stehen."

Knox und ich schauten beide auf den Tisch auf der anderen Seite des Raumes. Der dreibeinige Beistelltisch war antik und hatte eine runde Platte aus poliertem Holz. Auf ihm stand eine kleine Lampe, die auf ein kleines Ölgemälde gerichtet war, sonst nichts. Die Stelle, an der die Schachtel gestanden hatte, war leer.

„War das vor ungefähr drei Jahren?", fragte Knox und zeigte mit dem Finger auf das Datum auf der Quittung.

„Ja, ungefähr da hab ich es zum ersten Mal gesehen. Ich weiß nicht, wann es verschwunden ist. Es müsste vor seinem Tod gewesen sein, denn ich habe nichts damit gemacht. Ich habe es total vergessen, bis ich das Bild gesehen habe. Woher weißt du, was es ist?"

„Es gehörte früher meinem Vater. Und das-" Er zeigte auf den Betrag unten auf der Quittung.

$39.872,56. Fast vierzigtausend Dollar. Wow. Vielleicht waren die funkelnden Steine auf dem Deckel echt.

„Das ist einfach Schwachsinn." Knox zeigte erneut auf den Betrag.

„Zu viel?", fragte ich.

Knox' Lachen hatte einen Anflug von Bitterkeit. „Nein, verflucht. Viel zu wenig. Weißt du, was das ist?"

„Eine hässliche Schachtel?", fragte ich und versuchte, die Stimmung mit einem Witz aufzuheitern. Ich sah Lachfältchen um Knox' Augen, als er den Kopf schüttelte.

„Es ist nicht das Schönste, was ich je gesehen habe, das muss ich zugeben, aber es ist ein Fabergé. Und nicht nur irgendein Fabergé, sondern ein kaiserliches. Siehst du diesen Kerl?"

Er tippte mit dem Finger auf das Foto des Miniatur-Porträts auf der Oberseite der Schachtel. Ein Mann starrte uns an, mit ordentlich gestutztem Bart, einem beeindruckenden Schnurrbart und harten Augen. Eine Reihe von Medaillen zierte seine formelle rote Jacke.

„Dieser Typ ist ein russischer Kaiser in seiner Militäruniform. Fabergé entwarf es speziell für seinen Geburtstag."

Fabergé? Kaiserliches Fabergé? Hatte diese hässliche kleine Schachtel einem russischen Kaiser gehört? Hatte Trey es einfach auf den Tisch in seinem Büro gestellt, während ein Kleinkind im Haus herumlief? Ich schaute zurück auf die Quittung. $39,872.56. *Das* war unterbewertet?

„Wie viel ist es wert?"

„Auf dem heutigen Markt? Ich weiß es nicht genau,

aber als mein Vater es hatte, sagte er mir, dass die letzte kaiserliche Fabergé-Schnupftabakdose, die versteigert wurde, sich in Großbritannien befand. Über zwei Millionen Pfund, und das ist mehr als ein Jahrzehnt her. Diese hier? Schwer zu sagen. Der Kunstmarkt ändert sich ständig und es ist mehr wert als vierzigtausend Dollar... Mindestens ein paar Millionen."

Knox legte die Quittung beiseite und las die beiden Seiten, die sich in dem letzten Umschlag befunden hatten.

„Hurensohn." Seine Finger stachen in die Zahlenreihen. „Erkennst du die?"

„Nein. Sollte ich?"

„Das sind die Kontonummern, die Lucas am Sonntag gefunden hat. Er versucht immer noch, sie zurückzuverfolgen."

„Was bedeutet das? Ist das die Schachtel deines Vaters? Warum hatte Trey sie am Ende?"

„Keine verdammte Ahnung. Willst du wissen, was ich vermute?"

„Ja?" Ich war froh, dass Knox eine Vermutung hatte, denn ich war ratlos.

Er verfolgte die Zahlenreihen mit seinen Fingern und blickte dann zurück auf die Quittung. „Ich vermute, dass mein Vater Trey einen Teil des Betrags geben sollte, der auf diesen Konten steht. Anstatt Trey seinen Anteil in Bargeld zu geben, hat er ihm diese Tabakdose gegeben und sie ihm über das Auktionshaus verkauft."

„Das Auktionshaus war mit von der Partie? Wie Geldwäsche?", fragte ich, während ich mir den Kopf zerbrach.

„Genau wie Geldwäsche, aber Trey hat die Herkunftsdokumente nicht bekommen, weil sie sie in der Auktion nicht richtig ausgestellt hatten. Und wenn er sie nicht von meinem Vater bekommen hat, dann liegt das wahrscheinlich daran, dass mein Vater sie auch nicht hatte. Ich muss mal mit meinen Brüdern nachforschen, aber ich könnte wetten, dass diese Tabakdose ursprünglich Sergej Tsepov gehörte."

„Wenn wir wüssten, wo sie ist, könntet ihr sie Tsepov anbieten, damit er euch in Ruhe lässt. Steht darin vielleicht ein Hinweis darauf, was Trey damit gemacht hat?"

„Nein."

„Mist." Bislang war Treys Kiste mit mehr Fragen als Antworten gefüllt.

Knox schob die Auktionsquittung zurück in den Umschlag, verschloss ihn mit den kleinen Klammern und legte ihn auf den Umschlag, der Adams Geburtsurkunden hielt.

Wir fanden weitere lose Papiere, Dokumente, einen Bündel Bargeld, das in eine Papierbanderole gewickelt war. Knox blätterte durch und murmelte leise: „Etwa zwanzig Riesen."

Was zum Teufel, Trey?

Warum lagen zwanzig Riesen in einer Kiste in seinem Schreibtisch? Knox steckte das Geld seitlich in die Kiste und holte einen weiteren Manila-Umschlag heraus, der auch mit Klammern verschlossen war, wobei sich dieser in der Mitte wölbte. Knox öffnete ihn und holte einen Stapel Briefe heraus.

Sie waren alle geöffnet, die Oberseiten der Umschläge zackig und zerrissen. Knox drehte den ersten um.

Mein Herz blieb stehen, als ich die Adresse in der linken oberen Ecke sah.

Rose Adams.

Hanover, New Hampshire.

Meine Mutter.

Der Brief war an mich adressiert. Ich schnappte ihn mir und überprüfte das Datum. Ein Monat nach meiner Hochzeit.

Meine Mutter hatte mir einen Brief geschrieben?

Knox blätterte durch den Rest der Briefumschläge. Er erreichte das Ende und reichte sie mir. „Alle an dich adressiert. Den Poststempeln nach zu urteilen, wurden die letzten vor einem Jahr abgeschickt."

Meine Hände zitterten, als ich den ersten Brief aus dem Umschlag zog.

Lily,

Dein Vater und ich haben deine Hochzeitsanzeige erhalten. Ich wünschte, ich könnte dir sagen, dass ich mich für dich freue, das kann ich aber nicht. Ich kann mir nicht helfen, aber ich habe das Gefühl, dass es ein schrecklicher Fehler ist.

Ich weiß, was dein Vater gesagt hat, aber, wenn du nach Hause kommen willst, wenn du jemals nach Hause kommen musst, bin ich für dich da.

Ich hoffe, dass es mit Trey klappt.

Mit Liebe,

Mama.

ES WAR KEINE ENTSCHULDIGUNG DAFÜR, mich rausgeworfen zu haben, aber es war weitaus mehr, als ich erwartet hatte. Meine Hände zitterten, meine Sicht verschwamm durch kullernde Tränen. Ich schob den Brief zurück in den Umschlag und legte ihn umgedreht auf den Schreibtisch.

Knox sah mir über die Schulter, als ich den zweiten Umschlag öffnete, der nur einige Monate später abgestempelt und versendet wurde.

Lily,

Ich hoffe, es geht dir gut. Ich habe nichts von dir gehört.

Ich weiß, dass wir uns unter unangenehmen

Umständen getrennt haben, und ich weiß, dass ich meinen Unmut über deine Ehe lautstark zum Ausdruck gebracht habe.

Was getan ist, ist getan.

Du fehlst mir.

Ich verstehe, wenn du mich nicht besuchen möchtest, aber ich bitte dich, mir zu schreiben oder mich anzurufen. Ich bin noch nie so lange ohne mein kleines Mädchen gewesen.

Mit Liebe,

Mama

„Du hast nicht gewusst, dass sie geschrieben hat?", fragte Knox leise.

Meine Kehle war zugeschnürt und Tränen liefen mir über die Wangen, als ich meinen Kopf schüttelte.

Mein Vater hatte mir gesagt, dass ich nicht mehr nach Hause kommen sollte, wenn ich Trey heiratete. Ich dachte, er hatte es ernst gemeint, und vielleicht hatte er es auch.

Offensichtlich sah meine Mutter das anders.

Bei dem Gedanken, dass sie ihren Stolz überwunden, mir ihre Hand entgegengestreckt und dann keine Antwort erhalten hat, erstickte ich an einem Schluchzen.

Meine Mutter war mutig, stark und genau wie mein Vater, hasste sie es, zuzugeben, wenn sie im Unrecht war. Sie musste mich schrecklich vermisst haben, um diese neutralen, vagen Entschuldigungsbriefe zu schreiben. Ich legte den zweiten Brief über den ersten und öffnete den nächsten, der fast drei Jahre nach meiner Heirat datiert war.

LIEBE LILY,

Du hast mir nicht geantwortet. Du musst denken, dass

ich das verdiene, nachdem, wie dein Vater und ich uns vor deiner Hochzeit verhalten haben.

Vielleicht habe ich das.

Dein Leben gehört dir und eines Tages, wenn du selbst ein Kind hast, wirst du verstehen, welch überwältigendes Bedürfnis man hat, sein Kind zu beschützen und wie sehr es alles ruinieren kann. Meine eigenen Eltern haben nie wieder mit mir gesprochen, nachdem ich deinen Vater geheiratet habe.

Ich habe sie jeden Tag vermisst.

Ich schäme mich, dass wir das Gleiche mit dir gemacht haben.

Es war falsch, dich von deinem Vater rauswerfen zu lassen.

Es war falsch, nicht zu dir zu kommen.

Ich werde mich nicht in dein Leben einmischen, indem ich dort auftauche, wo ich nicht erwünscht bin, aber du solltest wissen, Lily, dein Vater und ich vermissen dich so sehr. Bitte vergib uns.

Mit Liebe,

Mama

Ich schob den Brief zurück in den Umschlag und breitete die ersten beiden Briefe auf dem Schreibtisch vor mir aus. Beide an dieselbe Adresse geschickt, an die Wohnung, in der wir nach unserer Heirat zuerst gelebt hatten. Der dritte Brief kam an unsere Adresse in Black Rock.

Woher hatte sie das gewusst? Jeder Brief war von meinem verstorbenen Mann geöffnet und gelesen worden. Er hatte gewusst, wie sehr ich den Verlust meiner Familie betrauerte, und doch hatte er diese Briefe versteckt. Warum hat er mir das angetan?

Ich arbeitete mich durch den Rest der Briefe, Tränen liefen mir herunter, als meine Mutter immer verzweifelter wurde. Der letzte Brief begann wie folgt:

Meine liebste Lily,

Ich würde alles dafür geben, deine Stimme wieder zu hören. Ich habe deinen Brief erhalten. Es sieht meiner Tochter, die ich kenne, nicht ähnlich, so unversöhnlich zu sein. Wir haben uns geirrt und wir wollen es wiedergutmachen. Bitte überleg es dir noch einmal und nimm unsere Entschuldigung an.

Wie du gebeten hast, ist dies das letzte Mal, dass ich schreibe.

Ich liebe dich.

Dein Vater liebt dich.

Wir wollen nichts sehnlicher, als dich wiederzusehen. Wir haben uns in vielerlei Hinsicht geirrt. Lass uns nicht für den Rest unseres Lebens dafür bezahlen.

Mit all meiner Liebe, für immer,

Mama

„Ich habe nie-" Ich konnte nicht weitersprechen. Ich hatte meiner Mutter nie geschrieben. Trey musste...

Ich schloss meine Finger um den Brief und gab dem Bedürfnis nach, zu weinen, das an meiner Kehle würgte. All diese Jahre hatte ich mich gehasst, weil ich nicht gut genug war, und sie gehasst, weil sie mich nicht liebten, so wie ich war.

Ich war zum Teil bei Trey geblieben, weil ich sonst hätte zugeben müssen, dass ich meine Familie umsonst geopfert hatte. Ich war geblieben, weil ich dachte, ich könnte nirgendwo hin, dass ich niemanden hatte, der mich wollte.

Sobald mir dieser Gedanke in den Sinn kam, wusste ich, warum Trey mir die Briefe vorenthalten hatte. Solange ich nur ihn hatte, blieb ich bei ihm. Trey hatte mir Adam gegeben, obwohl er kein Interesse daran hatte, ein Vater zu sein, weil mich ein Kind an ihn band.

Warum? Ich war mir sicher, dass er mich nicht liebte.

Warum wollte er mich dann nicht gehen lassen?
Darauf hatte ich keine Antwort. Wahrscheinlich würde ich sie auch nie bekommen.

Trey hatte es nie gemocht, wenn jemand anderes mit seinen Spielsachen spielte. Vielleicht war es so einfach. Er wollte mich nicht, aber er wollte auch nicht, dass ich mit jemand anderem war.

Ich nahm den letzten Brief in meine Hand, drückte mein Gesicht in Knox' Brust und heulte wie ein Kind. Ich weinte um die verlorenen Jahre, um das gebrochene Herz meiner Mutter und um mein eigenes. Die ganze Zeit, die ich mit dieser Ehe vergeudet hatte, mit einem Mann, der mir meinen Sohn geschenkt, mir aber immer wieder das Herz gebrochen hatte.

Knox hielt mich auf seinem Schoß, rieb meinen Rücken und umgab mich mit seiner Kraft. Als meine Tränen versiegelten, fragte er: „Willst du sie besuchen?"

Ich nickte in sein Hemd. Als ich dachte, ich könnte wieder sprechen, flüsterte ich: „Bald. Noch nicht, aber bald."

„Dann werden wir es tun. Wenn du bereit bist, werden wir sie besuchen", versprach Knox.

Wenn...

Ich hielt den letzten Brief meiner Mutter zerknüllt in meiner Faust und dachte, *Jetzt* und *Nie*. All diese Briefe von meiner Mutter, aber nichts von meinem Vater. Es spielte keine Rolle.

Ich konnte mich nicht konzentrieren, zu viel hatte sich gerade veränderte.

Alles, was ich zu wissen glaubte, war falsch.

Schließlich stand ich auf und tat so, als ob ich wieder wie ein normaler Mensch funktionierte. Den Rest des Tages verbrachte ich wie im Nebel und packte, ohne nach-zudenken, meine Gedanken mit den Briefen beschäftigt.

Mit Trey.

Mit Knox und LeAnne Gates.

Mit der millionenschweren Fabergé-Schnupftabakdose, die Trey auf einem Tisch liegen gelassen hatte, als ob sie Schnickschnack war.

Ich blickte in den verzerrten Spiegel meines Lebens, und erkannte nichts. Knox sah meine Verwirrung und brachte Adam ins Bett, während ich noch dabei war, Dinge in Kisten in meinem Schrank zu verstauen.

Er gesellte sich zu mir, schloss und verriegelte die Tür und stellte den Babyphone mit aufgedrehter Lautstärke auf die Kommode. Atemgeräusche drifteten in knisternden, geisterhaften Noten durch den Raum.

Ich wollte nicht reden, wollte nicht denken. Ich wollte nur Knox. Knox, der mich nicht angelogen hatte. Nicht wirklich. Knox, der mir nicht wehgetan hatte. Knox, der nichts getan hatte, außer mich zu beschützen, samt Körper und Herz.

Ich wusste nicht, wie ich sagen sollte, wie dankbar ich war, oder wie ich es zeigen konnte. Ich schob ihn zurück aufs Bett und kletterte auf ihn, setzte mich gespreizt auf seine Hüften, als meine Hände verzweifelt an seinem T-Shirt zerrten und versuchten, es über seinen Kopf zu ziehen.

Er stoppte mich, seine Finger umklammerten meine Handgelenke und er begegnete meinem Blick, auf der Suche nach etwas. Er musste es gefunden haben, denn er ließ meine Hände los und umfasste mein Gesicht.

„Lily, alles wird gut. Ich verspreche es dir."

Ich nickte ruckartig, während sich die Worte auftürmten und auf meiner Zunge verhedderten. Ich wusste nicht, was ich sagen sollte, oder wie. Ich zerrte wieder an seinem T-Shirt, aber Knox setzte sich halb auf, griff hinter seinen Nacken und zog sich das T-Shirt über den Kopf. Er warf es auf den Boden und umfasste mein Gesicht noch einmal mit seinen Händen.

„Tu, was du tun musst, Lily. Ich gehöre dir."

Das war alles, was ich brauchte. Ich entfesselte all meine Verwirrung, meine Kränkung, meine Liebe, meinen Schmerz und meine Not, und gab Knox alles.

Ich schmeckte ihn, leckte und saugte. Knetete seine Muskeln mit meinen Fingern, führte ihn in mich hinein und ritt ihn, bis er sich unter mir aufbäumte. Fand meine eigene Erfüllung und schenkte ihm seine.

Als wir fertig waren, rollte Knox vom Bett, um sich um das Kondom zu kümmern, und kam mit einem warmen, nassen Waschlappen zurück. Ich versuchte, es ihm wegzunehmen, aber er wich meinen Händen. „Bleib still und lass mich das machen."

Von meinem Orgasmus und der Achterbahn der Gefühle ausgelaugt, lag ich da, mein Körper weich, der Aufruhr in meinem Herzen endlich still. Knox war endlich fertig und glitt unter die Laken, um mich an seinen Körper zu drücken. Sein Arm schlang sich um meine Brust, und ich hielt mich an ihm fest, mit allem, was ich hatte. Knox war der einzige Anker, den ich in dieser verrückten Welt hatte.

KNOX

Ich sprach gerade mit meinem Anwalt, als der Einfahrtsalarm piepte. Ich öffnete meinen Laptop und ging zu der Kamera, die die Einfahrt filmte.

Ein verdammter Black Rock Streifenwagen.

Gibt dieser Kerl nie auf?

„Habe Besuch, ich muss dich später zurückrufen."

„Kein Problem, Knox. Ich rufe dich an, wenn ich etwas herausgefunden habe."

Ich trennte die Verbindung, stand auf und klopfte an Lilys und Adams Tür. Es war noch früh, fast Zeit zu gehen, um Adam zur Vorschule zu bringen. Ich wusste, dass Normalität wichtig war, aber der Gedanke, ihn dort zu lassen, gefiel mir nicht.

Mein Instinkt riet mir, Adam und Lily bei mir zu behalten, um sie vor jeder Bedrohung zu schützen.

So viele Bälle in der Luft, von denen die meisten auf die eine oder andere Weise eine Bedrohung für Lily und Adam darstellten…

Ich konnte nicht zulassen, dass meine Gefühle meine Logik trübten, das brachte nur noch mehr Gefahr mit sich.

Die Versuchung, die Tür zu verriegeln und keinen hereinzulassen, vor allem nicht Sheriff Dave, war stark. Leider war Lily zivilisierter als ich.

„Es ist Dave", sagte sie unnötigerweise und griff nach der Türklinke. Ich schaltete mein Bedürfnis ab, sie aufzuhalten, stellte mich stattdessen hinter sie und legte meine Hand auf ihre Schulter, um mein Territorium zu markieren. Wenn ich es auf eine primitive Weise tun musste, war das kein Problem.

Lily schwang die Tür auf und wir sahen Dave, der eine Tüte mit Donuts in der Hand hielt. Die weiße Papiertüte hatte Fettflecken und verbreitete den Duft von frischen Donuts. Wie aus dem Nichts kam Adam angerannt, bleib schleudernd stehen und jubelte vor Freude, als er die Tüte sah.

„Sind die für uns?" Bevor Sheriff Dave antworten konnte, jubelte Adam erneut, riss ihm Tüte aus den Händen und rannte in die Küche.

Lily rief in einem vertrauten, verärgerten Ton: „Adam! Es tut mir so leid, Dave. Möchtest du reinkommen und einen Kaffee trinken?"

Ich hatte fast Mitleid mit dem Mann, als ich sah, wie sein Gesicht zusammenfiel. Der Plan, den er ausgeheckt hatte, wurde durch Adams Donut-Diebstahl und meiner Hand auf Lilys Schulter in Stücke gerissen.

Mein Mitleid verschwand, als sich sein verzweifelter Ausdruck in etwas Dunkles verwandelte. Mit harten Augen starrte er auf meine Finger, wo sie Lily berührten. Ich zog sie in den Schutz meines Körpers und widersetzte mich dem Drang, sie hinter mich zu schieben.

Sie würde diese Überreaktion nicht gutheißen, und Dave war nicht gefährlich genug, um es zu rechtfertigen, aber das bedeutete nicht, dass ich nicht bereit war, zu handeln, wenn es nötig war.

Lily trat einen Schritt zurück und hielt die Tür auf. „Dave? Willst du auf einen Kaffee hereinkommen?"

„Das glaube ich nicht", spuckte er aus, starrte mich so hart an, dass sich seine Augen verengten. „Das hat aber nicht lange gedauert. Weißt du, wie viele Monate ich sie schon bearbeitet habe? Fast ein verdammtes Jahr. Sie presst die Schenkel so fest zusammen, dass da niemand reinkommt. Es überrascht mich nicht, dass sie Adam adoptieren mussten. Sie ist so verdammt frigide, so eiskalt."

Ich bewegte mich, noch bevor er seine Worte zu Ende gesprochen hatte. Ich schob Lily hinter mich, stürzte nach vorne und meine Finger packten Sheriff Daves Uniformkragen, während ich ihn aus der Tür warf und ihm gleichzeitig einen Fausthieb verpasste. Er landete auf dem Boden, während aus seinem Mundwinkel Blut tropfte.

So viel dazu, meine Logik nicht von Gefühlen leiten zu lassen.

„Verpiss dich", sagte ich. „Sofern du keinen rechtlichen Grund dazu hast, hier zu sein, bist du auf Lilys Grundstück nicht mehr willkommen. Hast du mich verstanden?"

Daves Augen sprühten vor bitterem Gift. Er sagte nichts, kam taumelnd auf die Füße und wich zurück, bevor er sich umdrehte und auf seinen Streifenwagen zusteuerte. Hinter mir atmete Lily aus: „Knox, was hast du getan?"

Ohne mich umzudrehen, mein Blick auf den fahrenden Streifenwagen gerichtet, antwortete ich: „Niemand darf so über dich sprechen. *Niemals*."

„Aber er ist ein Sheriff. Du könntest Ärger bekommen..."

„Soll er es versuchen."

Sie hatte recht, und ich wusste es.

Ich hatte einen Polizisten ohne gerechtfertigte Provokation geschlagen. Jeder Mann, *zum Teufel*, jede Frau, hätte verstehen können, warum ich ihm eine verpasst und aus dem Haus geworfen hatte. Das bedeutete aber nicht, dass ich keine Probleme bekommen konnte, wenn er Anzeige erstattete.

Sheriff Dave war genau die Art von Trottel, der wegen eines Fausthiebs, von dem er wusste, dass er ihn verdammt noch mal herausgefordert hatte, Anklage erhob.

Ich führte Lily zurück ins Haus, schloss und verriegelte die Tür hinter mir. Wir hatten Adams Geburtsurkunde. Mein Anwalt arbeitete daran, eine Kopie der Urkunde beim Staat zuzulegen und alle juristischen Papiere zusammenzustellen, die wir brauchten, um die Leihmutter dazu zu bringen, auf jeglichen Anspruch auf Adam zu verzichten, nachdem wir LeAnne Gates bezahlt hatten und sie uns sagte, wer sie war.

Es war an der Zeit, Black Rock zu verlassen. Ich holte mein Telefon aus der Tasche, um Cooper anzurufen. Er ging sofort ran. „Gutes Timing. Ich wollte gerade anrufen."

„Was ist passiert?"

„Tsepov wurde vor zwanzig Minuten entlassen. Sein Anwalt hat den Richter überzeugt, dass keine Fluchtgefahr besteht und ihn dazu gebracht, die Kaution zu bewilligen. Wir hatten Männer, die ihn verfolgen sollten, aber er ist ihnen entkommen. Ihr drei müsst umziehen."

„Perfektes Timing, weil ich gerade dem örtlichen Polizisten eine reingehauen habe."

„*Scheiße, Knox*. Was hat er getan, über deine Freundin gelästert? Griffen hat gesagt, dass er auf sie heiß ist."

„Kein Kommentar."

Ich erwartete eine vernichtende Erwiderung, aber Cooper lachte. „Ich schicke das Flugzeug."

Ich überlegte schnell und sagte: „Finde eine Landebahn in der Nähe von Hanover, New Hampshire. Im schlimmsten Fall können wir vom Logan Flughafen in Boston fliegen, aber wenn du eine Möglichkeit in der Nähe von Hanover finden kannst, wäre das besser."

„Hanover? Geht klar."

„Morgen. Wir wollen noch eine Nacht hierbleiben."

Hanover war aus so vielen Gründen die beste Option. Wir konnten Neuengland nicht verlassen, ohne Lilys Eltern zu sehen, jetzt, da wir diese Briefe gefunden hatten, und Lilys Elternhaus war der letzte Ort, an dem Sheriff Dave nach uns gesucht hätte. Soweit er wusste, hatte Lily seit Jahren keinen Kontakt mehr zu ihnen.

„Halt mich auf dem Laufenden", sagte Cooper und legte auf.

Lilys Augen waren weit aufgerissen vor Panik. „Hanover?", fragte sie, ihre Stimme am Zittern, dünn und unsicher.

„Hanover", antwortete ich. „Und dann Atlanta. Du willst sie doch besuchen, bevor wir abreisen, oder?"

Wenn nicht, musste ich Cooper zurückrufen, und unsere Pläne ändern. Lily hatte genug durchgemacht. Wenn sie noch nicht bereit war, würden wir warten.

Sie lehnte sich an mich. „Das will ich, so sehr. Ich habe nur... Ich habe Angst. Was, wenn..."

Ich legte meine Arme um sie. Die Schicksalsschläge hörten nicht auf. Alles, was sie über Trey erfahren hatte, ihre Ängste um Adam, die Briefe ihrer Mutter, Sheriff Daves grobe Worte, nachdem sie ihn als Freund betrachtet hatte. Ich konnte sie vor so vielem nicht schützen.

„Je länger du es aufschiebst, desto schwieriger wird es. Wenn es nicht gut läuft, gehen wir sofort, okay? Versprochen."

Sie nickte, ihre Stirn auf meiner Brust. „Tsepov ist aus dem Gefängnis raus?"

„Wir wussten, dass das passieren könnte."

„Ich weiß. Wir sind größtenteils bereit. Weißt du, wie lange wir weg sein werden?"

Wie sollte ich diese Frage beantworten? Ich hätte es mir leichtmachen können und mit den Achseln zucken und sagen, dass es ein oder zwei Wochen dauern könnte, oder ich konnte es offenlegen, ihr sagen, was ich für sie empfand, und alle Würfel fallen lassen.

Ich legte meine Hände auf ihre Schultern. „Willst du zurückkommen?"

Lilys Mund öffnete sich, um zu antworten, aber es kam nichts heraus. Ich nutzte die Gelegenheit.

„Ich möchte, dass du und Adam nach Atlanta mitkommt. Ich möchte dich und Adam bei mir zu Hause haben. In meinem Haus. Aber wenn das zu viel ist, kann ich einen anderen Platz für euch finden. Mit Jacobs Bauarbeiten und Charlies Hilfe kann ich auch eine andere Unterkunft für euch finden."

„Du willst uns bei dir haben?" Ihre Frage war kaum mehr als ein Flüstern.

„Wenn es nach mir ginge, würde ich sagen, pack alles zusammen, was du mitnehmen kannst, heuere jemanden an, der den Rest erledigt, biete das Haus zum Verkauf an und komm nie mehr zurück."

Lilys Augen strahlten. „Wie kannst du dir da so sicher sein?"

Ich strich ihr die weichen Locken aus dem Gesicht, umfasste ihr Kinn und drückte einen sanften Kuss auf ihren Mund. „Ich bin es einfach. Ich habe mein ganzes Leben darauf gewartet, so zu fühlen, wie ich für dich tue, Lily. Wenn du es langsamer angehen willst, kann ich warten. Wir müssen vorerst weg von hier, aber, wenn du noch nicht bereit bist, Black Rock zu verlassen–"

„Das bin ich. *Das bin ich.* Ich… Ich wollte nur nicht annehmen… ich wusste nicht, ob du–"

„Ich will es. Mehr als alles andere." Ich richtete mich auf und konzentrierte mich auf das, was erledigt werden musste. „Wir können den Land Rover hier lassen und ihn später von jemandem abholen lassen. Ich muss meinen Mietwagen sowieso zurückgeben. Pack also so viel ein, wie deiner Meinung nach hinten reinpasst. Wir nehmen es mit, laden alles ins Flugzeug, und was übrig bleibt, lassen wir später einpacken und rüberbringen, wenn der Rest erledigt ist."

Lily trat zurück und nickte. „Mach ich. Wie schnell müssen wir von hier weg? Ich hab bereits einige Dinge beiseite gelegt und sortiert, Sachen, die wir jetzt oder später noch brauchen könnten, aber, wenn wir den ganzen SUV haben..."

Ich wusste, was sie meinte. Der Geländewagen, den ich gemietet hatte, war riesig. In das Ding hätte eine Fußballmannschaft gepasst. Lily hatte Taschen vorbereitet, die für einen kommerziellen Flug geeignet waren, aber sie konnte viel mehr als das in diesem SUV und unserem Flugzeug mitnehmen.

„Bis Hanover sind es etwa fünf Stunden. Ich denke, wir sollten versuchen, mittags abzureisen. Würde das gehen?"

„Das geht. Ich mach mich an die Arbeit."

„Lily", rief ich. Sie blieb stehen und drehte sich um, bereits abgelenkt von allem, was sie in den nächsten Stunden tun musste. „Ich glaube nicht, dass Dave Anzeige erstatten wird. Wenn er zurückkommt, sag ihm, du wüsstest nicht, wo ich hingegangen bin."

„Wo gehst du hin?"

„Nirgendwohin ohne dich, aber das wird er nicht wissen."

Ein Schatten huschte über Lilys Augen. Ich wartete darauf, dass sie Einspruch erhob und um

Erklärung bat. Irgendwas, aber stattdessen sagte sie: „Okay."

Sie drehte sich auf den Fersen um, hielt dann abrupt an und warf sich in meine Arme, bevor sie mir einen Kuss auf den Mund drückte. Sobald die Wärme ihrer Lippen meine verließ, war sie weg und flog die Treppe hinauf.

Ich wusste nicht, was ich getan hatte, um dieses Vertrauen zu verdienen, aber ich hätte alles getan, um dessen gerecht zu werden.

Ich war zu schnell. Cooper würde ausflippen, wenn ich Lily in mein Haus einziehen ließ, aber es war mir scheißegal.

Ich hatte ihr die Wahrheit gesagt.

Ich hatte mein ganzes Leben darauf gewartet, mich so zu fühlen.

Vielleicht würden sich die Dinge ändern, vielleicht auch nicht, aber ich ging nicht davon aus, dass es jemals verschwand.

Ich wollte Lily.

Ich wollte Adam.

Ich konnte ihr Platz geben, wenn es das war, was sie brauchte.

Solange sie mir gehörte.

KNOX

E s dauerte nicht lange, bis ich den Rest meiner Sachen zusammengepackt hatte. Bisher waren wir noch nicht durch eine Invasion von Black Rock Polizeiwagen mit Blaulicht unterbrochen worden. Ich war mir nicht sicher, ob das ein gutes oder ein schlechtes Zeichen war.

Ich traf Lily an der Treppe und nahm ihr einen riesigen Seesack aus den Händen, bevor er sie aus dem Gleichgewicht bringen konnte.

„Was zum Teufel machst du da?"

„Die Taschen runterbringen."

„Ich hol den Rest. Ist alles oben?"

„Ja, auf einem großen Stapel in der Mitte meines Schlafzimmers. Adams und meine Sachen, ein paar Kisten mit Dingen, die ich nicht sofort brauche, aber nicht im Haus lassen will. Ich muss eine Tasche mit Schuhen, Jacken und so weiter im Lehmkeller zusammenpacken, aber ansonsten sind wir bereit zum Aufladen."

„Verstanden." Ich fand alles ordentlich organisiert in Lilys Schlafzimmer. Es dauerte nicht lange, bis ich den hinteren Teil des Geländewagens beladen hatte. Adam blieb mir auf den Fersen und stellte eine Frage nach der anderen, größtenteils Fragen, die ich nicht beantworten konnte. Glücklicherweise war er mit kleineren Aufgaben leicht abzulenken und half mir gerne mit leichten Sachen.

Lily stellte einen weiteren vollen Seesack an der Hintertür ab, mit Sachen aus dem Lehmkeller.

Ich fand sie in der Küche, wo sie das Mittagessen aus Resten und Zutaten, die noch vor Ende der Woche verderben würde, zusammenbraute. Adam beschwerte sich über die merkwürdige Mischung auf seinem Teller, bis Lily ihn mit einem *Mama-Blick*, wie ich es nannte, ansah, und er den Mund hielt.

Ein schriller Alarm durchbrach das Haus, als Lily den Tisch abräumte. Sie erschrak und ein Teller rutschte ihr aus den Händen, bevor er auf dem Boden zerbrach. Ich umkreiste den Tisch, um sie von den scharfen Keramik-splittern zu retten, die um ihre nackten Füße verstreut lagen.

Ein Schatten ging am Fenster an der Haustür vorbei.

Hinter mir rannte Adam zur Tür und rief: „Sheriff Dave!"

„Adam, nicht!", schrie ich.

Der Einfahrtsalarm war nicht losgegangen. Wäre er aus dienstlichen Gründen hier gewesen, wäre er in seinem Streifenwagen gekommen. Ich stellte Lily auf die Füße, weg von den Überresten des zerbrochenen Tellers, und sprintete zur Vordertür.

Adam öffnete sie bereits.

Er erstarrte für den Bruchteil einer Sekunde und stol-perte zurück, als er Daves normalerweise freundliches Gesicht vor Wut und Verzweiflung verzerrt sah. Der Sheriff stürzte sich auf Adam, seine Finger griffen nach Adams T-Shirt über der Schulter.

Sein Instinkt war schneller als sein Gehirn, und Adam

wich bereits zurück, weg von der Tür. Daves verzweifelter Griff kam zu spät. Adam rannte zu Lily und warf sich in ihre Arme. Sie blieb nur wenige Meter entfernt stehen, die Augen weit aufgerissen und auf den Mann fixiert, den sie für ihren Freund gehalten hatte.

Dave hielt einen Elektroschocker in meine Richtung und schwenkte ihn bedrohlich. Ich hätte gelacht, wenn ich nicht sicher gewesen wäre, dass ihn das durchdrehen lassen hätte. Ein Elektroschocker? Er würde Papierkram ausfüllen müssen, wenn er seine Dienstwaffe benutzte, aber im Ernst – ein Elektroschocker?

Andererseits befand sich seine Waffe an seiner Hüfte. Er war ein Arschloch, aber er war nicht völlig verblödet. Solange er die Waffe an seiner Hüfte trug, war er gefährlich.

Er ignorierte mich, als er sah, dass ich mich nicht näherte, und konzentrierte sich auf Lily, wobei all die vorgetäuschte Freundlichkeit wie weggewischt war. „Gib mir die Dose, Lily. Ich habe diesen Schwachsinn satt. Trey schuldet mir was. Er hat gesagt, dass sie mir gehört. Gib sie mir, und ich gehe."

„Hast du mit Trey zusammengearbeitet?" Lily machte einen Schritt hinter mir nach vorne, Verwirrung und Verrat verringerten ihre Wachsamkeit. Ich streckte einen Arm aus, um ihr Näherkommen zu stoppen.

Dave höhnte. „Ja, ich habe mit Trey gearbeitet. Du bist so eine verdammte dumme Gans. So viel Scheiße, die er direkt vor deiner Nase abgezogen hat, und du hast nie daran gedacht, zu fragen, oder? Machst einfach deinen Schmorbraten, liest deinem dämlichen Kind Bücher vor und fragst dich nie, wo das ganze Geld herkommt. Hast du Trey jemals gefragt, was er auf diesen Geschäftsreisen getrieben hat? Wen er vögelte, als er aufgehört hatte, dich zu vögeln?"

Daves wilde Augen schnippten zu Adam und zurück zu Lily. „Ich weiß, dass du keinen Beweis hast, dass er dir gehört. Gib mir die Dose oder ich rufe das Jugendamt an und du verlierst das Einzige, was dir etwas bedeutet."

Adam verstand die Drohung nicht, aber Lily verwandelte sich zu Stein, ihre Augen leer vor Panik. Ich wollte diesen Kerl verflucht noch mal umbringen. Ich trat vor sie und versperrte ihm die Sicht. „Welche Dose, Morris?"

„Die verdammte russische Tabakdose, du Arschloch. Ich weiß, sie ist Millionen wert. Trey hat gesagt, sie gehört mir. Gib sie her und ich gehe."

„Sie ist nicht hier", sagte ich. „Ich habe dieses Haus von oben bis unten abgesucht und hab die Quittung gefunden, aber keine Tabakdose. Du hast Pech gehabt."

„Sie kann nicht weg sein", rief Dave und seine Stimme ging verzweifelt in ein Wimmern über. „Sie war in seinem Büro. Was zum Teufel hast du damit gemacht, du Miststück? Ich hab monatelang gesucht."

Ich gab Lily keine Gelegenheit, zu antworten. „Sie hat nichts damit gemacht. Sie ist weg."

„Dann gib mir Bargeld. Ich weiß, dass er dir einen Haufen Kohle hinterlassen hat. Er schuldet mir was."

„Lily hat kein Bargeld im Haus." Technisch gesehen hatte ich nicht gelogen. Der Tresor mit den zwanzig Riesen war sicher im SUV verstaut. Ich konnte Lily und Adam nicht wegen zwanzig Riesen gefährden, aber das war sowieso nicht die Geldsumme, die Dave Morris wollte.

„Dann lasst uns zur Bank gehen", schoss Dave zurück, sein Gehirn vernebelt durch Gier.

„Wie willst du das anstellen?", fragte ich ganz ruhig. „Willst du ihr vor der Kassiererin eine Waffe an den Kopf halten?"

„Sie kann mir einen Scheck ausstellen." Er griff nach rettenden Strohhalmen.

Was auch immer er für Trey getan hatte, es hatte garantiert nichts mit Grips zu tun.

„Das wird eine riesige Papierspur hinterlassen. Du hast keine Optionen mehr, Morris. Dreh dich um und geh nach Hause."

Dave stürzte sich auf mich und holte aus, kam aber nicht nahe genug heran, um mir einen Stromschlag zu verpassen. Seine Kontrolle löste sich auf und zerfiel zu Staub, als seine Frustration wuchs.

Dies war sein Endspiel. Er wollte nicht weggehen, ohne das zu bekommen, was er verlangte.

Ich spürte Adam hinter mir, wie er sich in Lilys Armen drehte und bewegte mich, um seinen Oberarm zu umfassen und ihn still zu halten. Lily schob ihn weiter hinter mich und ging zur Seite, aus meinem Schutz heraus. Ich konnte sie nicht vor Dave beschützen, wenn sie verdammt noch mal nicht stillhalten wollte.

„Dave", sagte sie, „ich weiß nicht, was Trey mit der Dose gemacht hat, aber es sind noch andere Sachen im Haus. Kunstwerke. Ich hab ein wenig Schmuck. Es ist nicht so viel wert wie die Tabakdose, aber du kannst es haben. Es ist mir egal. Was auch immer Trey dir schuldete, es hat nichts mit mir zu tun."

„Es hat alles mit dir zu tun, du verdammte Schlampe! Er hätte mir alles hinterlassen sollen. Ich war sein ganzes Leben lang sein Freund. Du bist nur irgendeine Fotze, die er im College aufgegabelt hat, um seine Eltern anzupissen."

Bei diesem groben Ausdruck kam ein verletztes Geräusch von Lily. Adam entwand sich meinem Griff und ging zu seiner Mutter. Ich schob ihn weiter hinter mich und brachte uns beide einen Schritt zu weit von Dave und Lily weg.

In Zeitlupe sah ich zu, wie Daves Arm herausschoss und sie packte. Sie war immer noch zu weit weg, seine Finger glitten über ihre Schulter und erwischten eine Strähne ihres Haares. Er zog daran und riss Lily von den Füßen.

Bei ihrem Schmerzensschrei sah ich rot.

Ich stürzte zur Seite, zog sie von ihm weg und schob sie und Adam hinter mich. „Garage. Jetzt."

Ich hörte wie Lily Adam packte und den Flur hinunterlief, stürzte mich auf Dave, bevor er sich orientieren konnte, und verpasste ihm einen Schlag nach dem anderen.

Ich war fertig mit diesem Wichser.

Fertig mit seinen unverschämten Bemerkungen.

Fertig mit seinen Forderungen.

Fertig mit diesem Winzling, der dachte, er könnte meine Frau bedrohen.

Meinen Jungen.

Einfach. Verflucht. Fertig.

Sheriff Dave Morris wollte ein Schauspieler sein, aber er war dabei, die Bühne zu verlassen.

Ich lehnte mich zurück und sah befriedigt auf das Blut, das aus seiner Nase und seinem Mund lief. Seine benommenen Augen begegneten meinen ungläubig. Lippen schlossen und öffneten sich, als er undeutlich hervorbrachte: „-Uu 'annst ni. Du 'annst nicht."

„Ich kann und habe es getan, Arschloch." Ich schnappte mir die Handschellen von seinem Gürtel und fesselte ihm die Hände hinter seinem Rücken, bevor ich ihn über meine Schulter warf. Sheriff Dave konnte dieses Mal Anklage erheben, aber wir waren nicht mehr lange hier.

Ich lief durch den Wald, warf Dave in den Dreck unter den Kiefern und befestigte ihn an einen Baum.

„Noch eine letzte Sache", sagte ich, „Lilys Haus ist verkabelt, innen und außen. Ich garantiere dir, dass du nicht alle Kameras entdecken kannst. Wenn ich dich noch einmal hier erwische, rufe ich nicht die Staatspolizei an, sondern Andrej Tsepov. Er mag keine losen Enden, und kann es sich im Moment nicht leisten, dass ein verfickter Streifenpolizist Aufmerksamkeit erregt. Hast du mich verstanden?"

Ich sah genau den Moment, in dem er die Schwere meiner Worte begriffen hatte, weil sich die ohnmächtige Wut in seinen Augen in elendige Angst verwandelte.

Ja, er hat mich verstanden.

Ich ließ ihn dort zurück, mit Handschellen an den Baum gefesselt. Dave war kein Genie, aber er war auch kein kompletter Idiot. Er würde einen Weg finden, sich zu befreien, aber es spielte keine Rolle. Niemand würde ihn auf Lilys Grundstück finden, und wir wären außerdem schon lange weg.

Als ich zurück zum Haus joggte, wischte ich sein Blut vom Boden auf und packte die Papierhandtücher ein, um sie unterwegs zu entsorgen.

Ich duschte schnell, zog mich um und warf meine letzte Ausrüstung in den Geländewagen. Lily wartete auf dem Beifahrersitz und drückte sich dabei ein nasses Handtuch an die Schläfe. Adam plapperte pausenlos, stellte besorgte Fragen, die sie nicht beantworten konnte.

Bei meinem Anblick verstummte er. Ich rutschte auf den Fahrersitz und griff hinüber, um Lilys Hand von ihrer Schläfe zu nehmen. Mein Magen drehte sich um beim Anblick der abgerissenen Hautstelle, die träge blutete. Sie war winzig, nicht größer als ein Ein-Cent-Stück, aber es spielte keine Rolle.

Es war Lily, meine Lily, und sie wurde in meiner Obhut verletzt. Ich lehnte mich zu ihr und drückte meine Stirn gegen ihre. „Es tut mir so leid, Baby. Das hätte nicht passieren dürfen."

„Es ist nicht deine Schuld, Knox. Ich hätte hinter dir bleiben sollen, aber ich habe nicht nachgedacht."

„Geht es dir gut?"

„Es brennt ein wenig, das ist alles. Wo ist Dave?"

Ich lehnte mich zurück, schnallte mich an und drückte die Fernbedienung für das Garagentor. Als wir hinausfuhren, zwinkerte ich Lily zu.

„Zwei Häuser weiter im Wald, mit Handschellen an einen Baum gefesselt. Ich glaube, er wird dich nicht mehr belästigen."

Ich warf ihr mein Telefon zu und sagte: „Stell den Alarm ein, Lil. Wir machen uns auf den Weg."

LILY

Fünf Stunden mit einem Fünfjährigen im Auto schienen viel länger. Viele Leute dachten, dass Neuengland ein Haufen kleiner Staaten war, die alle zusammengepfercht waren, aber Maine war ziemlich groß, die Fahrt ins Zentrum von New Hampshire wunderschön und endlos.

Die Tatsache, dass ich nicht wusste, was passieren würde, wenn wir unser Ziel erreichten, machte es nur noch schlimmer. Ich hatte die Briefe meiner Mutter bei mir, las sie immer wieder und versicherte mir, dass ich erwünscht war.

Sie vermisste mich. Ich hatte gedacht, ich durfte nie wieder nach Hause kommen, hatte die Jahre der Trauer und des Verlusts in einer Flasche fest verschlossen.

Diese Briefe ließen den Korken knallen und alles in einer Fontäne aus Herzschmerz und Sehnsucht herausschießen.

Sehnsucht nach meiner Mutter und meinem Vater, der so streng und distanziert war. Sparsam mit Umarmungen und schnell missbilligend, aber er liebte mich.

Manche Eltern verletzten ihre Kinder mit Gleichgültig-keit. Mein Vater tat das Gegenteil. Mein Vater war verlet-zend, weil er mich zu sehr liebte, und weil aus dieser Liebe Erwartungen und Ultimaten entstanden.

Ich beobachtete Adam im Rückspiegel, wie er fröhlich mit den Füßen baumelte, während er ein Spiel auf meinem Telefon spielte. Handy-Verbote waren aufgehoben, wenn wir stundenlang in einem Auto festsaßen. Neben den Toilettenpausen, wovon es viel zu viele gab, hätte ich alles erlaubt, um ihn beschäftigt zu halten.

Was würden sie von Adam halten? Würde es ihnen etwas ausmachen, dass er adoptiert war? Dass er meiner und doch nicht *meiner* war? Ich konnte den Gedanken nicht ertragen, dass wir uns wieder vertrugen, und ich dann gehen müsste, weil sie meinen Sohn nicht akzeptierten.

Ich konnte den Gedanken nicht ertragen, aber ich musste damit rechnen, dass es möglich war. Sie hatten Trey nicht akzeptiert. Wie kam ich darauf, dass sie ein Kind akzeptieren konnten, das eindeutig Treys war, und ebenso eindeutig nicht aus meinem Körper stammte?

Ich würde Adam vor allem beschützen, auch vor meinen eigenen Eltern. Ich betete, es nicht tun zu müssen.

Den größten Teil der Fahrt hatte ich das Gefühl, dass wir nie dort ankommen würden. Dann kamen vertraute Wahrzeichen ins Blickfeld. Mein Magen verkrampfte sich, und ich wünschte mir, dass die Fahrt nie endete.

Ich wollte das nicht tun, wollte diesen Teil bereits hinter mir haben, die umständliche Vorstellung und die Ungewissheit. Ich streckte meine Hand aus, um Knox' Arm zu berühren. Er drehte sein Handgelenk und umschloss meine Finger mit seinen.

„Es wird alles gut, Lily", sagte er, zu leise, damit Adam es nicht hören konnte. „Und wenn nicht, sind wir schnell da weg."

Ich nickte, meine Kehle wie zugeschnürt. Wenn es nicht gut lief, würden wir gehen. So einfach war das.

Und dann weiter nach Atlanta, zu Knox' Familie und einer Reihe neuer Sorgen. Sein Bruder war mit unserer Beziehung nicht einverstanden. Lucas, Charlie und Griffen waren großartig, aber Knox' Brüder...

Lass das, Lily. Eine Sache nach der anderen. Wenn du versuchst, dir über alles gleichzeitig Sorgen zu machen, wird dein Gehirn explodieren.

Aber mein Gehirn war sowieso dabei zu explodieren.

Als der Geländewagen in die Einfahrt meiner Eltern fuhr, war mir so übel vor Nervosität, dass ich dachte, ich müsste mich übergeben. Knox' Hand drückte mir auf den Rücken, drängte mich, mich nach vorne zu beugen und meinen Kopf zwischen die Knie zu legen. Seine Finger streichelten meine Wirbelsäule hinauf und lockerten meine verspannten Muskeln.

„Willst du, dass ich zuerst gehe? Den Weg frei mache?"

Für eine Sekunde wollte ich ja sagen. *Ja, bitte bring das für mich in Ordnung, damit ich die Ablehnung in den Augen meines Vaters nicht sehen muss. Die Enttäuschung im Gesicht meiner Mutter.*

Auf keinen Fall, Lily, hielt ich mir selbst einen Vortrag. *Lass dir ein Rückgrat wachsen. Du hast einen Sohn. Du kannst dir für die Vergangenheit vergeben, aber nicht, wenn du weiterhin falsche Entscheidungen triffst. Steh auf und klopf an dieser Tür.*

Ich atmete durch die Nase ein, hielt die Luft an und ließ sie langsam heraus, bevor ich mich aufrichtete und den Gurt löste. „Ich kann es. Ich bin bereit", log ich.

„Sollen wir im Auto warten?", fragte Knox. Diese Option gefiel ihm nicht. Ich liebte ihn dafür, dass er sie trotzdem angeboten hatte. Ich konnte so tun, als ob ich mutig war, aber ich konnte das nicht allein durchstehen.

„Nein. Ich denke, ihr beide solltet mitkommen."

Ich stieg aus dem Auto, meine Hände leicht am Zittern, als ich den Sicherheitsgurt abschnallte. Ich traf Knox vor der Motorhaube und nahm Adams kleine Hand in meine.

„Wo sind wir, Mama?"

„Das ist das Haus, in dem ich aufgewachsen bin. Wir werden nachsehen, ob deine Großeltern zu Hause sind."

„Wirklich? Du hast hier gelebt, als du klein warst?"

„Das habe ich und es sieht noch genau so aus wie früher."

Die Blumenbeete an der Vorderseite des Hauses waren natürlich anders. Meine Mutter hatte die Liebe zur Gartenarbeit von ihrer Mutter geerbt, daher ihr Name, Rose, und meiner. Sie änderte die Gestaltung der Beete fast jedes Jahr, aber abgesehen von den Blumen war alles gleich.

Die gleichen makellosen weißen Hauswände und waldgrünen Fensterläden. Die gleiche umlaufende Veranda mit weißem Vordach. Ganz in der Nähe vom College, mit einem sonnenbeschienenen Studio im Hinterhof, war es das perfekte Haus für einen Professor und eine Künstlerin.

Ich kannte den Stundenplan meines Vaters nicht mehr, wusste nicht, ob sie zu Hause waren, aber ich hatte nicht den Mut, vorher anzurufen.

Als ich auf Adam herabsah, zwang ich mich zu einem strahlenden Lächeln. „Sollen wir klingeln?"

Er pirschte nach vorne und zog mich mit. Knox folgte uns. Ich drückte auf die Klingel und hörte, wie sie durch das Haus hallte. Die vertrauten Töne brachten eine Welle der Nostalgie hervor, sodass mir scharfe Tränen in die Augen schossen.

Es war still im Innern, aber das hatte nichts zu bedeuten. Wenn mein Vater in seinem Büro und meine Mutter in ihrem Atelier waren, konnte es eine Weile dauern, bis sie das Klingeln an der Tür hörten. Ich gab ihnen dreißig Sekunden und läutete erneut, während ich die Feuchtigkeit in meinen Augen wegblinzelte.

Schließlich hörte man gleichmäßige Schritte in der Halle. Zu schwer für meine Mutter. Mir stockte der Atem.

Wenn ich die Wahl gehabt hätte, wäre ich lieber zuerst meiner Mutter begegnet.

Die Tür öffnete sich.

Mein Vater stand da und sah genau gleich und gleichzeitig erschreckend anders aus. Älter.

Seine dunkle Haut war faltig an der Stirn. Sein dichtes dunkles Haar war durchsetzt mit grau und seine vertraute Lesebrille baumelte ihm vom Hals.

Seine schlabberige Khaki-Hose und abgetragener Cardigan mit Leder an den Ellbogen waren genau die gleichen. Mein Vater kleidete sich wie der Stereotyp eines spießigen Professors, was er auch war. Keine Hänseleien meiner extravaganteren Mutter konnten ihn dazu bringen, etwas anderes zu tragen.

Seine Augen leuchteten vor Überraschung auf, als er mich sah. Ein Hauch von Gefühl entfachte Hoffnung in meinem Herzen. Dann verschwand die Überraschung, und sein Gesicht wurde leer.

„Lily. Du bist hier."

„Ja. Ich…"

Warum hatte ich mir nicht überlegt, was ich sagen sollte? Ich saß fünf Stunden lang im Auto und las die Briefe meiner Mutter immer und immer wieder, und ich hatte nie darüber nachgedacht, was ich sagen sollte.

Neben mir unterbrach eine kindliche Stimme die Stille. „Bist du mein Opa?"

Ich drückte Adams Hand und sandte ein Gebet zum

Himmel, dass mein Vater das Richtige sagte. Mein Vater sah mich fragend an.

„Papa, ich möchte dir meinen Sohn Adam vorstellen."

Ein weiteres Flackern in den Augen meines Vaters, ein Gefühl, das ich nicht deuten konnte. Ich war noch nie in der Lage gewesen, ihn gut zu verstehen.

Zu meiner Erleichterung beugte er sich ein wenig vor und streckte Adam eine Hand entgegen. Mit seiner gemessenen Professorenstimme sagte er: „Ja, wenn du Lilys Sohn bist, dann bin ich dein Opa. Es ist schön, dich kennenzulernen."

Er hatte zur Begrüßung nicht gerade die Arme ausgebreitet, aber es war besser als nichts. Als ich unbeholfen auf der Türschwelle stand, sagte ich: „Ich, äh, ich…"

Mir war klar, dass ich dabei war, alles zu vermasseln, während ich zurücktrat und Knox zu mir zog.

„Dad, das ist Knox Sinclair. Er ist…"

Knox streckte die Hand aus, ergriff die meines Vaters und schüttelte sie fest. „Ich begleite Lily. Dürfen wir hereinkommen?"

Mein Vater trat zurück, sein Blick schweifte von Knox zu mir, zu Adam und wieder zurück. „Ich hole deine Mutter."

Er ließ uns in der Halle stehen und ging in Richtung Hintertür. Sie musste in ihrem Atelier gewesen sein.

Ich war in diesem Haus aufgewachsen, aber ich fühlte mich nicht wohl dabei, frei herumzulaufen. *Noch nicht.* Nicht, bis ich wusste, dass wir willkommen waren. Soweit ich es beurteilen konnte, sah alles gleich aus. Dieselben Esszimmermöbel, das Wohnzimmersofa aus demselben Marinesamt mit derselben Gobelin-Decke, die über die Lehne drapiert war.

Die Tür an der Rückseite des Hauses schlug zu. Meine Mutter eilte den Flur hinunter, mit geradem Rücken und erhobenem Kinn, als ihre langen blonden Haare hinter ihr herumschwirrten.

Ihr lockeres rotes Hemd ging über die Röhrenjeans und ihre Sneakers waren mit Farbe besprenkelten. In der Tat war das meiste von ihr mit Farbe besprenkelt, aber das war nichts Neues.

Fast so groß wie Knox, überragte sie mich, die Arme über der Brust verschränkt, ihr Blick abschätzend. Ich spürte das Gewicht der Situation, als sie mich musterte. Meine wallenden Naturlocken, wild durcheinander durch die Feuchtigkeit des Sommers. Meine Sommersprossen, die durch das Spielen mit Adam im Meer dunkler geworden waren. Mein lässiges Sommerkleid und meine Sandalen.

Sie atmete aus, obwohl ich gar nicht gemerkt hatte, dass sie die Luft angehalten hatte, umarmte mich mit wilder Kraft und zog mich an sich. Sie flüsterte an meinem Ohr: „Lily. Mein Baby. Mein kleines Mädchen. Oh, Lily."

Ich schlang meine Arme um ihren schlanken Körper und vergrub mein Gesicht in ihrer Schulter. Sie roch genauso wie immer, nach Blumen, Erde und Terpentin. Meine Brust hob sich mit einem Schluchzen, ich umarmte sie fester. „Mama. Mama."

Adam zerrte an meinem Kleid. Seine Augenbrauen zogen sich zusammen, die Augen überschattet mit Sorge.

Er zog fester. „Mami?"

Ich lehnte mich von meiner Mutter zurück und nahm Adams Hand in meine. „Mama, das ist Adam, mein Sohn."

Die Augen meiner Mutter richteten sich auf Adam und betrachteten seine Gesichtszüge. Ich wusste, wen sie sah. Trey. Nicht mich. Ich nahm mich zusammen, bereit, meinen Jungen zu schnappen und wegzurennen, wenn sie auch die kleinste Andeutung machte, dass er nicht willkommen war.

Plötzlich füllten sich ihre grauen Augen mit Tränen. Sie wischte sie mit dem Handrücken weg, fiel auf die Knie und öffnete ihre Arme in einer Begrüßung. Adam ging zu ihr, seine Stimme gedämpft durch ihr beflecktes Hemd. „Bist du meine Oma? Warum weinen alle?"

Mit einer klaren Stimme, die mir schon so viele Vorträge gehalten hatte, antwortete sie: „Weil wir uns sehr lange nicht mehr gesehen haben und glücklich sind, wieder zusammmen zu sein."

„Warum weinst du, wenn du glücklich bist?"

„Weil mein Herz so voll ist, dass es fast wehtut. Es ist ein guter Schmerz. Ich wusste nicht, dass ich einen Enkel habe."

„Ich wusste nicht, dass ich eine Oma habe."

Ich war eine Riesenidiotin. Es war Treys Schuld, dass unsere Entfremdung so lange gedauert hatte, nicht meine, aber ich fühlte mich immer noch dämlich, weil ich Adam nicht gesagt hatte, dass er Großeltern hatte, die er nie kennengelernt hatte.

Wenn Adam jetzt bereits schockiert war, dann würde sein Erwachsenenleben eine Überraschung bieten, wenn er herausfand, dass wir alle möglichen, seltsamen Emotionen empfanden. Trauer darüber, was nicht verloren war. Schuldgefühle, wo keine Schuld war. Das menschliche Herz kannte keine Logik, auch wenn wir es uns wünschten.

Meine Mutter stand da und hielt einen Arm um Adams Schulter. Ihr bewertender Blick ruhte direkt auf Knox. Er wartete nicht darauf, dass ich ihn vorstellte, sondern sprach sie genauso an wie meinen Vater.

„Knox Sinclair. Ich begleite Lily." Als ob das Erklärung genug war. Fürs Erste musste das reichen.

Meine Mutter behielt ihre Fragen für sich und nickte zügig. „Ich verstehe." Als sie sich abwandte, griff sie nach

Adams Hand. „War es eine lange Fahrt? Musst du ins Badezimmer? Möchtest du einen Snack?"

Wie immer erinnerte die Erwähnung des Badezimmers Adam an seine Blase. Er tanzte von einem Fuß auf den anderen und nickte. „Die Fahrt war so lang und wir saßen ewig im Auto. Nachdem Knox Sheriff Dave geschlagen hat, mussten wir weg und-"

„Ich zeig dir das Badezimmer und hol dir etwas zu essen", unterbrach sie und warf einen fragenden Blick auf Knox und mich.

„Okay. Hat meine Mutter hier gelebt?"

Knox legte seinen Arm um meine Taille, als wir ihnen durch den Flur in die Küche folgten. „Er hat uns direkt unter den Bus geworfen, oder?", fragte Knox amüsiert.

„Kleiner Bengel." Ich konnte ihm nicht böse sein, weil er erst fünf Jahre alt war. Zu sehen, wie Knox Dave schlug, war der Höhepunkt der Aufregung in seinem kurzen Leben. Sein Held, der den Bösewicht erledigte. Natürlich musste er es meiner Mutter erzählen. Wahrscheinlich hätte er es auch dem Tankwart erzählt, wenn es einen gegeben hätte.

Adam war bereits im Badezimmer, als wir die Küche erreichten. Knox' Arm um meine Taille entging den wachsamen Augen meiner Mutter nicht.

„Tee? Ich habe eine neue Mischung. Mag Adam Äpfel und Erdnussbutter? Wir können sie mit nach draußen nehmen, damit er im Hof herumlaufen kann."

„Keinen Tee für mich, Frau Adams", sagte Knox.

„Ich nehme welchen. Adam mag Äpfel und Erdnussbutter, und der Hof wäre großartig."

Die Teemischungen meiner Mutter waren entweder himmlisch oder furchtbar. Einige schmeckten nach Früchten und Blumen, und waren sehr köstlich, egal ob warm oder eisgekühlt. Einige schmeckten jedoch nach Gartenerde, die sie so sehr liebte. Ich hoffte auf Früchte und Blumen anstelle von Erde, aber ich würde ihn auf jeden Fall trinken.

Mit einem kurzen Blick auf die geschlossene Tür fragte meine Mutter schnell: „Wo ist Trey?"

Ich wusste, dass wir nicht viel Zeit hatten, und sagte: „Er ist gestorben. Vor fast einem Jahr."

„Und der Sheriff?" Diese Frage richtete sie an Knox.

„Trey hat Lily einige Schwierigkeiten hinterlassen. Ich arbeite im Sicherheitsdienst und bin gekommen, um ihr zu helfen."

„Und dann sind Sie geblieben?", fragte sie schelmisch. Knox nickte einmal mit dem Kopf und hielt ihrem Blick stand. Was auch immer sie dort sah, musste sie zufriedengestellt haben. „Sind sie in Sicherheit? Meine Tochter und mein Enkel?"

„Im Moment schon", sagte Knox. „Wir können nur eine Nacht bleiben, und dann werde ich sie an einen sicheren Ort bringen, bis meine Brüder und ich Treys Schlamassel aufgeräumt haben."

Zum ersten Mal durchbrachen wahre Emotionen den kontrollierten Ausdruck meiner Mutter. „Nur eine Nacht? Du bist gerade erst angekommen."

„Wir werden wiederkommen", sagte ich, „sobald es sicher ist und dann können wir länger bleiben. Das ist der letzte Ort, an dem uns jemand suchen würde, aber…"

„Was zum Teufel hat dieser Bastard getan?", fragte sie Knox.

„Sie wollen es lieber nicht wissen, und ich kann es Ihnen nicht sagen. Lily und Adam sind fast aus der Sache raus. Es wird nicht mehr lange dauern, bis alles vorbei ist."

Ich hoffte, dass Knox richtig lag. Da Tsepov verschwunden war und wir Dave am Hals hatten, war ich mir nicht sicher, ob es so einfach war.

Das Rauschen der Toilettenspülung am Ende des Flurs beendete unser Gespräch. Eine Sekunde später hörte ich den Wasserhahn und damit war die Zeit der Erwachsenen vorbei. Knox sah mir in die Augen, runzelte die Stirn. Ich wusste, was er fragte, und nickte.

„Ich muss das Haus überprüfen und das Grundstück sichern, solange wir hier sind, nur für alle Fälle. Ist das in Ordnung, Frau Adams?"

„Natürlich. Tun Sie, was Sie tun müssen. Mein Mann sollte oben in seinem Büro sein. Er kann Sie herumführen."

Knox verschwand, als Adam zurückkam. Meine Mutter lud Gläser mit Eistee und Adams Snacks auf ein Tablett, bevor wir ihr durch die Hintertür zum Sitzbereich auf der Veranda folgten.

Adam stürzte sich direkt auf die geschnittenen Apfel-stücke mit Erdnussbutter und verschlang sie, als hätte er seit Tagen nichts gegessen. Ich nahm ein Glas Eistee vom Tablett, der Duft von Melone und Erdbeeren in meiner Nase. Meine Mutter saß neben mir auf der geflochtenen Gartenbank.

Leise, sodass Adam es nicht hören konnte, flüsterte sie: „Du hast ihn nach uns benannt. Adam."

Es gab so viel zu sagen, aber ich konnte es nicht. Nicht mit meinem Sohn, der genau daneben saß. Ich entschied mich für: „Ich habe deine Briefe nie bekommen. Nicht bis gestern. Er hat sie versteckt."

Meine Mutter atmete schockiert ein. „Du hast meine Briefe nie bekommen? Keinen einzigen?"

„Nein."

„Und dieser eine Brief... Du hast ihn nicht geschrieben."

„Ich wusste nichts davon. Ich dachte, ihr wolltet nicht,

dass ich schreibe. Was auch immer in diesem Brief stand, es kam nicht von mir."

Ihr Gesicht fiel zusammen, graue Augen verschwammen mit Tränen. „Oh, Lily. Wir hätten hochkommen sollen. Wir hätten es wissen müssen."

„Ihr hättet das nicht wissen können. Ich wusste nicht, wie schlimm es sein würde."

Adam schob sich das letzte Apfelstück in den Mund und starrte sehnsüchtig auf den Hof hinaus. „Mama, darf ich?"

„Klar, bleib aber innerhalb des Zauns."

„Da ist eine Schaukel an einem der Bäume, Adam", schnitt meine Mutter ein.

„Habt ihr noch die alte Schaukel bei deinem Studio?"

„Dein Vater hat einige Kollegen mit kleinen Kindern. Er hat sie behalten, damit sie etwas zum Spielen haben."

Adam lief zu der Schaukel, die ich als Kind geliebt hatte, und mein Herz zog sich zusammen, hingerissen zwischen der Freude, dass er eine meiner Lieblingserinnerungen teilen konnte, und dem Schmerz darüber, wie viel ich verloren hatte. Meine Eltern hatten ein ganzes Leben gehabt, von dem ich nichts wusste. Freunde, ihre Kinder, so viele alltägliche Dinge, die ich verpasst hatte.

„Wie schlimm war es?", fragte meine Mutter, sobald Adam außer Hörweite war.

LILY

„Nicht allzu schlimm", sagte ich schnell, weil ich nicht wollte, dass sie sich mit ihrer lebhaften Phantasie etwas Schreckliches ausmalte. „Er hat mich einfach... Nicht geliebt, und ich war zu dickköpfig, um zuzugeben, dass ich einen Fehler gemacht habe. Dann hat er Adam nach Hause gebracht, und ich konnte ihn nicht verlassen."

„Er ist ein wunderschöner Junge, so süß."

„Er ist mein Ein und Alles. Es tut mir leid, dass ich..."

Sie richtete sich auf und sagte entschieden: „Nein, Lily. Es muss dir nicht leidtun. Es gibt genug Bedauern auf beiden Seiten. Wir können nicht ändern, was hinter uns liegt. Lass uns keine Zeit mit Dingen verschwenden, die wir nicht ändern können."

„Das ist es, was Knox immer sagt."

„Er klingt wie ein kluger Mann."

„Das ist er. Ich-" Die Worte blieben mir im Hals stecken. Warum war es so schwer, zuzugeben, dass ich mich geirrt hatte? Ich atmete tief durch. „Ich habe mit Trey einen schrecklichen Fehler gemacht."

„Lily-"

„Nein, lass mich ausreden. Du und Papa hattet Recht. Ich hätte ihn nie heiraten dürfen. Er... Ich glaube, er hat mich aus Rebellion geheiratet, und vielleicht habe ich dasselbe getan. Seine Eltern hassten mich und er hat mir Vorwürfe gemacht, weil ich der Grund für ihr Zerwürfnis war. Sie sind gestorben, danach war nichts wie zuvor."

„Diese bigotten Arschlöcher."

Mein Lachen war von Tränen erstickt.

Meine Mutter machte nie davor halt, mich zu kritisieren. Ich war nicht kontaktfreudig genug, nicht selbstbewusst genug, hatte keinen Ehrgeiz.

Sie konnte meine schärfste Kritikerin sein, aber sie war immer die Erste, die mich verteidigte. Sie allein durfte ihre Tochter kritisieren, aber Gott bewahre alle anderen, die es versuchten. Sie wusste, dass es hart gewesen war, in dieser überwiegend weißen Stadt als eins der wenigen gemischtrassigen Kinder aufzuwachsen.

Ich wusste, dass sie sich immer ein wenig schuldig gefühlt hatte, weil sie mich nicht irgendwo mit einer vielfältigeren Bevölkerung aufgezogen hatten, an einem Ort, wo ich mich im Klassenzimmer umgesehen und andere Kinder gesehen hätte, die so aussahen wie ich.

Es gab Zeiten, da fragte ich mich, was aus mir geworden wäre, wenn ich an einem solchen Ort aufgewachsen wäre. Irgendwo, wo ich hineingepasste, wo ich nicht immer *anders* war. Mein Vater sagte, dass jeder Mensch Herausforderungen hatte, und dass das meine war. Er hatte nicht Unrecht, aber das bedeutete nicht, dass ich nicht damit zu kämpfen hatte.

Meine Mutter strich mir die Haare aus der Stirn. „Und Knox? Wie lange seid ihr schon zusammen?"

Mist. Ein weiteres unangenehmes Gespräch. Die Wahrheit war nicht schön, aber ich konnte über Knox nicht lügen, auch nicht über Trey. Die Zeiten, als ich Trey in Schutz genommen hatte, waren längst vorbei.

„Wie Knox bereits gesagt hat, hatte Treys Geschäft… Probleme."

„Bist du in Schwierigkeiten?"

„Ich habe nichts falsch gemacht. Ich wusste nichts davon, aber Treys Geschäftspartner ist Knox' Vater, und er *ist* in Schwierigkeiten. Wegen Trey ist ein Teil dieser Schwierigkeiten hinter mir und Adam her. Knox kam, um zu helfen, und wir… Nun ja, du weißt schon."

Meine Mutter zwinkerte mir zu. „Du hast diesen feinen jungen Mann gesehen und beschlossen, dass du dir selbst ein wenig Spaß schuldest?"

Mein Gesicht wurde heiß. Das war typisch für meine Mutter, sie schreckte nie vor etwas zurück, auch nicht davor, ihre einzige Tochter mit Sex aufzuziehen.

Ich konnte nicht einmal über Sex mit Knox reden und hatte auch nicht vor, mit meiner Mutter darüber zu sprechen.

Ich fühlte mich wie ein Kind, nahm einen kurzen Schluck von meinem Eistee und beobachtete Adam auf der Schaukel. „Sowas in der Art, ja."

Sie hob ihre Hand und strich mit den Fingerspitzen über die raue Stelle, an der Dave mir die Haare ausgerissen hatte. „Was ist passiert?"

Durch die Sorge, meine Eltern wiederzusehen, hatte ich die Verletzung fast vergessen. „Ach, das…"

„Hat Knox das getan?", fragte sie und lehnte sich vor, als ob sie bereit war, Knox zu finden und ihn aus dem Haus zu jagen.

„Nein, Mama. Nein, nein. Das war der Sheriff, und es ist meine Schuld." Ich versuchte, mir eine Erklärung auszudenken, die meine Mutter zufriedenstellen konnte und die nicht ewig dauerte.

„Treys bester Freund ist ein Sheriff. Wie sich herausgestellt hat, hat er Dreck am Stecken. Es ist ein Teil des Problems, bei dem Knox hilft. Er kam heute Morgen vorbei, und ich war zu nah an ihm dran. Dave hat mich gepackt und mich an den Haaren gezogen."

„Warum hat Knox ihn nicht aufgehalten? Ist das nicht seine Aufgabe?"

„Er hat Adam von ihm ferngehalten. Ehrlich, es war meine eigene Schuld. *Ich schwöre.* Knox ist großartig gewesen, wirklich großartig. Adam liebt ihn, was schön ist, denn sein Vater hat sich nie um ihn gekümmert."

Aus meinem Augenwinkel erblickte ich Knox und meinen Vater im Nebenhof. Knox beugte sich vor und befestigte etwas am Zaun. Einen Bewegungsmelder? Mein Vater stand hinter ihm, die Hände auf den Hüften, sein Blick düster.

Meine Mutter folgte meinem Blick. „Wir haben dich so sehr vermisst, Lily."

„Papa hat kaum *Hallo* gesagt." Ich konnte die Bitterkeit nicht verbergen.

Meine Mutter seufzte. „Er hat dich vermisst. Du weißt, wie stur er ist. Das ist ein Charakterzug der Adams Familie. Diese Sturheit…" Sie zog eine Augenbraue hoch und schaute mich dabei an, als ich mich verlegen wandte.

Ihre Augen richteten sich wieder auf ihn. „Ich weiß nicht, ob er je zugeben wird, dass er sich geirrt hat, oder dir sagt, wie sehr er alles bereut, was er beim letzten Mal gesagt hat. Aber das tut er, Lily. Ich weiß, dass er es tut."

Ich wusste nicht, was ich dazu sagen sollte. War es wichtig? Wenn er mir nicht sagen konnte, dass er mich liebte, mir nicht sagen konnte, dass er mich vermisste, spielte es eine Rolle? Es war die emotionale Entsprechung eines alten Sprichworts. „Wenn im Wald ein Baum fällt und niemand hört es…"

Wenn er nie sagte, dass er mich liebte, es nie zeigte...

Ich schaute von meinem Vater weg, der Knox immer noch zusah, als er den Zaun entlangging.

Es war egal. Ich hatte nicht vor, meinen Kopf wegen der emotionalen Unerreichbarkeit meines Vaters gegen die Wand zu schlagen.

DIE HOFFNUNG, dass er plötzlich damit anfing, Umarmungen und Liebesbeteuerungen zu verteilen, bereitete mir Schmerzen.

Davon hatten wir genug.

So waren wir in diesen Schlamassel hineingeraten, wegen der Erwartung, dass die andere Person so sein sollte, wie wir sie haben wollten, anstatt sie so zu akzeptieren, wie sie war. Vielleicht könnte ich mich entscheiden, die Worte meiner Mutter zu Herzen zu nehmen und an seine Liebe zu glauben. War das nicht Liebe? Vertrauen?

Wenn ich Knox nach so kurzer Zeit vertrauen und lieben konnte, weil ich an ihn glaubte, konnte ich dann nicht dasselbe bei meinem Vater tun?

„Ist es okay, wenn wir heute Nacht bleiben?", fragte ich, müde davon, mir über meinen Vater Gedanken zu machen. „Ich weiß nicht einmal, ob ihr Pläne habt."

„Wir haben keine und es wäre auch egal, wenn wir welche gehabt hätten. Natürlich könnt ihr bleiben."

„Ich war mir nicht sicher-", murmelte ich.

„Das habe ich verdient. Das haben *wir* verdient. Wir hätten zu dir kommen sollen. Du bist *immer* in deinem Haus willkommen, Lily. *Immer.*" Sie zögerte ein wenig, bevor sie sagte: „Ich weiß nicht, wie ich dir morgen Lebewohl sagen soll."

„Nicht Lebewohl, Mama, versprochen. Nur ein *bis später*. Die Situation mit Knox' Vater ist kompliziert und es wird dauern, bis wir eine Lösung finden, aber sobald das vorbei ist, kommen wir zurück. Ich verspreche es."

Adam entdeckte Knox und meinen Vater und lief hinüber, um Knox zu folgen, während er die Grundstücksgrenze überprüfte und weitere Sensoren platzierte.

Nach einem kurzen Blick auf ihre Uhr, gingen meine Mutter und ich wieder ins Haus, um das Abendessen vorzubereiten. Wir bewegten uns routiniert durch die Küche, meine Mutter am Herd, als ich den Tisch deckte.

Ich unterhielt sie mit Geschichten über meine gescheiterten Backversuche. Sie tat so, als ob sie vor Entsetzen keuchte, dass ich echten Zucker für meine Kekse verwendete, bevor sie mir ihr Rezept für Johannisbrot-Hanf-Riegel anbot.

Ich schrieb es mir auf, war aber viel mehr daran interessiert, diese gesalzenen Karamell-Brownies noch einmal zu backen. Der erste Versuch war gut gegangen, aber sie waren schon lange weg. Ich brauchte einen weiteren Geschmackstest und mehr Schokolade.

Das Abendessen war peinlich, trotz der Versuche meiner Mutter, das Gespräch in Gang zu halten. Mein Vater saß steif da und beteiligte sich nur dann an der Unterhaltung, wenn er Knox mit Fragen löchern wollte.

„WAS GENAU MACHEN SIE BERUFLICH?"

„Wo kommen Sie her?"

„Wie lange sind Sie schon mit meiner Tochter zusammen?"

Knox begegnete seinen Fragen völlig gelassen und beantwortete sie alle, ließ sich von meinem Vater nicht aus der Ruhe bringen und wurde nicht ungeduldig oder verärgert. Knox leistete bei der Inquisition viel bessere Arbeit als Trey es getan hat.

Trey traf meine Eltern einige Male in der Schule, aber an dem Abend, als ich ihn nach Hause mitgebracht hatte, um unsere Verlobung bekannt zu geben, hatte mein Vater ihn mit spitzen Fragen gelöchert, bis Trey die Beherrschung verlor und wütend hinausstürmte. Ich war ihm gefolgt, sauer auf meinen Vater, weil er auf meinem Verlobten herumgehackt hatte.

Ich sah, wie sich Knox' Lippen bei der letzten mürrischen Frage meines Vaters kräuselten, und dachte darüber nach, wie ich ihm danken konnte, dass er meinen Vater ertrug.

Wir verweilten am Tisch, eine Flasche Wein in der Mitte und mein Vater entschied schließlich, dass er Knox ausreichend gegrillt hatte. Stattdessen erfreute er uns mit den Einzelheiten seiner neuesten Recherche über die Globalisierung und ihre Auswirkungen auf das Unternehmertum in Entwicklungsländern.

Ich wusste, dass es seine Doktoranden faszinierend fanden, aber Wirtschaft war nicht mein Ding. Nicht, dass es genau wie eine Schlaftablette wirkte, von seinen Forschungen zu hören, aber ich versuchte schon nach wenigen Minuten, mein Gähnen zu unterdrücken.

Meine Mutter lächelte, als ich mir eine Hand vor den Mund hielt, und sah ihren Enkel an, wobei sie seine zufallenden Augen und die erschöpfte Miene registrierte.

„Wir können das beim Frühstück besprechen, nicht wahr, Louis? Ich weiß nicht, wie es Knox geht, aber Lily und Adam sehen so aus, als würden sie gleich umfallen."

„Es waren ein paar stressige Tage, Frau Adams", sagte Knox.

„Ich habe dir bereits gesagt, dass du mich Rose nennen sollst. Kommt, ich zeige euch eure Zimmer."

Knox wartete, bis wir oben waren, bevor er zu meiner Mutter sagte: „Ich bleibe bei Lily und Adam."

Es kam selten vor, dass ich meine Mutter völlig sprachlos erlebte.

Sie starrte Knox an, ihr Mund klaffte auf, bevor sie ihn zuschnappte. „Knox, ich verstehe, dass du und Lily in einer Beziehung seid, und ich bin nicht prüde, aber Adam ist jung und beeinflussbar, und das ist-"

„Es ist unser Haus. In unserem Haus befolgt man unsere Regeln", kam das unnachgiebige Diktat meines Vaters.

Wie üblich wurde meine Wirbelsäule steif. Ich hasste diesen Ton, die Annahme, dass sein Wort das Gesetz war und es alle um ihn herum befolgen mussten.

Als ich ein Teenager war, verlor ich immer die Beherrschung, wenn er so mit mir sprach. Knox blieb, wie schon beim Abendessen, völlig unbeeindruckt.

Er warf meinem Vater einen ebenso unnachgiebigen Blick zu. „Ich weiß das zu schätzen, Herr Adams. Wenn unsere Vorkehrungen nicht Ihren Vorstellungen entsprechen, werden wir eine andere Unterkunft finden. Bis diese Situation geklärt ist, lasse ich Lily und Adam nicht aus den Augen. Verstehen Sie mich?"

„Dieses Haus ist sicher", stotterte mein Vater. „Ich habe zugesehen, wie du die Sicherheit erhöht hast. Niemand kommt hier rein."

„Wahrscheinlich nicht", stimmte Knox zu. „Nichts ist mir wichtiger als Lilys und Adams Sicherheit. Ich gehe kein Risiko ein. Wenn Sie uns nicht unterbringen können, gehen wir und kommen zum Frühstück wieder."

Mein Vater öffnete den Mund. Ich konnte an seinem Gesichtsausdruck erkennen, dass er das Gesetz wieder durchsetzen wollte, so stur wie eh und je. Sein Mund schnappte zu, als meine Mutter ihn in den Magen boxte und ihm gerade genug Luft nahm, um ihn zum Schweigen zu bringen.

„Louis, lass gut sein." Als sie ihre Hand auf meine Schulter legte, sagte sie zu Knox: „Ich verstehe deine Besorgnis. In Lilys Schlafzimmer steht immer noch das Doppelbett. Es ist ein wenig klein, aber auf dem Boden ist Platz für eine Luftmatratze, die wir im Schrank haben. Das Gästezimmer hat ein King-Size Bett, aber es gibt keinen Platz für Adam."

„Lilys Zimmer und die Luftmatratze werden reichen. Vielen Dank, Rose", sagte Knox und fragte mich nach dem Weg.

Mein Vater grunzte und schob sich im Flur an uns vorbei. Ich dachte, dass wir ihn bis zum Frühstück nicht wiedersehen würden, aber er kam einige Augenblicke später mit einer Tasche zurück, die ich von Übernachtungen in meiner Jugend wiedererkannte.

Die Luftmatratze.

Als ich sie nahm, sagte ich: „Danke, Papa."

„Bis morgen früh", murmelte er und verschwand wieder.

Meine Mutter sah ihm nach und ließ einen Seufzer der Verzweiflung los. „Brauchst du Hilfe, Lily? Die Bettwäsche ist im Flurschrank, wie immer."

„Nein, wir machen das schon, Mama. Danke."

„Alles klar, dann schlaft gut."

Nach einer festen Umarmung und einem Kuss auf Adams Kopf folgte sie meinem Vater durch den Flur in ihr Schlafzimmer. Ich drehte mich zu Knox um und zog die Augenbrauen hoch. „Das war aber peinlich."

„Lily-", begann Knox.

Ich schnitt ihm das Wort ab. „Entschuldige dich nicht, Knox. Es ist schon lange her, dass sich jemand darum gekümmert hat, was mit Adam und mir passiert. Ich werde dich nicht bitten, damit aufzuhören, weil es jemandem unangenehm ist."

„Gut, denn ich werde damit nicht aufhören, auch wenn du mich darum bittest."

Ich versuchte nicht, mein Lächeln zu verbergen. „Lass uns das Bett machen, damit wir schlafen gehen können."

Knox folgte meiner Aufforderung, holte Laken und ein Kissen und half, Adam ins Badezimmer am Ende des Flurs zu bringen und ihn dann in seinen Schlafanzug zu stecken. Es war nur ein wenig seltsam, neben Knox in mein Kinderbett zu schlüpfen.

Zunächst einmal war Knox ein viel zu großer Mann für dieses Bett, und zweitens hatte ich das letzte Mal, als ich darin geschlafen hatte, gerade das College abgeschlossen. Es war eine Ewigkeit her.

Ich war erschöpft, aber es war schwer, mich inmitten der Überreste meiner Kindheit zu entspannen. Wir lagen da, Knox hinter mir, sein Arm um meine Taille, und hörten Adam zu, wie er über die Schaukel und seine Großeltern plapperte, bis er in eine nuschelnde Rezitation des Alphabets verfiel, etwas, das er hin und wieder tat, um sich in den Schlaf zu singen.

Ich sah Adams Augen im Mondlicht herabhängen, seine kindliche Stimme murmelte immer noch das A-B-C. Knox flüsterte mir ins Ohr: „Dein Vater ist eine harte Nuss, oder?"

Ich erstickte am Lachen. „So kann man es auch sagen."

„Nachdem ich dich bei deiner Mutter zurückgelassen habe, fand ich ihn in seinem Büro. Er stand über seinem Schreibtisch und hat geweint, bis er mich gesehen hat und dann so getan hat, als ob nichts passiert wäre."

„Natürlich." Mein Vater konnte noch nie zugeben, dass er ein anderes Gefühl außer hartnäckigen Stolz hatte. Zuerst würde die Hölle zufrieren.

„Er wischte sich die Augen ab, führte mich durchs Haus und sagte kaum ein Wort, aber Lily, als ich ihn fand, zitterten seine Schultern und ihm liefen Tränen übers Gesicht. Ich weiß nicht, ob er es dir sagen kann, vielleicht wird er es nie können, aber er stand da und hat geweint, weil du zu Hause bist. Ich dachte, du solltest das wissen."

„Danke, Knox", sagte ich, meine Stimme heiser.

Das Stahlband um mein Herz lockerte sich ein wenig. Das einzige Mal, als ich meinen Vater weinen sah, war bei der Beerdigung seiner Mutter. Die Tatsache, dass er um mich weinte, sagte mehr als irgendwelche Worte. Vielleicht liebte er mich wirklich, auch wenn er es mir nicht sagen konnte.

An Knox gelehnt, mit meinem Sohn in der Nähe, schlief ich wie ein Baby, nachdem sich meine Augen endlich schlossen.

Der Geruch von Kaffee und Speck weckte mich am Morgen.

Ich setzte mich auf und blinzelte gegen das Sonnenlicht, das durch den Raum strömte. Knox war bereits wach und tippte leise auf den Bildschirm seines Telefons. Er warf einen Blick in meine Richtung.

„Guten Morgen", sagte er mit leiser Stimme, voller Versprechen.

Ich war überglücklich, dass mein Sohn sicher und zufrieden war, und noch schlief. Nicht so überglücklich, dass er im selben Raum wie Knox und ich war.

Wir wollten zwar nichts in meinem Elternhaus tun, aber trotzdem. Vor Adam bei Knox zu schlafen, war eine Sache, aber dass Adam aufwachte und uns auf dem Bett knutschen sah? Das durfte nicht passieren.

Ich warf einen Blick auf Knox' Telefon, als es in seiner Hand vibrierte. „Alles in Ordnung?"

„Ja und nein. LeAnne Gates wird vermisst."

„Vermisst? Was bedeutet das?"

„Es sieht so aus, als wäre sie abgehauen. Wir wissen

nicht, für wie lange, warum oder mit wem. Es gibt keine Anzeichen für ein gewaltsames Eindringen oder einen Kampf, und es sieht aus, als hätte sie für mindestens ein oder zwei Wochen gepackt. Vielleicht auch mehr."

„Okay. Was machen wir jetzt?"

„Cooper hat jemanden, der nach ihr sucht. Er hat Leute, die nach Tsepov suchen, aber bis jetzt ist der Kerl nicht aufzufinden. Nicht in Atlanta und nicht in Vegas. Nirgendwo. Axel hat Cooper gesagt, dass es in Vegas ein paar Gerüchte gibt. Seine Organisation ist unzufrieden damit, wie er die Situation mit Trey und meinem Vater gehandhabt hat. Er wird bedrängt. Atlanta ist nicht sicher."

„Was sollen wir tun?", fragte ich.

„Vertraust du mir?"

Ich musste nicht nachdenken. „Natürlich vertraue ich dir."

„Dann überlass es mir. Ich werde dich und Adam in Sicherheit bringen, dann werden wir LeAnne Gates finden und uns um Tsepov und meinen Vater kümmern, versprochen, aber jetzt gehen wir erstmal nach unten und frühstücken mit deinen Eltern."

Tausend Fragen überfluteten mein Gehirn. Wohin wollte er gehen? Wie lange wollte er bleiben? Wo war LeAnne Gates?

Ich schob alles beiseite, vertraute Knox.

Über den Rest konnte ich mir immer noch später Gedanken machen.

„Okay. Lass uns frühstücken gehen."

KNOX

Die Fahrt nach Hanover war ereignislos, abgesehen von Adams Aufregung über seinen ersten Flug. Lily schüttelte belustigt den Kopf und murmelte: „Er wird verwöhnt, wenn er denkt, dass das normales Fliegen ist."

Lily war ins Flugzeug gestiegen, ohne nach unserem Zielort zu fragen, und betrachtete den luxuriösen Innenraum mit großen Augen, während sie Adam mit einem Malbuch und Buntstiften beschäftigte.

Unser Firmenflugzeug war ein Luxus, auf den wir hätten verzichten können. Als Ausgabenposten war es sehr teuer, aber unsere Kunden zahlten für die zusätzliche Sicherheit, die es bot. In Fällen wie diesem, war es ideal.

Wir flogen von einem kleinen, privaten Flugplatz in Hanover, nachdem wir einen Flugplan für Atlanta eingereicht hatten. Eine Stunde nach Beginn des Flugs hatten wir eine Zwischenlandung, und auf dem winzigen Flugplatz, auf dem wir gelandet waren, war sonst niemand zu sehen.

Der Flug nach Tennessee dauerte nicht lange. Adam musste nur zweimal auf die Toilette, weniger um seine

Blase zu entleeren und vielmehr, um eine Ausrede zu erfinden, seinen Sicherheitsgurt zu lösen und das Flugzeug zu erkunden – das Waschbecken, die Sitze, das Türschloss und alles andere, was er in die Finger bekam.

Griffen holte uns am Flughafen mit einem Sinclair Security Geländewagen und einem Hausschlüssel ab. Er hatte sogar an einen Kindersitz für Adam gedacht. Wir tauschten nur wenige Worte aus, als er unseren Platz im Flugzeug einnahm, und wir in den SUV einstiegen. Wenige Minuten nach unserer Landung waren wir auf dem Weg zu unserem Ziel.

Lily winkte Griffen zu, sagte aber nichts, bis wir angeschnallt waren.

„Okay, wo sind wir? Ich weiß, dass wir nicht in Atlanta sind."

„Mitten im Nirgendwo in Tennessee. Nah genug, um schnell nach Atlanta zu gelangen, wenn es sein muss, aber weit genug entfernt, dass niemand auf die Idee kommt, uns hier zu suchen."

„Okay."

Und das war alles.

Okay.

Ihr Vertrauen bedeutete mir mehr, als sie ahnen konnte.

Ich folgte dem Navi bis zu der kleinen Hütte, die ich mir von einem Freund geliehen hatte.

Ich wollte, dass wir diese Angelegenheit mit Tsepov so schnell wie möglich lösten, wollte Antworten über Adam von LeAnne Gates und ein normales Leben mit Lily und Adam an meiner Seite, was erstmal warten musste.

Das nächstbeste, was ich bekommen konnte, war es, Lily und Adam ganz für mich allein zu haben. Kein Sheriff Dave, keiner von Tsepovs Schlägertypen und keine neugierigen Freunde, die uns störten, nur wir drei, sicher und abgeschieden.

Die Hütte war rustikal, aber sie stand mitten auf einem hundertfünfzig Hektar großen Grundstück, seitlich eines Berges. Ein Bach halbierte das Grundstück, das Wasser bissig kalt und kristallklar.

Einen Steinwurf von der Hütte entfernt mündete der Bach in einen Teich, der groß genug zum Schwimmen und Angeln war. Die Hütte war ein kompletter Gegensatz zur modernen Monstrosität, die Trey am Black Rock See errichtet hatte. Ich fragte mich, ob es Lily etwas ausmachte, aber in einer Hütte zu übernachten war besser als in einem Zelt, auch wenn nicht viel besser.

Lily und Adam stiegen aus dem SUV aus, woraufhin Adam sofort zum Wasser laufen wollte. Ich stoppte ihn, legte eine Hand auf seine Schulter und führte ihn zur Hütte. „Lass uns erst einziehen, Kumpel, dann können wir uns den Teich ansehen."

Lily stand vor der Veranda und betrachtete die kleine A-förmige Hütte, die mit dunkelbraun gebeiztem Kiefernholz und der überdachten Veranda so aussah, als wäre sie nachträglich gebaut worden. Es war bestenfalls unscheinbar und ich stellte mich darauf ein, dass Lily wieder in den Geländewagen kletterte und mich darum bat, sie irgendwo anders hinzubringen.

Ich schob meine Hände in meine Gesäßtaschen. „Es ist simpel, ich weiß, aber es hat alles, was wir brauchen. Es ist komplett von der Außenwelt abgeschnitten. Solarzellen, kein Internet."

Ich stieg die Stufen zur Veranda hinauf, öffnete die Tür und zuckte bei der muffigen Hitzewelle zusammen.

Die Hütte stand seit Wochen verschlossen, die Luft im Inneren stickig. Lily folgte mir hinein und sah sich den Hauptraum an.

Alte, geflickte Sofas umgaben einen gusseisernen Holzofen, den wir um diese Jahreszeit nicht brauchten. Ich legte einen Schalter um und der Deckenventilator, der von der Decke hing, erwachte träge zum Leben. Er trug nicht viel dazu bei, die stickige Luft zu vertreiben.

Ich ging durch den Raum, öffnete die Fenster und setzte Fliegengitter ein. So hoch in den Bergen gab es eine kühle Brise, die das Innere selbst in der ersten Augustwoche erträglich machte.

Lily fand den schmalen Flur, der von der Küche zu den kleinen Schlafzimmern führte. Eines davon hatte zwei Etagenbetten und das andere Schlafzimmer war fast vollständig von einem Queen-Size Bett gefüllt.

Lily drehte sich um und sah mich an. „Bleiben wir hier?"

„Es ist nichts Besonderes, aber…"

„Wie lange können wir bleiben? Werden wir nur zu dritt hier sein?"

Mir wurde langsam klar, dass Lily sich nicht über die Unterbringung beschwerte. „Wir bleiben, bis Cooper uns das Okay gibt. Mindestens eine Woche, vielleicht auch länger."

Lily lehnte sich an mich, ihre Arme schlossen sich um meine Taille. „Sind wir hier sicher?"

„Ich werde den Außenalarm, den wir im Haus deiner Eltern hatten, einrichten und die Fenster und Türen noch etwas sicherer machen. Ich möchte nicht, dass du und Adam in die Stadt geht, um Lebensmittel einzukaufen. Aber ja, hier sind wir sicher."

„Hört sich gut an."

Adam lief den Flur hinunter und rief: „Können wir schwimmen gehen?"

„Noch nicht, Kumpel."

Es dauerte den Rest des Nachmittags, bis wir mit dem Einzug fertig waren. Nachdem wir die restlichen Fenster geöffnet und unsere Sachen ausgeladen hatten, plätscherten Lily und Adam am felsigen Ufer bei der kleinen Anlegestelle. Im Schuppen stand ein Kanu, von dem ich versprach, es von Spinnweben und toten Käfern zu befreien.

Eins nach dem anderen.

Nachdem ich die Sicherheit durch meine Ausrüstung verstärkt hatte, verließ ich Lily und Adam, um in die Stadt zu fahren und uns mit Lebensmitteln einzudecken. Ich war nur anderthalb Stunden weg, aber jede Minute davon fühlte sich wie eine halbe Ewigkeit an.

Sie waren hier sicher, so sicher, als ob sie bei Sinclair Security eingesperrt gewesen wären. Es war mir trotzdem nicht wohl dabei, sie aus den Augen zu lassen, bis Andrej Tsepov neutralisiert wurde.

Ich kehrte zurück und sah, wie sie vor einem Puzzle am Kaffeetisch saßen. Lily sprang auf, als ich eintrat, und nahm mir die erste Ladung von Einkaufstüten aus den Händen.

„Hier gibt es eine Menge Dinge zu tun. Stapel um Stapel von Taschenbüchern, Puzzles, Brettspielen, Karten."

„Also wird euch hier nicht langweilig?"

„Mit dem Teich und dem Wald und all den Büchern und Puzzles? Nein. Was ist mit dir?"

„Dieser Ort gehört einem Freund. Ich habe es nie hierhergeschafft, aber er schwört, dass der Fischfang großartig ist. Es gibt Forellen im Fluss und im Teich. Ich habe dich und Adam und eine Angelrute. Klingt himmlisch." Lily strahlte mich an.

Nachdem wir die Einkäufe weggeräumt hatten, schnappte ich mir ein Bier und gesellte mich zu ihr auf die Couch, um beim Puzzle mitzumachen.

Wenn ich gewusst hätte, wie gut diese Wochen in der

Hütte sein würden, hätte ich Lily gleich am ersten Tag entführt.

Nach drei Wochen der Isolation wusste man viel über eine Person. Ohne Ablenkungen dauerte es nicht lange, bis wir herausfanden, wie kompatibel wir waren.

Ich wusste bereits, dass Lily und ich im Bett perfekt zusammenpassten. Es gab nichts Schöneres als Lily nackt in meinen Armen, und der Alltag mit ihr stand nur knapp an zweiter Stelle.

Kochen. Geschirr spülen. Adam ins Bett bringen.

Wenn man die Ablenkungen durch Fernsehen, Mobiltelefone und Arbeit wegnahm, gab es keine Barrieren. Ich war nicht gerade ein geschwätziger Typ, konnte tagelang mit niemandem sprechen, aber ich unterhielt mich gern mit Lily und mochte es, mit Adam zu reden. Was mir noch mehr gefiel, war das Wissen, dass wir überhaupt nicht reden mussten. Wir konnten stundenlang über einem Puzzle sitzen und kaum etwas sagen, dann ein Brettspiel herausholen und uns die halbe Nacht unterhalten.

Nach dem Wandern, Fischen und Schwimmen ging Adam jede Nacht früh zu Bett und schlief tief und fest, seine Alpträume eine vage Erinnerung.

Sobald er einschlief, hatte ich Lily ganz für mich allein. Es war gut, dass Adam wie ein Stein schlief, denn unsere Schlafzimmer waren nicht sehr weit voneinander entfernt.

Lily und ich hatten unser Schlafzimmer und den Rest der Hütte ausgiebig genutzt. Wir haben es überall getrieben, wo wir nur konnten, nachdem Adam eingeschlafen war.

Im Teich unter dem glitzernden Mondlicht.

Auf dem Dock.

In der Hängematte, die wir im Schuppen gefunden und zwischen zwei Bäumen aufgehängt hatten.

Einmal im Kanu, obwohl es damit endete, dass wir beide durchnässt waren und ich es am nächsten Morgen aus dem Wasser holen musste, froh, dass wir es in Ufernähe versenkt hatten.

Adam brauchte fast keinen Mittagsschlaf mehr, aber die wenigen Male, die er mitten am Tag eingeschlafen war, nutzten wir aus.

Es war heiß, schließlich war es im August in Tennessee meistens heiß, aber Lily und Adam beschwerten sich nie darüber.

Tagsüber verbrachten wir ohnehin nicht viel Zeit drinnen. Sobald es in der Hütte zu stickig wurde, zogen wir auf die überdachte Veranda um und nahmen unser Puzzle oder Brettspiel mit.

An den wenigen Tagen, an denen die Hitze zu drückend war, um von der Gebirgsbrise vertrieben zu werden, faulenzten wir im Teich mit billigen, aufblasbaren Luftmatratzen, die ich in der Stadt gekauft hatte. Der Teich war klein, aber der Bach, der durch ihn floss, hielt das Wasser selbst an den heißesten Tagen frisch und knackig kalt.

Ich hätte hier drei weitere Wochen bleiben können.

Ich hätte für immer bleiben können.

Nach nur einer Woche in Maine wusste ich, dass ich Lily und Adam für mich allein haben wollte. Verdammt, ich hatte Lilys Bild in der Akte gesehen und wusste es.

Ihr Gesicht hatte etwas tief in mir berührt, war die Antwort auf eine Frage, von der ich nicht wusste, dass ich sie gestellt hatte.

An dem Tag, an dem sie ihre Haustür öffnete, begann ich mich zu verlieben. Als wir in der kleinen Hütte ankamen, hatte ich es schon längst begriffen.

Diese entspannten Wochen zusammen hatten alles noch mehr verändert. Ich war nicht dabei, mich in sie zu verlieben, ich liebte sie bereits so sehr, dass ich die beiden nie mehr loslassen konnte. Ein Leben ohne Lily und Adam war unvorstellbar.

Ich wollte das hier. Alles.

Lily. Adam.

Bei Adam fühlte es sich bereits so an, als ob er mir gehörte. Es war unwichtig, dass ich nicht sein leiblicher Vater war. Ich war derjenige, der ihm beibrachte, wie man einen Köder an den Hacken steckte, der seine Hände ruhig hielt, während er seinen ersten Fisch einholte. Ich war derjenige, der ihm half, seine Mutter beim Kartenspielen zu schlagen, und der jedes Mal lächelte, wenn er mit unverschämter Freude rief: „Uno, Uno!"

Ich hätte für immer bleiben können, aber das Ende kam viel zu früh.

Ich fuhr alle paar Tage in die Stadt, um Nachrichten auf einem Wegwerf-Handy abzurufen. Jedes Mal hatte Cooper keine Neuigkeiten. In den Wochen, in denen wir weg waren, haben wir nur zwei Dinge herausgefunden.

Erstens, dass die Konten, die Lucas aufgespürt hatte, leer waren. Jeder Cent war weg. Tsepov war auf der Suche nach Millionen, die sich in Luft aufgelöst hatten, oder in den Taschen meines Vaters waren.

Und zweitens, war die Geburtsurkunde, die dem Staat Alabama vorlag, diejenige, die Lilys Namen als Mutter trug. Die ursprüngliche Geburtsurkunde, mit dem Namen der biologischen Mutter, wurde nach Alabamas gesetzlichem Vorgehen bei Adoptionsverfahren versiegelt.

Was das Gesetz betraf, so war Lily Spencer Adams Mutter.

Eine schlechte und eine gute Nachricht, nichts davon reichte aus, um uns nach Hause zu bringen. Erst am Morgen, nachdem ich frische Donuts geholt hatte, hatte ich mein Telefon überprüft und sah Coopers Namen auf dem Bildschirm.

Wenn ich gewusst hätte, wohin seine kurze Botschaft führen würde, hätte ich uns für den Rest unseres Lebens in der Hütte verbarrikadiert.

Selbst in meiner Unwissenheit hatte ich darüber nachgedacht. Ich konnte meine Brüder nicht im Stich lassen, konnte mich nicht von meiner Familie abwenden.

Als ich auf dem Parkplatz des Lebensmittelgeschäfts saß, dem einzigen Ort, wo ich Empfang hatte, las ich Coopers Nachricht. Alles in mir wollte sie löschen, mein Telefon ausschalten, zurück zur Hütte fahren, und so tun, als hätte ich seine Nachricht nie erhalten.

GATES UND TSEPOV SIND AUFGETAUCHT. *Zeit, nach Hause zu kommen.*

DAVOR KONNTEN LILY UND ICH NICHT WEGLAUFEN. Keiner von uns wäre frei gewesen, bis wir mit LeAnne Gates gesprochen und uns mit Andrej Tsepov befasst hatten.

Ich wünschte, ich hätte eine Wahl gehabt, und tippte eine Antwort.

WIR MACHEN UNS GLEICH MORGEN FRÜH AUF DEN WEG.

DANN GING ICH ZU LILY UND ADAM, um ihnen zu sagen, dass unser Urlaub vorbei war.

Wir waren nicht bereit, uns der realen Welt zu stellen, aber die Welt war offenbar bereit für uns.

LILY

I ch war fast so nervös wie auf dem Weg zu meinen Eltern.

Zumindest war ich die Missbilligung meiner Eltern gewohnt, aber Knox' Familie waren fremde Menschen, von denen ich mir verzweifelt wünschte, dass sie mich mochten, und die gute Gründe hatten, es nicht zu tun.

Ich wusste bereits, dass sein Bruder Cooper es missbilligte, dass Knox mit mir zusammen war. Griffen, Lucas und Charlie waren großartig, aber sie waren nicht seine Familie.

Mir wurde eine vorübergehende Gnadenfrist erteilt, als Knox uns zuerst zu sich nach Hause bringen wollte, bevor wir dem Büro von Sinclair Security die Stirn boten und uns dann überlegten, was wir wegen LeAnne Gates unternehmen sollten.

Der Übergang von der freien Autobahn zum Stau in Atlanta war abrupt. Wir kamen von den Bergen zu kilometerlangen grünen Hügeln, wo Ausfahrten nur hier und da auftauchten, und dann verließ Knox die Autobahn, und wir kamen bei dichtem Verkehr abrupt zum Stehen.

Wohnte er *hier*? Ich konnte mir Knox nicht umgeben von all dem Beton und den Abgasen vorstellen. Er hatte sich in den Wäldern von Maine so wohl gefühlt und war mit der Isolation der Hütte zufrieden.

Ich wusste, dass er in Atlanta lebte, aber ich war noch nie in der Stadt gewesen, hatte allgemein nicht viel Zeit in Städten verbracht, keine Ahnung, was mich erwartete.

Einige Meilen nachdem wir die Autobahn verlassen hatten, bog Knox von der Hauptstraße rechts ab, dann nach links, bis wir uns auf einer zweispurigen Nebenstraße befanden, die von hohen, altgewachsenen Bäumen umgeben war.

„Wie weit ist es bis zu deinem Haus?", fragte ich, komplett orientierungslos.

Erst waren wir auf dem Land, dann in der Stadt, jetzt fühlte es sich wieder so an, als wären wir auf dem Land gewesen.

„Das ist Buckhead. Ich wohne ganz in der Nähe, ein paar Meilen von dem Haus entfernt, in dem ich aufgewachsen bin, und vom Winters House. Die Sinclair Büros sind nicht weit weg, daher war es sinnvoll, in der Gegend zu bleiben.

Knox war auch nervös. Weil er besorgt war, was seine Brüder zu sagen hatten? Dass sie mich bereits jetzt nicht mochten? Er wusste bereits, dass Cooper mit mir nicht einverstanden war, aber mir fiel kein anderer Grund ein, weshalb Knox hätte nervös sein können.

Wir bogen auf eine noch schmalere Straße ab, auf der alle paar hundert Fuß Briefkästen auftauchten. Knox bremste vor einem dieser Briefkästen und bog in eine glattgepflasterte Einfahrt ein, wobei der dunkle Asphaltstreifen in einer Kurve von Bäumen verschwand.

„Das Grundstück hat eine gute Größe, aber das Haus

ist klein. Ich habe nicht viel gebraucht, und alles in Buckhead ist teuer, also..." Knox verstummte.

Wir bogen um die Ecke und ein Haus kam in Sicht. Es war vollkommen anders, als ich erwartet hatte.

„Das ist es?", fragte ich, zu überrascht, um freundlicher zu sein.

Knox räusperte sich. „Ich, äh, ja. Das ist es."

Knox lebte in einem Märchenhaus. Spitz zulaufende Vordächer fielen steil ab und umrahmten rautenförmige Doppelbogenfenster mit dunklem Holz. Die raue Außenfassade war in einem dunklem Waldgrün gehalten, mit üppig überquellenden Pflanzengefäßen, die am Geländer der überdachten Veranda hingen. Gemauerte Steine bildeten das Fundament und die Ecken des Hauses, ein erdiger Kontrast zu den in der Sonne glitzernden Kupferrinnen.

Es war ganz und gar nicht das, was ich erwartet hatte, und es war äußerst charmant, besser als ein Haus aus einem Märchen. Es war echt, und es war so vollständig Knox, dass ich es jetzt schon liebte.

„Hast du die Pflanzengefäße auf der Veranda selbst gestaltet?"

Ich musste fragen. Ich hatte nicht mitbekommen, dass er sich für Gartenarbeit interessierte.

Er rieb sich den Nacken, seine Wangen gerötet. „Ich habe einen Gärtner. Gefällt es dir?"

„Du musst noch fragen? Knox, es ist wunderschön und ganz und gar nicht das, was ich erwartet habe. Es ist so hübsch."

„Hast du gedacht, ich lebe in einer Bruchbude?"

„Nein." Ich klatschte ihm lachend auf den Arm und drehte mich um, um meinen Sicherheitsgurt zu lösen, damit ich aussteigen und mich persönlich umsehen konnte. „Das ist einfach, ehrlich gesagt, nicht die Art von Ort, an dem ich einen alleinlebenden Mann vermuten würde. Wie ich schon sagte, es ist *hübsch*. Es ist großartig."

Knox sagte nichts, aber die roten Flecken auf seinen Wangen sprachen für sich selbst. Er ließ Adam aus dem Auto aussteigen und ging zur Tür voraus. „Während ich den Wagen auslade, könnt ihr euch umsehen."

Gut, denn das hatte ich auch vor.

Knox schwang die Tür auf und sagte: „Ich habe die Thermostate zurückgesetzt und alles überprüft, bevor wir die Hütte verlassen haben, also sollte es angenehm sein. Fühlt euch einfach wie zu Hause."

Ich war mir nicht sicher, ob ich die Art und Weise mochte, wie die Sinclair Technologie dafür sorgte, dass man überall alles sehen und hören konnte. Die Anzahl der Kameras, die Knox in meinem Haus hatte, war ein wenig unheimlich. Andererseits war es wirklich angenehm, aus der Atlanta-Hitze in ein kühles, klimatisiertes Haus zu kommen.

Ich trat durch die Haustür und bewunderte, dass sie oben abgerundet, anstelle von rechteckig war, und aus grob geschnitztem Holz zu sein schien, das von schwarzen Eisenbändern zusammengehalten wurde. Sie sah aus wie aus einem Film über Hobbits, Hexen oder Zauberer.

Ein kleines Fenster aus Holz und Eisen war auf Augenhöhe ausgeschnitten, sodass man es, wenn jemand klopfte, aufmachen konnte, um zu sehen, wer da war, ohne die ganze Tür öffnen zu müssen. Ich war mir nicht sicher, ob es eine ausgeklügelte Überwachung gab, die ich nicht sehen konnte. Es handelte sich schließlich um Knox. Das kleine Fenster war trotzdem niedlich.

Im Inneren waren die Wände grob verputzt und in dunklem Creme gestrichen, der Stil erinnert mich an ein jahrhundertealtes Haus. Der gemütliche Vordereingang hatte eine Treppe, die zur zweiten Ebene führte, und endete in einem riesigen, zweistöckigen Raum, der in den Wald hinter dem Haus hinausblickte.

Ein breiter Steinkamin dominierte eine Wand des Raums und die andere Seite mündete in die Küche und den Essbereich, wo weitere Schränken aus Stein, Granit und prächtigem Kastanienholz waren.

Drinnen war es ebenso märchenhaft wie außen, aber nicht auf eine weibliche Art und Weise. Es waren keine übertriebenen Sofakissen oder Duftkerzen zu sehen. Das in Braun- und Grüntönen eingerichtete Haus hatte blaue Akzente und war einfach Knox.

Ich stand immer noch in der Mitte des großen Raums, als er mit zwei Taschen zurückkam. „Die Schlafzimmer sind hier entlang." Ich folgte ihm die Treppe hinauf.

Oben angekommen, gingen wir nach rechts, und ich befand mich in einem kurzen Flur, wo jeweils ein Schlafzimmer auf jeder Seite lag.

Eins von ihnen war blau dekoriert, mit einem Doppelbett unter dem Dachvorsprung. „Adam, sieht das gut für dich aus?", fragte Knox.

Adam nahm das gemütliche schräge Dach auf, und den Sessel mit Fußstütze in der Ecke, das Doppelbett, das größer war als das, das er zu Hause hatte. „Cool, Knox. Darf ich meine Sachen hier reinstellen?"

Knox schickte mir einen fragenden Blick zu. Wollte ich so tun, als ob wir vorhatten, irgendwo anders zu übernachten? Nein, das wollte ich nicht. Ich wusste, dass ich es nicht übers Herz bringen konnte, Knox zu verlassen. Es wäre schon schwer genug gewesen, nachdem wir Maine verlassen hatten, aber jetzt?

Nach drei Wochen an seiner Seite, war der Gedanke undenkbar, ohne ihn zu schlafen, ohne ihn zu leben. Das durfte nicht passieren.

Trotzdem musste ich ihm einen Ausweg anbieten. „Bist du sicher, dass du damit einverstanden bist?"

„Lily, frag gar nicht erst. Ich will dich hier haben. Ich will euch beide hier haben."

„Also gut. Dann musst du wissen, worauf du dich einlässt." Als ich den Seesack, in den Adam seine Stofftiere getan hatte, aufmachte, sagte ich: „Hier, Süßer. Ich kümmere mich um deine Kleidung, aber du kannst deine Spielsachen selbst auspacken. Den Rest machen wir später."

Adam war sofort abgelenkt. Ich folgte Knox zurück zum oberen Ende der Treppe und über einen Gang mit Blick auf den großen Raum, der auf der einen Seite von der Dachschräge und auf der anderen Seite von einem schwarzen Eisengeländer eingegrenzt war.

Ich war unten so abgelenkt gewesen, dass ich den Gang oben nicht bemerkt hatte.

Am anderen Ende öffnete Knox eine Tür ins Hauptschlafzimmer, wo ein großes Holzbett die Wand gegenüber der Tür dominierte und hohe Fenster in den Wald hinausblickten. Die offene Tür verschaffte mir einen Blick ins Badezimmer und auf eine riesige Badewanne und eine übergroße, begehbare Dusche.

„Hast du das hier eingerichtet?" Ich konnte mir nicht vorstellen, dass Knox die Möbel ausgesucht hatte. Sein Lachen beantwortete meine Frage.

„Nein, auf keinen Fall. Ich habe es von der Familie gekauft, die das Haus gebaut hatte. Sie haben einen guten Geschmack und es ist viel neuer, als es aussieht, daher musste ich nichts aktualisieren. Jacob Winters kennt eine gute Dekorateurin. Ich habe ihr gesagt, was mir gefällt, und sie hat die ganze Arbeit gemacht. Alles, was nicht passt, kommt wahrscheinlich aus meiner alten Wohnung."

„Es ist perfekt. Wunderschön."

„Ja?" Knox ließ das Gepäck fallen und drehte sich zu mir mit Unsicherheit in seinen dunklen Augen. „Gefällt es dir genug, um zu bleiben?"

Ich schlang meine Arme um ihn, entschlossen, diese Emotion aus seinen schönen Augen zu vertreiben.

„Ich bin glücklich, wo auch immer du bist, Knox. Ich war glücklich in dieser kleinen Hütte. Ich wäre auch in einem Zelt glücklich gewesen, und wie auch immer dein Haus ausgesehen hätte, wäre in Ordnung gewesen, solange du mit mir dort bist. Dieser Ort ist wunderschön. Ich liebe es. Ich-"

Die Worte blieben mir fast im Hals stecken. Ich konnte nicht glauben, dass ich sie noch nicht gesagt hatte. Diese Wochen in der Hütte waren perfekt gewesen.

Ein Traum.

Das hier war real, in Knox' Schlafzimmer, in seinem Haus, in seiner Stadt. Das hier war das gute Leben und es war an der Zeit, Chancen zu nutzen.

Knox hatte mich vor all diesen Wochen gefragt, ob ich ihm vertraue. Die Antwort war ja. Damals war sie ja, und jetzt war sie immer noch ja. Die Antwort würde immer *Ja* sein, wann auch immer Knox fragte.

Ich ging auf die Zehenspitzen und drückte meine Lippen auf seine. „Ich liebe dein Haus, und ich liebe dich. Ich liebe dich schon seit einer Weile, und-"

Ich war nicht dazu gekommen, weiterzusprechen, als Knox' Hände mein Gesicht umfassten und mich festhielten, während sein Mund auf meinem landete, und er alles mit seinen Lippen sagte.

Er hob mich hoch, meine Beine schlangen sich um seine Taille, sobald meine Füße den Boden verließen. Drei lange Schritte und mein Rücken war an die Wand gedrückt, Knox' Mund hungrig und fordernd.

Wer weiß, was passiert wäre, wenn Adams Stimme

nicht vom Flur gekommen wäre… „Mami, wo ist meine Spielzeugkiste?"

Knox zog sich zurück, legte seine Stirn an meine und keuchte leicht. „Es ist das erste Mal, dass ich mir wünsche, wir wären allein", sagte er mit einem reumütigen Lachen.

Ich bewegte mich, damit er mich auf die Beine stellen konnte. Seine Arme spannten sich an und hielten mich fest. Mit heiserer Stimme rief er: „Eine Sekunde, Kumpel. Ich hol sie aus dem Auto."

Seine Stimme war rau vor Verlangen, als er sagte: „Ich liebe dich auch. Ich glaube, ich habe dich geliebt, seit ich dein Foto in dieser Akte gesehen habe, noch bevor du deine Tür geöffnet hast und aussahst, als wolltest du sie mir vorm Gesicht zuschlagen."

Schon damals konnte er mich wie ein offenes Buch lesen. Ich konnte nicht so tun, als hätte ich ihm die Tür nicht vor der Nase zuschlagen wollen, aber Knox Sinclair hereinzulassen, war die beste Entscheidung meines Lebens gewesen.

„Ich liebe dich", sagte er, „und ich liebe Adam."

Irgendwo im Haus ertönte ein Piepton. Knox richtete sich auf, zog sein Telefon aus der Tasche, schaute auf den Bildschirm und fluchte.

„Verdammt. Ist das ihr ernst?" Als er sein Telefon wieder in seine Jeanstasche schob, drückte er einen kurzen Kuss auf meine Schläfe und murmelte: „Mach dich auf die Invasion bereit."

37

LILY

Knox öffnete die Tür und enthüllte eine Menschenansammlung auf seiner Veranda. *Fremde.* Eine kalte Nervengrube öffnete sich in meinem Magen.

Ich wischte mir die plötzlich verschwitzten Handflächen an meiner Hose ab und trat zur Seite, um die Eindringlinge hereinzulassen.

Ein großer Mann mit eisblauen Augen und demselben dicken, dunklen Haar wie Knox, sprach zuerst. „Was zum Teufel macht ihr hier? Ich dachte, ihr kommt direkt ins Büro."

„Das hatten wir noch vor", sagte Knox leichthin. „Ist etwas passiert? Kannst du nicht eine Stunde warten?"

Als ich seinen finsteren Blick sah, vermutete ich, dass das Cooper war. Er beantwortete Knox' Frage nicht, starrte uns nur an. Sein Gesicht und sein Körperbau, die Knox so ähnlich waren, überrumpelten mich für einen Augenblick.

Hinter ihm trat eine zierliche Frau hervor, kleiner als ich und irgendwie winzig. Nicht nur schlank, sondern von zierlichem Körperbau, ihre Knochen zart, fast wie bei einem Vögelchen.

Neugierige himmelblaue Augen waren von üppigen, dunklen Wimpern umrandet. Ihr Mund war ein roter Amorbogen, ihr Haar schwarz wie die Nacht und schräg um ihr Kinn herum geschnitten. Sie trug ein Kleid, das ein Kirschmuster und einen vollen Rock hatte, wie in einem Sock Hop Poster aus den fünfziger Jahren.

Mit einem süßen, schelmischen Lächeln streckte sie mir ihre Hand entgegen. Ich schüttelte sie sanft, überrascht von der Kraft in ihren schlanken Fingern.

„Diese Flegel haben keine Manieren. Ich entschuldige mich für sie. Ich bin Alice und du musst Lily sein. Es ist so schön, dich endlich kennenzulernen."

Ich hatte mir Alice größer und irgendwie knallhart vorgestellt, aber der Schein trog. Eine schwache Person könnte mit den Sinclair Brüdern und dem Rest der Kerle nicht klarkommen. Diese fröhliche, zierliche Frau war das Letzte, was ich erwartet hatte, aber unter dem warmen Ausdruck ihrer Augen lag ein Hauch von Stahl.

„Wenn du irgendetwas brauchst, lass es mich wissen. Wenn Knox nicht da ist, kann ich helfen."

„Danke", sagte ich aufrichtig.

Der Mann hinter ihr streckte eine Hand aus und studierte mich mit freundlichen Augen, die das gleiche Eisblau wie die von Cooper hatten. „Ich bin Evers, einer von Knox' Brüdern. Der andere ist Cooper, nicht dass er sich die Mühe gemacht hat, sich vorzustellen. Es ist schön, dich kennenzulernen, Lily."

„Schön, auch dich kennenzulernen, Evers", murmelte ich und warf einen kurzen Blick zu Knox, der die Arme über der Brust verschränkte, während er Cooper anstarrte.

Alice folgte meinem Blick, und verkniff finster den Mund. Sie stieß Cooper scharf in die Seite und unterbrach seinen stummen Dialog mit Knox. Cooper blickte nach unten, die Verwirrung in seinen Augen ein Spiegelbild ihres Blickes. Er hob eine Augenbraue, bevor sie sich räusperte und mir einen übertriebenen Blick zuwarf.

Coopers Augen rollten zur Decke, bevor er mir zunickte. „Lily, nehme ich an?"

Als ob er es nicht schon gewusst hatte…

Ich nickte lautlos zurück.

„Cooper", bestätigte er, reichte mir jedoch nicht seine Hand. Das war schon in Ordnung. Ich war mir nicht sicher, ob ich nah genug an Cooper Sinclair herankommen wollte, um ihm die Hand zu schütteln.

Er blickte auf Alice herab und hob wieder seine dunkle Augenbraue. Ich konnte die Worte praktisch hören. *Zufrieden?*

Alice schnaubte und murmelte leise etwas, das wie *sturer Esel* klang. Die beiden schienen sich nicht gut zu verstehen, aber laut Knox leitete Alice das Büro bereits seit Jahren.

Ich konnte mir nicht vorstellen, dass Cooper Sinclair es mit jemandem aushielt, den er nicht mochte, und besonders nicht in einer so wichtigen Position. Andererseits… Hatte Knox nicht gesagt, dass es eine Art Hass-Liebe war? Ich hatte keine Zeit, meinem Gedächtnis auf die Sprünge zu helfen.

Cooper ergriff das Wort. „Nun, da das Kennenlernen erledigt ist, müssen wir uns an die Arbeit machen. Vor einer Stunde haben wir Tsepov in Vegas geortet. Hier ist alles ruhig. Das ist der beste Zeitpunkt für euch beide, um bei LeAnne Gates aufzutauchen."

„Wir sind gerade erst angekommen, Cooper", protestierte Knox. „Was du ganz gut weißt, da du uns praktisch durch die Tür gejagt hast."

„Er ist den ganzen Tag gefahren", protestierte ich, kreuzte meine Arme über der Brust und starrte Cooper an. „Er braucht zuerst eine Pause und ein Mittagessen."

Cooper sah mich abschätzend an, in seinem Blick so viel Hochnäsigkeit. „Mein Bruder braucht keine mütterliche Glucke, und er braucht keine Frau, die ihm sagt, was er tun soll."

Oh. Mein. Gott.

Dieser selbstherrliche Besserwisser ging mir direkt unter die Haut. Es war derselbe Ton, den ich schon viel zu viele Jahre von meinem Vater gehört hatte. Ich hatte es damals gehasst, und ich hasste es heute noch.

Ich war nicht immer gut darin, für mich selbst einzutreten, aber hier ging es nicht um mich, sondern um Knox. Ich hob mein Kinn mit dieser Sturheit, die meine Mutter immer bemängelt hatte und die mich immer wieder in Schwierigkeiten brachte, und entgegnete: „Ich bin keine Glucke, ich passe auf ihn auf. Das macht man mit Menschen, die einem etwas bedeuten, oder vielleicht hast du dieses Memo nicht bekommen."

Coopers Augen verengten sich für einen langen Moment, während ich jedes Wort zutiefst bedauerte. Knox schwieg, schlang aber seinen Arm um meine Taille und zog mich an seine Seite. Er brauchte keine Worte, um zu sagen, auf wessen Seite er stand.

Coopers Blick wurde weicher, und er schüttelte resigniert den Kopf. „Wir haben Mittagessen mitgebracht. Wir können uns hinsetzen, etwas essen, und über alles sprechen. Ist das akzeptabel?"

Dieser letzte Teil war an mich gerichtet. Meine Stimme versagte und ich nickte stattdessen ruckartig. Die Männer begaben sich in die Küche, aber Alice blieb zurück. „Ich hol das Essen aus dem Auto. Lily, möchtest du helfen?"

Ich schloss mich Alice an und folgte ihr zu einem neuen schwarzen Sinclair Security Geländewagen.

„Kümmere dich nicht um Cooper", sagte sie mit einer leisen Stimme. „Er fühlt sich für alles, was seinen Vater betrifft, verantwortlich. Er macht sich Sorgen um seine Mutter und um das, was mit Evers und Summer passiert ist, und dann haut Knox ab und kommt mit einer fertigen Familie zurück…" Sie zuckte mit den Schultern. „Er liebt seinen Bruder. Wenn Knox glücklich ist, ist er es auch. Gib ihm nur etwas Zeit, um sich daran zu gewöhnen."

Ich wusste nicht, was ich dazu sagen sollte, außer: „Danke."

„Ich hab Mittagessen für Adam", sagte Alice, während ihr Kopf auf dem Rücksitz verschwand. Sie reichte mir eine braune Papiertüte, gefüllt mit eingewickelten Burgern und Tüten mit Pommes. „Ich war mir nicht sicher, was er gerne isst, also habe ich Sandwiches mit Käse, und Erdnussbutter und Marmelade besorgt, aber wenn es für dich in Ordnung ist und er warten kann, wäre es vielleicht besser, ihn erst später essen zu lassen. Vielleicht möchtest du, dass er beim Gespräch lieber nicht dabei ist." Mir wurde klar, was sie meinte, und ich wusste, dass sie recht hatte. „Danke, Alice. Für die Hotelsuite, und dafür, dass du an den Strand gedacht hast. Es hätten ein paar schreckliche Tage werden können, aber du hast dazu beigetragen, dass wir Spaß hatten."

Alice richtete sich vom hinteren Teil des Wagens auf, ihre Arme mit Flaschen und Getränkedosen beladen. Sie zwinkerte mir zu, ihre kirschroten Lippen bogen sich zu einem Grinsen, das bewies, dass die Verschmitztheit, die ich zuvor gesehen hatte, keine Einbildung gewesen war.

„Gern geschehen. Zum Glück hatten sie eine Absage, es war sonst nämlich nicht mehr viel verfügbar, vor allem nicht an einem Sommerwochenende. Irgendwann muss ich selbst hinfahren. Es sah fantastisch aus."

„Es war wunderschön", stimmte ich zu, „und der Hummer war himmlisch."

„Ich wette, Knox hat das gefallen", sagte sie. „Es gibt

nicht viel, was ich über diese Jungs nicht weiß. Ich leite das Büro schon seit Ewigkeiten."

Mit einem vertrauensvollen Blick sagte sie leise: „Lange genug, um die Zahl der Frauen zu kennen, die je die Schwelle dieses Hauses überschritten haben... *Einstellig*. Ich könnte sie sogar an einer Hand abzählen und es wären noch einige Finger übrig."

Ich wusste nicht, was ich sagen sollte, war nicht bereit für die kühle Erleichterung, die sich in meiner Brust ausbreitete. Knox hatte nicht viel über frühere Beziehungen gesprochen, und ich hatte nicht gefragt. Ein Mann wie er musste eine Menge Frauen gehabt haben. Ich wollte es nicht wissen.

„Es ist schnell passiert, aber..."

„Knox weiß, was er will. Hat er schon immer. Er ist keiner, der sich von einem hübschen Gesicht hinreißen lässt. Ich habe nie erlebt, dass er etwas mit einer Klientin angefangen hat. Niemals. Glaub mir, er hatte die Gelegenheit dazu. Knox verhält sich immer professionell. Cooper wird darüber hinwegkommen. Versuch, dich nicht von ihm provozieren zu lassen, wenn er sich wie ein Arsch benimmt. Ich weiß, es ist schwer, aber im Inneren ist er ein guter Kerl."

„Ich nehme dich beim Wort", sagte ich und verarbeitete immer noch die Information, dass Knox normalerweise keine Frauen in sein Haus brachte, sich nie auf Klientinnen einließ.

Ich wusste, dass das, was wir hatten, anders war. Etwas Besonderes. Als ich es von Alice hörte, wurde es mir noch einmal bewusst.

Knox hatte mir seine Liebe gestanden und ich wusste, dass ich ihn liebte. Dafür konnte ich vieles in Kauf nehmen, eingeschlossen eines lästigen älteren Bruders.

Außerdem hatte mir Alices freundliche Zusicherung sehr dabei geholfen, es gut sein zu lassen.

Ich folgte Alice zurück ins Haus und traf die anderen am wunderschön gezimmertem Bauerntisch auf der anderen Seite der Küche. Er schien kein Esszimmer gehabt zu haben, aber der Tisch war groß genug, um allen Platz zu bieten.

Ich stellte die Tüte auf den Tisch und wandte mich an Knox. „Adam kann oben bleiben, während wir reden. Ist das Auto abgeschlossen? Ich will seine Legos holen und sie hochbringen, um ihn zu beschäftigen."

Mit einem Lächeln küsste Knox meine Wange. „Ich hol sie. Ich muss sowieso noch ein paar Taschen reinbringen. Bin gleich wieder da." Er verschwand und eine Sekunde später öffnete und schloss sich die Haustür.

Ich erwartete, dass Cooper die Chance ergreifen würde, mich zu warnen, oder etwas Unverschämtes zu sagen, das tat er aber nicht. Zu meiner Überraschung änderte er das Thema völlig.

„Lass Knox das Reden übernehmen, wenn ihr bei Gates seid. Wenn ihr klar wird, wer du bist, lass Knox die Führung übernehmen. Die Frau ist eine Giftschlange. Weit über deinen Horizont hinaus."

„Kennst du sie?", fragte ich vorsichtig.

„Ja. Vor einigen Monaten hatte ich mit ihr wegen einer ähnlichen Angelegenheit zu tun. Lass Knox sich um sie kümmern", wiederholte Cooper.

Ich öffnete meinen Mund, um einzuwenden, dass ich für mich selbst sprechen konnte, aber Cooper hielt eine Hand hoch, um mich aufzuhalten. „Ich will damit nicht sagen, dass du nicht auf dich selbst aufpassen kannst. Ich sage nur, dass Knox dich beschützen wollen wird. Es wird viel einfacher sein, wenn du dich nicht einmischst."

„Er hat Recht", sagte Evers. „Es wäre besser, wenn du hierbleibst…"

„Ich bleib nicht hier", sagte ich, bevor er ausreden konnte.

„Dachte ich mir schon", sagte Cooper, wobei sich wieder Ärger in seine Stimme einschlich.

Wehmütig rief Alice: „Ihr könnt nicht erwarten, dass sie zu Hause bleibt. Wir reden hier über ihren Sohn."

Es war schön, eine Verbündete zu haben. „Ich werde meinen Mund halten, okay? Ich muss wissen, was passiert ist, was diese Frau mit Adam zu tun hat. Es geht um mein Kind, aber das bedeutet nicht, dass ich mich einmische und alles vermasseln werde. Es ist zu wichtig, und ich vertraue Knox."

Ich wandte mich innerlich unter dem Gewicht von zwei identischen Augenpaaren. Ich war mir nicht sicher, ob ich den Mund halten konnte, aber ich wollte es versuchen.

Knox und ich wollten das Gleiche. Wenn ich am besten helfen konnte, indem ich mit geschlossenem Mund dasaß, musste ich das wohl.

Wenn ich eine Ahnung gehabt hätte, was auf uns zukam, hätte ich es nicht versprochen.

Ich hätte versprochen, LeAnne Gates in den Arsch zu treten.

Direkt bis in die Hölle.

38

LILY

Ich werde den Mund halten.
Ich hatte keine Ahnung, wie schwer das sein würde. Cooper hatte sie eine Giftschlange genannt. Das war zu gut für sie.

Der Flug nach Huntsville dauerte nur eine Stunde.

Ich ließ Adam ungern zurück. Es klang verrückt, aber in fünf Jahren waren wir nie mehr als ein paar Meilen voneinander getrennt gewesen.

Ohne ihn verreiste ich nicht und warum sollte ich auch? Es war nicht so, dass Trey und ich romantische Wochenendausflüge gemacht hatten oder dass ich nach Hause gegangen war, um meine Familie zu besuchen.

Es waren immer nur Adam und ich.

Ohne ihn ins Flugzeug zu steigen, selbst mit Knox an meiner Seite, fühlte sich wie das Abtrennen eines Körpergliedes an. Ich musste ihn verlassen, konnte ihn auf keinen Fall in die Nähe von LeAnne Gates bringen.

Nicht bevor wir wussten, welche Rolle sie bei seiner Geburt und der Adoption gespielt hatte.

Giftschlange.

Knox schien zuversichtlich darüber, dass wir mit alles abschließen konnten, wenn wir LeAnne Gates schließlich begegneten, aber ich war mir da nicht so sicher. Wenn sie über sechzig Jahre alt war, bezweifelte ich, dass sie etwas mit meinem Mann gehabt hatte.

Sie war definitiv nicht Adams Mutter, was bedeutete, dass eine andere Frau beteiligt war, eine, die möglicherweise einen Anspruch auf meinen Sohn hatte.

Jemand, der ihn vielleicht zurückhaben wollte, ganz gleich, was Knox sagte.

Alice bot selbst an, auf Adam aufzupassen, bis wir zurückkamen. Er sah mir mit unsicheren Augen nach, als wir wegfuhren, seine Hand fest in Alices, während sie ihn warm und beruhigend anlächelte.

Mir war nicht wohl dabei, ihn bei ihr zu lassen, egal wie sehr ich sie mochte, aber Knox vertraute ihr mit seinem Leben. Ich musste mich auf sein Urteil verlassen.

Dank Alice wartete ein Auto auf uns, als wir landeten und die Fahrt zu LeAnne Gates' sicherheitsüberwachtem Wohnviertel dauerte weniger als zwanzig Minuten.

Am Eingang weigerte sich der Sicherheitsdienst, uns durchzulassen, bevor Knox aus dem Auto stieg, mit dem angespannten Wachmann sprach und seine Hand nach dem Telefon ausstreckte.

Ich wusste nicht, was er gesagt hatte, aber zwei Minuten später rutschte er hinter das Lenkrad und legte den Gang ein, während das Tor sanft aufschwang. Wir fanden das Haus nach nur wenigen Abbiegungen durch fast identische Straßen, die mit pechschwarzen McMansions vollgestopft waren.

Es sah aus, als ob hier niemand wohnte. Keine Autos waren an der Straße geparkt und keine Fahrräder standen in den Einfahrten. Knox wurde langsamer, bevor er vor *Arcadia Drive 57* das Auto anhielt.

Ich überprüfte meinen Lipgloss und strich mein Sommerkleid glatt. Ich hatte mein Haar hochgesteckt, bevor wir Knox' Haus verließen. Es fühlte sich falsch an, der Frau zu begegnen, die mein Schicksal in ihren Händen hielt, und dabei Shorts zu tragen und meine krausen Locken offen zu lassen.

Kein Make-Up und keine hübschen Kleider konnten den Knoten in meinem Magen lösen, oder meine verschwitzten Handflächen trocknen. Knox wartete vor dem Geländewagen auf mich und nahm meine Hand, als wir uns dem Haus näherten.

Die Tür öffnete sich, bevor wir dort ankamen.

Eine Sekunde lang war ich mir nicht sicher, ob wir das richtige Haus hatten. Die Frau in der Tür war größer als ich, ihr platinblondes Haar mit goldenen Strähnen versehen und ihre ungewöhnlichen lavendelfarbenen Augen mit schwarzem Eyeliner und dicker Wimperntusche geschminkt.

Höchstwahrscheinlich hatten wir sie beim Training gestört. Ihr Haar steckte in einem hohen Pferdeschwanz, mit einem knallrosa Haargummi, und sie trug ein Schweißband, das zu ihrem bauchfreien Trainingsoberteil und der knappsten Radlerhose passte, die ich je gesehen hatte.

Freizügigkeit überall. So viel davon, dass sich die Haut zwischen ihren Brüsten wegen dem zu engen Oberteil runzelte. Ich war mir ziemlich sicher, dass ich ihre Backen aus der Radlerhose herausgucken sehen konnte.

Das konnte nicht LeAnne Gates sein.

Knox hatte gesagt, dass sie in ihren Sechzigern war. Ich hätte diese Frau höchstens auf Ende Vierzig geschätzt.

Sie sagte nichts und studierte Knox, bevor sie mich

ansah. Als ihre Augen auf meine trafen, erkannte ich den Moment, als sie begriff, wer ich war.

Ihr Mund verzog sich zu einem finsteren Grinsen. Um ihre heißen knallrosa Lippen bildeten sich Falten, und ich konnte ihr das Alter fast ansehen. Entweder war diese Frau ein Vorbild für ein gesundes Leben, oder sie hatte ein groß-zügiges Budget für das Beste, was die Schönheitschirurgie zu bieten hatte.

Sie stützte eine Hand auf ihrer Hüfte ab und öffnete ihren Mund. „Sieh an, sieh an… Wenn das nicht einer von Maxwells Jungs ist, und die trauernde Witwe. Ich habe noch nicht mit deinem Vater gesprochen, also weiß ich nicht, was du von mir willst."

„Lass uns rein, und wir werden es dir sagen. Du willst das nicht auf deiner Vordertreppe besprechen", drohte Knox.

Ihre Hand zuckte, als ob sie uns die Tür vor der Nase zuschlagen wollte. Sie überlegte es sich anders, trat zurück und ließ uns herein. Wir folgten ihr durch die Vordertür in ein formelles Wohnzimmer. Knox blieb beim Eingang stehen, und ich stieß mit ihm zusammen, so abgelenkt durch ihr Dekor, dass ich nicht aufpasste.

Pink und Grün.

Sie nannte es wahrscheinlich Rosa und Avocado, aber ungeachtet der Bezeichnung dafür, war die Farbpalette scheußlich. Ihr Samtsofa war in einem rostigen Goldton, der an die Tage der Disco erinnerte.

Jedes einzelne Möbelstück im Raum, auf dem man sitzen konnte, war mit durchsichtigen Plastikschonbezügen bezogen. Die Nachmittagssonne strahlte durch das Fenster und reflektierte auf dem ganzen Plastik, sodass der Raum mit grellem Licht leuchtete und ich am liebsten die Augen geschlossen hätte.

„Ihr Jungs habt Maxwell noch nicht gefunden?", fragte

LeAnne, schnappte sich ein Kristallglas von dem Barwagen in der Ecke und füllte ihn mit einem großzügigen Schuss Wodka. Sie bot keinem von uns etwas an, nicht, dass ich das wollte.

Ich hatte den Spott in ihrer Stimme bemerkt und mich tröstend an Knox gelehnt.

Die Situation mit seinem Vater war schlimm genug, sie brauchte ihn deswegen nicht auch noch auszulachen.

Ich erinnerte mich an Coopers Worte. *Giftschlange.* Ich begann zu verstehen, was er damit meinte.

Sie holte von irgendwo eine Zigarettenschachtel hervor - diese Radlerhose hatte auf keinen Fall Taschen - steckte sich eine Zigarette in den Mund und schnippte mit dem Feuerzeug, das in ihrer Hand erschien.

Ich betrachtete ihr Outfit und versuchte, mir vorzustellen, wo sie in dem tiefausgeschnittenen Oberteil und der winzigen Radlerhose ein Feuerzeug versteckt gehabt hatte.

Das will ich lieber nicht wissen...

Ich sah zu, wie sie die Zigarette anzündete und eine Rauchwolke in unsere Richtung blies. Ihr jugendliches Aussehen verdankte sie also keiner gesunden Lebensweise.

Sie saß auf einem der Stühle, das Plastik knitterte und klebte wahrscheinlich an ihren nackten Schenkeln.

Knox ignorierte ihren Spott. „Wir sind nicht wegen meines Vaters hier. Nicht ganz."

„Ich hätte es wissen müssen. Du hast die Witwe dabei, also musst du wegen Trey hier sein. Er war ein guter Fick. Pervers. Wir hatten Spaß, aber es war nicht viel zwischen uns. Du weißt schon... Weil er verheiratet war und so."

LeAnne Gates bemühte sich nicht, ihr Gift zu verbergen. Mein Mund öffnete sich, bevor ich es mir überlegen konnte, und ich fragte: „Sie und Trey? Sind Sie nicht ein bisschen...zu alt für ihn?"

Knox drückte warnend meine Hand.

Ich weiß, ich weiß.

Ich hatte versprochen, den Mund zu halten, aber war das ihr Ernst? Wollte sie anfangen, damit zu prahlen, dass sie mit meinem Mann geschlafen hatte?

Seltsamerweise fühlte ich keine Eifersucht bei der Bestätigung, dass er mich betrogen hatte. Er hatte mein Herz so früh weggeworfen. Was er mit seinem Körper getan hatte, schien kaum wichtig.

„Ach, du kennst doch Trey", sagte sie und kreuzte ihre Beine auf eine Art und Weise, die ich vielleicht suggestiv gefunden hätte, wenn ich nicht so angewidert gewesen wäre. „All diese Probleme mit seinen Eltern. Er hatte einen echten Muttikomplex. Wir arbeiteten nicht lange zusammen, bevor die Dinge... persönlich wurden. Du weißt, was ich meine."

Ich wusste genau, was sie meinte, aber diesmal hielt ich wie versprochen meinen Mund. Ich musste es tun, sonst hätte ich sie vollgekotzt.

Tatsächlich stieg Galle meine Kehle hoch, die Säure tief brennend. Ich sah es, sobald die Worte ihren Mund verlassen hatten. Sie war eine billige Version von Treys Mutter.

Frau Spencer hatte blaue Augen und einen hochmütigen Neuengland-Akzent, im Gegensatz zu LeAnnes südstattlichen Akzent, aber ansonsten... *Oh, ekelhaft.* Einfach widerlich. Die Platinhaare, ihre Größe, sogar der kurvige Körperbau.

Alles gleich.

Ich schluckte hart und wehrte mich gegen das Bedürfnis, mich bei dem Gedanken zu übergeben, dass Trey diese Frau gevögelt hatte, weil sie ihn an seine Mutter erinnerte. Mein Herz zog sich zusammen und bemitleidete ihn für eine Sekunde, bevor es wieder verschwand... *Igitt, ekelhaft.*

LeAnne saugte jeden Tropfen meiner Emotionen auf, verwechselte meinen Ekel mit Eifersucht, und genoss ihren Sieg mit einem Lächeln. Sie wippte mit ihrem Bein, während ihre knallrosa Zehennägel im Licht aufblitzten.

„Wäre Maxwell nur ansatzweise wie Trey, als wir anfingen mit ihm zusammenarbeiten, hätte die Arbeit viel mehr Spaß gemacht. Trey hat die letzten Jahre verdammt viel Leben in die Bude gebracht. Besonders, als er zurückkam und ein eigenes Kind wollte." Nein, ich hatte mich geirrt. Es *tat* weh.

Ich konnte das Zusammenzucken nicht verhindern, als diese Worte mein Gehirn trafen. *Als er zurückkam und ein eigenes Kind wollte.* Als ob ich in dieser Gleichung nicht einmal vorkam.

Knox musterte LeAnne lange, bevor er eine Entscheidung traf. Er legte seine Hand auf meinem Rücken und drängte mich zur Couch, wo wir uns hinsetzten, als ob dies eine freundschaftliche Begegnung war. Nichts weiter als ein Gespräch bei einem Drink.

Nur, dass LeAnne die Einzige war, die trank. Sie nahm einen Schluck Wodka und wartete.

„Du hast den Deal für Treys Sohn ausgehandelt?", fragte Knox.

„Du weißt es nicht?" Ihr spekulativer Blick landete auf mir. „Ist das nicht interessant?" Dann wurde ihr Gesicht hart. „Du weißt, wie es läuft. Da du Maxwells Sohn bist, bin ich vielleicht bereit, zu reden, aber ich mache nichts umsonst."

„Ich weiß, wie es läuft", stimmte Knox zu. „Wie viel?"

„Kommt darauf an, was ihr wollt", sagte sie und blies eine Rauchwolke aus. Ich widerstand dem Drang, sie wegzufächeln, richtete meine Augen auf sie und hielt meinen Mund geschlossen.

Selbst, wenn ich reden wollte, war ich nicht sicher, was ich sagen sollte. An diesem Punkt war ich besser dran, Knox die Führung zu überlassen.

„Alles", sagte Knox. „Insbesondere die Umstände der Geburt des Kindes und die Kopien aller Unterlagen, die die Adoption betreffen. Erstmal."

„Unterlagen?" Ihre Augen konzentrierten sich auf mich. „Trey hat alles mit nach Hause genommen. Er hat es nicht für dich dagelassen? Das bringt dich in eine brenzlige Situation…"

„Sei nicht so unverschämt", warnte Knox, „Wusstest du, dass das FBI über die Geschäfte meines Vaters im Zusammenhang mit Andrej Tsepov ermittelt?"

LeAnne nahm noch einen Schluck und wendete ihren Blick ab. Ich vermutete, dass sie es wusste, und nicht gerade davon begeistert war.

Knox fuhr fort: „Wir haben einige ausgezeichnete Hacker im Team. Mit Treys Laptop, seinen Dateien, und allem, was mein Vater hinterlassen hat, haben wir eine Menge, die auf eine LeAnne Gates aus Huntsville, Alabama, hindeuten. Verarsch mich, und das nächste Klopfen an deiner Tür wird vom FBI sein. Haben wir uns verstanden?"

LeAnne Gates hob widerwillig ihr Kinn an und blies eine weitere toxische Rauchwolke in die Luft, aber als ihre Lungen leer waren, nickte sie ruckartig. „Ich will trotzdem Geld." Verdammt, diese Frau war knallhart.

„Wir werden zahlen, was fair ist", sagte Knox. „Sag mir, was mit Trey und dem Baby war."

Ich war froh, dass Knox nicht Adams Namen benutzt hatte. Ich wollte ihn nicht in diesem Raum hören, nicht mit dieser Frau. Es war mir egal, dass sie ihre Hände an meinem Mann gehabt hatte, aber ich wollte nicht wissen, dass sie etwas mit meinem hübschen, kleinen Jungen zu tun hatte.

Adam war unschuldig. Diese Frau war alles andere als das.

39

LILY

Sie schaute mich an und fragte gedehnt: „Wo soll ich anfangen?"

Ihr Blick war hungrig und bösartig. „Die hier konnte nicht schwanger bleiben. Hatte ein paar Fehlgeburten, und Trey war frustriert. Wir hatten schon eine Weile gevögelt, und natürlich wusste er über meine Geschäfte Bescheid, nachdem er Maxwells Aufgaben hier übernommen hat."

Sie sah nur Knox an, um mich aus dem Gespräch herauszuhalten, und sagte mit leiser Stimme: „Er hatte Bedenken. Er wollte sich nicht von ihr scheiden lassen. Sie war bequem."

Ich biss mir auf die Unterlippe, um meinen Mund zu halten. Es war nicht so, dass ich sie nicht hören konnte, denn ich saß direkt neben Knox.

„Das ist mir klargeworden, als ich seine Akten durchgegangen bin", sagte Knox.

Es kostete mich meine ganze Überwindung, zu schweigen. Was bedeutete das? Warum war ich *bequem*? Weil ich billiger als eine Haushälterin war? Knox' nächste Worte waren wie ein Schlag ins Gesicht.

„Er hatte alles auf ihren Namen laufen. Wäre Trey jemals in Schwierigkeiten geraten, hätten die Behörden Lily für schuldig gehalten und nicht ihn."

„Bingo." LeAnne zeigte mit ihrer Zigarette auf Knox, ihre rosa Lippen verzogen sich zu einem Grinsen. „Das, und wie die meisten Männer, hatte er ein Problem damit, zuzugeben, dass er einen Fehler gemacht hat. Aber er wollte nicht, dass sein Junge…"

Sie sandte einen vieldeutigen Blick in meine Richtung, bevor sie wieder Knox ansah: „*So* ist. Du weißt, was ich meine. Er wollte, dass seine Kinder so aussehen wie er. Er wollte keinen Mischling."

So? Dieses Miststück. Eine Welle rasender Wut traf mich, ließ mein Herz schneller klopfen und drehte mir den Magen um.

So?

Ich drängte den emotionalen Rausch zurück, als Knox vorwärts zuckte und sein Körper vor Wut vibrierte. Meine Hand legte sich auf seine, hielt ihn zurück. Sein Zorn dämpfte meinen eigenen.

Trey war ein Arschloch. Diese Frau war schlimmer, aber Knox hätte es bereut, wenn er seine Beherrschung verloren hätte. Wir brauchten LeAnne Gates, wenn ich herausfinden wollte, was mit Adam geschehen war.

Ich lehnte mich zu Knox und flüsterte: „Nicht. Es ist okay. Tu's nicht."

Er richtete sich wieder auf, seine Wut gezügelt, aber nicht abgeschwächt. Sein Ton war tödlich, seine Augen schwarz vor Wut. „*Halt. Deinen. Mund.*"

LeAnne zuckte lässig mit den Schultern, drückte ihre Zigarette aus und zündete sich eine neue an. „Du wolltest es wissen. Wenn du wütend auf jemanden sein willst, dann sei wütend auf ihren toten Ehemann. Es sind seine Worte.

Wie auch immer, sie waren irgendwie inkompatibel oder so. Ich weiß es nicht mehr."

Mir schwirrte der Kopf. „Rh-Inkompatibilität", murmelte ich.

LeAnne schnippte mit den Fingern. „Das ist es."

„Rh-Inkompatibilität ist behandelbar", protestierte ich. „Mein Arzt hätte das überprüfen müssen. Sie hätten es behandeln können."

LeAnne zuckte mit den Achseln, ungerührt von der Tatsache, dass sie gerade mein Leben auf den Kopf gestellt hatte. „Trey beschloss, es dir nicht zu sagen und es so aussehen zu lassen, als könntest du einfach nicht schwanger bleiben. Aber dann kam ihm die Idee, ein Baby auf die altmodische Art und Weise zu bekommen." Sie gackerte, was jeden meiner Nerven strapazierte. „Du weißt schon, *unsere* altmodische Art."

Knox ließ meine Hand los und schlang seinen Arm um mich, die Wärme seines Körpers gab mir Kraft.

„Ich weiß, dass du nicht die Mutter bist", sagte er zu LeAnne. „Also woher hattest du die Frau? Wo ist sie?"

LeAnnes seltsame Augen wurden dunkel. „Du wirst sie nicht finden, das versichere ich dir."

„Wenn Sie mit Trey geschlafen haben", krächzte ich. „Was haben Sie getan, wie haben Sie…"

Das Lachen von LeAnne Gates triefte vor Mitleid. „Ich kann verstehen, warum er sich woanders umgesehen hat. Als ich damit fertig war, für Maxwell in direkter Funktion zu arbeiten, begann ich, Dinge für ihn zu organisieren. Frauen finden, sie mit den richtigen Männern zusammenbringen, all das. Ich hatte da eine Frau, nicht so zuverlässig, aber sie machte hübsche Babys. Blond und blauäugig wie Trey. Sie war abenteuerlustig und ihr war es egal, was ich von ihr verlangte, solange am Ende Geld oder ein Schuss herauskam."

„Sie war ein Junkie?", fragte Knox scharf.

„Ich hab sie während der Schwangerschaft sauber gehalten. Wenn Trey in der Stadt war, hatte ich sie hier, und wir drei haben gefickt. Es dauerte nicht lange, bis sie schwanger wurde. Normalerweise behielt ich sie nur im Auge, wenn sie für mich arbeitete. Als Gefallen für Trey hatte ich sie die ganze Zeit hierbehalten. Scheiße, das Mädchen ging mir vielleicht auf den Sack, aber Trey hatte zusätzlich zu meiner üblichen Gebühr noch was draufgelegt, und sie schenkte ihm einen gesunden kleinen Jungen. Er bekam sein blondes, blauäugiges Kind und einen Weg, diese hier davon abzuhalten, die Scheidung einzureichen."

Ihre Worte sickerten langsam durch und arbeiteten sich durch Schichten von Schock.

Trey und LeAnne.

Seine Lügen über meine Fruchtbarkeit.

Der verstörende Gedanke an LeAnne, Trey und eine unbekannte Frau zu dritt.

Ekelhaft.

Schließlich wurde es mir bewusst. „Trey wollte ein Baby, um mich am Weggehen zu hindern?"

„Zum größten Teil, ja. Alle Männer wollen einen Sohn, denke ich. Wenn unser Geschäft irgendein Anhaltspunkt ist, wollen alle Männer einen Sohn." Sie rollte mit den Augen. „Er wusste, dass du gehen würdest. Es war ihm scheißegal, aber er konnte Anwälte nicht in seinen Finanzen herumschnüffeln lassen."

Trey hatte gewusst, dass ich über eine Scheidung nachgedacht hatte. Er hatte Adam geholt, um mich am Weggehen zu hindern, da er wusste, dass das Einzige, was mich an seiner Seite halten konnte, ein Kind war. Das Kind, von dem ich dachte, dass ich es selbst nicht kriegen konnte.

All die Monate, in denen ich um ein Kind trauerte, das ich nie austrug, und es war eine Lüge. Wie konnte ich nur so naiv sein? Ich hätte mich wohl glücklich schätzen sollen, dass er mich bei sich behielt und mir Adam geschenkt hatte. Er hätte sich auch an die russische Mafia wenden und Tsepov bitten können, sich um sein Problem zu kümmern.

Eine treue Ehefrau war wohl eine gute Tarnung, vor allem, wenn man alles auf ihren Namen überschrieben hatte. Ich war so mit Adam beschäftigt, dass ich dem Rest nie Aufmerksamkeit geschenkt hatte.

Ich war ein Idiot.

Knox stellte die einzige Frage, die noch offenblieb. Die einzige, die mich noch interessierte. „Und die Frau?"

LeAnne Gates nahm einen langen Zug von ihrer Zigarette und zermalmte sie in einem Kristallaschenbecher. Während sie den Rauch ausblies, sagte sie rundheraus: „Tot. Seit fast zwei Jahren. Hab noch einen Zahlschein aus ihr herausgeholt, aber danach konnte sie nicht mehr sauber bleiben. Starb an einer Überdosis."

Meine Brust schmerzte über die Gleichgültigkeit in ihrer Stimme. Sie hatte mit dieser Frau gearbeitet, Sex mit ihr gehabt, sie meinem Mann zum Schwängern übergeben, ihr Kind für Geld genommen, und dennoch sprach sie von ihrem Tod, als ob es nicht mehr als eine Unannehmlichkeit war.

Cooper lag falsch. Giftschlange war ein zu mildes Wort für LeAnne Gates.

„Wo ist der Vertrag?", fragte Knox.

„Wozu brauchst du den Vertrag? Alles ist legal. Auf der Geburtsurkunde steht ihr Name, mit Trey als Vater."

„Nur für den Fall", antwortete Knox in einem trügerisch ruhigen Ton. „Nur für den Fall, dass die Frau nicht tot ist, du Scheiße laberst, und sie an unserer Tür klopft.

Das geht dich einen feuchten Scheißdreck an. Wie viel willst du dafür?"

Knox lehnte sich nach vorne, bereit, mit harten Bandagen zu kämpfen. Mein Magen verkrampfte sich. Mein Kopf drehte sich, zu viel Stress und all der Zigarettenrauch brachten mich wieder an den Rand der Übelkeit. Ich stand auf, meine Beine zittrig.

Ich brauchte Zucker und Kohlensäure.

Und ich musste verdammt noch mal aus diesem Haus verschwinden.

„Haben Sie Ginger Ale oder einen Softdrink?"

Ich erntete einen genervten Blick, aber LeAnne zeigte auf den Barwagen in der Ecke. Ich kehrte LeAnne und Knox den Rücken zu, als ich mir etwas zu trinken suchte. Ich sah mich um und fand einen Mini-Kühlschrank, der in den Wagen eingebaut war.

Ich öffnete ihn und holte eine Dose eiskalten Ginger Ale heraus.

Sie und Knox verhandelten mit leiser Stimme, Knox in einem eisigen Ton, den ich noch nie zuvor von ihm gehört hatte. Sie verlangte eine Million Dollar und ich hörte Knox' ungläubiges Lachen.

Wenn wir eine Kopie dieses Vertrags bekämen, wenn ich dieses Haus in dem Wissen verlassen könnte, dass Adam wirklich und wahrhaftig mir gehörte, hätte ich meinen letzten Cent dafür geben. Ich hätte alles geben. Ich nahm einen großen Schluck und blieb am anderen Ende des Raums, wo der Rauch weniger konzentriert war. Dort musste ich LeAnnes höhnisches Lächeln nicht sehen.

Meine Augen wanderten durch den Raum und registrierten ein Bücherregal, eine Plastikpflanze auf einem falschen Marmorständer und eine Vitrine mit einer verspiegelten Rückseite, dessen Rahmen aus gleißend glänzendem Messing bestand. Ich ging näher heran, neugierig darauf, zu sehen, was für Dinge eine Frau wie LeAnne Gates sammelte.

Mein Blick fiel auf einen vertrauten Gegenstand und ich erstarrte.

Das konnte doch nicht sein, oder? Wie war das möglich?

Ich brauchte nicht zu fragen.

Trey.

Mein gottverdammter, verlogener Bastard von einem Ehemann.

Auf dem obersten Brett der Vitrine, unter einem hellen Akzentlicht, stand eine kleine blaue Schnupftabakdose, auf deren Deckel Diamanten glitzerten.

Heilige Scheiße.

Ich drehte mich um, um Knox' Aufmerksamkeit zu erregen, überlegte es mir dann anders und ging quer durch den Raum, um meinen Platz neben ihm einzunehmen. Es gab einen Grund, warum Cooper mir geraten hatte, meinen Mund zu halten. Intrigen waren nicht meine Spezialität.

Wenn mir jemand einen Fünfjährigen gab, war ich ein Profi. Über einen illegalen Vertrag für ein Kind zu verhandeln, das aus einem Dreier mit LeAnne, meinem Mann und einer drogenabhängigen Frau resultierte? Das musste ich Knox überlassen.

Ich durchquerte gerade den Raum, als Knox' Handy klingelte. Er warf einen Blick darauf und brach den Anruf ab. Zwei Sekunden später klingelte es erneut. Mit einem langen, einschätzenden Blick stand er auf und verließ den Raum. Eine Sekunde später versteifte sich sein Körper.

Das konnte nichts Gutes bedeuten.

KNOX

Die Stimme in meinem Ohr war mir erschreckend vertraut. Ich hatte den zweiten Anruf verpasst, aber er hinterließ eine Nachricht, die meine Welt auf den Kopf stelle und mich in einen Alptraum schleuderte.

KNOX SINCLAIR, ich weiß, dass du die Kontonummern hast. Ich habe dein Haus umstellt. Sprengladungen sind platziert. Wenn du deine Männer rüberschickst, jage ich es in die Luft. Wenn du mir mein Geld nicht gibst, jage ich es in die Luft. Versuchst du, die Frau und den Jungen rauszuholen... Du hast mich verstanden. Ich freue mich, von dir zu hören.

VIEL ZU LANGE STAND ICH DA, bewegungslos und unfähig zu atmen, das Hämmern meines Herzens ohrenbetäubend.

Adam. Alice.

Wie?

Als ob er meine Gedanken lesen konnte, kam eine weitere Nachricht. Ein Foto von meinem Haus, genau so, wie ich es verlassen hatte, bis auf den kleinen, weißen Block neben der Haustür, aus dem ein Gewirr aus schwarzen Drähten herausragte. Ein zweites Foto, ein weiterer weißer Block, dieser an der Ecke des Hauses. Der nächste an der Garage.

Ich rief Alice an. Anrufbeantworter. Wir wussten bereits, dass Tsepov die entsprechende Technologie hatte. Wahrscheinlich hatte er die Signale zum Haus blockieren lassen. Ich musste herausfinden, wie ich Alice warnen konnte.

Zunächst die Konten. Sie waren leer. Ich konnte nicht zulassen, dass Tsepov erfuhr, dass das Geld weg war, solange er Adam und Alice hatte.

„Knox?" Lily stand am Rande des Wohnzimmers, die Sorge schwer in ihren Augen. Fuck. Ich hielt einen Finger hoch. Sie blieb still, ging aber nicht weg. Fuck.

Normalerweise hätte ich als allererstes Cooper angerufen, aber ich dachte an Alice, gefangen in meinem Haus und umgeben von Bomben. Nein, nicht Cooper. Noch nicht.

Ich musste mit Tsepov sprechen, aber ich konnte ihn nicht anrufen. Nicht, wenn Lily genau neben mir stand. Ich dachte darüber nach, ihr zu sagen, dass sie zum Auto gehen sollte. Sie vertraute mir, aber sie kannte mich auch gut genug, um zu wissen, dass etwas nicht stimmte. Wie standen die Chancen, sie hier rauszuschicken? Null.

Ich tippte als Antwort eine Nachricht ein.

Nehmen Sie den Sprengstoff weg, und ich gebe Ihnen die Nummern.

· · ·

SEINE ANTWORT KAM INNERHALB VON SEKUNDEN.

WENN ICH SEHE, was auf den Konten ist, lasse ich sie gehen.

VERDAMMT. Das war genau das, was ich nicht zulassen konnte. Ich musste Zeit gewinnen.

ICH BIN NICHT IN ATLANTA. Ich brauche Zeit.

Besorg mir das Geld oder ich lasse das Haus in die Luft gehen.

WENN SIE DAS HAUS SPRENGEN, kriegen Sie nichts.

ZWEI STUNDEN.

ICH MUSSTE HOFFEN, dass ihn das hinhielt.

Die Uhr tickte. Viel zu viele Dinge konnten schiefgehen, wenn zwei Leben auf dem Spiel standen. Cooper hätte Alice anrufen können, Alice hätte bemerken können, dass die Mobilfunksignale weg waren, oder vielleicht würde Adam draußen spielen wollen. Es gab zu viele Möglichkeiten.

Wir waren hier fertig.

Ich schaute nach unten und sah Lily neben mir,

während sie an meinem Ärmel zog. So leise, dass ihre Stimme fast unhörbar war, fragte sie: „Was ist los? Was ist passiert?"

Ich überlegte mir, zu lügen, konnte mich fast davon überzeugen, dass es das Richtige war. Ich brauchte Lily nicht, um es durchzuziehen. Nicht jetzt. Ich dachte darüber nach, und ich wusste, dass ich es nicht tun konnte.

Sich dessen bewusst, dass LeAnne zuhörte, passte ich mich Lilys fast lautlosem Ton an. „Du musst jetzt stark sein, Lily…"

Ich musste nicht weitersprechen. Ihre Haut färbte sich grau, als sie flüsterte: „Adam."

„Tsepov hat das Haus umstellt. Adam und Alice wissen es nicht und es geht ihnen gut, aber wir müssen ihm die Kontonummern geben." Ich erwähnte die Bomben nicht. Lily brauchte nicht alles zu wissen. Noch nicht.

Sie schwankte, ihre Pupillen so geweitet, dass ihre Augen fast schwarz erschienen. Sie atmete ein und drückte ihre Stirn an meine Brust. Ihr Körper zitterte, der Kampf, Kontrolle über ihre Panik zu gewinnen, nahm sie vollkommen in Anspruch.

„Lily-"

„Es geht mir gut."

„Wir müssen gehen", drängte ich.

„Warte. Gib mir eine Minute."

Wir hatten keine Minute, aber ich gab ihr trotzdem noch ein paar Sekunden. Ihre Atmung wurde gleichmäßiger und sie richtete sich auf und drückte die Handflächen auf ihre Augen, wischte mit den Fingerspitzen, um alle Spuren ihrer Tränen auszuradieren.

Mit einer angespannten Stimme, die kaum ein Flüstern war, sagte sie: „Du kannst ihm nicht die Kontonummern geben, richtig? Es ist kein Geld auf den Konten, und wir haben nicht genug Zeit, es zu überweisen."

„Stimmt", bestätigte ich.

„Was, wenn wir ihm etwas anderes geben?"

„Wir könnten es versuchen", begann ich, „ihn fragen, wie viel er will. Ich würde ihm alles geben, was ich habe, wenn dadurch Adam in Sicherheit wäre."

Mit dem Geld, das Trey hinterlassen hatte, und meinen eigenen Ersparnissen hatten wir ein Vermögen zusammen.

Nichts davon war einen Scheiß wert, wenn Adams Leben auf dem Spiel stand.

Lily schüttelte den Kopf. Sie nahm mich bei der Hand und zog mich quer durch den Raum, wobei sie LeAnnes neugierigen Blick ignorierte. Ich wollte ihr sagen, dass wir keine Zeit hatten, dass wir uns mit LeAnne befassen und uns auf den Weg machen mussten, aber ich konnte es nicht ertragen, sie nach der solch verheerenden Nachrichten herumzukommandieren.

Lily zog mich an LeAnne vorbei, zum hinteren Teil des Wohnzimmers, wo ich vor einer grell erleuchteten Vitrine stehen blieb.

„Und wenn wir ihm das hier geben?"

Verdammte Scheiße. Die Schnupftabakdose. Warum hatte Trey sie LeAnne Gates gegeben?

„Nimm sie", sagte ich.

Lily öffnete die Vitrine. Als LeAnne sah, was Lily tat, sprang sie auf die Füße, wobei Wodka aus dem Kristallglas in ihrer Hand schwappte.

„Was zum Teufel glaubst du, dass du da tust? Nimm deine Hände von meinen Sachen."

„Ich glaube, das hier gehört mir", sagte Lily, ihre Stimme kalt wie Eis.

Das war eine Lily, die ich noch nie zuvor gesehen hatte. Sie war nicht schüchtern oder zaghaft. Sie war eine Frau, die alles getan hätte, um ihren Sohn zu retten.

LeAnne Gates machte ihr keine Angst mehr. Nichts machte ihr Angst, außer dass Adam in Gefahr war.

„Das gehört dir nicht", beharrte LeAnne und schritt durch den Raum, während Wodka an ihren Fingern heruntertropfte. Sie griff nach der Schnupftabakdose, um sie Lily aus den Händen zu reißen, aber ich schloss meine Finger um ihr Handgelenk und riss sie nach hinten.

„Interessant", sagte ich und hielt sie von Lily fern, „weil wir einen Kaufvertrag haben, der besagt, dass diese Dose Trey gehörte. Und Trey hat alles Lily hinterlassen. Hast *du* einen Kaufvertrag?"

Feuer brannte in LeAnnes Augen. „Ich habe keinen verdammten Kaufvertrag. Trey hat sie mir gegeben, das ist meins."

Lily hielt die Fabergé-Tabakdose mit beiden Händen, ihr Rückgrat kerzengerade. Ihre normalerweise warmen Augen waren frostig, als sie LeAnne ansah.

„Ich nehme die Schachtel. Ich gebe dir hunderttausend Dollar für den Vertrag, oder wir gehen hier raus und du bekommst gar nichts. Entscheide dich jetzt."

LeAnne blickte von mir zu Lily, ihre Unterlippe zittrig. War sie kurz davor, zu weinen? *Scheißegal.*

In dem Moment, als sie sah, dass sich niemand um sie scherte, ließ LeAnne ihr Mitleidsgetue fallen, knirschte mit den Zähnen und sagte: „Zweihunderttausend."

Lily nahm meinen Arm, die Schachtel an ihre Brust gedrückt. „Lass uns gehen."

Wir drehten uns zur Tür.

„Wartet!"

Wir blieben stehen, Lily schaute über ihre Schulter. „Wir haben keine Zeit", sagte sie.

„Hunderttausend, okay? Ich hol den Vertrag."

Lily ließ meinen Arm los. Ich ließ sie an der Tür stehen und sagte: „Bleib hier."

„Ich komme mit ", sagte ich zu LeAnne und blieb ihr auf den Fersen, während sie in ihr Heimbüro im zweiten Stock ging. Es sah unbenutzt aus, bis auf den im Schreibtisch eingebauten Aktenschrank, der mit Dokumenten vollgestopft war.

Beim Durchwühlen murmelte sie: „Ich weiß, dass du das Geld nicht dabeihast. Denk nicht einmal daran, mich zu betrügen, oder…"

„Ich bin im Moment deine geringste Sorge", sagte ich aufrichtig zu ihr. „Andrej Tsepov ist auf dem Kriegsfuß. Was glaubst du, wird er mir dir machen, wenn er dich mit dieser Dose erwischt?"

Ihr Gesicht wurde kreidebleich.

„Du bekommst das Geld. Ich melde mich wieder, es sei denn, du kannst den Vertrag nicht finden."

Sie riss einen Ordner aus der Schublade und schob ihn mir unter die Nase. Ich blätterte die wenigen Seiten durch und sah alles, was ich brauchte. Trey und ein Name, den ich nicht kannte, waren als die Vertragsparteien aufgeführt. Im Abschnitt über die Übertragung der elterlichen Rechte waren Trey und Lily Spencer aufgelistet.

„Warum hat Trey dir die Dose gegeben?"

„Er war mir was schuldig", schoss sie zurück, ihr Kinn trotzig erhoben.

Lügnerin. Ich hätte alles darauf verwetten können, dass er sie gebeten hatte, es für ihn aufzubewahren, um somit sein Vermögen aufzuteilen, nur für den Fall.

Sie drehte ihren Kopf zur Seite und zündete sich eine weitere Zigarette an. Ich schloss die Mappe mit dem Vertrag und ging, während LeAnne stehenblieb.

„Warte, was ist mit meinem Geld?", rief sie die Treppe hinunter.

„Wir bleiben in Kontakt", sagte ich über meine Schulter.

Sie würde ihr Geld bekommen.

Vielleicht aber auch nicht.

In diesem Moment kümmerte es mich einen feuchten Dreck.

Ich musste meinen Jungen zurückholen.

41

KNOX

I ch dachte, dass Lily Einwände erheben würde, als ich fragte: „Kannst du fahren?"

Sie nahm mir wortlos die Schlüssel aus der Hand, wechselte die Richtung und ging zur Fahrerseite unseres Mietwagens.

„Würdest du das Navi im Auto einstellen?"

Ich gab die Adresse des Privatflugplatzes ein, auf dem das Flugzeug wartete, und ließ sie übernehmen. Ich musste Anrufe tätigen, bevor wir in der Luft waren.

Nach einer Minute Fahrt wusste ich, dass Lily alles unter Kontrolle hatte. Sie fuhr reibungslos, so schnell sie konnte, aber nicht schnell genug, um von der Polizei angehalten zu werden. Wir konnten unsere Zeit nicht mit einem Strafzettel verschwenden.

Als allererstes rief ich den Piloten an. Ich wollte, dass das Flugzeug abflugbereit war, wenn wir ankamen.

Der nächste Aufruf war sehr viel schwieriger.

Cooper.

Es war zu gefährlich, ihn nicht zu informieren. Es konnte zu viel schiefgehen, bevor wir in Atlanta ankamen.

Wenn es jemand anderes als Alice gewesen wäre, hätte ich nicht gezögert.

Wir hatten alle Erfahrung mit Krisensituationen, zuerst durch das Militär, und dann jahrelang durch die Arbeit mit Kunden in heiklen Situationen. Cooper war nicht der Leiter, weil er der Älteste war. Er hatte das Sagen, weil er nie zögerte, nie den Fokus verlor und sich nie von Emotionen leiten ließ.

Cooper war eine verdammte Maschine. Außer wenn es um Alice ging, da waren alle Wetten ungültig. Ich hatte keine Wahl.

Ich warf einen Blick auf Lily, ihre Augen waren auf die Straße gerichtet, ihre Knöchel umklammerten das Lenkrad. Ich liebte die Lily, die ich kannte. Ihre Schüchternheit und ihre gelegentliche Unsicherheit, waren ein Teil von ihr, und ich liebte diesen Teil genauso wie alles andere.

Die Frau, die neben mir saß, die, die alles getan hätte, um ihren Sohn zu retten, war nicht die Frau, die ich jeden Tag erleben wollte, aber ich liebte Lily umso mehr, weil ich wusste, dass sie diese Entschlossenheit für Adam in sich trug.

Für jemanden, der ihr gehörte.

Sie kam gut voran, die Ampeln wechselten zu unseren Gunsten.

Ich konnte die Uhr in meinem Kopf ticken hören. Weniger als zwei Stunden.

Ich versuchte es noch einmal bei Alice. Direkt zur Voicemail. *Mist.*

Ich machte mich auf den bevorstehenden Ausbruch gefasst, als mein Finger über Coopers Namen auf dem Bildschirm meines Telefons schwebte. Ich traf in Sekundenbruchteil eine Entscheidung und wählte die Nummer, die unter seiner gespeichert war.

. . .

„Hey, Mann, seid ihr auf dem Heimweg? Wie läuft es?"

„Evers, wir haben ein Problem. Bist du im Büro?"

„Ja."

„Bist du allein?"

„Ja", sagte er jetzt langsamer. „Was ist passiert? Geht es euch gut?"

„Lily und mir geht es gut, Alice und Adam nicht. Tsepov hat das Haus umstellt. Ich bin auf dem Weg und brauche Verstärkung."

Ein langes Schweigen. Mit präziser, kontrollierter Stimme sagte Evers: „Cooper wird ausflippen. Ich nehme an, Tsepov hat gesagt, dass du allein kommen sollst."

Es lag nur ein Hauch von Ironie in seinen Worten. Ich hörte das Rascheln, als er von seinem Schreibtisch aufstand und den Klang von Stimmen, als er den Flur entlangging.

„Ja. Schicke niemanden, sonst schieße ich, bla bla bla."

„Er will die Kontonummern", sagte Evers.

„Ja."

„Verdammte Scheiße. Wir sind am Arsch."

„Nein", unterbrach ich, „sind wir nicht. Ich habe keine Zeit für Erklärungen, aber ich habe etwas zum Tauschen. Wir erreichen den Flughafen in einer Minute. Ich muss mit Cooper sprechen, aber erst, wenn du in seinem Büro bist, damit er nichts…"

„…Dämliches tut, verstanden. Leg los. Ich bin da."

Evers legte auf. Bevor ich Cooper anrief, schrieb ich eine SMS an Evers.

Sprengstoff rund ums Haus. Wollte nicht, dass L es hört.

Dann rief ich Cooper an.

„Was zum Teufel?", antwortete mein Bruder. „Seid ihr okay?"

„Uns geht es gut." Ich hatte keine Zeit, ihn auf die Nachricht vorzubereiten. „Tsepov hat Alice und Adam." Ich hörte Evers im Hintergrund, wie er ihn leise über den Sprengstoff und Tsepovs Forderungen aufklärte.

Völliges Schweigen von Cooper.

Ich hielt mich fest, wartete darauf, dass er fluchte, schrie und das Telefon warf. Irgendwas. Da war verdammt noch mal nichts.

Ich zog das Telefon von meinem Ohr weg, um den Bildschirm zu überprüfen, ob ich die Verbindung getrennt hatte. Die Sekunden tickten weiter.

00:21

00:22

00:23 00:24

Nichts.

Gerade, als ich auflegen und Evers anrufen wollte, durchschnitt ein harsches Aufatmen die Stille wie eine Klinge. Coopers Stimme war kehlig, seine Worte kaum zu verstehen.

„Ich werde ihm seine verdammte Kehle aufschlitzen."

Ich versuchte, zu entscheiden, ob ein eiskalter, wütender Cooper besser war als ein Cooper, der fluchte und Dinge warf.

Besser für Alice.

Besser für Adam.

Nicht so gut für Tsepov.

Prima. Solange es Adam und Alice gut ging, war mir scheißegal, was mit Tsepov passierte. Agent Holley vielleicht nicht, da er versuchte, einen Fall aufzubauen, aber wir würden uns später mit dem FBI befassen.

„Wenn ich ihn in die Finger kriege…"

„Coop", bellte ich in das Telefon. „Wir haben eine

Stunde und fünfundvierzig Minuten, bevor ich dort sein muss. Bevor wir den Handel machen müssen. Ich kann nicht warten, bis du deinen Scheiß auf die Reihe kriegst. Ich brauche dich jetzt. *Alice* braucht dich jetzt."

Ein weiterer knirschender Atemzug, ein Zischen, als Cooper Luft holte.

Einmal.

Zweimal.

Ich konnte praktisch sehen, wie er die Augen schloss und mit gleichmäßigem Atmen seine Nerven beruhigte, so, wie er es vor Jahren gelernt hatte.

Gut. Das war gut. Ich wartete und die Uhr in meinem Kopf tickte, während ich das Navi auf dem Bildschirm des Mietwagens anschaute. Ich hatte noch ein paar Minuten Zeit, bevor wir im Flugzeug saßen. Sobald wir starteten, und uns über die Mobilfunkmasten erhoben, würde ich die Verbindung verlieren. Ich konnte es mir nicht leisten, den Kontakt zu verlieren, bis wir einen Plan hatten.

„Wie viel Bargeld kannst du auftreiben?", fragte ich. „Ich habe etwas von Gates bekommen, das wir anstelle des Geldes auf den Konten verwenden können, aber es schadet nicht, Bargeld zur Verfügung zu haben. Nur
für den Fall, dass er es nicht will."

„Was? Was hast du von Gates bekommen?", fragte Cooper.

„Die kaiserliche Fabergé-Tabakdose."

Erst Stille und dann: „Was zum Teufel? Wie hat sie die in die Finger gekriegt?"

„Lange Geschichte, unwichtig. Ich habe die Dose. Es ist wahrscheinlich genug an sich allein, aber…"

„Ich werde das Geld besorgen. Wir müssen diese Scheiße beenden."

„Wir sind fast am Flughafen", sagte ich. „Ich hab zweimal versucht, Alice anzurufen, aber ich komm nicht durch. Ich bin mir sicher, er hat die Signale blockiert, also müssen wir sie wissen lassen, dass sie zum Schutzraum gehen sollen."

Lily warf einen hoffnungsvollen Blick in meine Richtung, bevor ihre Augen wieder auf die Straße blickten und sie zum Flughafen abbog.

„Alice weiß, wo er ist", fuhr ich fort. „Sie kennt den Code und weiß, wie sie in den Safe kommt, wo meine Waffen sind. Sie muss nur wissen, was vor sich geht."

„Was hast du im Haus? Wenn es kein Signal gibt und er das Kabel durchtrennt hat, sodass es kein Internet gibt… Was hast du sonst noch?"

Ich hatte mir den Kopf über die Antwort auf diese Frage zerbrochen, seit mir klar wurde, dass Tsepov die Mobilfunksignale blockiert hatte.

„Nicht viel", gab ich zu. „Es gibt ein drahtloses Netzwerk innerhalb des Hauses. Es ist wahrscheinlich online, auch wenn er das Internet abgeschnitten hat."

„Deine Alarmanlage hat ein separates Mobilfunksignal, oder? Ist sie außerhalb des Hauses verkabelt?"

Alle von uns installierten Alarmsysteme verfügten über eine unabhängige Mobilfunk-Leitung, sodass sie den Notruf alarmieren konnten, wenn die Strom- oder Telefonleitungen ausfielen, selbst wenn jemand ein Gerät benutzte, um das Signal zu blockieren. Der Alarm war fest mit einem im Wald versteckten Mini-Sendemast verdrahtet. Tsepovs Männer wussten nicht, dass sie danach hätten suchen müssen. Er war weit genug vom Haus entfernt, damit er nicht beeinflusst werden konnte.

„Es ist unser Standardsystem", antwortete ich, „also, ja, es hat eine Mobilfunk-Leitung, ohne mit dem drahtlosen Netzwerk im Haus verbunden zu sein."

„Aber das gibt uns ein Live-Signal, das direkt ins Haus geht", sagte Cooper. „Wir können den Alarm nicht auslösen, ohne zu riskieren, dass Tsepovs Männer in Panik geraten und das Haus in die Luft jagen. Du hast keine Lautsprecher an der Alarmanlage, oder?"

„Verdammt, nein. Ich war immer alleine und..."

Ich hatte mir dieses Szenario nie vorgestellt.

Für Kunden? Sicher.

Aber für mich?

Wir sagten allen immer, dass das Wichtigste, was ihr System schützte, sie selbst waren. Ich war immer auf mich allein gestellt, und ich konnte mich gut selbst schützen. Das System, das ich hatte, war fantastisch, aber ich hatte den größten Teil des Schnickschnacks weggelassen, weil ich nie gedacht hatte, dass es notwendig war.

Lily brachte den Wagen so nah wie möglich am Flugzeug zum Stehen. Wir waren sofort draußen, als wir zum Stillstand kamen, und rannten auf die offene Tür des Flugzeugs zu.

„Wir steigen jetzt ein. Ich verliere euch, sobald wir oben sind. Bleib dran."

„Verstanden. Evers arbeitet am Bargeld und holt Lucas, damit wir herausfinden können, ob es eine Möglichkeit gibt, das Signal, das zur Alarmanlage geht, in das Netzwerk im Haus einzuspeisen."

Ich schnallte mich an und nahm Lilys Hand in meine. Ich schloss meine Augen, neigte den Kopf nach hinten und versuchte, mir jeden Quadratzentimeter meines Hauses vorzustellen, um etwas zu finden, das verwendbar war.

So viele Geräte waren mit dem Internet verbunden. Alles, von den Smart-Lautsprechern, bis zum Kühlschrank. Die gottverdammte Kaffeemaschine hatte eine App, mit der ich von meinem verdammten Handy aus eine Kanne Kaffee kochen lassen konnte, und der Drucker-

Ich setzte mich abrupt auf.

Der verdammte Drucker.

Ich hatte kein Heim-Büro, weil ich nur fünf Minuten von der Arbeit entfernt wohnte. Wenn ich einen Schreibtisch brauchte, ging ich ins Büro. Ab und zu arbeitete ich von zu Hause aus und breitete den Papierkram auf dem großen Esstisch in der Küche aus.

Wir versuchten, bei allen wichtigen Dingen mit elektronischen Dateien und nicht mit Papierkopien zu arbeiten, aber manche Verwaltungsscheiße druckten wir aus.

Ich war zwar nicht dem Trend der Heim-Büros erlegen, aber ich hatte einen Drucker im Abstellraum neben der Küche. Ein Multifunktionsgerät zum Kopieren, Scannen, Faxen und Drucken, dessen Anschluss an die Telefonleitung nutzlos gewesen wäre, aber er *befand sich* im drahtlosen Netzwerk.

„Der Drucker", sagte ich. „Im Abstellraum. Er ist nicht sehr laut, aber er ist verdammt voll mit Papier. Alice wird ihn vielleicht hören, wenn Lucas das Alarmsystem an das drahtlose Netzwerk anschließen kann…"

Im Hintergrund hörte ich Lucas fluchen: „Es ist verdammt nochmal so konstruiert, dass es *keine* Verbindung mit dem verdammten Netzwerk herstellt."

Das Flugzeug taumelte vorwärts, als die Räder den Boden verließen. Cooper nahm sein Telefon vom Ohr. „Das ist mir scheißegal. Stell die Verbindung her."

Ich tat ihm gleich und fragte ins Cockpit: „Wie lange noch bis zur Landung?"

„Fünfundvierzig Minuten", lautete die Antwort.

„Wir sind in fünfundvierzig Minuten da."

Das Flugzeug gewann an Höhe und schoss durch den blauen Himmel. Bald wären wir außerhalb der Funkreichweite gewesen. Im Flugzeug von Sinclair Security gab es kein WLAN, was bedeutete, dass keine Anrufe möglich waren, was mir früher immer gefallen hatte.

Das Privatflugzeug war eine große Ausgabe. Eine, von der wir beschlossen hatten, dass sie sich lohnte.

WLAN hinzuzufügen kostete eine lockere Viertelmillion mehr, und wir hatten aus verschiedenen Gründen beschlossen, darauf zu verzichten.

Ich verfluchte mich selbst und sagte zu Coop: „Wenn etwas passiert, ruf über das Satellitentelefon an. Ich bin dabei, dich zu verlieren. Ich melde mich, sobald wir gelandet sind."

Cooper trennte die Verbindung, bevor der Anruf abgebrochen wurde. Neben mir fragte Lily: „Du hast einen Schutzraum?"

„Im Keller. Er ist einfach, aber er ist bomben- und kugelsicher."

„Glaubst du, dass Lucas sich in das Netzwerk einhacken kann? Wird Alice den Drucker hören?"

Mehr als alles andere wünschte ich mir, die Antworten auf all ihre Fragen zu haben. „Ich hoffe es. Ich hoffe es so sehr, verdammt noch mal."

Lily verstummte. Ich hatte es immer gemocht, dass wir nicht reden mussten, aber ich war noch nie so froh drüber. Jeder Nerv in meinem Körper war angespannt. Ich dachte nicht, dass ich mit Worten umgehen konnte, sie beruhigen und ihr Mut zuzusprechen konnte, während ich mich selbst kaum noch zusammenriss.

Mein Griff an Lilys Hand war zu fest. Ihre Finger gruben sich in meine. Sie war meine Rettungsleine, und ich war ihre. Wir hielten uns mit allem fest, was wir hatten, während jede Sekunde langsam und qualvoll an uns vorbeizog.

Lucas war der Beste. Er konnte es herausfinden. Evers würde das Geld zusammenbekommen. Cooper würde sich irgendwie davon abhalten, die Welt in Schutt und Asche zu legen, um an Alice heranzukommen. Das Flugzeug würde landen, wir würden Tsepov seine Scheißbox und sein Geld übergeben. Wir würden das ein für alle Mal beenden. Und alle wären in Sicherheit.

Ich musste daran glauben, dass ich Adams ansteckendes Kichern bald hören durfte, dass es ihm gut ging. Es gab keine Alternative.

Nicht für Lily und nicht für mich. Ich wollte meine Familie.

Lily und Adam und ich.

Zusammen.

Ohne Adam war das nicht möglich. Lily würde auseinander fallen, und ich mit ihr.

Es war nicht meine Schuld, das wusste ich. Dieses Unheil war von meinem Vater und Lilys Ehemann ausgelöst worden, lange bevor wir uns kennengelernt hatten.

Es war nicht meine Schuld, und doch war Adam unter meinem Schutz in meinem Haus gefangen, sein Schicksal in den Händen eines Mannes, der sich bisher wie ein verdammter Idiot verhalten hatte.

Ein verdammt gefährlicher Idiot.

Ein unvorsichtiger Finger auf dem falschen Schalter genügte.

Ich dachte an Cooper und zwang mich ebenfalls zu atmen, zog langsam Luft ein, füllte meine Lungen, und entleerte sie.

Ruhe.

Konzentration.

Ich musste meine Angst und den totalen, betäubenden Schrecken darüber zurückdrängen, dass mir die ganze Sache aus den Händen gleiten würde.

Und damit auch Adam.

42

KNOX

Ich weinte fast vor Erleichterung über den Ruck der auf der Landebahn aufsetzenden Reifen. Wir waren kaum zum Stehen gekommen, als Lily und ich unsere Sicherheitsgurte lösten, aufsprangen, und die Tür entriegelten. Sie murmelte leise: „Öffne sie, öffne sie." Der Copilot warf ihr einen genervten Blick zu.

Ich ignorierte ihn und rief Cooper an.

„Seid ihr gelandet?"

„Ja", sagte ich und folgte Lily die Stufen zum Rollfeld hinunter. „Wir gehen zum Auto. Hast du es hingekriegt?"

„Lucas hat die ganze Zeit rumgeflucht, aber es ist ihm gelungen, das Signal des Senders über den Alarm an dein Netzwerk weiterzuleiten. Wir haben einen Befehl an den Drucker geschickt. Es sieht aus, als würde er seit zwanzig Minuten drucken. Das Papier muss inzwischen aufgebraucht sein. Keine verdammte Ahnung, ob sie es gesehen hat, denn du hast keine verdammten Kameras in deinem Haus."

Als ich durch den winzigen Terminal zum Parkplatz

raste, schrie ich: „Warum zum Teufel sollte ich Kameras in meinem eigenen Haus haben?"

Ich wusste ganz genau, dass Cooper auch keine in seinem Hause hatte. Er beantwortete meine Frage nicht.

Ich konnte nur hoffen, dass Alice den Drucker gehört hatte, dass sie und Adam sich im Schutzraum versteckt hatten.

Ich musste es hoffen, denn die andere Möglichkeit - dass sie dort waren, ohne sich der Gefahr bewusst zu sein, dass sie versuchten, nach draußen zu gehen, oder dass sie merkten, dass mit den Telefonen etwas nicht stimmte-

Nein. Dagegen konnte ich nichts tun, außer Tsepov zu geben, was er wollte, und ihn davon zu überzeugen, seine Schläger zurückzurufen.

Ich rutschte hinter das Steuer des Geländewagens, den ich auf dem Parkplatz zurückgelassen hatte.

„Hat Evers das Geld?"

„Er hat eine Million zusammengekratzt", sagte Cooper. „Was denkst du?"

„Ich muss Tsepov eine SMS schicken und ihn wissen lassen, dass ich auf dem Weg bin."

„Und das Geld? Die Fabergé-Dose? Was willst du anbieten?"

„Cooper, wenn du vorschlagen willst, dass wir mit ihm feilschen sollen..."

„Halt's Maul, du Arschloch. Ich werde nicht mit Tsepov feilschen, wenn Alices Leben auf dem Spiel steht."

„Also geben wir ihm alles", bestätigte ich. „Ich bin dafür-

„Das Geld ist mir scheißegal, Knox. Wir kümmern uns später darum. Seid ihr auf dem Weg?"

„Ich kann Lily nicht mitnehmen."

Ich spürte, wie sich Lily neben mir versteifte, aber sie sagte kein Wort.

Ich wollte sie auf keinen Fall in die Nähe von Tsepov bringen. Es war schon schlimm genug, dass er Adam und Alice hatte, aber ich brauchte meine ganze Konzentration, um das durchzuziehen. Lily wäre eine Ablenkung gewesen.

„Schreib Tsepov", entgegnete Cooper, „Sag ihm, dass du ihn bei dir zu Hause treffen willst, in der Einfahrt. Du wärst von der Straße aus nicht zu sehen und nicht nahe genug am Haus, um ihn nervös zu machen."

„Passt gut", stimmte ich zu.

„Evers hat ein Team organisiert. Sie werden im Wald warten, weit genug entfernt, damit Tsepovs Männer sie nicht entdecken können."

Tsepov hatte gesagt, dass er mich alleine sehen wollte.

Der übliche Bösewicht-Befehl.

Evers wusste, was er tat. Wenn er ein Team einsetzte, waren sie unsichtbar, und wir wussten bereits, dass Tsepovs Männer nicht gerade die hellsten waren.

Und trotzdem gefiel es mir nicht.

Cooper fuhr fort: „Komm her. Fahr in die Garage. Ich lasse jemanden Lily abholen und komme mit dir mit."

Cooper legte auf. Ich rief die Nummer auf, die Tsepov benutzt hatte, und gab Lily mein Telefon.

„Du musst für mich tippen."

Sie nahm das Telefon und wartete.

„Schreib ihm: *In Atlanta. Treffen in zwanzig Minuten in meiner Einfahrt.*"

Lilys Finger tippten, und als sie fertig war, schaute sie auf. „Ist das alles? Soll ich es abschicken?"

„Ja."

Weniger als eine Minute später meldete sich mein Telefon. „*Zwanzig Minuten. Komm allein.*"

„Schreib ihm: *Bringe Cooper mit. Er hat, was du willst.*"

Nach einer weiteren Minute piepte mein Telefon erneut. Lily las: „*Okay, nur Cooper. Achtzehn Minuten.*"

Lily gab mir mein Telefon zurück. „Was für ein Arschloch", sagte sie mit bebender Stimme.

„Da hast du Recht", stimmte ich zu. Sie streckte ihre Hand aus und legte sie auf meine. Ich hielt sie, während wir uns in Richtung der Sinclair Security Büros bewegten. Das vierstöckige Gebäude war elegant, die Glaswände verspiegelt, mit Graphit besetzt.

Ich fuhr ins Parkhaus und hielt bei den Aufzügen an. Lily schnallte sich gerade ab, als ich mich rüber lehnte, ihr Kinn in meine Hand nahm und ihr schnell einen Kuss gab.

„Das nächste Mal, wenn ich dich sehe, habe ich Adam dabei", versprach ich.

Lilys Augen begegneten meinen, ihre Pupillen riesengroß und ihr Gesicht immer noch ein wenig grau, aber sie nickte mir entschlossen zu. „Wir sehen uns bald", sagte sie und stieg aus dem Auto.

Cooper nahm ihren Platz ein, eine kleine schwarze Sporttasche auf seinem Schoß.

Ich legte den Gang ein und fuhr los.

„Konntest du keine Aktentasche finden?", fragte ich, wobei ich Sarkasmus benutzte, um alle anderen Gefühle auszublenden.

Wir waren so nah dran. So nah, und mit jeder Umdrehung der Räder wurde mir bewusster, was alles schiefgehen konnte.

Cooper ignorierte meinen Spott.

„Ist Evers bereit?", fragte ich und versuchte, mich auf die bevorstehende Aufgabe zu konzentrieren.

„Er ist da", bestätigte Cooper. „Wo ist das Fabergé?"

Ich wies mit dem Kopf zur Rückbank, woraufhin Cooper sich umdrehte und nach der Schnupftabakdose griff, die in Lilys Strickjacke eingewickelt war.

„Glaubst du, er geht drauf ein?", fragte ich Cooper.

„Wenn nicht, gibt es immer noch Plan B", sagte er unheilvoll. Ich hielt an einer roten Ampel an und riskierte einen Blick auf meinen Bruder. Ich konnte mich nicht daran erinnern, wann ich ihn das letzte Mal so gesehen hatte.

Seine eisblauen Augen, so wie die meines Vaters und von Evers, waren hart.

Undurchdringlich.

Sein Kiefer angespannt. Ich sagte nichts weiter. Es machte keinen Sinn. Wir hatten getan, was wir konnten. Jetzt konnten wir nur noch hoffen.

Einige Minuten später bog ich, wie schon so oft, in meine Einfahrt ein. Die ersten dreißig Meter sahen normal aus, als wäre es ein ganz normaler Tag gewesen.

Wir kamen um die Kurve gefahren, und die Illusion zerplatzte. Da waren schwarzgekleidete Männer, die mit Gewehren durch den Wald streiften. Ein glänzender, schwarzer Sedan blockierte die Einfahrt.

Ich brachte den Geländewagen zum Stehen. Cooper griff nach der Tür, bevor meine Hand herausschoss und ihn festhielt. „Ich rede."

Cooper grunzte zustimmend und erhob keine Einwände, was darauf hinwies, wie angespannt seine Nerven waren. Mit der Sporttasche und der Fabergé-Tabakdose in der Hand, die immer noch in Lilys Strickjacke gehüllt war, stieg Cooper aus dem Auto.

Ich hielt an der Hoffnung fest, dass es Adam und Alice gut ging, dass Cooper sich lange genug zusammenreißen konnte, um nicht alles zu vermasseln, dass keiner von Evers' Leuten erwischt werden würde und dass wir irgendwie alle lebend aus dieser Sache herauskamen.

Andrej Tsepov stieg aus dem Sedan, groß, schlank und

elegant, in einem dunklen Anzug, als er mit der Arroganz eines Königs auf uns zuschlenderte.

Sein harter Blick fiel auf Coopers volle Hände. „Das sieht nicht nach Kontonummern aus."

Es machte keinen Sinn, ihn zu verarschen. „Wir haben die Kontonummern gefunden, aber die Konten sind leer. Wir haben noch etwas anderes."

Tsepovs dunkle Augen flackerten vor Wut. „Ich will, was mir gehört, ihr verfluchten, gierigen…"

Sein rechter Arm hob sich wie zu einem Signal. Cooper bewegte sich und zog Tsepovs Aufmerksamkeit auf sich. Er sagte nichts, schlug aber den Rand des Cardigans zurück und enthüllte die Schnupftabakdose, sodass die Diamanten im Licht glitzerten.

Tsepovs Kopf fuhr herum, seine Aufmerksamkeit auf all diesen Steinen. Sein Arm fiel zur Seite.

Er machte einen Schritt vorwärts, wie hypnotisiert.

„Weißt du, was das ist?", fragte Cooper, seine Stimme flach und tödlich.

Andrej Tsepov nickte, während seine Augen immer noch auf die Schnupftabakdose gerichtet waren, und er streckte seine Hand aus, als ob er sie Cooper entreißen wollte.

Ich ging einen Schritt zur Seite und schirmte Cooper und die Dose ab. „Sie gehörte Sergej", sagte ich. „Er hat sie meinem Vater gegeben."

„Das sollte meins sein." Tsepovs Stimme war zittrig und von Ehrfurcht erfüllt, dann fester. „Die Dose gehört mir."

„Ich gebe sie dir und eine Million Dollar in bar. Nimm den Sprengstoff weg und du bekommst beides."

Tsepov schaute mich einen langen Moment lang an und dachte nach, bevor er mit einem leichten Schulterzucken sagte: „Was sollte mich davon abhalten, sie mir zu nehmen? Diese Wälder sind voll mit meinen Männern. Sie sind bewaffnet und ihr seid es nicht. Ich könnte die Tasche und die Dose nehmen und das Haus *trotzdem* in die Luft jagen."

Neben mir knurrte Cooper tief in seiner Kehle. Natürlich war es jetzt, dass mein felsenfester Bruder seine Beherrschung verlor.

Ich sagte: „Das könntest du, aber deine Männer sind nicht alleine in diesem Wald, und wenn du das Haus sprengst, stirbst du. Wenn du eine Waffe auf einen von uns abfeuerst, stirbst du. Du könntest das Fabergé und das Geld nehmen und zustimmen, dass wir, egal welches Problem du mit meinem Vater hast, aus der Sache raus sind. Meine Brüder und ich, unsere Frauen, unsere Mutter, unsere Familien. Wir sind da raus. Wir geben dir die Dose und das Geld, und dein Problem mit meinem Vater bleibt zwischen dir und meinem Vater. Einverstanden?"

Tsepovs biss die Zähne zusammen. Sein Kinn ragte nach vorne, als er über meine Forderung nachdachte.

Vielleicht hätte ich auch um die Sicherheit meines Vaters verhandeln sollen. Ich hätte versuchen sollen, die ganze Sache ein für alle Mal zu beenden.

Scheiß drauf. Andrej Tsepov wollte sich an meinem Vater rächen. Gut, das konnte er tun.

Adams Leben wäre nicht in Gefahr gewesen, wenn mein Vater nichts Dummes angestellt hätte.

Ich war fertig damit, ihn zu beschützen. Er war auf sich allein gestellt.

Meine Sorge galt den Unschuldigen.

Meiner Familie.

Nicht mehr meinem Vater.

„Wenn ich zustimme", sagte Tsepov langsam, „ist dein Vater immer noch im Spiel."

„Mein Vater ist auf sich allein gestellt", bestätigte ich.

Tsepov lehnte sich zur Seite, versuchte, um mich herum zu sehen, weil er auch Coopers Zustimmung wollte. Ich trat aus dem Weg.

„Und du? Bist du einverstanden?", forderte Tsepov von Cooper.

Mit einer Stimme, die so angespannt war, dass ich dachte, dass er kurz vor dem Durchdrehen war, sagte Cooper: „Ich stimme zu. Wir sind draußen. Die Frauen, das Kind, unsere Mutter und unsere Familie sind draußen. Was auch immer du mit meinem Vater tun musst, tu es."

Es nagte an mir. Begraben unter all der Wut, unter dem Verrat, der Enttäuschung, dem vergeblichen Wunsch, er wäre der Mann, von dem ich gehofft hatte, er könnte es sein, zerriss es mich, meinen Vater den Wölfen zum Fraß vorzuwerfen.

Dabei hätte er so viel mehr als das sein sollen.

Ich war damit aufgewachsen, ihn für einen Helden zu halten, ohne zu erkennen, was für ein Bösewicht er war. Ein Teil von mir wollte ihn retten. Wollte glauben, dass er noch zu retten war.

Aber diese Zeit war vorbei. Ich musste Menschen beschützen.

Mein Vater stand nicht mehr auf dieser Liste.

„Wir haben einen Deal", sagte Tsepov und machte einen Schritt nach vorn, als seine Hände nach dem Geld griffen, von dem er dachte, dass es ihm zustand.

Ich bewegte mich, um ihn von Cooper fernzuhalten.

„Ich möchte, dass erst der Sprengstoff entfernt wird. Du kannst deine Männer in Position halten, aber entferne den verdammten Sprengstoff von meinem Haus, oder du bekommen gar nichts."

Verwirrung zeigte sich auf seinem Gesicht, bevor Tsepov sein Handy ans Ohr hob und ein einziges Wort sprach. Ich hatte nicht verstanden, was es war, aber zwei

Männer tauchten aus dem Wald auf und gingen auf das Haus zu.

Einer von ihnen ging zur vorderen Ecke und kniete sich hin, um den weißen C4-Block zu entfernen, während der andere dasselbe an der Vordertür tat.

Cooper steckte die Fabergé-Dose in die Tasche und ging nach vorne, um sie Tsepov zu übergeben.

43

KNOX

In der Stille des Sommernachmittags brach die Hölle los.

Ein Schuss ertönte aus dem Inneren des Hauses, dann noch einer.

Bevor wir die Schüsse verarbeiten konnten, wurde das Haus erschüttert und eine Rauchwolke stieg neben der Garage auf.

Einer der Sprengsätze war hochgegangen. Beim Klang der Schüsse und der Explosion zerstreuten sich Tsepovs Männer wie Ratten und verschwanden in den Wäldern.

Cooper drückte Tsepov die Tasche in die Hände und sprintete los. Ich blieb ihm auf den Fersen, als er sich gegen die Tür warf und stolperte, da sie leicht nachgab und aufging.

Er brüllte Alices Namen.

Keine Antwort.

Ich öffnete meinen Mund, um nach Adam zu rufen, und schloss ihn wieder. Ich wollte ihn nicht erschrecken. Coopers Schreie waren schlimm genug.

Das Haus war still, bis auf das Knistern des Feuers, das aus der Richtung der Garage kam. Der beißende Rauch wehte den Flur hinunter.

Cooper stürzte in Richtung Keller und kam abrupt an der offenen Tür des Vorratsraumes zum Stehen. Der Boden vor dem Drucker war mit Papierblättern übersäht, auf denen die selbe Botschaft stand:

HAUS UMGEBEN. GEHT ZUM SCHUTZRAUM.
HAUS UMGEBEN. GEHT ZUM SCHUTZRAUM.
HAUS UMGEBEN. GEHT ZUM SCHUTZRAUM.
HAUS UMGEBEN. GEHT ZUM SCHUTZRAUM.

Es war schwer zu sagen, ob die Nachricht entdeckt worden war, aber aufgrund eines einzelnen zerknitterten Blattes, das an der Tür lag, nahm ich an, dass Alice unsere Botschaft gesehen hatte.

Cooper muss das Gleiche gedacht haben, denn eine Sekunde später stand er an der Kellertür und seine Füße polterten die Treppe hinunter.

Plötzlich schrie er Alices Namen. Bei dem Entsetzen in seiner Stimme, blieb mir das Herz stehen. Alice lag zusammengekrümmt am Fuß der Treppe, meine halbautomatische Walther-Pistole nur Zentimeter von ihrer offenen Hand entfernt.

Drei Meter weiter, tiefer im Keller, lag ein zweiter Körper, in schwarz gekleidet, wie der Rest von Tsepovs Männern.

Cooper kniete an Alices Seite, legte die Finger an ihre Kehle und tastete nach dem Puls. Die Blutlache unter Tsepovs Mann sagte mir, dass ich nicht dasselbe für ihn tun musste.

„Alice?"

„Sie ist am Leben, Puls stabil." Seine Hände glitten sanft unter ihren Kopf. „Eine riesige Beule", sagte er, als seine Finger kurz hinter ihrem Ohr verweilten.

Am Leben.

Das war alles, was ich hören musste, bevor ich zu der Tür vor dem Schutzraum lief und den Code eingab. Ich riss die Tür auf, sobald das Schloss entriegelt wurde.

Adam saß im Schneidersitz auf dem Boden, die Lippe zwischen den Zähnen geklemmt, während er ein auf dem Teppich ausgelegtes Puzzle studierte, mit Saft und einer Schüssel mit Goldfisch Crackern an seiner Seite.

Er sah zu mir auf und grinste.

„Knox. Wo ist Alice? Wir haben ein Spiel gespielt, aber sie ist nicht zurückgekommen. Sie holt Kekse."

„Wir holen dir gleich Kekse", sagte ich, Erleichterung verlieh meinen Worten Auftrieb. „Bist du-" Das Haus erbebte über uns, der mit Stahl ausgekleidete Beton des Tresorraums blieb stabil, als sich alles um uns herum verschob.

Cooper bewegte sich wie ein Blitz, hob Alice hoch und raste die Treppe hinauf, bevor ich dasselbe mit Adam tat, während ich ihn dicht an meinen Körper hielt, um ihn zu schützen. Ich hatte keine verdammte Ahnung, wie viel C4 noch am Haus war, oder was die Explosion ausgelöst hatte.

War die Explosion ein Unfall, oder wollten sie das Haus um uns herum niederreißen?

Ein weiterer Sprengsatz ging los, diesmal in der Garage. Aus dieser Nähe war es ohrenbetäubend.

Das Haus erbebte erneut und der Boden wackelte unter unseren Füßen. Cooper stolperte, ging beinahe in die Knie, bevor er sich wieder fing und zur Tür stürzte.

Meine Füße hämmerten auf dem Boden, ich sah nur noch Cooper vor mir und nahm Adams heißem Atem an meinem Ohr wahr, als ich auf den SUV zurannte. Er stand immer noch dort, wo wir ihn abgestellt hatten, aber der Sedan war verschwunden, Reifenspuren im Gras waren der Beweis für Tsepovs Flucht.

Ich riss die Hintertür auf. Cooper legte Alice auf den Rücksitz, ihre Augen immer noch geschlossen. Evers tauchte aus dem Wald auf, Griffen neben ihm.

Er warf einen Blick auf die Situation, sprang hinters Lenkrad und brachte das Fahrzeug in Gang, noch bevor Cooper seine Tür geschlossen hatte. Ich trat zurück und machte ihnen Platz, als der Wagen die Einfahrt rückwärts hinunterfuhr und außer Sicht kam.

Evers sah Adam und mich an.

„Geht es ihm gut?"

„Ja", bestätigte ich. Evers berührte das Mikrofon an seinem Ohr. „Gebt es durch. Cooper hat Alice. Sie sind auf dem Weg ins Krankenhaus. Adam ist unverletzt. Er ist bei Knox. Jemand soll Lily zu mir nach Hause bringen." Er fragte mich: „Alice?"

„Bewusstlos, mit einer Beule am Kopf. Keine anderen sichtbaren Verletzungen."

Er nickte, seine Augen besorgt. Alice war schon seit Jahren bei uns. Sie gehörte zu unserer Familie. Wenn ihr irgendetwas zustieß…

Evers schüttelte seine Sorge ab und lächelte, als er sich Adam zuwandte. Nach dieser wahnsinnigen Flucht vergrub Adam sein Gesicht in meiner Brust, die Augen weit aufgerissen und ein wenig wild.

„Hey, Adam, ich bin Evers, Knox' Bruder. Ich habe dich noch nicht kennengelernt. Schwimmst du gern?"

Ob er gerne schwamm? Wovon zum Teufel sprach Evers?

Mein Herz hämmerte immer noch von unserer knappen Flucht, die Erleichterung bremste mein Urteilsvermögen. Ich begriff was er versuchte, als Evers fragte: „Ich wohne gleich um die Ecke. Im Gegensatz zu Knox habe *ich* einen Pool. Möchtest du schwimmen gehen?"

„Ich habe meine Badehose drinnen gelassen", sagte Adam, und sein Gesicht fiel zusammen, als er zum Haus zurückblickte und die von Flammen umgebene Garage erblickte. „Kommt die Feuerwehr?"

„Sie ist auf dem Weg, Kumpel", beruhigte Evers ihn.

„Es ist mein Pool, und mir ist egal, ob du in deiner Unterwäsche schwimmen gehst."

Adam schaute mich hoffnungsvoll an. „Darf ich in meiner Unterwäsche schwimmen, Knox?"

„Natürlich, Kumpel." Ich warf Evers einen dankbaren Blick zu.

„Einer der Jungs bringt mein Auto vorbei und Lily wird bald da sein. Es wird leichter sein, wenn ihr mir aus dem Weg geht. Ich muss mich um die Feuerwehr kümmern und Agent Holley anrufen. Was haben wir drinnen? Ist da etwas?"

„Alice hat einen erledigt. Kellergeschoss. Die Waffe sah aus wie meine. Irgendeine Ahnung, was passiert ist?"

„Nö. Meine Vermutung? Der Mann im Haus hat nach einem Druckmittel gesucht, für den Fall, dass die Übergabe schiefgeht." Evers schickte einen vielsagenden Blick zu Adam. „Ich war auf der falschen Seite des Hauses, um etwas sehen zu können, aber die Explosion sieht wie ein Unfall aus."

Wir konnten es nicht genau wissen, bis Agent Holley Zeit hatte, den Tatort zu untersuchen, aber Evers' Analyse ergab Sinn. Es gab keinen Zweifel daran, dass Adam mit einer Waffe am Kopf die Verhandlungen zu Tsepovs Gunsten ausgehen lassen hätte.

„Macht Sinn. Gut, dass Alice sich an ihr Training erinnert hat."

Evers nickte. Einer unserer schwarzen SUVs raste die Einfahrt hinauf und ich klopfte Evers einmal auf die

Schulter, bevor ich mit Adam im Arm losrannte. Ich setzte ihn auf dem Rücksitz ab, sobald der Wagen anhielt.

Wir hatten keinen Kindersitz, aber dieses eine Mal dachte ich nicht, dass es Lily etwas ausmachte. Ich war Evers viel dafür schuldig, dass er den ganzen Mist, der auf seinen Kopf zu regnen drohte, übernehmen wollte.

Ich fuhr rückwärts und wandte mich ohne den geringsten Anflug von Bedauern von meinem brennenden Haus ab.

Es war nur ein Haus.

Adam war in Sicherheit.

Alice war ein wenig angeschlagen, aber Cooper hatte gesagt, dass ihr Herzschlag stabil war. Bis ich etwas anderes hörte, wollte ich annehmen, dass es ihr gut ging.

Zwei Leben im Tausch für zwei Gegenstände.

Wenn ich dazurechnete, dass wir Tsepov für immer losgeworden waren, war es ein kompletter Sieg.

Angesichts dessen machte ich mir keine Sorgen über meine Garage und beim Sirenengeheul entspannte ich mich noch mehr. Die Feuerwehr würde die Flammen löschen, bevor sie sich ausbreiten konnten.

Evers' Haus lag, wie er Adam erzählt hatte, um die Ecke. Wir waren vor Lily angekommen.

Mit dem Schlüssel, der am Schlüsselbund des Geländewagens hing, ging ich rein und zeigte Adam den Weg zur Toilette.

Nach fast fünf Wochen mit diesem Kind wusste ich, dass jede Fahrt eine Toilettenpause erforderte, wenn wir eine Katastrophe vermeiden wollten. Das Quäntchen Normalität beruhigte mich wie nichts anderes.

Adam war in Sicherheit.

Ich wartete auf Lily und nahm mir eine Minute Zeit, um Tsepov eine letzte Nachricht zu schicken.

. . .

Du hast das Geld und das Fabergé. *Wir sind fertig.*

Ich komme deinen Vater holen. *Bleib mir aus dem Weg.*

Ich ignorierte den Stich des Bedauerns, als ich antwortete.
Er gehört ganz dir.

Und dann war Lily da. Sie stürzte aus dem Auto und flog mit wilden Augen die Treppe hinauf. Adam verließ gerade das Badezimmer und wischte sich die nassen Hände an der Vorderseite seines T-Shirts ab, als sie durch die Tür rannte und ihre Augen sofort auf ihm landeten.

„Adam!", rief sie, huschte nach vorne und nahm ihn in ihre Arme. Lily hielt ihn fest, ihr Gesicht in seinem Hals vergraben, als ihr Tränen über die Wangen liefen.

„Mama, Knox' Haus brennt, und er und sein Bruder haben gesagt, wir können schwimmen gehen."

Oh, ein Fünfjähriger wollte man sein, bei dem ein Hausbrand und Schwimmen gleichermaßen aufregend waren. Ich umarmte sie beide und drückte meine Wange an Lilys Kopf. Ihr weiches Haar kitzelte meine Nase.

„Es geht allen gut, Lily. Allen geht's gut."

Lange bevor sie bereit war, ihn loszulassen, begann Adam zu zappeln, da er das verzweifelte Bedürfnis seiner Mutter nicht verstand.

„Mama, lass mich runter. Ich will schwimmen. Knox hat gesagt, ich kann in meiner Unterwäsche schwimmen gehen. Darf ich das? Darf ich?"

Mit einer heroischen Anstrengung löste Lily ihre

Umarmung und stellte Adam auf die Beine, bevor sie mit zittriger Stimme und feuchten Augen antwortete. „Dieses Mal ist es okay, Baby."

„Ich zeige euch, wo der Pool ist." Ich führte sie hinaus auf die Terrasse, und die Treppe hinunter zum Pool. Adam riss sich beim Laufen seine Kleider vom Leib und kreischte vor Freude, bevor er wie eine Kanonenkugel in das Wasser am flachen Ende sprang.

Ich nahm Lilys Hand und führte sie zu den Stufen, wo wir uns setzten, unsere Schuhe auszogen und unsere Füße ins kühle Wasser tauchten.

„Alice?", fragte sie. „Mir wurde gesagt, dass Cooper sie ins Krankenhaus gebracht hat."

„Noch nichts, aber sie wird schon wieder", sagte ich in der Hoffnung, ihr die Wahrheit gesagt zu haben. Ich informierte sie über alles andere und vergaß dabei, dass ich ihr nichts von den Bomben erzählt hatte, bevor ich sie bei Sinclair Security zurückließ.

Sie boxte mir zweimal in die Schulter, bevor sie mich mit beiden Händen schubste und versuchte, mich ins Wasser zu stoßen. Trotz ihrer Anstrengungen bewegte ich mich kaum einen Zentimeter.

Ich hatte es verdient.

Die Bomben wegzulassen, war ein ziemlich großes Versäumnis. Nicht, dass ich es bereute. Mit einem Seufzer ließ Lily los und wechselte von Wut zu Reue.

„Dein Haus", sagte sie. „Oh, Knox, dein wunderschönes Haus."

Ich beugte mich vor, hob sie vom Rand des Beckens und setzte sie auf meinen Schoß. „Es ist nur die Garage, Lil. Die Feuerwehr ist bereits vor Ort. Sie werden das Feuer löschen, bevor es sich ausbreitet. Außerdem denke ich, wir brauchen ein Bonuszimmer."

Zu betäubt, um mir zu folgen, fragte sie verwirrt: „Ein Bonuszimmer? Wovon redest du?"

„Ein Bonuszimmer. Sowas wie ein Spielzimmer. Wir haben nur die drei Schlafzimmer. Unseres und Adams und das andere kann ein Gästezimmer sein, oder vielleicht ein Zimmer für ein Kind, wenn es so kommen sollte. Auf jeden Fall brauchen wir ein Spielzimmer. Kinder brauchen Platz. Wenn wir schon dabei sind, baue ich einen Pool. Adam braucht einen Pool."

„Einen Pool?", fragte Lily schwach. Ich streichelte ihren Arm.

„Willst du keinen Pool?"

„„Ich-" Ihre Stimme versagte, als sie zu Adam sah, der auf einen Käfer spritzte, und dann wieder zu mir blickte.

„Du...", ich forderte sie auf, weiterzusprechen. Lily lehnte sich zurück und schaute mich an, ihr Mund öffnete und schloss sich, genau wie bei einem Fisch.

Ich fing ihre volle Unterlippe für eine Sekunde mit meinen Zähnen ein, bevor ich meinen Mund auf ihren drückte. Ihre Lippen bewegten sich gegen meine, als sie flüsterte: „Kinder?"

„Wenn du willst", sagte ich.

„Willst du?"

Ich küsste sie noch einmal, bevor ich sagte: „Ich habe dich, und ich habe Adam. Das ist alles, was ich je brauchen werde, aber wenn du mehr Kinder haben willst, hätte ich nichts dagegen."

„Was, wenn ich nicht kann?"

„Dann können wir adoptieren. Oder wir werden Pflegeeltern. Oder wir werden mit Adam glücklich sein. Im Ernst, Lily, das ist mir verdammt nochmal scheißegal. Solange ich euch zwei habe, bin ich zufrieden."

Lily blickte streng bei dem Schimpfwort. Da wusste

ich, dass der Schock nachgelassen hatte, und sie zu mir zurückgekommen war.

„Ich hätte nichts dagegen, es zu versuchen", gestand sie und drehte sich auf meinem Schoß, damit sie Adam besser sehen konnte, als er fröhlich wie ein Hund von einer Seite des flachen Endes zum anderen paddelte und dabei so viel spritzte, wie er auf begrenztem Raum nur konnte.

Er sah sie zuschauen, blieb stehen und stand lange genug im Wasser, um zu schreien: „Schau, ich kann einen Handstand im Wasser machen." Er verschwand unter der Oberfläche, bevor seine kleinen Füße einen Moment später auftauchten und wackelten. Lily klatschte anerkennend, als er auftauchte.

„Ich bin voll und ganz dafür, es zu versuchen", sagte ich. „Wir sollten sofort anfangen."

Lilys Augen flackerten. „Sofort?"

„Vielleicht nicht sofort. Wir sollten die Dinge wahrscheinlich für eine Weile ruhen lassen."

Wir sahen Adam beim Plantschen zu. Er hatte im vergangenen Jahr genug Aufruhr gehabt, vor allem in den letzten Wochen.

Ein neues Baby wäre zu viel gewesen, und wir hatten Zeit.

„Ich denke, wir sollten üben", murmelte Lily. „Um sicher zu gehen, dass wir wissen, was wir tun."

„Der Plan gefällt mir." Ich schmiegte mich an ihren Hals und saugte ein wenig an ihrer warmen Haut. Sie drehte sich auf meinem Schoß.

„Nicht jetzt", protestierte sie atemlos.

„Nicht jetzt", stimmte ich zu. „Heute Abend. Nachdem unsere kleine Anstandsdame eingeschlafen ist."

„Heute Abend." Ihre Augen wurden warm, und sie entspannte sich, während sie sich an mich lehnte und ihren Kopf auf meine Schulter legte.

„Bin ich nicht zu schwer?", fragte sie.

Selbst wenn es so gewesen wäre, wollte ich sie genau dort haben wollen.

Ich sagte ihr die Wahrheit: „Nein, Lil. Du bist perfekt und ich mag dich genau dort, wo du bist."

In meinen Armen. Genau dort, wo sie hingehörte.

EPILOG I

LILY

Der Schaden an Knox' prächtigem Märchenhaus war nicht so schlimm, wie er hätte sein können. Die Feuerwehr bekam die Flammen unter Kontrolle, bevor sie sich ausbreiten konnten, sodass der Rest des Hauses größtenteils unbeschädigt blieb, wenn man den verweilenden Rauchgeruch außer Acht ließ.

Als Aiden Winters hörte, was passiert war, lud er uns ein, im Winters House zu wohnen, bis die Reparaturen abgeschlossen waren. Wir packten unsere Sachen zusammen, schon wieder, und zogen in das große Anwesen ein.

Es war ein wenig überwältigend, um ehrlich zu sein. Ich war es nicht gewohnt, einen Koch und eine Haushälterin zu haben, und ich wusste nicht, was ich von den Winters erwarten sollte. Ich hatte Charlie kennengelernt, also hätte ich eine Ahnung haben sollen, aber ich dachte trotzdem, dass sie… hm, von sich eingenommen wären. Aufgeblasen und selbstgefällig, wie Treys Eltern, aber noch mehr.

So viel Geld. So viel Macht.

Wie hätten sie da anders sein können?

Aiden Winters war ein wenig formell, aber eigentlich waren sie wie jede andere Familie, nur mit einem größeren Haus. Einem viel größeren Haus. Winters House war riesig. Einige Hotels sahen im Vergleich geradezu winzig aus.

Adam und ich waren zweifach ins kalte Wasser geschmissen worden. Wir lebten in einer neuen Stadt, bei einer Familie, die wir nicht einmal kannten. Die Winters boten mehr als genug Unterhaltung, um uns durch diese unangenehme erste Woche in Atlanta zu bringen.

Aidens Großtante Amelia war in ihren Achtzigern, aber sie war der Brüller. Seine Schwägerin Sophie, die auch Amelias Krankenschwester war, tat ihr Bestes, um sie in Schach zu halten. Am ersten Abend schmuggelte Amelia einen Keks unter Adams Brokkoli und eine falsche Kakerlake unter meinen. Es dauerte nicht lange, bis ich herausfand, dass nichts Amelia Winters in Schach halten konnte, nicht einmal Sophie.

Alle liebten es, wieder ein Kind im Haus zu haben und verwöhnten Adam total. Die älteren Familienmitglieder, vor allem Tante Amelia und die Haushälterin, Frau W, sahen die jüngeren Winters Frauen mit hochgezogenen Augenbrauen an.

Aidens Freundin Violet stand kurz vor ihrem Abschluss. Kinder gehörten noch nicht zu ihren Plänen. An den Umgang mit Amelia und Frau W. gewöhnt, schaute sie mit dem gleichen Ausdruck zurück und ignorierte sie.

Sophie hingegen wurde rot und sah weg. Ich hatte das Gefühl, dass Gage und Sophie Winters an einem Neuzugang zum Winters-Clan arbeiteten.

Knox hatte unsere Woche im Winters House nicht verschwendet. Am ersten Tag hatte er Charlie ausfindig gemacht und sie überredet, sich um die Renovierung seiner Garage zu kümmern.

Charlie sah Knox schelmisch an. „Ich arbeite gerade an einem Haus, das bereits im Rückstand ist, und jeder Tag, an dem ich es nicht wieder auf dem Markt habe, treibt die Ausgaben in die Höhe. Ich gebe dir keinen Familienrabatt."

Knox zuckte nur mit den Schultern. „Ich hatte nicht vor, dich darum zu bitten. Du arbeitest schon hart genug, ohne es billig zu machen. Kannst du mich unterbringen oder nicht?"

Charlies Mundwinkel gingen nach oben. „Du weißt, dass ich dich mit einplanen werde. Was willst du haben? Ich denke an drei Autos und ein Bonuszimmer."

„Deshalb bin ich zu dir gekommen, Charlie."

Charlie und Lucas fanden einen Weg, die Garage auf drei Plätze aufzupäppeln, ein weiteres Zimmer darüber zu errichten, sowie ein Gästezimmer im Erdgeschoss anzubringen, das Charlie geschickt hinter der Küche versteckt hatte.

Knox hatte nicht gescherzt, als er gesagt hatte, dass er sein Gästezimmer in ein zusätzliches Kinderzimmer verwandeln wollte. Ich wusste nicht, wie sie es gemacht hatten, aber laut den Bauplänen blieb die Vorderseite des Hauses unverändert. Der Hausteil mit den meisten Veränderungen ging auf den Wald hinaus, und die Ergänzungen hatten das besondere Aussehen des Hauses nicht beeinträchtigt.

Knox stellte Charlie einen Scheck aus und ich schaute mir die Summe an, bevor ich ihm meinen eigenen Scheck überreichte.

Ich war keine Trittbrettfahrerin.

Knox zerriss ihn in zwei Hälften. „Ich lasse dich LeAnne Gates auszahlen."

Ich öffnete meinen Mund, um zu protestieren, und er hielt eine Hand hoch, die ich anstarrte. Ich ließ ihn trotzdem weiterreden.

„Du wolltest Gates mit Treys Geld auszahlen, und ich habe nicht widersprochen."

Das hatte er nicht. Es schien fair, Treys unrechtmäßig erworbene Gewinne zu nutzen, um den Schaden, den er angerichtet hatte, wiedergutzumachen.

Knox fuhr fort. „Leg den Rest des Geldes für den Uni-Fonds der Kinder beiseite. Ich kümmere mich um meine Familie."

Ich rollte mit den Augen. „Etwas sexistisch?"

Knox steckte seine Hände in die Taschen, schaute zu mir hinunter und dachte nach. Ich war mir nicht sicher, ob mir das gefiel, was er zu sagen hatte.

„Lily", sagte er schließlich. „Ich möchte nicht, dass du dich gefangen fühlst. Du willst mit Adam zu Hause bleiben, und wir wollen mehr Kinder haben, richtig?"

Ich nickte zustimmend. Ich wollte diese Dinge wirklich. „Behalt dein Geld. Leg es an, oder gib es aus. Spar es als Notgroschen, und wir werden es für die Ausbildung der Kinder verwenden, oder wir werden es überhaupt nicht verwenden. Okay?"

Ich nickte, meine Worte im Hals steckengeblieben. Ich konnte mir nicht vorstellen, mich jemals mit Knox gefangen zu fühlen, aber ich liebte es, dass er entschlossen war, dafür zu sorgen, dass ich mich niemals gefangen fühlte.

„Hast du deine Mutter angerufen?", fragte er und wechselte das Thema.

„Sie hat gesagt, dass jederzeit wunderbar passt."

„Dann lass uns nach Hanover fahren. Wir haben Zeit, bis Alice einen Kindergarten für Adam findet und Charlie das Haus in Ordnung bringt."

„Kannst du so bald wieder weg?" Er war drei Wochen lang nicht im Büro gewesen, während wir in der Hütte waren, und konnte wegen der Abgeschiedenheit nicht aus der Ferne arbeiten.

„Ich nehm meinen Laptop mit. Das Semester hat begonnen, deshalb kann dein Vater nicht herkommen, und Adam darf ruhig die erste Kindergartenwoche verpassen. Wir brauchen Zeit mit deinen Eltern. Wie auch immer, Axel kommt mit Emma und meiner Mutter nach Atlanta, also können wir ihn bitten, meine Aufgaben solange zu übernehmen, und-"

„-Du möchtest lieber nicht hier sein, wenn deine Mutter auftaucht", beendete ich für ihn.

Von Tsepov fehlte nach wie vor jede Spur. Er hatte sein Geld und die Fabergé-Tabakdose. Bisher hatte er noch keine Schritte gegen die Sinclairs unternommen.

Erst am Morgen hatte Axel angerufen, um uns mitzuteilen, dass es einen Putschversuch in Andrejs Organisation gegeben hatte.

Offenbar waren seine Leute weder von seiner Rachebesessenheit beeindruckt noch von seiner unorganisierten Führung. Der Putsch war gescheitert, aber nur knapp. Axel mochte die Instabilität in seiner Heimatstadt nicht, besonders mit seiner Frau und Mutter dort.

Die Sinclairs wappneten sich, und obwohl ich wusste, dass sie sich besser fühlten, wenn ihre Mutter hinter mehreren Sicherheitsschichten lebte, fürchteten sie sich vor ihrer Rückkehr nach Atlanta.

Wir blieben noch ein paar Tage in Atlanta, als Knox seine Aufgaben organisierte, sodass wir problemlos abreisen konnten. Ich sorgte dafür, dass Adam einen Kinderarzt hatte, und übergab alle seine Unterlagen an Alice, die sich darum kümmern wollte, ihn in einem Kindergarten anzumelden.

Sie war wieder bei der Arbeit und verwaltete scheinbar das gesamte Universum von ihrem Schreibtisch aus, obwohl Cooper, laut ihr, wie eine Glucke über sie wachte.

Knox und ich trafen gemeinsam mit Charlie die endgültigen Entscheidungen über die Ausstattung und die Farben, und halfen dem Pool-Fachmann, im Hinterhof den Standort für den kleinen lagunenförmigen Pool abzustecken, auf den Knox bestand.

Ich unterzeichnete einen Vertrag mit einem Immobilienmakler in Black Rock, um Treys Haus auf den Markt zu bringen, und beauftragte eine Firma aus Bangor, alles, was wir zurückgelassen hatten, zusammenzupacken und nach Atlanta zu transportieren.

Wir hörten nie wieder etwas von Sheriff Dave. Knox' Drohung, ihm Tsepov an die Fersen zu heften, musste ihren Zweck erfüllt haben. An dem Tag, als die Umzugsfirma auftauchte, um mit dem Packen zu beginnen, wartete ich auf einen Anruf von Dave oder der Polizei von Black Rock, aber es kam nichts. Das Haus wäre schon bald verkauft, und sobald das geschah, konnte ich Dave, Black Rock und Maine für immer hinter mir lassen.

Wir verbrachten zwei Wochen mit meinen Eltern in Hanover. Zu meinem Schock brachte meine Mutter Knox und mich im Gästezimmer und Adam in meinem alten Schlafzimmer unter, und das nur mit einem leichten Räuspern von meinem Vater. Wir erstaunten meine Mutter, als wir meine neu erworbenen Backfähigkeiten zur Schau stellten.

Es war albern, aber ich war mir sicher, dass meine Schokokekse einen großen Teil dazu beigetragen hatten, meinen Vater für mich zu gewinnen. Es war ein bisschen zu spät, um überfürsorglich zu sein, wenn man bedachte, dass er mich Jahre zuvor rausgeworfen hatte, aber ich erkannte schließlich, dass seine Blicke und spitzen Fragen seine Art waren, Knox zu sagen, dass er noch nicht aus dem heißen Wasser war.

Eine Kostprobe dieser weichen, dekadenten Kekse, mit echtem Zucker, und er begann zu schmelzen. So etwas passierte nach Jahrzehnten mit zuckerfreien Johannisbrotstangen. Meine Mutter beschwerte sich nur ein wenig, ihre Tochter und ihr Enkelkind zu Hause zu haben, war wichtiger als ihr Anti-Junk-Food-Gesetz.

Schließlich war es an der Zeit, nach Atlanta zurückzukehren. Cooper rief an und drohte damit, hochzufliegen und uns den ganzen Weg zurückzuschleppen. Alice hatte Adam in einem Kindergarten angemeldet, und er war begierig darauf, in sein neues Leben zu starten. Knox' Haus, *unser Haus*, wie er immer wieder betonte, befand sich noch im Umbau, aber die Arbeiten waren auf die Garage und die Rückseite des Hauses beschränkt. Solange wir in der Einfahrt parkten, konnten wir einziehen.

Mein Land Rover und all unsere Habseligkeiten aus dem Winters Haus warteten auf uns, als wir zurückkamen. Adam ging an seinem ersten Tag nur mit dem üblichen Bammel vor etwas Neuem in den Kindergarten. Ich hatte mir Sorgen gemacht, dass ein neuer Kindergarten zu viel Stress war, aber er machte gut mit, freute sich darauf, neue Freundschaften zu schließen.

Knox ging wieder an die Arbeit, und ich tat mein Bestes, um mich einzuleben.

Es war hilfreich, dass Knox' Familie und Freunde sich bemühten, dass ich mich willkommen fühlte. Ich sah Charlie fast jeden Tag, wenn sie vorbeikam, um nach dem Garagenumbau zu sehen.

Auf Sophies und Amelias Wunsch brachte ich Adam jede Woche zwei oder drei Mal zu ihnen, um zu schwimmen. Knox hatte es irgendwie geschafft, während unserer Abwesenheit jemanden zu engagieren, aber Pools brauchten nun mal eine Weile. Amelia behauptete, dass sie die Aufregung eines Fünfjährigen brauchte, um jung zu bleiben, und Sophie schien es zu genießen, ein Kind um sich zu haben.

Eines Nachmittags ging ich einkaufen, um Adams Schrank mit neuer Kleidung zu versorgen, da er über Nacht zwei Zentimeter gewachsen zu sein schien. Knox hatte angeboten, Adam vom Kindergarten abzuholen, und ich ergriff die Gelegenheit zum Shoppen, ohne eine nörgelnde, fünfjährige Klette dabeizuhaben.

Adam und Knox hatten sich vom ersten Tag an gut verstanden, aber in letzter Zeit waren sie sich noch näher gekommen. Sie flüsterten miteinander und hörten dann abrupt auf, sobald ich den Raum betrat, gingen alle paar Tage los, um gemeinsam etwas zu unternehmen, nur sie beide. Ich beklagte mich nicht, vor allem nicht, nachdem ich gesehen hatte, wie Adam unter Knox' Aufmerksamkeit aufblühte.

Ich kam erst nach fünf Uhr nach Hause und fand die Einfahrt mysteriöser Weise frei von Baufahrzeugen. Nur Knox' SUV parkte vor dem Haus.

Als ich nach der Klinke griff, war ich überrascht, dass sie sich von selbst unter meinen Fingern drehte. Die Tür schwang auf und enthüllte Adam, der eine lange Hose, ein geknöpftes Hemd und eine Fliege trug, die ich noch nie zuvor gesehen hatte.

Er sagte nichts, überreichte mir eine selbstbemalte Einladung - das Kunstwerk eindeutig von Adam, die Handschrift von Knox.

Sie sind herzlich eingeladen, Adam Spencer und Knox Sinclair zum Abendessen zu begleiten.

Das Bild darunter sah einem Teller und Essen ähnlich, aber ich fragte nicht nach.

„Du hast mir Abendessen gekocht?"

„Nun, wir haben es nicht ganz gekocht, aber... Komm rein."

Adam ergriff meine Hand und zog mich in die Küche, wo Knox neben einer Kristallvase mit einem Dutzend Rosen und einer Schachtel Pralinen stand, während er wartete. Knox hatte keine Fliege, aber er trug einen grauen Anzug mit einem knackigen, weißen Hemd, das am Hals aufgeknöpft war.

In der ganzen Zeit, in der wir zusammen waren, hatte ich ihn noch nie so förmlich gekleidet gesehen. Meine Knie wurden schwach, als ich die Breite seiner Schultern unter dem dunkelgrauen Jackett betrachtete.

Er sollte öfter Anzüge tragen, wenn auch nur, damit ich sie ihm auszuziehen konnte.

Ich riss meine Augen von Knox weg, um auf meinen Sohn und seinen erwartungsvollen Gesichtsausdruck zurückzublicken, dann auf die Blumen und die Schokolade. „Was... Was ist das?"

„Adam und ich haben beschlossen, dir Abendessen zu machen."

Adam öffnete seinen Mund, um weiter zu erklären, klappte ihn aber bei Knox' Kopfschütteln wieder zu. Der Tisch war mit weiteren Blumen, Tischsets und Stoffservietten gedeckt. *Wow.* Sie hatten sich wirklich Mühe gegeben.

Adam griff wieder nach meiner Hand, führte mich zum Tisch und hielt an, um einen Stuhl für mich herauszuziehen. „Was für ein Gentleman", kommentierte ich.

Vom anderen Ende der Küche sagte Knox: „Du kannst dich setzen, Adam. Ich bring das Abendessen zum Tisch."

„Okay, Knox", rief Adam zurück. Die Aufregung funkelte in seinen Augen. Knox stellte einen Porzellanteller mit Hummer und einer überbackenen Kartoffel vor mich hin, fast die gleiche Mahlzeit, die wir vor all den

Wochen in Bar Harbor gegessen hatten, bis hin zu Adams Hot Dog.

Diesmal aß er ihn, schließlich hatte er sich an den lockeren Zahn gewöhnt, der weiter wackelte, aber noch nicht rausgefallen war. Im Gegensatz zu dem Abend in Bar Harbor, war er nicht das schrecklichste Nörgel-Monster der Welt. Er plapperte fröhlich über den Kindergarten, die Kinder, die er mochte, und verglich ihre Legos mit denen in seiner alten Vorschule, während er Knox heimlich erwartungsvolle Blicke zuwarf.

Knox schien etwas zurück zu kommunizieren, aber ich hatte keine Ahnung, was los war, war darüber aber auch nicht beunruhigt. Meine beiden Männer sahen blendend gut aus, wenn auch zugegebenermaßen auf völlig unterschiedliche Arten. Ich war ein wenig verwirrt, Adam mit einer Fliege zu sehen, ohne zu zappeln und zu betteln, etwas Bequemeres anzuziehen.

Als Adam seinen Vorrat an Informationen über den Kindergarten erschöpft hatte, informierte mich Knox über den Stand der Bauarbeiten. Er war früher von der Arbeit nach Hause gekommen, und hatte die Gelegenheit genutzt, Charlie auf der Baustelle zu erwischen, woraufhin sie versprochen hatte, dass die Garage in wenigen Wochen fertig sein würde.

In der gleichen Sekunde, in der er seinen letzten Bissen Hot Dog aufgegessen hatte, flüsterte Adam Knox zu: „Jetzt? Jetzt?"

Knox antwortete mit einem weiteren Kopfschütteln. Was hatten sie vor? Als ich den Hummer aufgegessen hatte, fragte Adam erneut, diesmal nachdrücklicher: „Jetzt?"

Ein Lächeln erschien auf Knox' Gesicht. „Jetzt. Aber ich tue es. Du bleibst, wo du bist."

Adam tat, was ihm gesagt wurde, aber er drehte sich

mit Ungeduld, oder Vorfreude, auf seinem Sitz. Vielleicht beidem.

„Schließ deine Augen", befahl mir Adam und hüpfte so sehr auf und ab, dass ich befürchtete, er würde direkt vom Stuhl fallen. Ich hob eine Augenbraue und Knox bestätigte: „Schließ deine Augen, Lily."

Ich folgte ihren Anweisungen und ein paar Sekunden später rief Adam: „Mach sie auf! Macht sie auf!"

Knox drückte meine Schulter und murmelte leise: „Du kannst deine Augen aufmachen."

Vor mir stand eins von Annabelles Schokoladentörtchen, mein Favorit. Die dicke Schokolade war mit Karamell beträufelt und mit Salz- und Zuckerkristallen bestreut.

Das Glitzern des Salzes und des Zuckers kam nicht annähernd an das Funkeln des Rings in der Mitte heran, der von zwei reifen Himbeeren gestützt wurde.

Ein Ring?

Das war das Letzte, was ich erwartet hatte.

Ich sah uns bereits als Familie, Knox und Adam und mich. Irgendwie war mein Verstand nicht zu einem Ring übergegangen.

Noch nicht.

Wir hatten darüber gesprochen, es vage geplant, aber wir waren nie zu den Einzelheiten gekommen. Wie und wann, hing noch in der Luft, und wir hatten absolut nicht über einen Ring gesprochen.

Der Ring. Ich hatte nicht darüber nachgedacht, aber, wenn ich darüber nachgedacht hätte, hätte ich genau diesen Ring für mich selbst gewählt. Ein Diamant in Smaragd-Schliff auf einem schlanken Platinband. Er war elegant und fast dezent, aber nicht ganz. Der Stein war ein oder zwei Karat zu groß, um als dezent bezeichnet werden zu können.

Ich blickte vom Ring zu Knox, der neben mir stand, still und seltsam angespannt.

Adam, der im Gegensatz zu Knox kein Fünkchen Geduld hatte, brach mit den Worten heraus: „Knox will uns heiraten und dann wird er mein Vater sein. Wann wirst du Ja sagen? Sag ja, Mama!"

Sag ja.

Wie immer, wenn ich zu viel in meinem Herzen hatte und nicht wusste, wie ich es herauslassen sollte, schnürte sich meine Kehle zu. Kein Wort kam über meine Lippen, stattdessen schaute ich zu Knox auf und nickte, als eine Träne reiner Freude von meinen Wimpern tropfte und über meine Wange lief.

Dieser Mann. Es wäre ohnehin ein *Ja* gewesen, aber Knox hatte Adam zu einem Teil seines Antrags gemacht, hatte ihm gesagt, dass er *uns* heiraten wollte, nicht nur *mich*... Ich wusste, was ich wollte.

Knox.

Für mich. Für uns. Für die Kinder, die wir zu unserer Familie hinzufügen wollten.

Knox, und nur Knox.

Er pflückte den Ring von den Himbeeren und schob ihn auf meinen Finger. Er passte perfekt und der Diamant sprühte ein kühles Feuer auf meine Haut. Ich war immer noch unfähig, Worte durch meine enge Kehle zu pressen, also warf ich mich in Knox' Arme und drückte meine Lippen auf seine.

Er küsste mich und ließ sich Zeit, bevor er fragte: „Also, ist das ein *Ja*?"

Als Antwort küsste ich ihn noch einmal.

Adam ließ einen Triumphschrei los und rannte um den Tisch, um sich uns anzuschließen. Knox hob ihn hoch, um seinen Kopf auf unser Niveau zu bringen.

Mein Sohn warf seine Arme um uns beide und zog uns

in ein unordentliches Durcheinander von Umarmungen, das nur noch mehr Tränen in meine Augen brachte.

„Kann ich dich jetzt Papa nennen, oder muss ich warten, bis ihr heiratet?"

Oh, verdammt, ich würde nie ein Wort herausbekommen, wenn sie so weitermachten. Ich nickte wieder, aber Knox antwortete für uns beide.

„Du kannst mich Papa nennen, wenn du willst, Adam", sagte er, seine Stimme voller Emotionen. Adam ließ noch einen Schrei los, der mich fast taub machte, bevor er zappelte, um heruntergelassen zu werden, und rief: „Zeit für Eis!"

Adam rannte direkt auf die Gefriertruhe zu, sobald Knox ihn auf die Beine gestellt hatte.

Er lehnte sich zurück und wischte mir die Tränen von den Wangen. „Gefällt dir der Ring?", fragte er.

Es gelang mir, Worte durch meine enge Kehle zu zwingen, und ich sagte: „Ich liebe den Ring. *Ich liebe dich.*"

Knox umfasste mein Kinn mit seinen Fingern und drückte einen sanften Kuss auf meine Lippen, bevor er seine Hand fallen ließ, um meine zu nehmen, und sie ins Licht zu halten. Seine dunklen Augen glühten vor Besitzerstolz, als er das Glitzern des Diamanten studierte.

In einem Gemurmel, das nur ich hören konnte, sagte er: „Ich möchte sehen, wie du diesen Ring trägst und sonst nichts. Du hast keine Ahnung, wie lange ich darauf gewartet habe, ihn an deinem Finger zu sehen."

„Wie lange habt ihr beide das geplant?"

„Wir sind gleich nach unserer Rückkehr aus New Hampshire auf eine Ring-Shopping-Tour gegangen."

„Du und Adam habt ihn *zusammen* ausgesucht?" Ich dachte an die Zeiten, als sie sich davongeschlichen hatten, um Männersachen zu erledigen. Nicht in einer Million

Jahren hätte ich gedacht, dass diese *Männersachen* einen Verlobungsring mit einschlossen.

„Ich wollte sichergehen, dass er weiß, dass wir ein Team sind, dass es hier nicht nur um dich und mich geht. Es geht um uns drei."

Überwältigt, konnte ich nur sagen: „Ihr seid so verschlagen."

Knox drückte mir einen Kuss auf den Mundwinkel. „Gewöhn dich daran."

Adam kehrte mit dem Eis und einem Eislöffel zurück. Mit einem Grinsen ließ Knox meine Hand los und ging durch die Küche, um die Gefrierschranktür zu schließen, die Adam offengelassen hatte.

Er hielt bei der Insel inne, tippte auf die Pralinenschachtel neben den Rosen und begegnete meinem Blick. Er sprach ohne Ton, nur mit seinen Lippen: „Für später."

Eine Welle reiner, flüssiger Hitze ließ mich erschaudern.

Ich wusste, was er mit diesen Pralinen machen wollte.

Knox hatte die Schlagsahne und Schokoladensauce noch nicht gesehen, die ich am Vortag gekauft hatte. Ich hatte gelernt, dass Backen Präzision erforderte, aber bei der Schlagsahne und Schokoladensauce folgte ich meinem Instinkt. Ich hatte das Gefühl, dass Knox meine Instinkte dabei zu schätzen wissen würde.

Ich saß mit meinen beiden Männern am Tisch und hörte mit halbem Ohr zu, wie Adam plapperte, als er die Hochzeit seiner Träume plante, in einem Raumschiff aus Lego und Flitterwochen im Erlebnispark. Ich liebte meinen kleinen Kerl, aber ich würde nicht in einem Raumschiff heiraten, das aus Lego gebaut war. Diese traurige Nachricht musste ich ihm wohl später überbringen.

Vorerst nahm ich einen Bissen von Annabelles Schokoladentörtchen und sonnte mich in der Freude des Augenblicks.

Meine Familie.

Meine Zukunft.

Knox hatte Recht. An diesem ersten Tag hatte ich die Tür geöffnet, und mein Bauchgefühl hatte mich gedrängt, sie ihm vor der Nase zuzuschlagen.

Er war ein Fremder.

Er war eine Bedrohung. Ein Unbekannter.

Ich hatte Angst gehabt, zu hoffen und zu vertrauen, aber ein Flüstern tief in meinem Herzen hatte mich dazu gedrängt, ihn hereinzulassen.

Meinem Herzen zu folgen, hatte mich mehr als nur einmal in Schwierigkeiten gebracht, aber es hatte mir auch die größten Geschenke gegeben, die ich je gehabt hatte.

Meinen Sohn.

Und Knox.

Meine Liebe.

Und bald schon mein Ehemann.

Sein märchenhaftes Haus hätte mich nicht überraschen dürfen.

Es passte perfekt, denn Knox war mein wahr gewordener Traum.

EPILOG II

COOPER

D as Geräusch kam völlig unerwartet.
Bumm.

Bumm.

Eine Faust hämmerte an meine Tür.

Ich betrachtete die schlafende Frau im Bett neben mir. Ihr rabenschwarzes Haar hob sich im scharfen Kontrast vom schneeweißen Kissen ab. Sogar im gedämpften Licht waren ihre Lippen rot und ihre Wimpern dicht und dunkel.

Sollte derjenige, der an die Tür hämmerte, sie aufwecken, musste ich ihn wohl töten. Wenn sie aufwachte, würde sie sich daran erinnern, wo sie war. Sie würde mich verlassen wollen und das konnte ich nicht zulassen.

Ich wollte sie genau dort haben, wo sie war.

Schlafend in meinem Bett.

Ich wollte sie in meinen Armen haben, wo sie auch lag, kurz bevor das Arschloch an der Tür auftauchte.

Ich zog eine Hose an, nahm meine Waffe vom Nachttisch und schlenderte durch meine Wohnung. Mit der Fingerspitze auf dem Bedienfeld schaltete ich den Bildschirm an, um das Gesicht des Mannes zu sehen, den ich töten wollte, weil er meinen Schlaf gestört hatte.

Beim Anblick, der sich mir bot, musste ich blinzeln. *Willst du mich verdammt noch mal verarschen?*

Das konnte nicht sein.

Ich hatte wohl Halluzinationen.

Als ich ein Teenager war, löste der Verrat in meinem Herzen ein Funken der Wut aus. Vor fast einem Jahr entfachte dieser Funke ein Feuer, und die Flamme wurde von Tag zu Tag heißer. Beim Anblick des Mannes auf dem Bildschirm brach sie zu einem wütenden Inferno aus.

Augenblicklich verlor ich meine Kontrolle, sah rot, wollte ihn verdammt noch mal töten.

Ich riss die Tür auf und starrte in Maxwell Sinclairs eisblaue Augen. *Mein Vater.*

Mein Vater, der seinen Tod vor fünf Jahren vorgetäuscht und uns ohne Antworten in Trauer zurückgelassen hatte.

Mein Vater, der Geld von der Mafia gestohlen, und seine Familie und die Menschen, die wir liebten, zu Zielscheiben gemacht hatte.

Mein Vater, der so viele Gesetze gebrochen hatte, dass ich nicht mehr zählen konnte.

Mein Vater, der durchs Leben ging, nur an sich selbst dachte und dabei Zerstörung hinterließ.

Mein Vater, der vor meiner Tür stand, mit einem überheblichen Grinsen, das ich zu hassen gelernt hatte.

Ich tat das Einzige, was ich konnte. Das, wovon ich schon viel zu lange geträumt hatte.

Iᴄʜ ʜᴏʟᴛᴇ ᴀᴜs, schwang meine Faust und traf ihn am Kiefer, mit einem festen Schlag, der eine Schockwelle in meinem Arm hinterließ.

Mein Vater flog rückwärts und landete auf dem Flur-
teppich, sein Kopf kippte zur Seite, Blut an seinem Mundwinkel. Meine Brust hob und senkte sich schwer und
meine Lungen waren voller Adrenalin, voller Wut.

Ein schlanker, aber starker Arm schlang sich um meine
Taille. Himmelblaue Augen blickten zu mir auf, Besorgnis
und Belustigung kämpften miteinander in ihren Tiefen.

„Ich glaube, du hast ihn K.O. geschlagen", war alles,
was sie sagte.

Wir erstarrten beide beim Tapsen von Füßen auf dem
Teppich.

Eine kleine Gestalt kam in Sicht.

Ihr zu großes Kleid rutschte ihr von den Schultern,
während sie einen schmutzigen Bären hielt und ein
vertrautes Paar eisblauer Augen zu mir aufschaute.

„Du hast meinen Papa geschlagen."

Neben mir murmelte Alice: *„Oh, Scheiße."* Ganz
genau.

SIND SIE BEREIT FÜR DIE GESCHICHTE VON COOPER?

Gehen Sie auf <u>IvyLayne.com/Enthullt</u>, um zu sehen, was
als Nächstes passiert!

VON IVY LAYNE

Join Ivy's Readers Group @ ivylayne.com/deutsche

DIE ENTFESSELT-REIHE

Enträtselt

Offenbart

Enthüllt

ÜBER IVY LAYNE

Ivy Layne

Ivy Layne hat ihre Nase in Büchern, seit sie gelernt hat zu lesen.

Sie stolperte in ihren frühen Teenagerjahren über ihre erste Romanze, und die Würfel waren gefallen. Während sie vorgab, ihrem Lehrer für kreatives Schreiben Aufmerksamkeit zu schenken, träumte sie davon, heiße Liebesromane zu schreiben.

Heutzutage steckt sie bis zum Hals in Alpha-Helden und den klugen, sexy Frauen, die sie lieben.

Sie ist mit ihrem ganz persönlichen Alpha-Helden verheiratet (der ihr nach einem langen Tag des Schreibens den Rücken massiert, aber auch seine Socken auf dem Boden liegen lässt) und lebt in den Bergen von North Carolina, wo sie und ihre bessere Hälfte riesengroßen Spaß beim Großziehen ihrer zwei energischen Jungs haben. Abgesehen von ihrer Familie liebt Ivy am meisten Kaffee und Schokolade (am besten zusammen).

BESUCH IVY

Facebook.com/AutorIvyLayne
Instagram.com/authorivylayne/
www.ivylayne.com
books@ivylayne.com